KB164639

Gottfried Keller
Die Leute von Seldwyla

젤트빌라 사람들

창 비 세 계 문 학

29

•

젤트빌라 사람들

•

고트프리트 켈러

권선형 옮김

창비

차례

•

1부

2부

일러두기

1. 이 책은 Gottfried Keller, *Die Leute von Seldwyla* (Wilhelm Goldmann Verlag 1981)를 번역 저본으로 삼았으며 전2부 10편 가운데 4편을 골라 1·2부 서언과 함께 실었다.

2. 본문 중의 각주는 옮긴이의 것이다.

3. 외국어는 되도록 현지 발음에 가깝게 표기하되, 우리말 표기가 굳어진 것은 관용을 따랐다.

1부

서언

옛말에 젤트빌라란 매력적이고 양지바른 장소를 뜻한다. 그러니까 이런 이름의 소도시는 스위스 어딘가에 실제로 존재한다. 이곳은 삼백년 전이나 지금이나 한결같이 오래된 성벽과 탑 속에 파묻혀 있어, 여전히 변함없는 보금자리라 하겠다. 배가 다닐 만한 강에서 반시간은 족히 떨어진 곳에 그 터를 잡았다는 정황을 통해 도시 창건자들의 사려 깊은 의도를 확인할 수 있는데, 평범한 도시가 되어야 한다는 그 본뜻을 분명히 알 수 있으리라. 도시는 푸른 산들 사이에서 남향으로 멋지게 자리 잡고 있어서 볕은 잘 드는 반면에 거친 바람은 불어오지 않는다. 그 때문에 오래된 성벽 주위에는 제법 괜찮은 포도나무들이 자라고 더 높이 산 위에는 산림이 끝없이 펼쳐져 있는데, 이 산림이 도시의 재산을 이룬다. 그래서 도시는 부유하지만 시민들은 가난하다는 것이 이 도시의 특징이자 기이한 운명이다. 젤트빌라에는 어느 누구도 재산을 가진 이가 없고, 자기들이 수백년 동안 도대체 무엇으로 살아왔는지 아무도 모른다. 그래도 그들은 매우 명랑하고 선량하게 살면서 안락함을 자신들의 특별한 기술로 여기고 있다. 만약 다른 나무를 장작으로 때는 곳에 가게 되면 먼저 그곳의 안락함을 비난하고, 지금까지 자신들을 그렇게 대접한 사람은 아무도 없었다고 생각한다.

주민의 핵심이자 영광은 약 스무살에서 서른대여섯살 정도 되는 젊은이들이다. 이들이 유행을 선도하고 도시를 지키며 젤트빌라의 영화를 대변한다. 왜냐하면 그들은 그 나이에 사업, 장사, 돈벌이 또는 그밖에 다른 배운 일들을 하기 때문인데, 요컨대 가능한 한 외지인들에게 자신들을 위해 일하게 하고, 자신들의 전문성은 고리대금업을 탁월하게 수행하는 데에 이용한다. 젤트빌라 신사들의 힘과 영화, 안락함의 근본을 이루는 것은 바로 고리대금업으로, 이는 빼어난 상호주의와 깊은 이해심 속에 지속되고 있다. 하지만 젊은 귀족층 사이에서만 그렇다는 점에 주목할 필요가 있다. 왜냐하면 누구든 앞서 말한 황금기의 한계점에 도달하자마자, 즉 다른 소도시의 남자들이 이제 비로소 자신의 일을 하기 시작해서 자리를 잡는 시기에 이르자마자, 젤트빌라 사람은 끝장이 나기 때문이다. 그때쯤이면 퇴직을 당하게 마련이고, 아주 평범한 젤트빌라 사람일 경우 먼 타향에 가서 무기력한 자, 신용의 낙원에서 추방된 자로 살아간다. 또는 자기 안에 아직 사용되지 않은 무언가가 남아있으면 타향에서 이국의 독재자를 위한 용병이 되어 자신을 위해서는 감히 꺼리던 일들, 즉 단추를 잘 잠그고 꼿꼿하게 부동자세로 서 있는 일들을 배운다. 이들은 몇해 뒤에 유능한 전사가 되어 귀향해서 스위스 최고의 훈련교관으로서 젊은 사병들을 가르치는 걸 낙으로 삼는다. 다른 이들도 마흔살쯤에 모험을 찾아 다른 곳으로 떠난다. 그래서 호주, 캘리포니아, 텍사스, 빠리 또는 콘스탄티노플 같은 세상 여기저기서 젤트빌라 사람들을 만나게 되는데, 그들은 모두 생선을 매우 능숙하게 먹을 줄 안다는 것이 그 특징이다.

하지만 고향에 남아 늙어버린 사람들은 뒤늦게 일을 배우는데, 요컨대 오만가지의 껄끄럽고 하찮은 일들을 배운다. 원래부터 배운 일은 아니지만 생활비나 몇푼 벌어보려는 것이다. 처자식과 함께 늙어가면서 가난해진 젤트빌라 사람들은 몸에 익은 수공업을 포기한 후로는 세상에서 가장 부지런한 사람이 된다. 전에 먹던 질 좋은 고기 한덩어리 값을 벌려고 열심히 애쓰는 모습은 가히 감동적이다. 땔감은 시민들 모두에게 넉넉했다. 시市당국은 매년 땔감의 상당량을 팔아서 극빈자를 지원해주고 부양하는데, 오래된 이 작은 도시는 만물의 변함없는 순환 속에서 오늘날까지 그렇게 존속하고 있다. 하지만 그들은 항상 매우 만족해하면서 활기차게 지낸다. 빈곤상태가 너무도 집요하게 도시를 억누르는 등 그들의 영혼에 근심을 드리울 때면 젤트빌라 사람들은 자기들의 또다른 특징인 대단한 정치적 활동력을 발휘해 시간을 보내면서 활기를 되찾는다. 말하자면 그들은 열성적인 정당원이자 헌법심사관이요, 제안자들인데, 젤트빌라에서 참으로 악명 높은 법률을 생각해내어 주州의원을 통해 전달할 경우 또는 헌법 개정 요구를 할 경우, 사람들은 돈이 전혀 돌지 않는다는 것을 알게 된다. 동시에 그들은 생각과 원칙의 변화를 좋아해서 어떤 정부를 선출한 뒤에는 언제나 바로 다음날부터 정부의 반대편에 선다. 만약 급진적인 정부가 선출됐을 경우에는 정부를 화나게 하려고 어제까지만 해도 놀려대던 보수적이고 경건한 시의 성직자 주위로 몰려든다. 성직자에게 열광하는 척하며 교회로 몰려가서 설교를 칭찬하고, 바젤 전도협회에 발표된 그의 팸플릿과 보고서를 크게 떠벌리며 여기저기에 소개함으로써 아첨을 하는데, 물론 헌금은 한푼도 안한다. 그런데 반쯤만 보수적인 것 같은 정부가 들어서면 곧장 시의 교사 주위로 몰려들기에 성직자는 돌 맞아 깨진 유리창 조각들이나 세는 신세로 전락한다. 그와 반대로 형식을 매우 중시하는 자유주의 법률가들과 까다로운 은행가들에 의해 정부가 구성되면, 즉각 제일 가까이에 사는 사회주의자에게 달려가서 이렇게 함성을 지르면서 그를 시의원으로 선출하여 정부를 골탕 먹인다. "정치적 허례허식일랑 집어치워라. 민중은 물질적 관심에만 상관할 뿐이다." 오늘날 그들은 거부권 행사를 원하며, 심지어는 영구적인 국민총회를 갖춘 가장 직접민주주의적인 자치정부를 원한다. 물론 젤트빌라 사람들은 그런 정부를 위해 시간을 제일 많이 낼 수 있는 사람들이다. 하지만 다음날이면 공적인 일로 피곤하고 거만해져서, 삼십년 전에 파산한 뒤 묵묵히 명예를 회복해온 반 다스의 늙은 은퇴자들에게 선거를 치르게 한다. 그런 다음에는 편안하게 음식점 창가에 앉아 은퇴자들이 살금살금 교회에 가는 걸 보면서 뒤에서 고소해하며 웃는다. 그런 그들은 이렇게 말하는 소년 같다. "제 손이 꽁꽁 어는데도 무슨 아버지가 장갑 하나를 안 사주시더니, 자업자득이지 뭐예요!" 전에는 오로지 스위스연방의 동맹조약에 열광하면서 서기 1848년에 완전한 통일을 이루지 못한 것에 대해 크게 분노했는데, 이제는 칸톤[1]의 주권에 완전히 빠져들어 더는 국민의회를 선출하

---

1 스위스에서는 주(州)를 칸톤이라고 부른다. 스위스는 1815년 동맹조약을 통해 22개의 독립적인 칸톤으로 구성된 국가연합이 되었다. 1830년 이후 진보적인 정당들은 칸톤의 독립성을 약화시키고 연합의 권한을 강화하는 헌법개정을 위해 노력한 반면, 보수적인 칸톤들은 칸톤의 완전한 자율권을 옹호하며 1843년에 분

지 않는다.

하지만 젤트빌라 사람들의 선동이나 법률제안이 주의 대다수 사람들을 방해하거나 사람들에게 불편을 끼치면 정부는 보통 그들을 진정시키고자 조사위원회를 보내어 젤트빌라의 시유지市有地를 어떻게 관리할지 규정해준다. 그러면 그들은 자신들의 일로 공사다망하기에 일체의 위험요소가 사라지게 된다.

이 모든 것이 그들에게 굉장한 홍밋거리가 되는데, 가을마다 갓 짜낸 포도주를 마시고, 자우저라고 부르는 발효 중인 포도주를 마실 때면 그 재미가 배가된다. 자우저 맛이 좋을 때면 어느 누구의 생명도 안전을 장담할 수 없을 만큼 다들 야단법석을 떤다. 갓 짜낸 포도주 냄새가 온 시내에 진동하면서 젤트빌라 사람들은 아무 짝에도 쓸모없는 인간이 된다. 그런데 젤트빌라 사람은 집에서 쓸모가 없을수록 기이하게도 밖에서는 더 훌륭하게 처신한다. 혼자 출정하든 또는 예를 들어 지난 전쟁 때에 그랬던 것처럼 무리를 지어 출정하든 그들은 언제나 처신을 잘했다. 투기업자나 사업가로서 빛을 못 보다가도 따뜻하고 양지바른 계곡을 나서기만 하면 그제야 비로소 활발한 노력을 기울이곤 했다.

이렇게 재미있고 기이한 도시에 별의별 기이한 이야기와 인생 궤적이 없을 리 만무하다. 한가함이 모든 악덕의 시작점이기 때문이다. 하지만 사실 나는 이 작은 책에서, 앞에서 언급한 젤트빌라의 특성을 보여주는 그런 이야기들을 하려는 게 아니라 이따금 일어

리연합을 결성했다. 이들 보수파는 1847년 내전에서 진보파에 패한다. 1848년의 진보적인 연방헌법은 종래의 스위스국가연합을 22개의 자율적인 칸톤들로 구성된 연방국가로 만들었다. 강한 결속력을 위해 칸톤의 독립성은 제한되었다. 국민의회는 상원 격인 칸톤 대표자 회의와 함께 스위스연방국회를 구성한다.

났던 일들, 어느정도 예외이긴 하지만 그래도 다름 아닌 젤트빌라에서만 일어날 수 있는 몇몇 별난 일을 이야기하려고 한다.

마을의 로미오와 줄리엣

이 이야기가 실제 사건에 근거하는 게 아니라면, 이 이야기를 하는 건 부질없는 모방이 될 것이다. 위대한 옛 작품들의 근거가 되는 이야기들 하나하나는 그것이 인간의 삶에 깊이 뿌리박고 있음을 증명해준다. 그런 이야기들은 숫자는 많지 않지만 항상 새로운 옷으로 갈아입고 나타나서 자기를 붙들어달라고 간청하는 법이다.

젤트빌라에서 삼십분 정도 떨어진 곳, 유유히 흐르는 아름다운 강가에 널따란 구릉이 물결처럼 솟아올랐다가 잘 경작된 비옥한 평원 속으로 아스라이 스러진다. 멀리 구릉의 끝자락에는 큰 농가들 여러채로 이루어진 마을이 있고, 완만한 언덕 위로는 몇해 전부터 기다랗고 멋진 밭 세개가 마치 세개의 거대한 리본처럼 나란히 길쭉하게 뻗어 있다. 햇살 좋은 9월의 어느날 아침, 농부 두사람이 이 세개의 밭 중 두곳에서, 그러니까 각각 바깥쪽 밭에서 쟁기질을 하고 있었다. 가운데 밭은 돌멩이와 잡초가 무성한 것을 보아 여러해 동안 갈지 않아 황폐해진 것 같았다. 날벌레들 한 무리가 아무 방해도 받지 않고서 그 위를 윙윙거리며 날아다니고 있었다. 양쪽에서 각자 쟁기 뒤를 따르고 있는 농부들은 약 마흔살가량의 훤칠하고 건장한 남자들로, 착실하고 단정한 사람들임을 한눈에 알아볼 수 있었다. 그들은 빳빳한 무명 반바지를 입고 있었는데, 한번 주름이 접히면 펴지지 않고 그대로 남아 있어서 마치 돌멩이에 주름이 새겨진 것 같았다. 밭을 갈다 걸림돌에 걸리기라도 하여 쟁기를 더 단단히 붙잡는 바람에 빳빳한 셔츠 소매가 살짝 흔들리며 펄럭일 때도 말끔하게 면도한 얼굴은 평온하면서도 빈틈없는 표정이었다. 다만 고랑을 측량할 때나 멀리서 정적을 깨뜨리는 소음이 들려 주위를 둘러볼 때 이따금 눈을 약간 찡그리면서 햇빛을 바라보았다. 그들은 어떤 자연스러운 멋을 풍기면서 천천히 한발 한발 앞으로 나아갔고, 멋진 말을 몰고 있는 머슴에게 무슨 지시를 내릴 때 외에는 말 한마디 없었다. 그래서 멀리서 보면 두사람이 똑같아 보였다. 둘 모두 이 지방 본연의 특성을 보여주고 있기 때문인데, 그들을 구별할 수 있는 건 한사람은 흰 고깔모자의 끝이 앞을 향하고 있고 다른 한사람은 모자 끝이 목덜미 쪽을 향하고 있다는 것뿐이었다. 그들이 서로 방향을 바꿔 반대 방향으로 쟁기질을 할 때면 고깔모자의 끝도 서로 반대로 바뀌었다. 언덕 위에서 마주쳐 지나쳐갈 때, 상쾌한 동풍을 거슬러가는 이는 고깔모자의 끝을 뒤로 넘긴 반면에 바람을 등지고 가는 이는 모자 끝을 앞쪽으로 곧추세웠기 때문이다. 또 번번이 서로 마주치는 순간도 있었는데, 그때는 희미하게 보이는 모자들이 허공에 꼿꼿이 서서 흔들거리는 모습이 마치 하얀 불꽃 두개가 하늘을 향해 혀를 날름거리는 것 같았다. 이렇게 두사람은 평온하게 쟁기질을 했다. 고요한 황금빛의

9월, 그들이 아무 말 없이 천천히 지나친 뒤에 점점 멀어져서 마치 저무는 두개의 유성처럼 언덕의 능선 너머로 사라졌다가 한참 후에 다시 나타나는 모습은 아름다워 보였다. 그런 일은 드물었지만, 그들은 고랑에서 돌멩이가 발견되면 가운데 황폐한 밭을 향해 아무렇게나 힘껏 내던졌다. 그 밭에는 이미 옆의 밭에서 발견된 돌멩이들이 던져져 수북이 쌓여 있었다. 그런 식으로 긴 아침나절이 웬만큼 지나갈 무렵 마을 쪽에서 아담하고 예쁜 수레가 다가왔다. 완만한 언덕을 오르기 시작할 때는 보이지 않다시피 했다. 그것은 두 쟁기꾼 각각의 아이들인 사내아이와 그보다 어린 여자아이가 오전 새참을 싣고 함께 밀고 오는 작은 초록색 유모차였다. 유모차 안에는 각각 냅킨으로 둘둘 만 맛 좋은 빵과 포도주 한 주전자와 유리잔, 그리고 찬찬한 농부 아낙들이 열심히 일하는 남편을 위해 같이 챙겨 보낸 간식도 들어 있었다. 그밖에도 아이들이 오는 길에 주운 온갖 기이한 모양의 이빨 자국이 난 사과와 배도 들어 있었고, 꼬질꼬질한 얼굴을 한 채 한쪽 다리만 있는 홀딱 벌거벗은 인형이 아가씨처럼 빵 사이에 앉아서 편안히 오고 있었다. 손수레는 여러번 부딪치고 멈춰서고 하다가 마침내 들판 끝자락에 있는 언덕 위 어린 보리수나무숲 그늘에 멈춰섰는데, 그제야 손수레꾼들의 모습이 상세히 드러났다. 일곱살 먹은 사내아이와 다섯살 먹은 여자아이로 둘 다 건강하고 명랑해 보였다. 둘 다 눈이 매우 예뻤고, 그외에 더 눈에 띄는 점은 없었다. 여자아이의 경우 얼굴색이 갈색이고 검은색 머리카락이 매우 곱슬곱슬해서 열정적이며 솔직한 인상을 주었다. 쟁기질하던 사람들도 다시 언덕 위에 도달하여 말에게 토끼풀을 던져주더니 반쯤 간 고랑에 쟁기를 세워두었다. 좋은 이웃인 그들은 같이 새참을 들러 와서 그날 처음으로 인사를 주고받는데, 그날은 그때까지 서로 한마디도 하지 않았던 것이다.

이제 남자들은 편안히 새참을 들었고, 자기들이 다 먹고 마실 때까지 곁에 있던 아이들에게 조금씩 나누어주며 흐뭇해했다. 그들은 멀리 또는 가까이 여기저기로 시선을 돌리다가 산으로 둘러싸인 작은 도시 하나가 자욱한 연기에 둘러싸인 채 반짝거리는 것을 보았다. 젤트빌라 사람들이 매일같이 푸짐하게 점심을 준비하는 탓에 지붕 위로 솟구친 은빛 연기가 멀리까지 보이곤 했는데, 산 위로 맴도는 연기는 마치 웃고 있는 것 같았다.

"젤트빌라의 사기꾼들이 또 맛있는 음식을 해먹는 모양이군!" 농부 중 한사람인 만츠가 말했다. 다른 농부인 마르티가 응수했다. "어제는 여기 이 밭 일로 우리 집에 사람이 다녀갔어."—"관청에서? 우리 집에도 왔었어!" 만츠가 말했다. "그래? 아마 이 땅을 사용하며 자기들한테 소작료를 내라고 했을걸?"—"응, 이 밭의 주인이 누군지, 이 땅을 어떻게 할 건지 결정될 때까지 그렇게 하라더군. 하지만 저 거친 밭을 남을 위해서 일구는 건 사양했네. 저 밭을 판 뒤에 소유주가 발견될 때까지 대금을 보관하고 있으라고 말해줬지. 아마도 그렇게 될 리는 없겠지만 말이야. 젤트빌라의 관청에 한번 계류되면 한참이 걸리니까. 게다가 이 문제는 쉽게 결정날 일도 아니고. 그 사기꾼들은 그사이에 임차료에서 얼마를 떼어먹고 싶겠지. 물론 판매대금에서도 얼마를 떼어먹을 수 있겠지만 말이야. 그건 그렇고, 우린 매각금액이 너무 뛰지 않게 주의해야 할 걸세. 하지만 그후엔 우리가 가진 게 뭔지, 저 땅이 누구 것인지 알게 되겠지."—"내 생각도 마찬가지야. 나도 그 관리 녀석한테 비슷한 대답을 해주었다네!"

둘 다 잠시 침묵한 뒤에 만츠가 다시 말을 시작했다. "그런데 좋은 땅이 저렇게 방치되어 있는 건 유감이야. 보기에도 안 좋고. 저런 상태로 있은 지가 벌써 이십년인데, 물어보는 사람 하나 없잖나. 여기 마을에는 저 밭의 소유권을 주장할 수 있는 사람이 아무도 없으니까 말이야. 몰락한 트럼펫 연주자의 자식들이 어디로 갔는지 아는 사람도 하나 없고.”

“흠, 바로 그게 문제야!” 마르티가 말했다. “유랑자들과 어울려 기거하기도 하고, 이 마을 저 마을에서 춤곡을 연주하기도 하는 그 검둥이 바이올린장이를 보면 그가 트럼펫 연주자의 손자라는 걸 맹세하고 싶어질 지경이야. 물론 그는 자기에게 밭이 있다는 걸 모르지. 하지만 그가 밭으로 뭘 하겠어? 한달 동안 술독에 빠지고 나면 예전과 똑같아지겠지! 게다가 어느 누구도 확신할 수가 없으니 누군들 귀띔을 해줄 수가 있겠어!”

“누군가 허튼수작을 한다면!” 만츠가 대답했다. “우리 고장에서 그 인간 호적을 파내는 수도 있지, 사람들이 그 부랑아를 계속 우리에게 떠넘기려고 하니까. 그의 부모가 유랑자들의 일원이 됐으니 그도 거기 머물면서 떠돌이 땜장이들에게 바이올린이나 켜주면 될 텐데. 그가 트럼펫 연주자의 손자라는 걸 도대체 어떻게 알 수 있담? 설령 내가 그의 검은 얼굴이 노인의 얼굴과 영락없이 닮았다고 생각한다 한들 인간은 실수하는 법이니 말일세. 내 양심에는 찢어져서 쪼가리만 남은 종이, 그 세례증서 조각이 죄 많은 인간 열 얼굴보다 더 낫다고!”

“그럼, 그렇고말고!” 마르티가 말했다. “그는 자기가 세례받지 않은 게 자기 잘못이 아니라고 말하지! 그럼 우리가 세례반洗禮盤을 운반할 수 있게 만들어서 이리저리 숲으로 들고 다녀야 하나? 천만에, 세례반은 견고하게 교회에 고정되어 있고, 운반할 수 있는 건

저기 성벽에 걸려 있는 상여라고. 우리 마을은 이미 사람들로 넘쳐 나고, 학교 선생님도 당장 두명이 더 필요하단 말이야!"

이것으로 농부들의 식사와 대화는 끝이 났고, 그들은 오전 작업량을 마저 채우려고 일어섰다. 그와는 반대로 아버지들과 함께 집에 돌아간다는 계획을 세워놓은 두 아이는 어린 보리수나무 그늘 아래로 손수레를 끌어다놓은 다음 개간되지 않은 가운데 밭을 헤집고 돌아다녔다. 그 밭이 잡초들과 관목들, 돌무더기들로 인해 생소하고 기이한 황무지를 연출했기 때문이다. 둘이 푸른 황무지 한가운데서 손잡고 한참을 돌아다니고 또 깍지 낀 손을 높다란 엉겅퀴 위로 흔들어대며 재밌게 놀더니 마침내 엉겅퀴 그늘 아래에 앉았다. 소녀는 길가에 난 잡초의 기다란 잎들로 옷을 만들어 인형에게 입혔다. 톱니 모양의 예쁜 초록색 치마를 차려입은 인형에 그곳에 홀로 피어 있던 빨간 양귀비꽃 한송이를 두건처럼 머리에 씌우고는 풀잎으로 단단히 묶었다. 이제 마녀 같아 보이는 그 작은 인형은 작고 빨간 딸기풀로 목걸이와 허리띠를 만들어 하고 나자 더더욱 그래 보였다. 그런 다음 아이들은 엉겅퀴 줄기에 인형을 앉혀놓고 함께 한참을 바라보았다. 그런데 실컷 보고 난 사내아이가 갑자기 인형을 돌로 맞혀 떨어뜨렸다. 인형의 장식이 엉망진창이 되자 여자아이는 인형을 다시 치장하려고 재빨리 옷을 벗겼다. 인형이 다시 벌거벗은 채 빨간 두건만 두르고 있게 되자 거친 사내아이가 여자아이의 장난감을 빼앗아 공중으로 높이 던져버렸다. 소녀는 투덜거리며 인형을 잡으려고 일어섰다. 하지만 소년이 먼저 인형을 잡더니 또 높이 던졌다. 소녀는 매번 허탕을 쳤고 소년은 이런 식으로 한참 동안 소녀를 골탕 먹였다. 그러다 이리저리 날아다니던 인형은 소년에게 상처를 입었는데, 하나밖에 없는 다리의 무릎에 작은 구멍이 생겨서 겨가 새어나왔다. 가해자는 구멍을 보자마자 쥐 죽은 듯이 조용히 있더니 입을 벌린 채 손톱으로 구멍을 후벼파면서 겨가 나오는 곳을 탐색하는 일에 열중했다. 불쌍한 소녀는 소년이 조용한 게 너무 이상해서 가까이 다가갔다가 소년이 못된 짓을 하는 걸 보고 깜짝 놀랐다. "이것 좀 봐!" 소년은 이렇게 소리치더니 소녀의 코에 대고 인형의 다리를 이리저리 흔들어댔다. 그 바람에 겨가 온통 소녀의 얼굴로 날아들었다. 소녀가 인형을 잡으려고 손을 내밀면서 소리 지르고 애원해도 소년은 또 달아났다. 그러자 인형의 다리가 온통 홀쭉해지고 텅 비어서 가여운 껍데기처럼 축 늘어졌다. 소년은 못살게 굴던 장난감을 집어던졌다. 어린 소녀가 울면서 달려가 인형을 앞치마로 감싸안자 소년은 뻔뻔하고도 냉담한 태도를 보였다. 소녀는 인형을 들어올려서 슬픈 표정으로 그 불쌍하기 짝이 없는 것을 살펴보았는데 인형의 다리를 보자 다시 큰 소리로 울었다. 몸뚱이에 다리 하나만 달린 인형의 모습이 흡사 도롱뇽에 꼬리가 달린 것 같았기 때문이다. 소녀가 그칠 줄 모르고 울어대자 마침내 악당은 기분이 좀 안 좋아졌고, 겁이 나고 후회하는 마음으로 울고 있는 소녀 앞에 서 있었다. 소녀는 그걸 알아채자 갑자기 울음을 멈추고 인형으로 소년을 때려댔다. 소년이 진짜 아픈 것처럼 "아야!" 하고 능청맞게 소리치자 소녀는 만족해했고, 이제는 소년과 함께 인형을 부수고 찢는 일에 동참했다. 그들은 그 학대받은 몸뚱이의 여기저기에 구멍을 내서 겨를 모조리 쏟아내더니 조심스럽게 평평한 돌 위에 모아놓고는 이리저리 휘저으며 주의 깊게 관찰했다. 인형은 유일하게 머리만 남아 있게 되었고 이제는 그 어떤 것보다도 아이들의 관심 대상이 되었다. 아이들은 그 학대받은 시체에서 조심스럽게 머리를 분리해내더니 놀란 눈으로 텅 빈 속을 들여다보았다. 그 꺼림칙한 머릿속과 겨를 바라보면서 맨 먼저 자연스럽게 떠오른 생각은 머리를 겨로 가득 채우자는 것이었다. 그래서 이제 아이들의 작은 손가락은 머리를 겨로 채우는 일로 분주했고 인형의 머리는 난생처음 무언가로 가득 차게 되었다. 소년은 인형을 여전히 죽은 존재로 여겼던 것 같다. 갑자기 파르스름한 큰 파리를 잡아, 두 손을 오목하게 해서 그 속에 갖고 있으면서 소녀에게 인형의 머릿속 겨를 모조리 빼내라고 명령했다. 그러고는 파리를 그 안에 넣더니 풀로 구멍을 막아버렸다. 아이들은 번갈아서 인형의 머리를 귀에 갖다대보더니 이젠 엄숙하게 돌 위에 올려놓았다. 아직도 빨간 양귀비꽃을 쓰고 있는 머리가 윙윙 소리까지 내자 마치 예언하는 머리 같아 보였다. 아이들은 서로 끌어안고 조용히 그 예언과 동화에 귀를 기울였다. 하지만 모든 예언은 놀람과 배은망덕을 야기하는 법, 초라한 형상의 가녀린 생명은 아이들에게 인간적인 잔인함을 불러일으켰다. 아이들은 머리를 땅에 묻기로 결정했다. 그래서 구멍을 판 뒤, 사로잡혀 있는 파리의 의사는 묻지도 않은 채 머리를 구멍에 넣고는 흙으로 덮은 뒤에 들판에 있는 돌멩이들로 그럴듯하게 비석까지 세워놓았다. 그러자 무언가 형체가 있고 살아 있는 것을 파묻었다는 생각에 두려운 마음이 들었고, 그래서 그 무서운 장소에서 멀찌감치 떨어져나갔다. 소녀는 피곤해하며 푸른 잡초들이 우거진 곳에 드러누웠다. 그리고 단조로운 음으로 노래를 몇 마디 부르기 시작했는데, 계속해서 같은 노래였다. 소년은 옆에 웅크리고 앉아서 노래하는 걸 거들었지만 자기도 그렇게 벌렁 드러누워야 할지 말아야 할지 망설이고 있었다. 소년은 따분하고 심심했다. 태양이 노래하는 소녀의 벌린 입안을 비추자 눈부시게 하얀 소녀의 이빨들이 반짝거렸고 심홍색의 둥근 입술에서 투명하게 빛이 났다. 소년은 이빨을 바라보더니 소녀의 머리를 받쳐들었고, 호기심에 찬 눈으로 이빨을 관찰하면서 큰 소리로 말했다. "알아맞혀봐, 사람 이빨이 몇개게?" 소녀는 마치 숫자를 잘 셀 줄 아는 듯 잠깐 생각에 잠기더니 되는대로 말했다. "백개!"—"아니야, 서른두개야!" 소년이 외쳤다. "기다려봐, 한번 세볼게!" 소년은 소녀의 이빨을 셌는데, 서른두개가 안되니까 계속해서 처음부터 다시 세기 시작했다. 소녀는 한참 동안 가만히 있었지만 열심히 세고 있는 소년이 끝낼 줄을 모르자 벌떡 일어나서 소리쳤다. "이제 내가 네 이빨을 세볼 테야!" 이제 사내애가 잡초 위에 누웠고 소녀가 그의 위에서 머리를 감싸안았다. 소년이 입을 벌리자 소녀가 셌다. "하나, 둘, 일곱, 다섯, 둘, 하나." 어린 소녀는 아직 숫자를 셀 줄 몰랐다. 소년이 소녀를 고쳐주면서 세는 법을 알려주었다. 그렇게 소녀도 계속해서 숫자를 처음부터 다시 세었고, 그 놀이는 그들이 오늘 한 놀이 중에서 제일 재미있는 것 같았다. 하지만 결국 소녀는 어린 수학 선생님 위로 엎어졌고 아이들은 밝은 정오의 햇빛을 받으며 잠이 들었다.

그러는 사이에 아버지들은 밭을 다 갈아서 신선한 냄새가 나는 갈색 땅으로 바꿔놓았다. 이제 마지막 고랑까지 다 간 상태라 한쪽 머슴이 멈춰서려고 하자 그 주인이 소리쳤다. "왜 멈춰? 한번 더 돌아!"—"다 끝났는데요!" 머슴이 말했다. "입 닥치고 내가 하라는 대로 해!" 주인이 말했다. 그들은 뒤돌아서 주인 없는 가운데 밭에 들어가 큼직하게 한고랑을 갈며 나아갔는데, 그 바람에 잡초와 돌멩이가 옆으로 튕겨나갔다. 그런데 농부는 잡초와 돌멩이를 치울 생각이 없었다. 앞으로 그럴 시간이 얼마든지 있다고 생각하며 오늘은 이렇게 대강대강 하는 것으로 만족해하는 것 같았다. 그는 그렇게 매끄럽게 둥근 선을 그리며 재빨리 위쪽으로 올라갔다. 위에 도달하여 기분 좋은 바람이 고깔모자의 끝을 다시 뒤쪽으로 향하게 했을 때, 다른 쪽에서는 이웃 농부가 고깔모자를 앞쪽으로 기울인 채 밭을 갈며 지나갔다. 마찬가지로 가운데 밭에서 큼지막하게 고랑을 파먹었기에 흙덩이가 옆으로 날아가고 있었다. 둘 다 다른 사람이 하는 것을 보았으나 서로 아는 척하지 않았다. 그들은 개개의 성좌가 말없이 다른 성좌를 지나쳐서 이 둥근 세상 뒤로 지는 것처럼 그렇게 다시 지나쳐 사라져갔다. 그렇게 운명의 베틀북은 서로 교차하는데 "어떤 직조공도 자기가 무엇을 짜고 있는지 알지 못한다!"

추수가 몇차례 지나갔다. 아이들은 추수 때마다 더 자라고 예뻐졌으며, 주인 없는 밭은 넓어진 이웃 밭들 사이에서 점점 더 좁아졌다. 밭갈이할 때마다 가운데 밭은 양쪽으로 한고랑씩 먹혀들어 갔는데, 뭐라 말하는 사람도 없었고 그 범죄행위를 지켜보는 눈도 없는 것 같았다. 돌멩이들은 점점 더 쌓여가더니 어느새 밭의 길이 만큼이나 기다랗게 돌무더기가 제법 형성됐다. 그리고 그 위로 야생초들이 높이 자라서, 그사이에 키가 제법 큰 아이들도, 한 아이는 이쪽에서, 다른 아이는 저쪽에서 걸을 때 더는 서로를 볼 수가 없었다. 아이들은 이제 함께 들판을 쏘다니지 않았다. 잘로몬 또는 보통 잘리라고 불리는 열살의 소년은 더 큰 소년들과 사내들 틈에 늠름하게 끼어 지냈고, 갈색 피부의 브렌헨은 비록 괄괄한 계집애였지만 벌써 같은 여성들의 감독하에 있었다. 그렇지 않으면 다른 이들로부터 말괄량이라고 조롱당했을 것이다. 그럼에도 그들은 추수 때 모두가 밭에 모일 때면 자기들을 갈라놓은 돌무더기 위에 올라가 서로 떨어뜨리기 장난을 할 기회를 얻곤 했다. 그밖에는 서로 교제할 기회가 없었기에, 아버지들의 밭이 인접한 이곳에서밖에 만날 수 없었던 이들은 이런 연례의식을 더더욱 소중하게 유지하는 것 같았다.

그사이에 결국 그 방치된 밭이 팔렸고 매각대금은 당분간 관청에서 보관하게 되었다. 경매는 현장에서 벌어졌는데, 농부 만츠와 마르티 외에는 구경꾼 몇명만 참석했을 뿐이었다. 그 기이한 땅을 낙찰받아 두 이웃 사이에서 농사지을 생각을 하는 사람은 아무도 없었기 때문이다. 두사람은 마을에서 최고의 농부들 축에 들었고, 다른 이들의 절반 이상도 막상 이런 상황에 처하면 그들과 똑같이 행동했겠지만, 그래도 사람들은 침묵하면서 구경만 했다. 아무도 그 홀쭉해진 버림받은 땅을 사서 그들 사이에 끼어들려고 하지 않았다. 대부분의 사람들은 자신이 그런 상황에 처하게 된다면 항간에 떠도는 부정을 스스로도 저지를 만한 능력과 의향이 있었다. 하지만 하여튼 누군가가 부정을 저지르면 다른 이들은 자기가 그러지 않은 것과 그런 유혹을 받지 않은 것을 기뻐한다. 그리고 이제 그 선택된 사람을 자신들 성격의 안 좋은 점의 대표로 삼아 은근히 기피하면서 신들에게 낙인찍힌 악의 도화선으로 취급한다. 그런가 하면 또 그가 얻은 이익에 대해서는 군침을 흘리기도 한다. 그러니까 진지하게 응찰에 임한 사람은 만츠와 마르티뿐이었다. 제법 집요하게 값을 올려댄 결과 만츠가 낙찰을 받아 그 밭은 만츠의 것이 되었다. 관리들과 구경꾼들은 떠나갔고, 아직 할 일이 있어 밭에 남아 있던 두 농부는 밭에서 나오는 길에 다시 만났다. 마르티가 말했다. "이제 자네 땅을, 옛 땅과 새 땅을 합쳐서 똑같이 둘로 나누겠지? 만약 내가 낙찰받았더라면 최소한 난 그렇게 할 거야."—"물론 나도 그럴 생각이네." 만츠가 대답했다. "하나의 밭으로 경작하기엔 너무 크니까 말이야. 그런데 할 말이 있는데 말일세, 최근에 자네가 이젠 내 밭이 된 이 밭의 저 아래쪽 부분을 비스듬히 먹어들어와서 세모꼴 모양으로 깎아먹은 걸 알고 있네. 아마도 이 땅 전부가 자네 게 될 거라는 생각에, 그러니까 어차피 자네 거라는 생각에 그렇게 한 것 같아. 하지만 이제는 내 것이 됐으니, 자네는 내가 그렇게 금시초문으로 깎아먹힌 부분을 필요로 하지 않는다거나 그냥 묵인하지는 않으리란 걸 잘 알 걸세. 내가 저 선을 다시 곧바르게 한다고 해서 반대하지는 않겠지! 그걸로 싸움이 일어나서도 안될 테고!"

마르티 역시 만츠와 마찬가지로 냉정하게 대응했다. "왜 싸움이 일어나야 하는지 나도 통 모르겠군! 난 자네가 지금 있는 저대로 밭을 샀다고 생각하네. 우리 모두 다 보지 않았나? 밭은 이 한시간 동안 눈곱만큼도 변하지 않았네!"

"농담 말게!" 만츠가 말했다. "예전에 벌어진 일에 대해선 이러쿵저러쿵 말하지 마세나! 하지만 과한 건 과한 걸세. 그리고 모든 건 결국 바로잡히게 마련이지. 이 세계의 밭은 예전부터 자로 잰 듯 똑바르게 나란히 있었네. 만약 자네가 이런 우스꽝스럽고도 몰상식한 곡선을 그 사이에 끼워두려 한다면 그건 정말이지 자네가 말도 안되는 농담을 하는 거지. 저 굽은 모서리를 그대로 둔다면 우리 둘 다 바보라는 별명을 얻을 걸세. 저 모서리는 없어져야만 해!"

마르티가 웃으면서 말했다. "자네, 갑자기 사람들의 조롱거리가 될 거라는 이상한 걱정을 다 하는군! 그러나 다 잘될 걸세. 난 저 굽은 모서리 때문에 걱정하지 않네. 정 기분이 언짢다면 그래, 똑바르게 하세. 하지만 내 쪽으로는 말고. 자네가 원한다면 문서로도 써주겠네!"

"그런 식으로 농담하지 말게." 만츠가 말했다. "아마 똑바르게 될 걸세, 자네 쪽으로 말이야. 암, 그렇고말고!"

"그럼 두고 봐야 알겠군!" 마르티가 말했다. 두 남자는 서로 쳐다보지도 않고 떠나갔다. 오히려 둘 다 다른 쪽 허공을 응시했는데, 마치 눈앞에 정신력을 다 바쳐 관찰해야만 하는 뭔가 기이한 것을 주시라도 하는 것 같았다.

바로 다음날 만츠는 머슴과 날품팔이 소녀와 아들 잘리를 밭에 내보내 야생초와 덤불을 제거하여 한데 모으게 했다. 나중에 돌멩이들을 좀더 편하게 치울 수 있게 하기 위함이었다. 아직 일이란 걸 해본 적이 없는, 열한살도 안된 아들을 아내의 반대를 무릅쓰고 함께 내보낸 건 그의 성격상의 일대 변화였다. 그가 진지하고도 엄숙한 말로 지시했기 때문에 마치 혈육에게 고된 노동을 부과함으로써 자신이 처한, 이제 그 결과가 서서히 드러나기 시작한 부당한 일을 덮으려는 것 같았다. 밭에 나간 이들은 그사이에 잡초를 제거했고 몇년간 무성하게 자란 관목과 풀을 뽑으면서 즐거워했다. 그 일은 특별한, 말하자면 어떤 규율이나 조심성이 요구되지 않는 거친 일이었기에 재미 삼아 할 만한 일이었다. 그들은 햇빛에 시든 야생 초목들을 한데 모아서 신나게 불을 질렀다. 그랬더니 연기가 멀리 퍼져나갔고 어린 일꾼들은 연기 속을 미친 듯이 이리저리 뛰어다녔다. 이것은 불행한 들판에서 벌어진 마지막 기쁨의 축제였다. 마르티의 딸인 어린 브렌헨도 밭으로 나와 씩씩하게 거들었다. 이런 흔치 않은 일, 이런 즐거운 흥분은 그녀에게 어린 시절의 놀이 친구를 한번 더 가까이할 수 있는 좋은 계기를 마련해주었기에, 아이들은 모닥불 곁에서 정말 행복해하고 즐거워했다. 다른 집 아이들도 나와서 아주 흥겨운 모임이 형성되었다. 그런데 잘리는 브렌헨과 떨어지기가 무섭게 금방 브렌헨 곁으로 다가갔고, 브렌헨 또한 즐거운 미소를 지으면서 계속해서 잘리에게 다가가는 걸 잊지 않았다. 두 아이에게는 이 유쾌한 날이 결코 끝나서도 안되고 끝날 수도 없을 것만 같았다. 저녁 무렵, 그들이 일한 것을 보러 온 늙은 만츠는 일이 다 끝났는데도 아직 여흥을 즐기고 있는 그들을 보고는 꾸짖었다. 그리고 호통을 치며 모두 다 쫓아버렸다. 동시에 마르티도 자기 땅, 자기 밭에 와서 딸을 보더니 입에 손가락을 넣고 명령조로 날카롭게 휘파람을 불어 딸을 불렀다. 그녀는 깜짝 놀라서 달려갔고, 영문도 모른 채 아버지에게 따귀를 몇대 맞았다. 그래서 두 아이는 몹시 슬피 울며 집으로 돌아갔다. 아이들은 대체 자신들이 왜 그렇게 슬픈 건지, 아까는 왜 그렇게 즐거웠는지 사실 잘 몰랐다. 전에 없던 아버지들의 이런 난폭함은 순진한 자식들에게는 아직 이해가 되지 않았고 마음에 깊이 와닿을 수도 없었기 때문이다.

다음날부터는 어른들이나 할 수 있는 좀더 고된 일들이 계속되었다. 만츠는 돌멩이들을 주워서 내다버리게 했다. 그 일은 끝이 없을 것만 같았다. 세상의 돌멩이란 돌멩이는 여기에 다 모여 있는 것 같았다. 그런데 만츠는 돌멩이들을 완전히 들판 밖으로 내다버리는 게 아니라 마르티가 말끔하게 갈아놓은, 논란이 됐던 그 삼각형 모양의 밭에다 한 수레씩 갖다버리도록 했다. 그는 미리 똑바로 경계선을 그어놓았고, 두 남자가 오래전부터 던져놓은 온갖 돌멩이들을 경계선 너머 이 조그만 땅 위에 수북이 쌓아올리게 했다.

그래서 거대한 피라미드가 형성됐는데, 그 돌무더기를 치우는 일은 상대의 몫이라고 생각했다. 마르티는 이런 일은 상상도 하지 못했다. 그는 상대가 전에 하던 대로 쟁기로 땅을 갈고 있을 거라고 생각했다. 그래서 만츠가 쟁기로 밭을 다 갈 때까지 기다리고 있었다. 일이 다 끝나갈 무렵에 가서야 비로소 마르티는 만츠가 만들어놓은 멋진 기념비에 대한 이야기를 들었다. 그는 화가 치밀어올라 달려나와서 그 선물을 보더니 되돌아 달려가서 이장을 데리고 왔다. 그는 먼저 돌무더기에 대해 항의했고 그 땅덩어리를 압류하게 했다. 이날부터 두 농부 사이에 소송이 벌어졌는데, 둘은 망하기 전까지 절대 멈추지 않았다.

전에는 그렇게도 현명했던 두 남자의 생각이 이제는 잘게 썬 여물처럼 편협해졌다. 세상에서 가장 편협한 법 개념이 두 사람을 사로잡는 바람에 상대가 왜 그렇게 공공연하게 불법적으로, 제멋대로 쓸모도 없는 문제의 밭뙈기를 차지하려고 하는지 이해할 수 없었고 이해하려 들지도 않았다. 만츠는 또 대칭과 평행선에 대해 이상한 개념이 생겼는데, 무의미하고 제멋대로인 곡선의 존재를 고집하는 마르티의 얼토당토않은 고집 때문에 몹시 마음이 상했던 것이다. 그런데 두 사람이 서로 일치하는 점도 있었는데, 상대가 자기를 이렇게 무례하고 비열하게 모욕하는 건 필시 자신을 업신여겨도 되는 바보로 여기는 게 분명하다고 확신하는 것이었다. 그런 짓은 의지할 데 없는 불쌍한 놈에게나 할 수 있는 일이지, 정직하고 영리하며 당당한 남자에게는 할 수 없는 일이기 때문이었다. 그들은 각자 이상한 명예훼손 문제로 힘들어했고 싸움의 열정과 그에 수반되는 몰락에 막무가내로 자신을 내맡겼다. 그래서 그 이후 그들의 삶은 작은 널빤지 한 개에 몸을 의지한 채 어두운 강물을 떠내려가다가 자기 불행의 근원을 붙잡았다고 생각되자 서로 싸우고 공중에 대고 삿대질을 하다 결국은 자기 자신을 움켜쥐고 파멸해버리는 저주받은 두사람이 꾸는 악몽과도 같았다. 그런데 뭔가 심사가 고약한 일을 벌인 탓에 둘 다 제일 악독한 사기꾼들의 손에 넘어갔다. 사기꾼들은 둘의 형편없는 상상력에 어마어마한 거품을 불어넣어 온통 쓸데없는 생각만 하게 만들었다. 특히 젤트빌라의 투기꾼들이 그랬는데, 그들에게 이 사건은 받아놓은 밥상이나 마찬가지였다. 분쟁 중인 두사람 옆에 금방 뚜쟁이와 고자질쟁이, 조언자 무리가 따라붙더니 온갖 방법을 동원해서 현금을 챙겨갔다. 그새 또 쐐기풀과 가시덤불 숲이 돼버린, 돌무더기가 있는 그 땅덩어리는 쉰살 먹은 두 남자에게 지금까지와는 다른 새로운 습관과 관습, 원칙과 희망을 받아들이게 한 어느 복잡한 이야기와 생활양식의 첫번째 싹 또는 기초에 불과했다. 그들은 돈을 잃으면 잃을수록 더 악착같이 돈을 벌려고 했고, 돈이 줄어들면 줄어들수록 더 집요하게 부자가 되겠다는 생각과 상대방을 앞지를 생각만 했다. 그들은 온갖 사기에 말려들었고, 젤트빌라에 대량으로 나돌고 있는 외국 복권에도 해마다 돈을 걸었다. 하지만 한푼도 당첨된 적 없이 언제나 다른 사람들이 당첨됐다는 소식과 자신들이 거의 당첨될 뻔했다는 소식만 들었다. 그러는 사이에 이런 복권 열기는 그들에게 정기적으로 금전 손실만 가져다주었다. 때때로 젤트빌라 사람들은 두 농부에게는 알리지 않은 채 두사람이 같은 복권에 돈을 걸게 하는 장난을 쳤는데, 그 바람에 그들은 같은 복권에 상대의 굴복과 파멸에 대한 희망을 걸었다. 그들은 하루 시간의 절반을 시내에서 보냈다. 각자 지저분한 술집에 진을 치고 앉아 열을 올렸고, 딱하고 졸렬한 술대접에 어처구니없는 지출을 하지 않을 수 없는 유혹을 받았는데, 그때마다 남몰래 가슴이 찢어질 듯 아파했다. 그래서 원래 바보 취급을 받지 않으려고 싸움을 벌인 두사람은 이제 바보 중에서도 상바보가 되었고 누구에게든지 바보로 여겨졌다. 일과 시간의 나머지 절반은 짜증을 내며 집에 누워 있거나, 일을 하러 나가도 밀린 일들을 미친 듯이 몰아치면서 성급히 만회하려고 한 탓에 제대로 된 듬직한 일꾼들은 다 떠나가버렸다. 그래서 그들은 급속도로 몰락해갔고 십년도 안돼서 엄청난 빚더미에 올라앉게 되었다. 재산을 지키려고 외다리로 서 있는 황새 같은 모습이 바람 앞의 등불 같았다. 그들은 자기네 상황이 어떻든 간에 서로를 향한 증오심만 점점 더 키워나갔다. 둘 다 상대를 자기 불행의 원흉으로, 적수이자 마귀가 자기를 몰락시키려고 일부러 세상에 보낸, 몰상식한 철천지원수로 간주했기 때문이다. 그들은 먼발치에서 보기만 해도 서로 침을 뱉었다. 집안 구성원 모두 호된 학대를 면하려면 상대 집안의 부인, 아이, 머슴과 말 한마디 나누지 않아야 했다. 이렇게 점점 가난해지고 인품 자체가 안 좋게 변해가는 와중에 아내들이 보여준 태도는 사뭇 달랐다. 천성이 착한 마르티의 아내는 이 일을 견디다 못해 수척해지더니 딸이 열네살도 되기 전에 죽고 말았다. 반면에 만츠의 아내는 달라진 생활방식에 순응했고, 악덕한 배우자로 거듭났다. 예전부터 지니고 있던 여성적인 결점들에 자신을 내맡겨 그것들을 악덕으로 발전시키는 일만 일삼았던 것이다. 군것질 버릇은 게걸스러운 식탐으로 발전했고, 수다는 거짓과 허위로 가득 찬 아첨과 중상모략으로 발전했다. 그녀는 매 순간 자기 생각과는 정반대로 말했는데, 끊임없이 모든 이를 비방하고 터무니없는 거짓말로 남편을 속였다. 악의 없이 잡담을 즐기는 그녀의 타고난 솔직성이 이제는 몰염치로 굳어져서 그런 잘못된 일들을 벌이게 한 것이다. 그래서 남편의 횡포를 참아내기보다는 남편을 우롱했다. 남편이 나쁜 짓을 벌이면 더 부추겼고, 어떤 일에도 절제하지 않았으며 몰락해가는 집안의 안주인으로서 아주 탐스럽게 피어났다.

그러자 이제 불쌍한 아이들만 딱하게 되었다. 어딜 가나 오로지 싸움과 근심밖에 없었기에 장래에 대한 희망을 품을 수도 없었고 사랑스럽고 유쾌한 청춘을 즐길 수도 없었다. 겉으로 보기에는 잘리보다 브렌헨이 더 딱하게 된 것 같았다. 어머니가 돌아가셨고 난폭해진 아버지가 독재하는 쓸쓸한 집에 홀로 남아 있었기 때문이다. 열여섯이 되자 그녀는 벌써 늘씬하고 사랑스러운 아가씨가 되었다. 짙은 갈색 머리카락은 연신 반짝거리는 갈색 눈까지 흘러내렸고, 갈색빛이 도는 뺨에는 진홍빛 혈색이 감돌면서 촉촉한 입술 위에서 보기 드물게 짙은 자줏빛으로 빛이 났는데, 이것은 이 암울한 소녀에게 독특한 인상과 특징을 부여했다. 불같은 생명력과 환희가 이 아가씨의 온몸을 타고 꿈틀거렸기 때문에 날씨가 조금만 좋아도, 그러니까 학대가 심하지 않거나 견뎌내야 할 근심걱정이 과하지만 않으면 웃고 농담하며 장난치고 싶어했다. 하지만 근심 걱정으로 괴로울 때가 너무나 많았다. 왜냐하면 집안의 근심과 점점 심해지는 곤궁을 함께 짊어져야 했을 뿐만 아니라 자기 자신에 대해서도 신경 써야 했기 때문이다. 웬만큼은 깨끗하고 단정하게 차려입고 싶었지만 아버지는 돈을 한푼도 내주려 하지 않았다. 그래서 지독한 가난에 시달렸던 브렌헨은 간신히 예쁜 몸매를 조금 치장하고, 소박한 나들이옷을 장만하며, 알록달록하지만 값은 거의 안 나가는 목도리를 몇장 마련하여 번갈아 두를 수밖에 없었다. 그래서 예쁘고 마음씨 좋은 어린 아가씨는 모든 면에서 기가 죽고 주저하게 되었으며 교만에 빠지려야 빠질 수가 없었다. 게다가 그녀는 철이 들 무렵 어머니의 고통과 죽음을 지켜봐야 했는데, 이런 추억은 그녀의 명랑하고 불같은 성격을 옭아매는 또다른 고삐가 되었다. 하지만 이 모든 것에도 이 착한 아가씨는 햇살이 비치면 명랑해지고 서슴없이 미소를 머금어서 매우 사랑스럽고 걱정근심 없는 애틋한 모습을 보여주었다.

얼핏 보기에 잘리의 사정은 그리 나빠 보이지 않았다. 이제 그는 자기방어를 할 줄 아는 잘생기고 힘센 청년으로서 적어도 부당한 대접은 허용하지 않는 외적 태도를 지녔기 때문이다. 그는 부모님의 경제사정이 좋지 않다는 걸 알았는데, 전에는 그렇지 않았다는 것도 기억하고 있었다. 그래, 그는 꿋꿋하고 영민하며 조용한 농부였던 아버지의 옛 모습을 기억하고 있었다. 하지만 같은 사람인데도 지금 아버지는 한심한 바보, 싸움꾼, 게으름뱅이로 자기 앞에 서 있는 것이었다. 아버지는 횡포를 부리고 허풍을 떨면서 온갖 어리석고 미심쩍은 일들을 벌이며 매번 게처럼 옆걸음질만 쳤다. 이런 것들은 당연히 그의 마음에 들지 않았고, 아직 어린 탓에 이렇게 된 이유를 알 수 없어 종종 수치심과 염려에 사로잡혔는데, 그럴 때면 어머니가 아들의 비위를 맞춰주는 통에 그의 근심걱정은 다시 사그라졌다. 어머니는 자신의 부정한 행동의 방해꾼이 아닌 동조자를 얻기 위해 그리고 자신의 허황된 행동을 즐기기 위해 아들이 원하는 것은 다 들어주었고, 옷도 깨끗하고 분에 넘치게 해입히며, 하고 싶어하는 것들은 전부 다 지원해주었다. 그러나 그는 그런 것들을 받아들이긴 해도 별로 고마워하지는 않았는데, 어머니가 이에 대해 너무 떠벌리고 거짓말을 했기 때문이다. 그는 별 기쁨도 맛보지 못하면서 하고 싶은 일들을 아무 생각 없이 그냥 하곤 했다. 하지만 나쁜 짓들을 하지는 않았다. 아직까지 부모의 선례先例에 물들지 않았고, 전체적으로 소박하고 조용한 성격에, 제법 유능한 사람이 되고 싶다는 젊은이다운 욕구를 지니고 있었기 때문이다. 그는 자기 아버지가 그 나이 때 그랬던 것과 제법 비슷했다. 그래서 아버지는 저도 모르게 아들을 존중했는데, 아들을 보며 뒤틀린 양심과 괴로운 추억 속에서 자신의 젊은 시절을 떠올렸다. 잘리는 자신이 누리는 이런 자유에도 인생이 즐겁지 않았고, 눈앞에 제대로 된 게 하나 없으며 제대로 된 것도 배우지 못했다고 생각했다. 만츠의 집에서는 이미 오래전부터 질서있고 이성적인 일에 대해서는 아예 거론조차 되지 않았다. 그래서 그가 제일 위안으로 삼는 것은 자신의 독립성과 나쁘지 않은 평판에 대한 자부심이었다. 이런 자부심 속에서 그는 반항적인 태도로 세월을 보냈고 미래에 대해서는 눈길을 주지 않았다.

그를 억누르는 유일한 압박은 마르티라고 불리는 것들과 마르티를 연상시키는 모든 것에 대한 아버지의 적개심이었다. 하지만 그는 마르티가 자기 아버지에게 손해를 입혔고 그 집 또한 자기들에 대해 적개심을 품고 있다는 것 말고는 아는 게 없었다. 그래서 마르티나 그의 딸을 만나지 않았고, 앞으로 자신이 제법 길들여진 그들의 적이 될 거라고 어렵지 않게 상상하게 되었다. 반면에 잘리보다 더 많은 걸 견뎌야만 하고 집에서 훨씬 더 외로웠던 브렌헨은 형식적인 적개심은 별로 느끼지 않았다. 다만 그녀는 옷을 잘 입고 다니고 겉으로 보기에 행복해 보이는 잘리가 자기를 멸시한다고 생각했다. 그래서 그를 피했는데, 어디에서든 서로 가까이에 있게 되면 그가 자기를 처다보려고 하지 않아도 서둘러 몸을 피했다. 그 때문에 잘리는 몇년 동안 그 소녀를 가까이서 보지 못했고 그녀가 성장한 후로는 그녀의 외모가 어떤지도 전혀 모르고 있었다. 잘 리는 때때로 그런 사실이 놀랍게 여겨졌다. 또 마르티 집안에 대해 말이 나오면 자기도 모르게 그 딸이 생각났는데, 현재 모습은 분명하게 떠오르지 않았지만 그녀를 생각하는 건 조금도 싫지 않았다.

두 원수 중에서 더는 버티지 못하고 먼저 집과 땅을 날려버린 사람은 잘리의 아버지 만츠였다. 마르티는 휘청거리는 자기 왕국에서 그 자신만 유일한 낭비자였고 딸은 가축처럼 일만 하며 아무것도 낭비하지 않았던 반면, 만츠는 몰락을 도와준 아내와 이것저것 함께 낭비를 일삼은 아들이 있었기에 먼저 망해버린 것이다. 만츠는 젤트빌라 후원자들의 조언대로 별수 없이 시내로 이사하여 술집을 시작했다. 평생을 들에서 보낸 농부가 얼마 안 남은 재산을 짊어지고 시내로 이사하여, 최후의 보루로 선술집이나 주막을 열어 마음에도 없는 친절하고 능숙한 술집 주인 역할을 하는 건 보기에도 참 딱했다. 만츠네가 농가를 떠날 때에야 비로소 사람들은 그들이 얼마나 가난한지 알게 되었다. 온통 낡고 망가진 가재도구들 뿐이었는데, 그걸 보면 벌써 여러해 전부터 새로 구입하거나 개비한 것이 하나도 없다는 걸 알 수 있었기 때문이다. 마을 사람들은 울타리 뒤에서 연민에 찬 눈빛으로 그 미심쩍은 이사행렬을 바라보았다. 그런데도 만츠의 아내는 최고의 치장을 하고는 고물 마차 위에 앉아서 희망에 가득 찬 표정을 지었고 벌써 도회지 부인이 된 양 마을 사람들을 경멸하듯 내려다보았다. 그녀는 자신의 애교와 영리함으로 도시를 전부 다 사로잡을 계획을 세워놓았던 것이다. 그리고 멍청한 남편이 하지 못한 일들을 이제 자신이 그 멋진 식당의 안주인 자리에 앉아서 다 해낼 수 있을 거라고 생각했다. 하지만 식당은 외지고 좁은 골목길에 들어앉은 초라한 뒷골목 선술집이었다. 얼마 전에 다른 사람이 망해서 나가자, 젤트빌라 사람들이 그 술집을 만츠에게 세를 준 것이다. 만츠에게 아직 몇백 탈러가 남아 있어서 더 우려먹을 수 있었기 때문이다. 그들은 또 만츠에게 물 탄 포도주 몇통과 식당 집기들을 팔았는데, 집기래야 작은 흰색 병 한 다스와 그만큼의 잔들, 전나무 탁자와 의자 몇개가 전부였다. 탁자와 의자는 원래 선홍색이었지만 지금은 군데군데 벗겨져 있었다. 창문 앞에는 쇠 간판이 삐걱거리며 고리에 매달려 있었고, 거기에는 양철 손이 작은 포도주 통에 든 붉은 포도주를 잔에 따르는 모습이 그려져 있었다. 게다가 대문 위에는 바짝 말라빠진 상록수 다발이 매달려 있었는데, 만츠는 이 모든 걸 임대한 것이었다. 그 때문에 그는 아내처럼 그렇게 기분이 좋지는 않았다. 오히려 불길한 예감과 분노에 가득 차서 깡마른 말을 몰아댔는데, 그 말도 새로 온 농부에게서 빌린 것이었다. 그에게 마지막까지 남아 있던 변변찮은 머슴도 벌써 몇주 전에 그를 떠나고 없었다. 그렇게 마을을 떠나갈 때, 도로에서 멀지 않은 곳에서 일하고 있던 마르티가 자기를 조롱하며 고소해하는 걸 보자 만츠는 그를 저주하며 자기 불행의 유일한 원흉으로 간주했다. 하지만 잘리는 마차가 출발하자마자 걸음을 재촉하여 성급히 혼자서 샛길로 시내에 갔다.

"이제 다 왔다!" 마차가 작은 주막 앞에 멈춰서자 만츠가 말했다. 아내는 경악을 금치 못했다. 그야말로 초라하기 짝이 없는 식당이었기 때문이다. 사람들은 새로 오는 농부 출신 주막 주인을 보려고 서둘러 창가와 집 앞에 나와 젤트빌라 사람의 우월감을 갖고 동정과 조롱의 표정을 지었다. 만츠의 아내는 화가 나서 눈물을 글썽거리며 마차에서 뛰어내려 잠시 욕지거리를 해대더니 집 안으로 뛰어들어갔고, 오늘은 점잖게 다시 모습을 드러내지 않을 참이었다. 그녀는 마차에서 내리고 있는 형편없는 가재도구들과 침대들이 창피했던 것이다. 잘리도 창피하기는 마찬가지였지만 이사를 도와야 했기에 아버지와 함께 골목에다 요상한 짐들을 부려놓았다. 그러자 가난한 집 아이들이 금방 골목을 휘젓고 다니면서 낡아빠진 이삿짐을 보고 놀려댔다. 집 안은 더욱 가관이었다. 완전히 도둑의 소굴 같았다. 흰색 페인트칠이 벗겨진 벽은 축축했으며 예전에 선홍색으로 칠한 탁자들이 있는 어둡고 음산한 술청 외에는 오죽잖은 골방이 몇 개 있을 뿐이었다. 그리고 이전 거주자가 여기저기에다 형편없는 오물과 쓰레기를 그냥 내버려놓고 간 상태였다.

시작은 이러했고, 그후로도 이런 식으로 계속되었다. 첫 주에는 특히 저녁에 이따금씩 손님들이 몰려왔는데, 농부 출신 주막 주인이 어떤 사람인가, 혹시 무슨 재미있는 일이라도 없을까 하는 호기심 때문에 온 손님들이었다. 주막에는 별로 볼 것이 없었다. 만츠는 솜씨가 서투른데다 무뚝뚝하고 불친절하며 침울했기 때문이다. 그는 손님을 접대하는 법도 잘 몰랐고 알려고 들지도 않았다. 그는 서툰 솜씨로 느릿느릿 술을 따라 손님들에게 퉁명스레 갖다주었으며 무슨 말을 하려다가도 하지 않곤 했다. 그럴수록 아내는 더욱 열심히 주막 일에 달려들었는데, 며칠 동안은 사람들을 제법 끌어모았다. 하지만 그녀가 생각한 것과는 전혀 다른 이유 때문이었다. 제법 뚱뚱한 그녀는 매혹적이라고 확신하는 실내복을 입었다. 무색의 아마포 시골치마에다 초록색 헌 비단 재킷과 면앞치마, 형편없는 흰색 목도리를 걸쳤다. 이제 별로 숱이 많지 않은 머리카락은 우스꽝스럽게 달팽이 모양으로 둘둘 말아 관자놀이에 올려놓았고 조그맣게 땋은 뒷머리에는 살이 긴 빗을 꽂았다. 그녀는 이렇게 억지로 우아함을 뽐내면서 엉덩이를 흔들며 춤을 추듯 돌아다녔고 예쁘게 보이려고 입을 터무니없이 뾰족하게 내밀었으며, 식탁 사이를 경쾌하게 깡충깡충 뛰어다녔다. 그녀는 잔이나 절인 치즈가 담긴 접시를 내려놓을 때면 미소를 지으면서 이렇게 말했다. "오, 그래요? 그렇군요! 손님들 멋져요, 멋져!" 그녀는 계속해서 이런 어리석은 짓들을 해댔는데, 전에는 제법 말을 잘하는 편이었지만 지금은 이곳이 낯선데다 사람들도 잘 몰랐기 때문에 근사한 말들은 할 수가 없었던 것이다. 그곳에 와서 웅크리고 앉아 있는 최하층의 젤트빌라 사람들은 손으로 입을 가리며 억지로 웃음을 참았고 식탁 밑에서 서로 발로 치면서 이렇게 말했다. "어럽쇼, 이거야말로 가관이군!"—"기가 막히는군!" 다른 사람이 말했다. "이런 맙소사, 와볼 만한 가치가 있군. 저런 여자는 정말 오랜만에 보는데!" 남편은 언짢은 시선으로 그걸 바라보았고, 그녀의 옆구리를 치면서 속삭이듯 말했다. "이 늙어빠진 할망구야! 도대체 뭐 하는 짓이야!"—그녀는 언짢아하면서 말했다. "방해하지 마요. 이 미련한 사람아! 내가 얼마나 애쓰고 있는지, 또 사람들과 어울리려고 하는지 안 보여요? 저 사람들도 죄다 당신과 똑같은 부류의 건달들이긴 하지만요, 내가 하는 대로 내버려둬요. 금방 고상한 손님들을 끌어모을 테니까!" 이런 모든 일은 한두개의 희미한 촛불 조명 아래서 벌어졌다. 그 시각 아들 잘리는 어두컴컴한 부엌의 부뚜막에 앉아 부모가 가엾어서 눈물을 흘렸다.

손님들은 착한 만츠 부인이 제공하는 연극에 금세 싫증이 났다. 그들은 좀더 마음에 드는 곳, 만츠 부인의 기이한 영업방식에 대해 맘 놓고 조롱할 수 있는 곳으로 가버렸다. 그저 이따금씩 외톨이 손님이 찾아와서 술을 한잔 마시며 벽에 대고 하품을 하거나, 예외적으로 한패거리 전부가 몰려와서는 시끄럽게 소동을 피워 이 가

없은 사람들을 속여먹기도 했다. 만츠 일가는 볕이 거의 들지 않는 좁은 벽 사이에서 지내는 게 두렵고 겁이 났다. 전에는 하루 종일 시내에 나와 노는 데 익숙했던 만츠도 이제는 이 벽 사이에 있는 걸 참기 힘들어했다. 탁 트인 들판이 생각날 때면 불길한 생각이 들어 천장이나 바닥을 멍하니 바라보거나 좁은 현관 아래로 달려갔다가, 어느새 자기를 나쁜 주막 주인이라고 부르는 이웃들이 입을 헤벌리고 바라보았기에 다시 되돌아왔다. 그런데 그것도 오래가지 않았다. 살림이 완전히 거덜났고 손에 쥔 게 하나도 없게 되었다. 목에 풀칠이라도 하려면 누가 와서 돈 몇푼이나마 내고 아직 남아 있는 포도주를 마셔주러 오기만을 기다려야 했다. 만약 손님이 쏘시지 같은 것을 주문하기라도 하면 그것을 조달하느라 적잖이 두려움과 근심을 느끼기도 했다. 그들은 어느새 포도주도 커다란 병에 넣어 숨겨놓고 있었는데, 다른 술집에서 몰래 채워온 것이었다. 그래서 이제는 포도주와 빵도 없이 장사를 해야 했고, 제대로 먹지도 못하면서 친절을 베풀어야 했다. 손님이 아무도 안 오는 게 기쁠 지경이었다. 죽지도 살지도 못한 채 그렇게 비좁은 주막에 웅크리고 앉아 있었다. 이런 슬픈 경험들을 하고 나자 아내는 다시 초록색 재킷을 벗어던졌고, 전에는 실수를 연발했다면 이제는 사정이 절박했기에 여성적인 덕성을 조금 발휘하고 처신을 잘함으로써 다시 한번 변화를 시도했다. 그녀는 인내심을 발휘하여 늙은 남편을 일으켜세우고 아들을 선한 길로 인도하려고 노력했다. 그녀는 매사에 자신을 희생했는데, 요컨대 나름대로 일종의 선한 영향력을 발휘한 것이다. 그것으로 충분하지도, 상황이 많이 개선되지도 않았지만 그래도 아무것도 안하거나 반대 행동을 하는 것보다는 나았다. 안 그랬더라면 훨씬 더 일찍 망했을 터이니, 적어도 이들에게 시간은 벌어준 셈이었다. 그녀는 이제 딱한 경우를 접하면 이성에 근거하여 조언도 해줄 줄 알았다. 그리고 조언이 아무 소용 없어 보이고 실패하더라도 기꺼이 남자들의 화를 감내했다. 요컨 대 이제 늙은 그녀는 뭐든지 다 했는데, 좀더 일찍 했더라면 더 좋 았을 일들이었다.

먹을거리라도 조금 마련하고 시간도 보내기 위해서 아버지와 아들은 고기잡이에 몰두했다. 강물에 낚싯대를 드리우는 건 누구 에게나 허락되어 있었기 때문이다. 이것 또한 젤트빌라 사람들이 망하고 나면 주로 매달리는 일 중 하나였다. 날이 좋아서 고기들이 잘 물 때면 사람들이 한 다스로 낚싯대와 양동이를 들고 낚시하러 가는 모습을 볼 수 있었다. 강가를 거니노라면 낚시하는 사람들이 다닥다닥 붙어앉아 있었다. 어떤 이는 시민들이 입는 긴 갈색 옷을 입고 강물에 맨발을 담그고 있었고, 어떤 이는 끝이 뾰족한 푸른색 연미복을 입고 낡은 펠트 모자를 비스듬히 귀까지 눌러쓴 채 오래 된 버드나무 위에 올라앉아 있었다. 그외에도 옷이 없어서 커다란 꽃무늬가 있는 다 찢어진 잠옷을 입고 한 손에는 긴 파이프를, 다 른 손에는 낚싯대를 들고 있는 사람도 있었다. 그리고 강물이 굽이 도는 곳을 돌아가면 늙은 배불뚝이 대머리가 벌거벗은 채 바위 위 에 서서 낚시하고 있었다. 그 사람은 물가에 있었는데도 다리가 워 낙 더러워서 장화를 벗지 않은 것 같았다. 다들 옆에 냄비나 통을 끼고 있었는데, 여느 때에 땅을 파서 잡은 지렁이들이 그 안에서 꿈틀거리고 있었다. 하늘에 구름이 껴 날이 흐리고 비라도 올 것같 이 후덥지근하면 강가에는 이런 식의 수많은 사람이 마치 성자나 예언자의 입상立像처럼 꼼짝도 않고 서 있었다. 농부들은 그들을 거 들떠보지도 않은 채 가축과 마차를 끌고 지나쳐갔고, 강물 위의 뱃사공들도 그들을 쳐다보지 않았지만, 낚시꾼들은 성가신 배들을 향해 낮은 소리로 투덜거렸다.

만약 열두해 전에 만츠가 언덕에서 멋진 수레를 끌면서 밭을 갈고 있을 때, 언젠가 그도 이런 기이한 성자들 무리에 끼어서 물고기를 잡게 될 거라고 누가 예언했던들 그는 버럭 화를 내지는 않았을 것이다. 그는 지금도 그들 등 뒤를 성급히 지나쳐갔고, 어두운 물가에서 영겁의 벌을 받기에 편안하고 고적한 자리를 찾는 저승 세계의 고집 센 망령처럼 상류 쪽으로 서둘러 올라갔다. 그런데 아버지와 아들은 낚싯대를 들고 서 있는 걸 견뎌내지 못했다. 그들은 농부들이 자유분방하게 물고기를 잡는 이런저런 다른 방식, 특히 냇물에서 손으로 물고기 잡는 방법을 생각해냈다. 그래서 낚싯대는 그냥 모양으로 들고 갔으나 가는 좋은 송어들이 있다는 위쪽으로 냇물을 따라서 올라갔다.

한편, 시골에 남아 있던 마르티의 사정도 그사이에 점점 더 안 좋아졌다. 그는 너무 지루한 나머지 방치해둔 밭에 나가 일하는 대신에 마찬가지로 고기잡이에 빠져서 하루 종일 물속을 헤집고 돌아다녔다. 브렌헨은 아버지 곁을 떠나지 못하고, 비가 오나 해가 뜨나 양동이와 낚시도구를 들고 축축한 초원과 시냇물, 온갖 종류의 물웅덩이를 따라다녀야만 했다. 그래서 꼭 필요한 집안일도 방치해둘 수밖에 없었다. 평소 집에는 아무도 없었고 누가 있을 필요도 없었다. 마르티는 이미 대부분의 땅을 잃어버린 채 밭만 조금 갖고 있었는데, 딸과 함께 대충 경작하기도 하고 내버려두기도 했다.

그러던 어느날 저녁, 하늘에 비구름이 잔뜩 끼어 송어들이 열심히 뛰노는 제법 깊고 찰랑거리는 시냇물을 따라가던 마르티는 예기치 않게 냇물 저편에서 이쪽을 향해 오고 있는 자신의 적 만츠와 마주치게 됐다. 마르티는 만츠를 보자마자 속에서 무시무시한 증오심과 조소가 솟구쳐올랐다. 그들은 지난 몇년 동안 상호비난이 금지된 법정에서 말고는 이렇게 가까이서 만난 적이 없었다. 해서 마르티는 증오심으로 가득 차서 소리 질렀다. "이 개자식아, 여기서 뭐 하는 거냐? 너, 젤트빌라의 똥개 같은 놈아, 네 거지 소굴에나 처박혀 있지 못하겠어?"

"다음엔 네가 젤트빌라로 오게 될 거다, 이 시골뜨기야!" 만츠가 소리 질렀다. "물고기 잡는 걸 보니 그리 오래 걸리지는 않겠구나!"

"입 닥쳐, 이 교수형에 처할 놈아!" 시냇물이 더 힘차게 쏴쏴 소리를 내며 흘러갔기에 마르티가 더 큰 소리로 외쳐댔다. "네놈이 나를 불행에 빠뜨렸어!" 바람이 불어 냇가 수양버들도 쏴쏴 소리를 내자 만츠는 더 큰 소리로 외쳐야만 했다. "나 때문에 불행에 빠졌다면 잘됐구나, 이 가엾은 멍청아!"―"으, 이 개자식아!" 마르티가 이쪽에서 소리 질렀고 만츠가 저쪽에서 소리 질렀다. "으, 이 송아지 새끼야, 멍청한 놈아!" 마르티는 호랑이처럼 냇물을 따라 달려오더니 이쪽으로 건너오려고 했다. 그가 더 화가 난 이유는 자신은 불공평하게도 다 쓰러져가는 농가에서 지루한 나날을 보내고 있는 데 반해 만츠는 주막 주인으로서 적어도 먹고 마실 건 충분하고 또 어느정도는 재미있는 삶을 살고 있을 거라는 생각 때문이었다. 그러는 사이에 만츠도 격분해서 다른 쪽을 향해 다가갔다. 그런데 그의 뒤에 있던 아들은 그 악의에 찬 말다툼에는 귀 기울이지 않고 호기심과 놀라움으로 브렌헨을 건너다보았다. 자기 아버지 뒤에서 걷고 있던 브렌헨은 너무나 부끄러운 나머지 땅만 바라보았기에 갈색 곱슬머리가 얼굴 위로 흘러내려 있었다. 한 손에는 고기 담는 나무통을, 다른 손에는 신발과 양말을 들고 있었는데, 물에 젖을까봐 원피스를 추켜올리고 있었다. 그런데 잘리가 건너 편에 나타난 뒤로는 창피해서 원피스를 내려뜨렸다. 이제 그녀는 그 모든 걸 들고 있으랴, 치마를 움켜쥐랴, 다툼 때문에 마음이 몹 시 상하랴, 이렇게 삼중으로 시달리며 고통을 겪고 있었다. 만약 고 개를 들어 잘리를 보았다면, 그도 고상하거나 그렇게 당당하지 않 고 자기와 마찬가지로 몹시 괴로워하고 있는 걸 알아차릴 수 있었 을 것이다. 브렌헨은 그렇게 부끄러워하고 당황한 나머지 땅만 바 라보고 있고, 잘리는 가난 속에서도 날씬하고 우아해진, 어찌할 바 를 몰라 풀 죽은 채 걷고 있는 브렌헨만 눈여겨보았다. 그러는 통 에 아이들은, 아버지들이 소리는 죽였지만 더 심하게 화를 내면서 나무다리를 향해 달려가는 것을 미처 보지 못했다. 다리는 멀지 않 은 곳에 있었기에 이제 막 눈에 들어온 참이었다. 번개가 치더니 어둡고 우울한 수면을 묘하게 비췄다. 먹구름 속에서 어렴풋한 원 한을 품은 천둥소리가 들려오더니 굵은 빗방울이 떨어지기 시작했 다. 그때 야수로 변한 두 남자는 걸음을 내디딜 때마다 흔들거리는 좁은 다리 위로 동시에 내달리더니 서로 멱살을 잡고, 분노와 터질 듯한 슬픔으로 떨고 있는 창백한 얼굴을 향해 주먹을 날렸다. 평소 에는 침착한 사람들이 오만과 경솔 또는 정당방어를 위해 여러 낯 선 사람 앞에서 주먹다짐을 하거나 그 비슷한 일을 벌인다면 그것 은 결코 점잖다거나 예의 바른 일이 아니다. 그러나 깊고 깊은 적 대감과 그간의 쓰라린 인생역정 때문에 맨주먹으로 서로 움켜쥐 고 하는 이 주먹다짐, 그것은 오래전부터 잘 알고 지낸 늙은 두 남 자를 짓누르고 있는 가혹한 불행에 비하면 가벼운 장난에 불과했 다. 머리가 희끗한 두 남자는 그렇게 싸움질을 했다. 아마도 오십년 전 소년시절에 싸움질한 뒤로 처음이었을 것이다. 오십년이라는 긴 세월 동안 무뚝뚝하고 신중한 성격 탓에 어쩌다 사람들과 악수하며 인사하던 호시절을 제외하면 그들은 어느 누구의 손도 건드린 적이 없었다. 한두차례 주먹다짐을 한 다음 멈춘 그들은 말없이 부르르 떨면서, 이따금씩 신음 소리를 내뱉고 분해서 이를 갈았다. 그리고 삐걱거리는 난간 너머 물속으로 상대방을 빠뜨리려고 했다. 그때 자식들이 달려와서 그 애처로운 장면을 목격했다. 잘리는 아버지를 도와서 그렇지 않아도 더 약해 보이고 금방이라도 쓰러질 것 같은, 증오하던 원수를 끝장내려고 한걸음에 달려왔다. 브렌헨도 모든 걸 내동댕이치고 긴 비명을 지르며 달려와서는 아버지를 보호한답시고 감싸안았는데, 오히려 아버지를 방해하고 성가시게 만들기만 했다. 그녀의 눈에서는 눈물이 쏟아져내렸다. 그녀는 자기 아버지를 제 아비와 똑같이 붙들어서 완전히 제압할 참이었던 잘리를 애원하듯 바라보았다. 그러자 잘리는 저도 모르게 억센 팔로 자기 아버지를 붙잡아 적에게서 떼어놓고 진정시키려 했다. 그래서 싸움이 잠시 진정되는가 싶더니 오히려 네사람이 한데 뒤엉켜 불안한 가운데 이리 밀치고 저리 밀치는 양상이 되었다. 그러는 사이에 젊은 사람들은 노인들 사이로 더 밀고 들어와서 서로 밀착하게 되었는데, 그 순간 눈부신 석양이 구름을 비집고 나와 가까이에 있던 소녀의 얼굴을 밝게 비추었다. 잘리는 잘 알고 있던, 하지만 많이 달라지고 더 예뻐진 얼굴을 보게 되었다. 브렌헨도 그 순간 그가 놀란 것을 보았고, 두려움과 눈물이 뒤엉킨 와중에도 아주 잠깐 재빨리 미소를 지었다. 하지만 자기 아버지가 자신을 뿌리치려고 힘을 주는 바람에 정신이 번쩍 난 잘리가 용기를 내어서 아버지를 떨쳐냈고 간곡히 애원하고 굳세게 제지하여 마침내 아버지를 적에게서 완전히 떼어놓았다. 두 노인은 거칠게 숨을 들이쉬었고 서로 등을 돌리면서도 다시 욕하고 소리 지르기 시작했다. 하지만 자식들은 죽은 듯이 숨도 거의 쉬지 않고 조용히 있었고, 방향을 바꿔 헤어질 때는 물과 물고기들로 인해 축축하고 차가워진 손으로 아버지들 몰래 잽싸게 악수를 나누었다.

두 패가 으르렁대며 각자의 길을 가자 구름이 다시 하늘을 가려 점점 더 어두워지더니 비가 억수같이 시냇가에 쏟아졌다. 만츠는 어둡고 축축한 길을 앞장서서 어슬렁어슬렁 걸어갔고 쏟아지는 빗속에서 두 손을 주머니에 넣고 고개를 살짝 수그렸다. 아직도 얼굴이 부르르 떨렸고 이가 갈렸다. 남몰래 흐르는 눈물이 뻣뻣한 수염을 타고 흘러내렸는데, 눈물 닦는 걸 들킬까봐 그냥 흘러내리게 내버려두었다. 하지만 아들은 행복한 환상에 정신이 팔려 아무것도 보지 못했다. 아들은 비와 폭풍우도, 어둠과 비참함도 느끼지 못했고, 오히려 몸과 맘이 경쾌하고 밝고 따뜻하기만 했다. 마치 왕자가 된 듯 부유하고 비호받는 느낌이었다. 가까이 다가온 예쁜 얼굴의 짤막한 미소를 끊임없이 떠올렸고 삼십분은 족히 지난 지금에서야 비로소 그 미소에 답례를 보냈다. 사랑으로 가슴이 벅차올라 밤과 궂은 날씨를 향해 그리고 어딜 가든 어둠을 뚫고 자기를 향해 다가오는 그 사랑스러운 얼굴을 향해 미소를 지어 보였다. 그는 브렌헨이 길을 가면서도 틀림없이 자신의 미소를 알아채고 보고 있을 거라고 확신했다.

이튿날 잘리의 아버지는 기가 죽은 듯 집 밖에 나가려 들지 않았다. 그간의 사건 일체와 수년간의 비참함이 오늘은 새롭게 보다 선명한 모습을 띠면서 형편없는 술집의 답답한 공기 속으로 무겁게 퍼져나갔다. 그래서 남편과 아내는 풀이 죽고 주눅이 들어 유령처럼 이리저리 어슬렁거렸다. 술청에서 어두컴컴한 방으로, 방에서 부엌으로, 다시 부엌에서 손님 한명 없는 술청으로 몸을 질질 끌고 다녔다. 결국은 각자 한쪽 모서리에 웅크리고 앉아 지쳐 초주검이 된 채 말다툼과 비난으로 하루를 시작했다. 아내는 이따금 잠이 들기도 했지만, 양심상 불안한 백일몽에 시달리다가 다시 깨곤 했다. 잘리만 이런 것들을 보지도 듣지도 못했다. 오직 브렌헨 생각뿐이었기 때문이다. 그는 어제 본 것을 아주 분명하고 정확하게 인지하고 있었기 때문에 점점 더, 자신이 말할 수 없이 부유할 뿐만 아니라 무언가 정의로운 것을 알게 됐고 마침내 정말로 아름답고 선한 것을 알게 된 것 같은 기분에 사로잡혔다. 이런 앎은 마치 하늘이 선사해준 것 같았기에 계속해서 행복한 경탄에 사로잡혔다. 하지만 그는 지금 자신을 신기하고 감미롭게 휘감고 있는 그것을 이미 예전부터 알고 있었던 것 같은 느낌이 들었다. 그 어떤 것도 이런 행복이 주는 풍요로움과 오묘함에 견줄 수 없었다. 그것은 목사님에게 세례를 받고 다른 이름들과는 구별되는 자신의 이름을 부여받을 때처럼 명료하고도 분명하게 체험되는 그런 행복이었다.

잘리는 이날 심심하다거나 불행하다는 생각도, 가난하다거나 절망스럽다는 생각도 하지 않았다. 오히려 매 순간 끊임없이 브렌헨의 얼굴과 모습을 상상하느라 매우 분주했다. 그런데 이렇게 흥분된 상상의 결과 상상의 대상이 완전히 사라지다시피 했다. 그러니까 부단히 상상을 한 탓에 이제는 브렌헨의 모습이 정확히 떠오르질 않는 것이다. 기억 속에는 그녀의 모습이 어렴풋하게만 남아 있어서 만약 그녀를 그려보라고 하면 그릴 수 없을 것만 같은 생각이 들었다. 그는 그녀가 마치 자기 앞에 서 있기라도 한 듯 계속해서 그 모습을 바라보았고 그로부터 기분 좋은 인상을 받았다. 그렇지만 그야말로 한번 보았을 뿐인 어떤 것의 영향 아래 있으면서도 실체는 아직 모르는 그 무엇을 바라보고 있는 것만 같았다. 그는 매우 만족해하며 어린 소녀의 예전 얼굴을 정확하게 떠올려보았지만 어제 본 그 얼굴은 아니었다. 만약 브렌헨을 두번 다시 못 보게 된다면 그의 기억력은 스스로 힘을 발휘하여 그 사랑스러운 얼굴을 하나도 빠짐없이 말끔하게 재생시켜야만 했다. 하지만 그의 기억력은 영리하고도 완고하게 그 임무를 거절했는데, 두 눈이 그 권리와 쾌락을 요구했기 때문이다. 오후가 되어 태양이 컴컴한 집들의 위층을 밝고 따뜻하게 비추자 잘리는 옛 고향을 향해 성문을 빠져나갔다. 옛 고향은 이제 번쩍거리는 열두 대문이 있는 천국의 예루살렘 같아 보였다. 가까이 다가가자 가슴이 두근거렸다.

그는 도중에 브렌헨의 아버지와 마주쳤다. 시내에 가는 것 같았다. 그는 매우 거칠고 부도덕해 보였는데, 회색으로 변한 수염은 몇 주 동안이나 면도를 안한 상태였다. 자신의 땅을 날리고 이제 다른 이에게 못된 짓을 하러 가는, 정말 못되게 망한 농부처럼 보였다. 그럼에도 잘리는 서로 스쳐지나갈 때 이제는 증오심이 아니라 두려움과 겁에 질린 눈으로 그를 바라보았다. 마치 자신의 인생이 그의 손에 달려 있기라도 해서, 억지를 써서 빼앗기보다는 오히려 그에게 간청하여 얻어내고 싶은 심정이었다. 하지만 마르티는 악의에 찬 시선으로 잘리를 위에서 아래로 한번 훑어보더니 가던 길을 갔다. 하지만 그것은 잘리에게는 잘된 일이었다. 노인네가 마을을 떠난 것을 보았기에, 이제는 자신이 여기서 정말 뭘 원하는지 더 분명히 알게 되었다. 그는 오래전부터 잘 알고 있는 마을 주위의 오솔길들을 빙빙 돌다가 인적이 뜸한 골목길로 살금살금 걸어가 마르티의 집과 마당 맞은편에 도달했다. 이렇게 가까이서 그 집을 본 것은 몇년 만이었다. 마을에서 살 때도 원수가 된 상대의 울타리에 다가가지 않도록 양쪽이 조심했기 때문이다. 그는 자기 부모님의 집에서 벌어진 일이 여기서도 벌어지고 있는 걸 보자 깜짝 놀라 매우 의아해하면서 눈앞에 있는 황폐한 집을 바라보았다. 마르티는 밭을 차례로 저당 잡혔기에 이제는 집과 앞마당 외에는 작은 정원과 오랫동안 고집스럽게 내놓지 않으려 했던 강가 언덕의 밭이 그가 가진 전부였다.

하지만 이제는 정상적인 경작이란 말은 꺼낼 수가 없는 상황이었다. 전에는 추수 때가 되면 고르게 익은 곡식들이 밭에서 아름답게 물결쳤다면, 지금은 낡은 상자와 찢어진 봉투를 탈탈 털어서 얻은 온갖 종류의 찌꺼기 씨앗들이 뿌려져 자라고 있었다. 무와 채소, 감자 같은 것들이 조금씩 자라고 있었던 터라 정말 조잡하게 경작된 채소밭이거나 기이한 식물표본 같았다. 배는 고픈데 먹을 게 없으면 입에 풀칠이나 하려고 여기서 무 한 뿌리를 뽑아먹고, 저기서 감자나 채소 한다발을 뽑아먹는 그런 곳이었다. 다른 것들은 제멋대로 자라거나 썩게 내버려둔 상태였다. 또 아무나 제멋대로 밭에 들어가 이리저리 돌아다녔기에 그 넓고 아름다웠던 밭이 이제는 모든 불행의 근원이었던 저 주인 없는 밭과 흡사해 보였다. 집 주위에서도 농사일과 관련해서는 아무 흔적도 엿볼 수가 없었다. 외양간은 텅 비었고 문들은 달랑 문고리 하나에 의지해 달려 있었다. 여름 내내 어지간히도 자란 거미들이 어두컴컴한 현관 앞에다 쳐놓은 거미줄이 햇빛을 받아 반짝거리고 있었다. 예전에는 토지의 수확물들로 가득했지만 이제는 텅 비어 활짝 열려 있는 창고의 문 옆에는 잘못된 낚시질의 증거물인 형편없는 고기잡이 도구들이 걸려 있었다. 마당에는 닭이나 비둘기 한마리 없었고 고양이나 개도 찾아볼 수 없었다. 움직이는 것이라고는 분수밖에 없었는데, 물이 관에서 흘러나오는 게 아니라 바닥 근처의 갈라진 틈에서 솟아나와 바닥 위로 흘러넘쳐 여기저기에 작은 웅덩이를 만들어놓았다. 그야말로 가장 명백한 게으름의 상징이라 할 만했다. 마르티가 조금만 수고했더라면 구멍을 막고 관을 고칠 수 있었기 때문이다. 브렌헨은 이 황폐한 곳에서 깨끗한 물을 얻어내느라, 말라비틀어지고 터진 물통 대신에 바닥에 있는 얕은 웅덩이에서 빨래를 하느라 고생했다. 집 자체도 참담해 보이기는 마찬가지였다. 창문은 여기저기가 깨져 종이로 발라놓은 상태였는데, 그래도 이 몰락한 장소에서 가장 그럴듯해 보였다. 유리창은 금이 갔을지라도 투명하고 깨끗하게 닦여 있었기 때문이다. 그래, 보기 좋게 닦여 있었기에 가난한 브렌헨에게 호사스러운 나들이웃을 대신해주고 있는 그녀의 눈동자만큼이나 환하게 반짝거리고 있었다. 그리고 브렌헨의 눈동자에 곱슬곱슬한 머리와 주황색 면목도리가 어울리듯, 반짝거리는 창문들에는 이리저리 집을 감싸며 타고 오른 야생의 초록 식물들, 바람에 나부끼는 완두콩 넝쿨들, 향기 진동하는 주황색의 개망초 무리가 어우러져 있었다. 완두콩 넝쿨들은 주로 갈퀴자루나 땅에 거꾸로 세워놓은 몽당빗자루에 달라붙어 있기도 했고, 녹슬어 부식된 단창短槍에 바짝 붙어 있기도 했다. 파수꾼이었던 브렌헨의 할아버지가 갖고 온 그 단창을 그들은 단검이라고 불렀는데, 지금은 필요에 따라 완두콩 넝쿨 받침대로 사용되고 있었다. 또 완두콩 넝쿨은 언젠가부터 집에 기대어놓은 부서진 사닥다리를 타고 제 맘대로 기어올라가고 있었다. 그리고 브렌헨의 곱슬곱슬한 머리카락이 그녀의 눈동자 밑으로 흘러내리듯 완두콩 넝쿨이 투명한 창문 아래로 드리워져 있었다. 농가라기보다는 오히려 그림 같은 그 집은 마을에서 약간 떨어져 있어서 인근에 다른 집들이 없었기에 그 순간 어디서도 생명체의 인기척을 느낄 수가 없었다. 그래서 잘리는 안심하고 서른발자국 정도 떨어진 낡은 곳간에 기대어 꼼짝도 않고 그 고요하고 황폐한 집을 건너다보고 있었다. 그렇게 한참을 기대어서 바라보고 있자 브렌헨이 대문 아래로 나와 오랫동안 앞을 내다보았다. 생각이 온통 한가지에 고정되어 있는 것 같았다. 잘리는 꼼짝 않고 그녀에게서 눈을 떼지 않았다. 마침내 그녀가 우연히 이쪽을 바라보자 그는 그녀의 눈에 포착되었다. 그들은 잠시 환영을 보기라도 하듯 서로를 건너다보았다. 마침내 잘리가 몸을 똑바로 세우더니 천천히 길을 건너 브렌헨에게로 갔다. 그가 가까이 다가오자 그녀는 그에게 손을 내밀면서 말했다. "잘리!" 그는 손을 잡고 계속해서 그녀의 얼굴을 바라보았다. 그녀는 그가 보는 앞에서 얼굴이 온통 빨개지면서 눈물을 쏟아냈다. 그녀가 말했다. "여기는 왜 왔어?"—"너 보려고!" 그가 대답했다. "우리 다시 좋은 친구가 될 수 없을까?"—"그럼 부모님들은?" 손이 자유롭지 않아 가릴 수가 없었기에 눈물이 흐르는 얼굴을 옆으로 돌리면서 브렌헨이 물었다. "부모님들이 무슨 짓을 했든 그리고 지금은 어찌됐든 그게 우리 잘못이야?" 잘리가 말했다. "만약 우리 둘이 뭉쳐서 서로 정말 사랑한다면 그 불행을 막을 수 있을 거야."—"절대 그럴 리 없어." 브렌헨이 깊은 한숨을 내쉬면서 말했다. "제발 네 갈길을 가, 잘리!"—"지금 혼자 있어?" 잘리가 물었다. "잠깐 들어가도 돼?"—"아버지는 네 아버지에게 시비를 걸러 시내에 가셨어. 하지만 들어오면 안돼. 나중엔 지금처럼 사람들 눈에 안 띄며 떠나는 게 불가능할 수도 있으니까. 아직은 다 조용하고 길에 아무도 없으니까, 제발 지금 가!"—"아니, 이렇게는 못 가! 어제부터 계속 네 생각만 했다고. 지금 갈 순 없어. 우린 서로 이야기해야 해. 삼십분 아니 한시간만이라도. 서로에게 좋을 거야!" 브렌헨은 잠시 생각하더니 말했다. "난 저녁 무렵에 밭에 나가곤 해. 어딘지 알지? 우리에게 남은 건 그곳밖에 없어서 거기에서 채소를 가져오거든. 사람들은 다른 데서 수확을 하니까 거기엔 아무도 없을 거야. 원하면 그곳으로 와. 하지만 지금은 가. 아무에게도 눈에 안 띄게 조심하고! 지금은 우리랑 가까이 지내는 사람이 아무도 없긴 하지만 소문이 나면 금방 아버지 귀에 들어갈 거야." 그들은 서로 손을 놓았다가 금방 다시 잡더니 동시에 말했다. "잘 지내고 있지?" 하지만 대답은 않고 다시 똑같은 질문을 했다. 사랑하는 사람들이 그렇듯 더는 뭐라고 말해야 할지 몰랐기에 모든 것을 말해주는 눈빛으로 대답했다. 그리고 더는 아무 말 않고 마침내 행복하기도 하고 슬프기도 한 가운데 서로 헤어졌다. "금방 따라갈게, 곧장 그리로 가!" 브렌헨이 뒤에서 큰 소리로 말했다.

잘리는 두개의 밭이 펼쳐져 있는 조용하고 아름다운 언덕 위로 곧장 올라갔다. 찬란하고 고요한 7월의 태양, 무르익어 일렁이는 곡식 들판 위를 흘러가는 흰 구름들, 저 아래서 물결치며 흘러가는 반짝거리는 푸른 강, 이 모든 것이 몇년 만에 다시 그의 마음을 근심이 아닌 행복과 만족감으로 채워주었다. 그는 마르티의 황폐한 밭의 경계가 되는 밀밭의 투명하고 옅은 그늘 아래에 길게 드러누워서 행복감에 젖어 하늘을 바라보았다.

십오분도 채 지나지 않았는데 브렌헨이 뒤따라왔다. 잘리는 오로지 자신의 행운과 그 행운의 이름만 생각하고 있었는데, 그 행운이 갑자기, 예기치도 않게 그의 앞에 서서 웃으면서 내려다보고 있는 것이었다. 그는 기쁘고 놀란 나머지 벌떡 일어났다. "브렐리!" 그가 외쳤다. 그녀는 말없이 웃으면서 그에게 두 손을 내밀었다. 이제 그들은 서로 손을 잡고 별말 없이 바람에 속삭이는 이삭을 따라서 강까지 내려갔다 되돌아왔다. 행복에 젖은 그들은 말없이 두세 번 왔다 갔다 했다. 이런 왕복 장면은 햇살이 비치는 둥근 언덕 위로 올라왔다가 언덕 뒤로 사라져간 성좌와도 같아 보였는데, 예전에 그들 아버지들이 착실하게 밭을 갈 때의 모습이 그랬었다. 그때 푸른 수레국화를 응시하다가 눈을 들자 문득 어떤 어두운 별이 그들 앞으로 지나가는 게 보였다. 갑자기 어디서 나타났는지 알 수 없는 거무스름한 사내였다. 사내는 곡식 사이에 누워 있었던 것 같았다. 브렌헨은 오싹해서 몸이 움츠러들었고, 잘리는 깜짝 놀라며 말했다. "깜둥이 바이올린장이야!" 그들 앞을 스쳐지나가는 그 사내는 정말 겨드랑이에 바이올린과 활을 끼고 있었고 온통 거무스름해 보였다. 검은색 펠트 모자와 검게 그을린 저고리뿐만 아니라 머리카락도 칠흑같이 검었고 깎지 않은 수염과 얼굴, 손도 마찬가지로 시커멨다. 온갖 작업도구들을 갖고 다니면서 대부분 숲에서 땜질하는 일을 했고, 때론 숯을 굽거나 역청을 모으기도 했기 때문이다. 그는 농부들이 어디선가 여흥을 즐기려고 축제를 벌이면 그곳에서 돈을 벌려는 생각에 바이올린을 들고 나타났다. 잘리와 브렌헨은 그가 들판을 지나 뒤도 안 돌아보고 사라질 거라고 생각하며 쥐 죽은 듯 조용히 그의 뒤를 따라갔다. 그가 그들을 전혀 눈치채지 못한 것처럼 행동했던 것이다. 게다가 그들은 이상한 마력에 빠져들어 감히 그 오솔길을 떠날 생각을 못하고 자신들도 모르게 그 무시무시한 사내의 뒤를 따라, 여전히 논란 중인 삼각형의 밭에 수북이 쌓인 그 가당찮은 돌무더기가 있는 들판 끝까지 걸어갔다.

그곳에는 수많은 양귀비꽃과 들장미가 제멋대로 자라고 있어서 작은 돌산은 눈앞에서 붉게 타오르고 있는 것 같았다. 깜둥이 바이올린장이는 갑자기 돌무더기 위로 껑충 뛰어오르더니 뒤돌아서 주위를 둘러보았다. 둘은 멈춰서서 어쩔 줄 몰라하며 그 시커먼 사내를 올려다보았다. 그 길이 마을로 향하는 길이라 지나쳐서 갈 수도 없었고 또 그가 보는 앞에서 뒤돌아서고 싶지도 않았기 때문이다. 그는 매서운 눈초리로 그들을 바라보더니 소리쳤다. "너희가 누군지 알고 있다! 나한테서 여기 이 밭을 훔쳐간 이들의 자식들이지. 너희 되어가는 꼬락서니를 보니 고소하구나. 너희가 내 앞에서 망하는 꼴을 보고야 말 거다! 이 어린 것들아, 나를 보아라! 내 코가 마음에 들지, 응?" 실제로 그의 코는 무시무시했다. 그의 코는 깡마르고 검은 얼굴 위로 커다란 각도기가 우뚝 솟은 것처럼 보이기도 했고 얼굴에 콱 박혀 있는 큼직한 몽둥이나 곤봉 같아 보이기도 했다. 그리고 그 아래 동그랗고 작은 구멍 같은 입을 이상하게 삐죽대고 오므리면서, 끊임없이 후후대고 휘파람 불며 씩씩거렸다. 게다가 작은 펠트 모자는 아주 망측해 보였다. 둥근 것도 각이 진 것도 아닌 독특한 모양을 하고 있어서 가만히 있는데도 매 순간 그의 얼굴 모습이 달라 보였다. 그리고 사내의 두 눈에서는 눈동자가 쉼없이 번개처럼 재빠르게 움직였고 두마리 토끼처럼 지그재그로 움직였기에 거의 흰자위밖에 안 보였다. 그가 이어서 말했다. "날 봐라! 너희 아버지들은 나를 잘 알고 있다. 이 마을 사람이라면 누구나 내 코만 봐도 내가 누군지 알 수 있지. 몇 년 전에 이 밭의 상속자에게 얼마간의 돈이 예치되어 있다는 공고가 나붙었다. 나는 스무번이나 신고를 했지만, 세례증서와 호적등본이 없고 또 내 친구들, 나의 출생을 보았던 저 실향민들도 법적 효력이 있는 증명서가 없었지. 그러다가 기한이 지나갔고 나는 한푼도 받지 못했다. 그 돈으로 어디 다른 곳에 갈 수 있었을 텐데 말이다! 나는 너희 아버지들에게 내 증인이 되어달라고 간청을 했다. 양심상 내가 정당한 상속자라는 걸 알고 있으니까. 하지만 그들은 나를 자기네 마당에서 내쫓았고, 이제는 그들 자신이 쫄딱 망해버렸지! 각설하고, 그게 세상 돌아가는 이치다. 나는 그것으로 족해. 너희가 춤추고 싶다면 바이올린을 켜주겠다!" 그는 이렇게 말한 다음 돌무더기 다른 편으로 뛰어내려서 마을을 향해 걸어갔다. 저녁 무렵이 되자 마을은 풍성한 수확으로 즐거운 기분에 젖어 있었다. 그가 사라지고 나자 두 사람은 의기소침하고 침울해져 돌 위에 주저앉았다. 팔짱을 끼고 있던 팔을 풀어 처량하게 고개를 고였다. 바이올린장이의 출현과 그의 이야기가 아이들처럼 행복에 젖어 이리저리 거닐던 그들을 행복한 망각상태로부터 잡아채냈던 것이다. 이제 불행의 매정한 바닥에 앉아 있노라니 명랑했던 삶의 빛은 어두워지고, 마음도 돌처럼 무거워졌다.

그때 뜻밖에 바이올린장이의 기이한 모습과 코가 생각난 브렌헨이 갑자기 밝게 웃으면서 말했다. "그 불쌍한 사람은 되게 익살맞아 보였어! 무슨 코가 그렇담?" 무척이나 사랑스럽고 해맑은 명랑함이 소녀의 얼굴 위로 퍼져나갔다. 그녀는 마치 바이올린장이의 코가 우중충한 구름을 몰아내주기만을 기다리고 있었던 것 같았다. 잘리는 브렌헨을 바라봤고 그 명랑함을 보았다. 그런데 소녀는 벌써 자기가 웃는 이유를 잊은 채 그저 잘리의 얼굴만 바라보며 웃었다. 당황하고 놀란 잘리는 맛있어 보이는 호밀빵을 발견한 허기진 사람처럼, 저도 모르게 입가에 미소를 띠며 브렌헨의 눈을 응시했다. 그리고 외쳤다. "맙소사, 브렐리! 넌 정말 예뻐!" 브렌헨은 그를 보면서 더 크게 웃었고, 목구멍에서 짧고 대담한 웃음소리들을 낭랑하게 내뱉었다. 가련한 잘리의 귀에는 그 웃음소리가 나이팅게일의 노랫소리처럼 들렸다. "오, 이 요술쟁이야!" 그가 외쳤다. "그거 어디서 배웠어? 굉장한 요술을 부리는데?"—"아이참, 무슨, 이건 요술이 아니야!" 브렌헨이 애교 띤 목소리로 말하면서 잘리의 손을 잡았다. "오래전부터 한번 큰 소리로 웃고 싶었어! 이따금 혼자 있을 때 무슨 생각을 하면서 웃은 적이 있어. 하지만 그건 진정한 웃음이 아니었어. 그런데 지금 너를 보고 있으니까 계속 웃고만 싶어져. 그리고 너를 계속해서 보고 싶어! 너도 내게 조금은 호감이 있겠지?"—"오, 브렐리!" 그는 진심 어린 마음으로 그녀의 눈을 바라보며 말했다. "나는 지금까지 어떤 아가씨도 쳐다보지 않았어. 언젠가는 너를 사랑하게 되리라고 늘 생각했어. 원했거나 알고 있던 것도 아닌데 네가 언제나 내 마음속에 있었어!"—"나도 마찬가지야." 브렌헨이 말했다. "난 너보다 훨씬 더 그랬어. 왜냐하면 너는 나를 한번도 쳐다보지 않았고 내가 어떻게 변했는지도 몰랐으니까. 나는 때로는 멀리서, 때로는 가까이서 몰래 너를 눈여겨보았어. 그래서 네 모습이 어떤지 늘 알고 있었어! 우리가 어렸을 때 얼마나 자주 여기에 왔는지 생각나? 그 작은 유모차 생각나? 그 당시 우리가 얼마나 어렸는지, 그게 얼마나 오래전인지! 그러고 보니 이제 우리도 제법 나이를 먹었네."—"너 몇살이야?" 잘리가 매우 즐겁고 흡족해하면서 물었다. "이제 열일곱살 되지?"—"열일곱하고 반살 더 먹었어!" 브렌헨이 대답했다. "넌 몇살이야? 근데 난 벌써 알고 있어. 곧 스무살 되지?"—"어떻게 알았어?" 잘리가 물었다. "그것 봐, 내가 다 안다고 했잖아!"—"어떻게 알았는지 말 안하겠다고?"—"안해!"—"정말 안해?"—"안해, 안해!"—"말

하라니까?"―"강제로 말하게 하려고?"―"말 안하고 배기나 어디
두고 봐!" 잘리는 이런 단순한 대화를 지속하면서 손을 바삐 놀려
벌처럼 보이는 서투른 애무로 예쁜 소녀를 압박했다. 그녀도 느긋
한 마음으로 저항하면서 그런 어리석은 말장난을 이어갔다. 그 공
허함에도 두사람은 말장난이 익살맞고 재밌다고 생각했다. 마침내
약이 오른 잘리가 대담하게 브렌헨의 두 손을 꽉 잡더니 그녀를 양
귀비꽃 사이로 넘어뜨렸다. 벌렁 누운 그녀는 햇빛을 받아 눈을 깜
박거렸다. 뺨은 진홍빛으로 광택이 났고, 반쯤 열린 입안에서는 하
얀 치아 두줄이 반짝거렸다. 까만 눈썹은 섬세하고 아름답게 서로
맞물렸고, 어린 가슴은 서로 뒤엉킨 채 쓰다듬고 공격하는 도합 네
개의 손 밑에서 사정없이 솟구쳤다 가라앉았다. 잘리는 자기 앞에
있는 날씬하고 예쁜 피조물을 보면서 그것이 자기 것임을 깨닫자
기뻐서 어쩔 줄을 몰랐다. 여기가 마치 자신의 왕국인 것 같았다.
"하얀 이를 아직도 갖고 있네?" 그가 웃으면서 말했다. "전에 우리
가 자주 이빨 세던 거 생각나? 이젠 숫자를 셀 줄 알아?"―"이건 그
때 그 이빨들이 아니야, 이 바보야." 브렌헨이 말했다. "이미 오래
전에 다 빠져버렸다고." 잘리는 천진난만하게 그 놀이를 다시 하
기 위해 그녀의 이빨을 세려고 했다. 하지만 브렌헨은 갑자기 빨간
입을 다물고 일어나서 양귀비꽃으로 화관을 만들더니 그것을 머
리에 썼다. 화관은 풍성하고 큼지막해서 갈색 아가씨에게 신비스
럽고 매혹적인 외양을 부여해주었다. 그래서 가난한 잘리는 그림
으로 그려 벽에 걸어놓고 볼 수만 있다면 부자들이 비싼 값을 치렀
을 만한 그런 아가씨를 품 안에 안고 있게 되었다. 그때, 그녀가 일
어서더니 큰 소리로 말했다. "아유, 여긴 너무 더워! 우리가 바보처
럼 여기 앉아서 살갗을 태우고 있었네! 자기, 이리 와! 우리 키 큰

밀밭에 가서 앉아." 그들은 거의 아무런 흔적도 남기지 않고 매우 능숙하게 살며시 미끄러져갔다. 머리 위로 우뚝 높이 솟아 있는 황금빛 이삭들 사이에다 작은 골방을 만들고 그 안에 들어가 앉자 푸른 하늘 외에는 세상 그 어느 것도 보이지 않았다. 그들은 서로 얼싸안고 지체 없이 키스했다. 오래오래 마침내 피곤해질 때까지. 사랑하는 연인 사이의 키스도 일이분이 더 걸리고 청춘의 도취 속에서도 인생의 무상함이 느껴지면 으레 싫증났다고 말하고 싶어지는 법인데, 이들도 싫증이 날 정도로 오랫동안 키스했던 것이다. 그들은 머리 위 높은 데서 종달새 노랫소리가 들리자 날카로운 눈초리로 종달새를 찾아보았다. 푸른 하늘에서 갑자기 반짝거리거나 쏜살같이 날아가는 별똥별처럼 종달새 한마리가 햇빛을 받아 날쌔게 반짝이는 것이 보였다고 생각되면 그에 대한 보상으로 또 키스를 했고, 할 수 있는 한 서로 먼저 보았다고 속여서 먼저 키스하려고 했다. "저기 봐, 저기 한마리가 반짝거리고 있어!" 잘리가 속삭이듯 말했다. 브렌헨 역시 나지막한 목소리로 대꾸했다. "소리가 들리기는 하는데 보이진 않아!"—"저기, 잘 봐! 흰 구름이 있는 곳에서 약간 오른쪽으로 말이야!" 두사람은 열을 내며 쳐다보았고 둥우리의 어린 메추라기들처럼 잠시 입을 벌렸다가 종달새를 봤다고 생각되면 지체 없이 서로 입을 갖다붙였다. 문득 브렌헨이 중단하며 말했다. "그러니까 이제 우리 둘 다 보물을 하나씩 갖게 된 게 분명해. 그렇게 생각하지 않아?"—"응." 잘리가 말했다. "나도 그렇게 생각해!"—"네 보물이 마음에 들어?" 브렌헨이 말했다. "그건 어떤 보물이야? 뭐라고 말할 수 있어?"—"아주 멋진 보물이야." 잘리가 말했다. "갈색 두 눈과 빨간 입이 있고 두 발로 뛰어다녀. 하지만 무슨 생각을 하는지는 로마 교황의 생각만큼이나 알 수가 없어!

넌 네 보물에 대해 뭐라고 말할 수 있어?"—"푸른 두 눈과 쓸모없는 입이 있고 대담하고 강한 두 팔을 사용하고 있어. 그런데 그의 생각은 터키 황제의 생각만큼이나 알 수가 없어!"—"사실 그래." 잘리가 말했다. "우리는 처음 본 사람들처럼 서로에 대해 잘 몰라. 우리가 다 자란 뒤에도 시간이 많이 흘러서 서로 낯설게 되었어! 내 사랑하는 꼬마야, 네 작은 머릿속에서 무슨 생각들이 스쳐지나 갔니?"—"아, 별거 없었어! 온갖 바보 같은 생각들만 떠오르다가도 처지가 이렇다보니 잘 떠오르지가 않았어!"—"불쌍한 내 보물." 잘리가 말했다. "내 생각엔 네가 뭔가 숨기고 있는 것 같은데, 그렇지?"—"네가 날 진정으로 사랑한다면 차츰 알게 될 거야!"—"네가 언젠가 내 아내가 된다면?" 이 말에 브렌헨은 나지막이 떨면서 잘리의 품에 더 깊이 안겼고 또다시 오랫동안 다정하게 그에게 키스했다. 그녀의 두 눈에 눈물이 글썽거렸다. 그들은 자신들의 희망 없는 미래와 아버지들의 적대감이 생각났기에 갑자기 슬퍼졌다. 브렌헨이 한숨 쉬면서 말했다. "자, 이제 가야 해!" 그들이 일어나서 손을 잡고 밀밭을 나가려던 순간, 브렌헨의 아버지가 주위를 주시하면서 그들 앞에 서 있는 것이 보였다. 마르티는 길에서 잘리와 우연히 마주쳤을 때 무익한 불행이 가져다준 좀스러운 민감성이 발동하여, 잘리가 혼자 마을에서 무엇을 찾으려고 하는지 호기심을 갖고 곰곰이 생각해보았다. 그리고 어제의 사건을 떠올리면서 시내를 향해 계속해서 느릿느릿 걸어가다가 순전히 원한과 한가한 자의 악의로 인해 마침내 제대로 실마리를 잡게 되었다. 그는 의혹이 구체적인 모습을 띠게 되자 젤트빌라의 골목 한가운데서 발걸음을 돌려 다시 마을로 돌아와서는 집과 마당 그리고 울타리 주위에서 딸을 찾았으나 찾을 수가 없었다. 호기심이 증폭하자 이제 밭으로 달려나갔고 브렌헨이 평소에 과일을 담아오는 광주리가 밭에 있는 게 보였지만 브렌헨은 어디서도 찾을 수가 없자 이웃의 밀밭을 엿보던 참이었는데, 그때 아이들이 깜짝 놀라며 밭에서 나오고 있었던 것이다.

그들은 돌같이 딱딱하게 굳은 채 서 있었고, 마르티도 그제야 비로소 멈춰서서 납처럼 창백해지더니 악의에 찬 시선으로 그들을 바라보았다. 그는 무섭게 미쳐 날뛰며 욕했고 동시에 분에 겨워 어린 사내를 향해 달려와서 목을 조르려고 했다. 잘리는 마르티의 거친 태도에 깜짝 놀라 뒤로 몇발자국 물러서며 피했다. 그리고 그는 노인네가 이제는 자기 대신에 벌벌 떨고 있는 소녀를 붙잡더니 뺨을 한대 갈겨서 머리에 쓴 붉은색 화관을 떨어뜨리고 또 머리카락을 움켜쥐더니 이리저리 잡아채면서 계속해서 못살게 구는 것을 발견하고는 곧장 마르티에게로 달려갔다. 잘리는 생각할 겨를도 없이 돌멩이를 하나 집어들었고, 반은 브렌헨에 대한 염려로, 또 반은 너무나 화가 치밀어 순간적으로 노인의 머리를 후려쳤다. 마르티는 잠깐 비틀거리는가 싶더니 의식을 잃고 돌무더기 위로 쓰러지면서 가련하게 비명을 지르는 브렌헨까지 함께 넘어뜨렸다. 잘리는 의식 잃은 자의 손에서 브렌헨의 머리카락을 빼내주고는 그녀를 일으켜세웠다. 그러고는 마치 석상처럼, 어쩔 줄 모르고 망연자실하여 서 있었다. 소녀는 죽은 듯이 누워 있는 아버지를 보자 창백해진 자기 얼굴을 손으로 가린 채 다가가더니 벌벌 떨면서 말했다. "네가 아버지를 쳤어?" 잘리는 말없이 고개만 끄덕였고 브렌헨은 소리를 질렀다. "아이고, 맙소사! 우리 아버지야! 불쌍한 사람이란 말이야!" 그러고는 넋을 잃고 그의 위로 엎드려서 머리를 들어올렸는데, 머리에서 피가 나지는 않았다. 그녀는 아버지의 머리

를 다시 내려놓았고 잘리는 그들의 맞은편에 주저앉았다. 두사람
은 죽은 듯 아무런 말도 없이, 마비된 듯 손 하나 꼼짝도 않고 마르
티의 생기 잃은 얼굴을 바라보았다. 가만히 있을 수만은 없었기에
잘리가 말했다. "그렇게 쉽게 돌아가시진 않을 거야! 아직 확실하
지도 않잖아!" 브렌헨은 개양귀비 꽃잎 하나를 따서 창백해진 입
술 위에 올려놓았다. 그러자 꽃잎이 약하게 흔들렸다. "아직 숨 쉬
고 계셔." 그녀가 말했다. "마을에 가서 사람을 불러와줘!" 잘리가
일어나서 달려가려고 하자 그녀는 그를 향해 손을 뻗으면서 불러
세웠다. "같이 돌아오지도 말고 어떻게 된 일인지 말하지도 마. 나
도 아무 말 안할 거니까 나한테선 아무것도 알아내지 못할 거야!"
그녀가 말했다. 어쩔 줄 몰라하는 불쌍한 청년을 향한 그녀의 얼굴
에선 고통의 눈물이 흘러내렸다. "이리 와, 한번 더 키스해줘! 아
니야, 가, 빨리 가! 이제 끝났어, 영원히 끝났어. 우린 함께할 수 없
어!" 그녀는 그를 밀쳐냈고 그는 마지못해 마을로 달려갔다. 낯선
어린 소년과 마주친 그는 근처에 있는 사람들을 불러달라고 부탁
했다. 그리고 도움을 필요로 하는 곳이 어딘지 정확하게 설명해주
었다. 그런 다음 절망에 빠져 그곳을 떠나 밤새도록 숲속을 배회했
다. 그는 아침 일찍 일이 어떻게 됐는지 알아보려고 살짝 밭으로
나갔고, 사람들이 주고받는 말에서 마르티가 아직 살아 있지만 인
사불성이며 그에게 무슨 일이 일어난 건지 아무도 모르니 참 기이
한 일이라고 하는 소리를 들을 수 있었다. 그제야 그는 시내로 돌
아와서 자기 집의 어두운 불행 속에 몸을 숨겼다.

브렌헨은 잘리와의 약속을 지켰다. 그녀 자신도 아버지를 그런
상태로 발견했다는 것 말고는 아무 말도 하지 않았다. 그리고 마르

티가 의식은 없지만 다음날 다시 버젓이 깨어나 숨을 쉬는데다 고소인이 아무도 없었기에 사람들은 그가 술 취해서 돌에 걸려 넘어진 걸로 생각하여 그 사건을 그냥 방치해두었다. 브렌헨은 그를 간호했고 의사에게서 약을 받아오거나 자신을 위해 형편없는 수프를 끓일 때 말고는 그의 곁을 떠나지 않았다. 그녀는 밤낮으로 깨어 있으면서도 거의 아무것도 먹지 않았고, 아무도 그녀를 도와주는 사람이 없었다. 비록 환자가 슬슬 다시 음식을 먹기 시작했고 침대에서 제법 쾌활한 모습을 보여주긴 했지만, 서서히 의식을 되찾기까지는 거의 육주가 걸렸다. 그런데 그가 회복한 의식은 예전과 달라졌다. 말을 하면 할수록 바보가 되었다는, 그것도 굉장히 기이한 방식으로 그렇게 됐다는 사실만 점점 더 분명해졌다. 그는 무슨 일이 있었는지 아주 어렴풋하게만, 자기와는 아무 상관도 없는 매우 유쾌한 일로만 기억했고 언제나 바보처럼 웃기만 하고 기분 좋아했다. 그는 침대에 누워서도 온갖 어리석고 무의미하고 쾌활한 허튼소리와 생각을 쏟아냈고 얼굴을 찡그리며 검은색 모직 펠트 모자를 눈코 있는 데까지 깊숙이 눌러썼다. 그래서 코가 천이 덮인 관처럼 보였다. 고생해서 핼쑥해지고 창백해진 브렌헨은 참을성 있게 아버지의 말을 들어주면서 눈물을 흘렸는데, 불쌍한 딸에게는 바보가 된 아버지가 예전에 못되게 굴 때보다 더 염려되었던 것이다. 하지만 노인네가 때때로 우스꽝스러운 짓을 할 때면 그녀는 고통 중에도 큰 소리로 웃었는데, 그녀의 억눌린 심성은 시위에 메겨 당긴 화살처럼 언제든 유쾌한 일을 향해 날아갈 준비가 되어 있었던 것이다. 그렇지만 그뒤에는 그만큼 더 쓰라린 비애가 뒤따르곤 했다. 마르티가 일어날 수 있게 되자 이제 그와는 아무것도 할 수가 없었다. 그는 바보짓만 골라 했다. 웃으면서 집 주위를 살살이 뒤지고 다니거나, 햇볕 아래 나가 앉아 혀를 쑥 내밀고 있거나 콩밭에 대고 긴 연설을 늘어놓는 식이었다.

그러던 중 얼마 안 남은 그의 옛 소유물이 전부 소실되고 말았다. 몰락이 더욱 기승을 부려 오래전에 저당 잡힌 집과 마지막 남은 밭도 이제는 법원에 공매된 것이다. 만츠의 두 밭을 산 농부가 마르티의 완전한 몰락과 그의 신병을 이용하여 돌무더기 때문에 벌어진 오랜 분쟁을 간단하고도 단호하게 끝내버렸기 때문이다. 소송에서 진 마르티는 완전 알거지가 되었는데 백치 상태인지라 뭐가 어떻게 돌아가는지 아무것도 몰랐다. 경매가 벌어진 다음, 관청의 주도하에 공공비용으로 마르티를 그런 유의 가난한 바보들을 위한 기관에 보냈다. 그 기관은 주의 수도에 있었다. 건강하고 식욕이 왕성한 이 바보는 잘 먹은 다음, 감자 한두포대를 팔러 시내에 가는 가난한 농부의 소달구지에 실려갔다. 브렌헨은 생매장되기 위해 마지막 길을 떠나는 아버지와 동행하고자 달구지에 같이 타서 아버지 옆에 앉았다. 그건 슬프고 쓰디쓴 행렬이었지만 브렌헨은 아버지를 세심하게 돌보면서 조금도 부족한 것이 없게 해드렸다. 그녀는 가는 곳마다 이 불행한 사람의 바보짓을 보고 흥미를 느낀 사람들이 달구지를 졸졸 따라와도 주위를 뒤돌아보거나 초조해하지 않았다. 그들은 마침내 시내의 널찍한 건물에 도착했다. 그곳의 긴 복도와 마당, 정겨운 정원에는 비슷한 바보들로 북적였는데, 모두 흰 가운을 입고 우둔한 머리 위로는 질긴 가죽모자를 쓰고 있었다. 마르티도 브렌헨이 보는 앞에서 그 옷으로 갈아입었다. 그러자 그는 아이처럼 좋아서 노래하고 춤추면서 이리저리 돌아다녔다. "안녕하세요, 친애하는 신사님들!" 그는 자신의 새 동료들을 향해 말했다. "여기에 예쁜 집을 장만하셨군요! 브렝겔, 집에 가서 엄마에게 말해라. 이제 난 집에 안 간다고, 여기가 정말 맘에 든다고. 야호! 고슴도치가 울타리를 넘어간다. 고슴도치가 짖어대는 소리가 들리네! 오, 아가씨, 늙은 놈에겐 키스하지 말고 젊은 놈하고만 키스해요! 모든 냇물이 라인 강으로 흘러가듯, 살구 눈을 가진 여인들은 그래야만 하네! 브렌리, 너 벌써 가니? 유리관 속에 든 시체 같구나. 그래도 나는 아주 즐겁다! 암여우가 들판에서 울부짖네. '여보시우, 여보시우!' 여우는 마음이 아프다네! 하하!" 한 감독관이 그에게 조용히 하라고 명령한 뒤 간단한 일을 시키자, 브렌헨은 달구지를 찾아나섰다. 그녀는 달구지에 앉아 빵 한조각을 꺼내 먹은 다음 잠이 들었고, 농부가 그녀를 태운 달구지를 끌고 마을로 돌아갔다. 그들은 밤중이 되어서야 마을에 도착했다. 브렌헨은 자신이 태어난, 앞으로 이틀밖에는 더 살 수 없는 집으로 들어갔다. 이제 난생처음 집에 홀로 있게 된 그녀는 마지막 남은 커피 한잔을 마시려고 불을 켰다. 그러자 몹시 비참한 생각이 들어, 부뚜막에 걸터앉았다. 딱 한번만이라도 잘리를 보고 싶은 마음에 애를 태우며 간절히 그를 바라고 있었다. 하지만 근심걱정으로 인해 그녀의 동경은 비참해졌고, 이 동경이 다시 근심에 무게를 더해주었다. 그녀가 그런 상태로 앉아서 양손으로 머리를 괴고 있을 때 열린 문으로 누군가 들어왔다. "잘리!" 브렌헨은 위를 올려다보며 소리치더니 그의 목에 매달렸다. 그런 다음 그들은 서로를 바라보고 놀라서 외쳤다. "이게 무슨 꼴이람!" 잘리 또한 브렌헨보다 덜 창백하거나 덜 수척해 보이지는 않았기 때문이다. 그녀는 모든 걸 잊고 그를 부뚜막으로 데리고 가서 말했다. "어디 아팠어? 아니면 너희 집도 안 좋아졌어?" 잘리가 대답했다. "아니, 아프지 않아. 널 보고 싶어 난 상사병만 빼면! 지금 우리 집은 잘나가고 있어. 아버지는 외지 건달들을 끌어들여 그들에게 은신처를 제공하고 있어. 내가 보기엔 장물아비가 되신 거 같아. 그래서 당분간은 우리 선술집에 손님이 들끓을 거야. 하지만 결국 비참한 종말을 맞이하고 말겠지. 어머니도 오로지 집이 잘되길 바라는 비뚤어진 욕심에 돕고 계셔. 그런 부정한 일도 일종의 감시와 질서가 있으면 타당하고 득이될 수 있다고 생각하시니! 나한테 뭘 물어보는 사람도 없고, 나도 그 일에 신경을 많이 쓸 수가 없었어. 밤낮으로 네 생각만 났기 때문이야. 온갖 건달들이 우리 집에 드나들기 때문에 너희 집에서 일어나는 일들을 매일같이 들었어. 아버지는 어린아이처럼 기뻐하셨어. 네 아버지가 오늘 요양원에 실려가셨다는 건 우리도 들었어. 그래서 이제 네가 혼자 있을 거라고 생각해서 널 보러 온 거야!" 브렌헨은 이제 자신을 짓누르고 있는 것들, 그동안 겪은 일들을 그에게 다 털어놓았는데, 그가 곁에 있어 행복했기에 마치 굉장히 행복한 일에 대해 묘사하듯이 가볍게 그리고 안심하고 이야기했다. 그녀는 그사이에 임시변통으로 커피를 한잔 가득 만들어와서 애인에게 나눠마시자고 강요했다. "그러니까 모레 이 집을 떠나야 한다고?" 잘리가 말했다. "맙소사, 그럼 앞으로 어떻게 되는 거야?"—"모르겠어." 브렌헨이 말했다. "고용살이를 하러 타지로 나가야겠지! 그런데 너 없이는 못 견딜 것 같아. 하지만 다른 건 다 그냥 두고라도 네가 우리 아버지를 쳐서 정신 나가게 했기 때문에 절대 너와 결혼할 순 없어! 이것이 언제나 우리 결혼의 걸림돌이 될 거야. 근심걱정이 우리 둘을 떠나지 않을 거야, 절대로!" 잘리가 한숨 쉬며 말했다. "나도 군인이 되거나 타지에 나가 머슴으로 고용살이하는 걸 수백번 생각했어. 하지만 네가 여기 있는 한 떠날 수가 없어. 널 생각하다 기운이 다 빠지곤 해. 불행 때문에 너를 향한 내 사랑이 더 견고해지고 고통스러워져서 이젠 너 없이는 죽을 것만 같아! 이런 건 상상도 못했던 일인데!" 브렌헨은 사랑 가득한 미소로 그를 바라보았다. 그들은 이제 벽에 등을 기댄 채 아무 말도 하지 않았다. 오히려 침묵하면서, 온갖 슬픔을 뛰어넘어 고개를 들기 시작한 행복한 감정에 자신을 내맡겼는데, 정말 아주 진심으로 자신들이 행복하고 사랑받고 있다고 느꼈다. 그러다가 불편한 부뚜막에서 베개와 시트도 없이 평화롭게 잠이 들었다. 요람에 누운 아이들처럼 포근하고 고요하게 잤다. 어느새 날이 밝자 잘리가 먼저 잠에서 깼다. 그는 될 수 있는 대로 살며시 브렌헨을 깨웠다. 그녀는 잠에 취해 점점 더 그에게 기대면서 깨려고 하지 않았다. 그러자 그는 그녀의 입에 강렬하게 키스했고, 브렌헨은 벌떡 일어나서 눈을 휘둥그레 떴다. 그리고 잘리를 보자 큰 소리로 말했다. "맙소사! 방금도 네 꿈을 꾸었어! 결혼식을 하면서 오랫동안, 몇시간이고 함께 춤을 추는 꿈이었어! 우리는 좋은 옷을 입고 아주 행복했어. 부족한 게 하나도 없었어. 마침내 우리가 키스하려고 했고 그러길 갈망했는데 무언가가 계속해서 우리를 떼어놓았어. 이제 보니 우리를 방해하고 가로막은 게 바로 너였어! 하지만 네가 여기 있으니까 얼마나 좋은지 몰라!" 그녀는 갈망하듯 그의 목에 매달려 키스했는데, 끝이 나지 않을 것 같았다. "넌 무슨 꿈을 꾸었어?" 그녀는 그의 뺨과 턱을 쓰다듬으면서 물었다. "숲에서 긴 길을 한없이 걸어가는데, 네가 계속해서 멀찍이 떨어져 앞서가다가 이따금씩 뒤돌아서 나를 보고 손짓하며 웃는 꿈을 꿨어. 마치 천국에 와 있는 것 같았어. 그게 전부야!" 그들은 곧장 야외로 통하는 열린 문 쪽으로 갔다. 그리고 서로의 얼굴을 보자 웃지 않을 수가 없었다. 잠잘 때 서로 맞대고 있었던 브렌헨의 오른쪽 뺨과 잘리의 왼쪽 뺨이 서로 눌려서 빨갛게 물든 반면에 다른 쪽 뺨은 서늘한 밤공기로 인해 더욱 더 창백해져 있었기 때문이다. 그들은 차갑고 창백한 뺨도 붉게 만들려고 서로 살살 비벼주었다. 신선한 아침 공기, 주위에 감도는 이슬 맺힌 고요한 평화, 청초한 아침노을이 그들을 즐겁고 근심 없게 해주었다. 특히 브렌헨에게는 근심걱정을 없애주는 다정한 정신이 깃들어 있는 것 같았다. 브렌헨이 말했다. "그러니까 내일 저녁에는 이 집을 떠나 다른 숙소를 찾아야 해. 하지만 그전에 한번, 딱 한 번만이라도 즐거운 시간을 갖고 싶어. 너와 함께 말이야. 어디서든 너랑 진짜 열심히 춤추고 싶어. 꿈에서 추던 춤이 계속해서 머릿속을 맴돌고 있어!"—"어쨌든 난 네 곁에 있을 거고 네가 어디로 가는지 볼 거야." 잘리가 말했다. "나도 정말 너랑 춤추고 싶었어. 이 귀여운 꼬마야! 그런데 어디서 추지?"—"내일 여기서 그리 멀지 않은 곳 두군데에서 교회당 헌당식이 열려." 브렌헨이 대꾸했다. "거기선 우리를 알아보거나 우리에게 주의를 기울이는 사람이 별로 없을 거야. 바깥 강가에서 기다리고 있을게. 즐거운 시간을 보내기 위해 어디든 한번쯤은 맘에 드는 곳에 갈 수 있어. 딱 한번쯤은 말이야! 그런데 우린 돈이 하나도 없어!" 브렌헨이 슬픈 어조로 말했다. "돈이 없으면 아무것도 못해!"—"나한테 맡겨!" 잘리가 말했다. "내가 좀 가져올게!"—"하지만 네 아버지 돈은 말고. 훔친 돈은 아니겠지?"—"아니야, 가만있어봐! 은시계 있는 걸 팔려고 해!"—"말리지는 않겠어." 브렌헨이 얼굴을 붉히면서 말했다. "내일 너랑 춤출 수 없다면 죽을 것만 같거든."—"우리 둘이 같이 죽을 수만 있다면 최고로 좋을 텐데!" 잘리가 말했다. 그들은 작별인사로 애처롭고 쓰디쓴 포옹을 나누었다. 하지만 헤어질 때는 내일에 대한 순수한 희망 속에서 다정하게 웃어 보였다. "그런데 언제 올 거야?" 브렌헨이 다시 큰 소리로 물었다. "늦어도 오전 11시에는 올게." 그가 대꾸했다. "정말 제대로 된 점심을 같이 먹을 생각이야."—"좋아, 좋아! 10시 반에 오면 더 좋겠어!" 그런데 돌아서서 가던 잘리를 그녀가 한번 더 불러세우더니 돌변하여 절망적인 얼굴 표정을 지었다. "아무래도 안되겠어." 그녀는 몹시 슬피 울면서 말했다. "이젠 주일용 구두가 없어! 어제도 시내에 갈 때 이 낡은 구두를 신고 갔어! 구두를 장만할 수가 없어!" 잘리는 당황해서 어쩔 줄을 몰라했다. "구두가 없다고?" 그가 말했다. "이거 신고 가도 돼!"—"안돼, 안돼, 이거 신고는 춤출 수 없어!"—"그럼, 사는 수밖에!"—"어디서, 무슨 돈으로?"—"그야 젤트빌라에서지. 거긴 구둣가게가 많잖아! 두시간 내로 돈을 마련할게!"—"하지만 너랑 젤트빌라에서 돌아다닐 순 없어. 그러면 구두 살 돈이 부족할 거야!"—"그렇겠지! 그럼 내가 구두를 사서 내일 가져올게!"—"바보야, 그럼 구두가 안 맞을 텐데!"—"그럼 낡은 구두를 줘봐. 아니, 네 치수를 재는 게 더 낫겠어. 그럼 마술을 부릴 필요가 없겠지!"—"치수를 잰다고? 맞았어, 그 생각을 못했네! 이리 와, 이리 와. 끈을 하나 찾아줄게!" 그녀는 다시 부뚜막에 앉아 치마를 조금 잡아당기면서 신발을 벗었다. 어제 시내에 갔다 올 때 신었던 흰 양말을 아직도 신고 있었다. 잘리는 무릎을 꿇고 자기가 알고 있는 대로 치수를 쟀다. 끈으로 예쁘장한 발의 길이와 폭을 재고 조심스럽게 끈에 매듭을 지었다. "구두장이 같아!" 브렌헨은 이렇게 말하면서 빨개진 얼굴로 다정하게 그를 내려다보며 웃었다. 잘리도 얼굴이 빨개졌다. 그가 필요 이상으로 오랫동안 발을 꼭 쥐고 있었기에 브렌헨은 얼굴이 더 빨개지면서 발을 빼냈다. 그리고 당황해하는 잘리의 목에 다시 매달려 키스했고, 그런 다음 그를 돌려보냈다.

그는 시내에 가자마자 시계를 들고 시계방에 갔는데, 주인은 그에게 시곗값으로 6~7굴덴을 쳐주었다. 그는 은시곗줄값으로 또 몇 굴덴을 더 받았다. 이제 그는 부자가 된 것 같은 기분이 들었는데, 어른이 된 뒤로 한꺼번에 이렇게 많은 돈을 가져본 적이 없었기 때문이다. 이제 그날이 지나가고 일요일이 밝아오기만 하면, 그 돈으로 기약했던 행복을 살 수 있을 것 같았다. 모레가 암담하고 불확실하게 여겨지는 만큼 고대하던 내일의 즐거움 또한 신비할 만큼 더욱더 광채와 빛을 발했기 때문이다. 그는 그사이에 브렌헨에게 줄 구두 한켤레를 찾으면서 그럭저럭 시간을 보냈는데, 지금껏 그가 한 일 중에서 가장 만족스러운 일이었다. 여기저기 구둣방을 돌아다니면서 여자 구두를 모두 보여달라고 했고, 마침내 가볍고 예쁜 구두 한켤레를 샀다. 브렌헨이 아직 신어본 적이 없을 만큼 아주 예쁜 구두였다. 그는 구두를 품 안에 숨겼고, 그날 내내 품에서 꺼내지 않았다. 잠잘 때도 침대에 갖고 들어가서 베개 밑에 놓았다. 오늘 아침에도 그녀를 보았고 내일도 또 볼 거라는 생각에 그는 푹 잤다. 하지만 아침 일찍 잠이 깼고, 초라한 나들이옷을 될 수 있는 한 깨끗이 손질하여 잘 차려입기 시작했다. 그것이 어머니 눈에 띄었기에 그녀는 무슨 계획이라도 있냐고 물었다. 그가 그렇게 신경을 써가며 옷을 차려입은 게 아주 오랜만이었기 때문이다. 그는 한번쯤 여행할 겸 돌아다니고 싶다고 대답했다. 그러지 않으면 이 집에서 병이 날 것 같다고 했다. "이제 좀 형편이 나아지고 있는데." 아버지가 투덜거리며 말했다. "그런데 어슬렁거리며 돌아다니겠다니!"—"그냥 내버려둬요." 하지만 어머니가 이렇게 말했다. "어쩌면 그게 좋을지도 몰라요. 저 모습 좀 봐요. 몰골이 말이 아니에요!"—"여행할 돈은 있니? 어디서 생겼어?" 아버지가 물었다. "돈은 필요 없어요!" 잘리가 말했다. "옜다, 1굴덴이다!" 아버지가 덧붙여 말하면서 던져주었다. "마을 음식점에 가서 그걸로 뭐 좀 사먹어라. 우리가 여기서 궁핍하게 산다고 생각하지 않게 말이야."—"마을에 가지 않을 거예요. 그 돈 필요 없으니 그냥 넣어두세요!"—"그럼 준 걸로 치마. 돈이 꼭 필요할 때엔 후회할 거다, 이 고집쟁이야!" 만츠는 이렇게 소리치더니 돈을 도로 자기 주머니에 넣었다. 하지만 오늘은 아들 때문에 왠지 마음이 울적하고 뭉클해진 부인이 아들에게 끄트머리가 빨간, 커다란 밀라노산 검정 목도리를 가져다주었다. 그녀가 매우 아끼던 것으로 전에 아들이 갖고 싶어했었다. 그는 목도리를 목에 두른 다음 바람에 나부끼게 길게 늘어뜨렸다. 소박한 자만심이 발동하여 보통은 늘 접혀 있던 옷깃도 처음으로 단정하고 늠름하게 귀가 덮일 만큼 높이 세웠다. 7시가 되자 구두를 외투 안주머니에 넣은 채 서둘러 길을 나섰다. 그는 집을 나설 때 묘한 감정이 솟구쳐서 아버지 어머니와 악수를 했고 길에서도 한번 더 집을 되돌아보았다. "맞았어." 만츠가 말했다. "저 녀석 계집애 꽁무니를 따라다니는 거 같아. 하긴 그럴 때가 되긴 했지!" 부인이 말했다. "부디 행운을 잡으면 좋으련만! 그럼 저 불쌍한 아이에게 좋을 텐데!"—"그래! 틀림없어!" 남편이 말했다. "이번엔 재수 없게 수다쟁이 아가씨에게 걸려든다고 해도 꿈같이 행복할 거야! 그것도 저 불쌍한 녀석에게는 잘된 일일 거야! 암, 그렇고말고!"

잘리는 브렌헨을 기다리기 위해 먼저 강가로 발걸음을 옮겼다. 하지만 중간에 생각을 고쳐먹고 집으로 데리러 가기 위해 마을로 곧장 갔다. 10시 반까지 기다리기에는 시간이 너무 많이 남았기 때문이다. '사람들 눈은 아무래도 상관없어!' 그는 생각했다. '아무도 우리를 도와주지 않아. 나는 떳떳하고 누구도 두렵지 않아!' 그래서 그는 엉겁결에 브렌헨의 방으로 들어갔다. 마찬가지로 예기치 않게 그녀는 벌써 옷을 다 차려입고 잔뜩 꾸미고 앉아서 떠날 시간이 되기만 기다리고 있었다. 오직 구두만 빠져 있었다. 잘리는 소녀를 보자 입을 딱 벌린 채 아무 말도 못하고 방 한가운데에 서고 말았다. 그녀가 너무나 예뻐 보였기 때문이다. 하늘색 물을 들인 평범한 모시옷을 입고 있었을 뿐인데, 산뜻하고 깨끗한 옷이 날씬한 몸매와 아주 잘 어울렸다. 그녀는 그 위에 눈처럼 흰 무명 목도리를 두르고 있었다. 그것이 그녀가 차려입은 전부였다. 곱슬곱슬한 갈색 머리카락은 예쁘게 빗질되어 있었고, 여느 때는 과하게 꼬불꼬불하던 머리모양이 오늘은 예쁘고 사랑스럽게 그녀를 감싸고 있었다. 몇주 동안 거의 외출을 안하다시피 했기 때문에 브렌헨의 안색은 더 연하고 투명해져 있었는데, 물론 근심 때문이기도 했다. 하지만 이제 사랑과 기쁨이 그 투명한 얼굴에 계속해서 붉은 빛을 쏟아부었다. 그녀는 로즈마리와 장미, 화려한 과꽃을 한데 묶어 만든 꽃다발을 가슴에 안고 있었다. 그리고 열린 창가에 앉아서 햇살 가득한 신선한 아침 공기를 조용히 기분 좋게 호흡하고 있었다. 그러다 잘리가 온 걸 보자 그를 향해 팔꿈치까지 맨살을 드러낸 예쁜 두 팔을 벌리면서 외쳤다. "벌써 여기로 와주다니, 정말 잘했어! 그런데 내 구두 갖고 왔어? 정말? 그럼 신어보기 전에는 일어나지 않을 테야!" 그는 그녀가 고대하던 구두를 가방에서 꺼내 갈망하는 예쁜 소녀에게 주었다. 그녀는 헌 구두를 벗어던지고 새 구두를 신었는데, 아주 꼭 맞았다. 그제야 그녀는 의자에서 일어나 새 구두를 신고 몸을 흔들어보더니 걷는 일에 열중하며 이리저리 몇걸음 걸어보았다. 그리고 긴 하늘색 원피스를 조금 추어올려 나비 모양의 붉은 털실 구두 장식을 보더니 만족해했다. 그러는 동안 잘리는 예쁘게 상기된 채 기뻐하며 왔다 갔다 하는 그 아름답고 매력적인 모습을 한없이 바라보았다. "내 꽃다발 보는 거야?" 브렌헨이 말했다. "예쁘지 않아? 이래 봬도 내가 여기 황무지에서 마지막으로 찾은 꽃들이야. 여기엔 장미꽃, 저기엔 과꽃이 있었어. 그런데 이렇게 한데 묶어놓으니까 다 쓰러져가는 집에서 발견한 거 같지 않아. 아무도 그렇게 생각하지 않을 거야! 이제는 떠나야 할 시간이야. 정원에는 꽃 한송이 없고 집도 텅 비었어!" 잘리는 주위를 둘러보았고 그제야 비로소 거기 있던 가재도구들이 전부 다 없어진 걸 알았다. "불쌍한 브렐리!" 그가 말했다. "전부 다 가져가버렸어?"—"어제, 가져갈 수 있는 건 다 가져갔어." 그녀가 대꾸했다. "내 침대만 남겨놓고. 침대도 금방 팔아서 돈이 생겼어. 이것 봐!" 그녀는 원피스 주머니에서 반짝거리는 새 동전들을 꺼내 그에게 보여주고는 덧붙였다. "여기 왔던 고아 후견인이 이것으로 시내에 가서 일자리를 구하래. 난 오늘 당장 떠나야 한대!"—"그런데 남아 있는 게 하나도 없네." 잘리가 부엌을 둘러보고 나서 말했다. "땔감도 하나 없고, 프라이팬과 칼도 없네! 아침도 못 먹었겠는데?"—"응, 아무것도!" 브렌헨이 말했다. "뭘 사다 먹을 수도 있었지만 잘리와 많이 먹기 위해 그냥 굶는 게 더 낫다고 생각했어. 너와의 식사를 그 정도로 고대하고 있었어. 잘리는 내가 얼마나 학수고대하고 있는지 모를 거야!"—"널 안아볼 수 있다면." 잘리가 말했다. "그러면 내 마음이 어떤지 보여줄 수 있을 텐데, 요 귀엽고 아름다운 아이야!"—"네 말이 맞아. 날 안으면 내 나들이옷이 전부 다 망가질 거야. 만약 우리가 내 꽃단장에 조금만 주의하면 네가 헝클어놓곤 하던 내 가련한 머리카락도 덕분에 덜 망가질 거야!"—"자, 이리 와. 우리 이제 떠나자!"—"침대 가지러 올 때까지 기다려야 해. 왜냐하면 그후엔 이 빈집을 잠그고 다시는 돌아오지 않을 거니까! 내 보따리는 침대를 산 부인에게 맡겨놓을 거야." 그들은 마주 보고 앉아서 기다렸다. 금방 농부의 아낙이 왔다. 입이 큼직하고, 억센 여인으로 침대를 지고 갈 청년 한명을 데리고 왔다. 부인은 말끔히 차려입은 브렌헨과 애인을 보자 눈을 크게 뜬 채 입을 딱 벌리더니 두 손을 허리에 받치고 큰 소리로 말했다. "어머나, 브렐리! 너 벌써 근사한 짓을 하는구나! 손님도 와 있고 차림새도 공주님 같네?"—"정말이에요?" 브렌헨은 다정하게 웃으면서 말했다. "누군지 아시겠어요?"—"어머나, 잘리 만츠 같은데? 산과 계곡은 만나지지 않는다고 말하지. 하지만 사람들은! 그런데 애야, 조심해라. 그리고 너희 부모님이 어떤 사이인지 생각해봐!"—"어머나, 이젠 상황이 달라졌어요. 모든 게 좋아졌어요." 브렌헨은 미소를 지으며 다정하고 숨김없는, 그래, 거의 생색내는 태도로 대꾸했다. "보세요, 잘리는 제 약혼자예요!"—"네 약혼자라고? 이게 어찌 된 일이니?"—"그래요, 그는 부유한 신사예요. 복권에 당첨되어 10만 굴덴을 타게 됐어요! 한번 생각해보세요, 아주머니!" 그녀는 깜짝 놀라서 펄쩍 뛰더니 손뼉을 치며 소리쳤다. "10만…… 10만 굴덴이라고?"—"10만 굴덴이에요!" 브렌헨은 진지하게 확인해주었다. "살다가 이런 일은 처음 보네! 사실이 아니지? 거짓말하는 거지, 애야?"—"믿든지 말든지 마음대로 하세요!"—"그런데 그게 사실이고 네가 잘리와 결혼한다면 너희는 그 돈으로 무얼 할 거니? 너 정말 귀부인이 되려는 거니?"—"당연하죠. 우린 삼주 후에 결혼식을 올릴 거예요!"—"그만해라, 이 밉살스러운 거짓말쟁이야!"—"잘리는 벌써 젤트빌라에 커다란 정원과 포도밭이 딸린, 가장 멋진 집을 사두었어요. 정리가 다 끝나면 한번 놀러 오세요. 기다리고 있을게요!"—"물론이지, 이 마녀 아가씨야!"—"집이 얼마나 예쁜지 보게 되실 거예요! 좋은 커피도 끓이고, 버터와 꿀을 곁들인 맛있는 계란빵도 대접해드릴게요!"—"오, 이 귀염둥이 아가씨야! 꼭 가마!" 부인은 탐욕스러운 표정을 지으면서 큰 소리로 말했는데 입에는 벌써 군침이 돌고 있었다. "그런데 점심때쯤 오세요. 시장에 갔다가 피곤해질 때쯤 들르시면 진한 고기수프와 포도주 한잔이 언제나 준비되어 있을 거예요!"—"건강에도 좋지 뭐냐!"—"그리고 집에 있는 사랑스러운 아이들에게 갖다줄 사탕이나 과자도 좀 챙겨놓을게요!"—"마음이 다 녹는 거 같아!"—"나중에 서로 친해져서 제 상자나 궤짝을 같이 열어보게 되면 점잖은 목도리나 쓰다 남은 비단옷감, 아주머니 치마에 어울리는 오래되고 예쁜 끈, 새 앞치마를 만들 수 있는 천조각도 손에 넣으실 수 있을 거예요!" 부인은 발뒤꿈치를 디디며 한바퀴 빙 돌더니 환호성을 지르면서 치마를 흔들어댔다. "그리고 아주머니 남편께서 땅 매매나 가축 매매로 큰 이익을 남길 수 있는 사업을 하다 돈이 부족할 경우, 어딜 가서 문을 두드려야 할지 아시게 될 거예요. 제 사랑하는 잘리는 언제든 안심하고 흔쾌히 현금을 빌려드릴 수 있음에 기뻐할 거예요! 저 또한 친한 친구를 돕기 위해 약간의 돈은 갖고 있을 거예요!" 이제 부인은 어쩔 줄을 몰라했다. 그녀는 감동해서 말했다. "네가 정직하고 착하고 예쁜 아이라고 내가 늘 말했지! 신께서 너를 영원히 잘되게 해주시고, 네가 내게 해준 만큼 네게 복 내려주시길!"—"대신에 아주머니도 제게 잘해주셔야 해요!"—"물론이지, 당연히 그래야지!"—"그리고 아주머니가 농사지으신 것들은 과일이든 감자든 야채든 시장에 갖고 가기 전에 언제든 먼저 제게 갖고 오세요.

신뢰할 수 있는 정직한 농부의 아낙을 알고 있다고 확신할 수 있게요! 다른 사람들이 쳐주는 것만큼 저도 기쁜 마음으로 쳐드릴게요! 저 아시잖아요! 속수무책으로 집 안에 갇혀 지내는, 아쉬운 게 많은 유복한 도시 여인과 온갖 중요하고 유용한 일에 정통한, 정직하고 진실한 시골 여인이 계속해서 친밀한 우정을 이어간다면 그것보다 더 아름다운 건 없을 거예요! 기쁠 때나 슬플 때, 세례식 때나 결혼식 때, 아이들이 교육을 받고 견진성사를 받을 때, 아이들이 도제가 되거나 외지로 떠나야 하는 그런 수많은 경우에 서로에게 정말 힘이 될 거예요! 신의 보호가 필요한 흉년이나 홍수 때, 큰 화재나 우박피해가 났을 때도요!"—"신께서 우리를 보호해주시길!" 그 착한 여인은 훌쩍이면서 말하더니 앞치마로 눈물을 닦았다. "넌 정말 이해심 많고 속 깊은 신부로구나! 그래, 넌 잘될 거야. 그렇지 않으면 세상에 정의란 없는 거야! 넌 예쁘고 깔끔하고 영리하고 현명하며 매사에 근면하고 솜씨도 좋구나! 마을 안팎 어디에도 너보다 더 예쁘거나 착한 사람은 없어! 널 갖게 된 사람은 천국을 차지했다고 생각해야 할 거야. 그러지 않는다면 악한일 테니 내가 가만두지 않겠어. 이봐, 잘리, 내 브렐리에게 정말 잘해줘야 해! 만약 그러지 않으면 내가 혼내줄 거야. 저런 장미꽃을 차지한 이 행운아야!"—"이제 제게 약속하신 대로 여기 이 보따리도 가져가세요. 사람을 보내서 찾아갈게요! 괜찮으시다면 제가 직접 마차를 타고 찾으러 갈 수도 있고요! 그땐 제게 우유 한잔 대접하는 걸 마다하지 않으시겠지요? 제가 곁들여 먹을 수 있게 맛있는 아몬드케이크 같은 걸 가져갈게요!"—"요 예쁜 것! 보따리 이리 다오!" 브레헨은 여인이 이미 머리에 이고 있는 꽁꽁 묶은 침대요 위에 잡동사니와 소지품이 가득 들어 있는 긴 자루를 얹었다. 그래서 그 불쌍한 여인은 머리 위에 흔들거리는 높은 탑을 이고 선 꼴이 되었다. "한번에 가져가기엔 너무 무거운 거 같아." 그녀가 말했다. "두번에 나눠서 가져가면 안될까?"―"안돼요, 안돼요! 우린 지금 당장 떠나야 해요. 우리가 부자가 되니까 이제야 나타난 귀족 친척을 방문하러 먼 길을 가야 하거든요. 세상이 다 그렇다는 건 아주머니도 아시잖아요!"―"알고말고! 신의 가호가 있기를! 그리고 나중에 잘돼서도 나를 잊지 말아다오!"

　농부의 아낙은 탑처럼 높이 쌓아올린 보따리를 이고 가까스로 균형을 잡으면서 떠나갔고, 알록달록한 그림이 그려져 있는 브렌헨의 침대 밑으로 들어간 머슴은 색 바랜 별들로 뒤덮인 침대 지붕을 머리로 받치고 그녀 뒤를 따라갔다. 그는 침대 지붕을 받치는, 예쁜 목각의 앞다리 두개를 제2의 삼손처럼 붙잡고 있었다. 브렌헨은 잘리에게 기댄 채 행렬을 바라보았고, 정원 사이를 이동해가는 신전 같은 그것을 바라보면서 말했다. "어떤 정원에 저걸 갖다놓고 탁자와 의자를 곁들여놓으면, 그리고 그 주위에 메꽃을 심어놓으면 멋진 원두막이나 정자가 될 거야! 나랑 그 안에 들어가 앉지 않겠어, 잘리?"―"그래, 브렐리! 특히 메꽃이 만발했을 때!"―"우리 계속 서 있을 필요가 있을까?" 브렌헨이 말했다. "이제 우리를 붙잡아두는 건 아무것도 없어!"―"자, 이리 와. 대문을 잠그자! 열쇠는 누구에게 넘겨줄 거야?" 브렌헨은 주위를 둘러보았다. "여기 단창에다 걸어놓을 거야. 이 단창은 백년도 넘게 이 집에 있었다고 아버지가 종종 말씀하셨어. 이제는 단창이 이 집의 마지막 파수꾼이야!" 그들은 완두콩 넝쿨로 휘감긴 오래된 무기의 녹슨 둥근 장식에 녹슨 열쇠를 걸어놓고 떠나갔다. 그런데 브렌헨은 얼굴이 더 창백해지더니 한동안 손으로 눈을 감쌌다. 그래서 잘리가 그녀를 열두걸음 정도는 인도해서 걸어야만 했다. 하지만 그녀는 뒤돌아보지는 않았다. "이제 어디 먼저 갈까?" 그녀가 물었다. "이제 본격적으로 시골에 가보자!" 잘리가 대꾸했다. "하루 종일 즐겁게 지낼 수 있는 곳으로. 서두를 건 없어. 저녁 무렵이면 춤추는 곳을 찾게 될 테니까!"—"좋아!" 브렌헨이 말했다. "우리 하루 종일 같이 있으면서 마음 내키는 쪽으로 가. 그런데 난 지금 몸이 안 좋아. 우리 다른 마을에 가서 커피 마셔!"—"그러자!" 잘리가 말했다. "어서 이 마을을 벗어나자!"

그들은 곧 탁 트인 들판에 나가 논밭 사이를 나란히 말없이 걸어갔다. 아름다운 9월의 일요일 아침으로 하늘에는 구름 한점 없었다. 언덕과 숲에는 부드러운 안개가 드리워져 있어서 그 고장을 더욱 신비롭고 장엄하게 해주었다. 사방에서 교회의 종소리가 들려왔다. 부유한 이쪽 마을에서는 조화롭고 깊은 종소리가, 작고 가난한 저쪽 마을에서는 요란하고 성가신 두개의 종소리가 들려왔다. 사랑하는 연인들은 이날이 어떻게 끝날 것인지는 까맣게 잊은 채 오로지 되살아나고 있는 말없는 기쁨에 자신을 내맡겼다. 깨끗하게 차려입고 합법적으로 맺어진 행복한 한쌍처럼 자유롭게 일요일을 보내고 있었다. 일요일의 정적 속으로 울려퍼지는 온갖 소리들과 멀리서 들려오는 사람 부르는 소리들이 그들의 영혼을 뒤흔들어놓았다. 사랑이란 아주 멀리 있는 것과 무심하게 대했던 것을 다시 울리게 만들어서 특별한 음악으로 변화시키는 종과 같았기 때문이다. 그들은 배가 고팠지만 다음 마을까지 가는 데 걸리는 삼십분을 한걸음 거리로 생각했다. 그들은 주저하면서 마을 입구에 있는 음식점으로 들어갔다. 잘리가 좋은 아침식사를 주문했고, 음식이 준비되는 동안 그들은 쥐 죽은 듯 조용히 앉아서 넓고 깨끗한 홀의 믿음직스럽고 정겨운 영업방식을 지켜보았다. 주인은 제 빵사이기도 했기에 갓 구워낸 빵에서 나는 기분 좋은 향기가 음식점 안에 진동했다. 온갖 종류의 빵을 광주리에 수북이 쌓아 날라왔는데, 예배가 끝나면 사람들이 이곳에 와서 흰 빵을 사가거나 아침술을 마셨기 때문이다. 점잖고 깔끔한 여주인은 찬찬하고 다정하게 아이들을 씻겨 내보냈고, 어머니 손에서 풀려난 한 아이는 다정하게 브렌헨에게 달려와서 자신의 예쁜 옷을 보여주며 자기가 좋아하는 것들, 자랑하고 싶은 것들을 조잘댔다. 이제 향이 좋고 진한 커피가 나오자 두사람은 그곳에 초대받아 온 손님인 양 수줍은 태도로 식탁에 앉았다. 하지만 금방 활기를 띠며 겸손하고 행복하게 서로 속삭여댔다. 아, 활짝 피어나는 브렌헨은 그 좋은 커피와 기름진 크림, 신선하고도 따뜻한 빵, 좋은 버터와 꿀, 팬케이크와 그 밖에 차려진 이런저런 맛있는 것들을 얼마나 맛있게 먹었는지! 잘리와 함께 먹는 거라 더 맛이 있었는데, 일년은 굶은 사람처럼 그렇게 좋아하면서 먹었다. 그외에도 그녀는 멋진 그릇들과 은빛 찻숟가락들을 보며 기뻐했다. 여주인은 그들을 정중하게 대접해야 하는 예의 바른 젊은이들로 여겨 그런 식기들로 대접했던 것 같았다. 이따금씩 그들에게 다가와 앉아서 수다를 떨기도 했는데, 그들은 여주인이 마음에 들어하도록 융통성 있게 대꾸해주었다. 착한 브렌헨은 기분이 좋아져서 다시 들판에 나가 애인과 단둘이서 풀밭과 숲속을 돌아다니는 게 나을지 아니면 식당에 앉아서 단 몇시간만이라도 멋진 가정에 대한 꿈을 꾸는 게 나을지 헷갈렸다. 그런데 잘리가 예정된 어떤 중요한 일을 위해 길을 나서야만 하는 것처럼 의젓하게 출발을 재촉함으로써 갈등의 여지가 없게 해주었다. 주인 부부는 궁색함이 드러나긴 해도 태도가 바른 이들을 큰 호의를 갖고 문밖까지 배웅해주었다. 가난한 젊은이들도 최고로 훌륭하게 예의를 갖추어 작별인사를 했고 예의 바르고 의젓하게 그곳을 떠나갔다. 그리고 다시 야외로 나가 한시간 거리에 있는 참나무숲에 들어섰을 때에도 자신들이 다툼과 빈곤에 빠져 몰락한 집안 출신이 아닌 유쾌한 희망을 품고 사는 선량한 사람들의 자식들인양 여전히 달콤한 꿈에 젖어서 나란히 걷고 있었다. 브렌헨은 꽃으로 장식한 가슴까지 고개를 숙인 채 양손으로 조심스럽게 옷을 잡고 매끄럽고 축축한 숲길을 유유히 걸어갔다. 이와 달리 잘리는 날렵하게 몸을 곧추세우고 생각에 잠긴 채 신속하게 걸어갔는데, 어떤 나무를 베는 게 더 이익일지 곰곰이 생각하는 농부처럼 두 눈은 단단한 떡갈나무 둥치에 고정되어 있었다. 마침내 그들은 이런 헛된 꿈에서 깨어나 서로를 바라봤고 여전히 식당을 떠날 때의 그런 태도로 자신들이 걷고 있음을 깨닫고는 얼굴이 빨개지면서 서글픈 생각에 고개를 떨어뜨렸다. 하지만 한창때는 무분별한 법, 숲은 푸르고 하늘은 파랗고 또 그들 홀로 넓은 세상에 나와 있었기에 금방 다시 그런 달콤한 감정에 자신을 내맡겼다. 그러나 얼마 지나지 않아 더이상 단둘이 아니게 되었다. 예배를 끝내고 나와 시시덕거리고 노래를 부르면서 산책을 즐기는 젊은이들과 몇몇 쌍들로 인해 아름다운 숲길이 붐볐기 때문이다. 시골 사람들도 도시 사람들과 마찬가지로 좋은 산책로와 공원을 찾아내게 마련인데, 단지 차이점이 있다면 이런 산책로와 공원은 입장료를 받지 않으면서도 더 아름답다는 것이다. 시골 사람들은 일요일이 주는 특별한 의미를 마음에 새긴 채 꽃이 만발하고 곡식이 무르익은 들판에서 산책할 뿐만 아니라, 잡목숲과 푸른 산허리를 따라 골라가며 길을 걷다가 때론 운치있고 전망 좋은 언덕에, 때론 숲 언저리에 앉기도 하고 노래를 부르기도 하며, 아름다운 숲에서 기분 좋은 영향을 받기도 한다. 그리고 이것은 속죄의 고행과는 아무 연관 없는, 그저 쾌락을 위한 것이기에 그들에게는 자연이 유용성 외에도 어떤 다른 의미를 지닌다고 생각해볼 수 있다. 젊은이든, 젊은 시절 걷던 옛길을 찾아나선 나이 든 어머니든, 시골 사람들은 언제나 푸른 나뭇가지 하나를 꺾는다. 들판에서는 최고로 바쁜 철을 보내는 뻣뻣한 시골 남자들도 숲에만 들어가면 금방 잘 휘어지는 가지 하나를 꺾어서 맨 위의 이파리 하나만 남겨놓고 다 훑어버린다. 그들은 그런 회초리를 마치 왕홀이라도 되는 양 앞세우고 다니다가 사무실이나 관청에 들어가게 되면 공손하게 한쪽 구석에 세워놓는다. 그리고 제아무리 진지한 업무를 보고 난 뒤라도 결코 잊지 않고 조심스럽게 다시 집어들고는 부러뜨리지 않고 집에 가져간다. 그런데 집에 가서는 어린 아들에게 맘대로 부러뜨리라고 내준다. 잘리와 브렌헨은 수많은 산보객들을 보자 남몰래 웃으면서 자기들도 짝을 이루었음에 기뻐했다. 하지만 그들은 옆으로 난 좁은 숲길로 새어들어가 깊은 고독에 잠겼다. 마음에 드는 곳에 머무르다 서둘러 앞으로 나아가는가 하면 다시 쉬기도 했다. 맑은 하늘에 구름 한점 없는 것처럼 그 순간 그들의 마음에도 근심이라곤 조금도 깃들지 않았다. 그들은 자기들이 어디서 와서 어디로 가는지 잊은 채 너무도 세련되고 예의 바르게 행동했다. 그래서 온갖 즐거운 흥분과 움직임에도 브렌헨의 사랑스럽고 평범한 옷차림은 아침과 마찬가지로 산뜻하고 흐트러지지 않은 상태였다. 잘리는 스무살이 다 된 시골 청년이나 몰락한 선술집 아들이 아니라 몇살 더 어리고 좋은 교육을 받은 사람처럼 행동하며 걸어갔다. 아름답고 명랑한 자신의 브렌헨을 시종일관 상냥하고 조심스럽게, 소중히 여기는 마음으로 바라보는 그의 모습은 거의 우스울 지경이었다. 이 불쌍한 젊은 사람들은 자기들에게 허락된 이 하루 동안에 사랑의 모든 방식과 기분을 체험해야 했는데, 어린 시절의 잃어버린 날들을 되찾은 것으로 그친 것이 아니라 목숨을 바쳐서 미리 성급한 종말을 맞이해야 했던 것이다.

그들은 그렇게 걸어다니다 다시 배가 고파졌는데, 그늘이 많은 산언덕에서 앞에 반짝거리는 마을이 보이자 기뻐했다. 그곳에서 점심을 먹을 생각이었다. 그들은 재빨리 내려가서 이전 마을을 떠나올 때처럼 그렇게 예의 바른 태도를 하고 마을로 들어갔다. 그들을 알아보는 사람은 한명도 없었다. 특히 브렌헨의 경우 지난 몇년 동안 사람들과 어울리지 않았고 다른 마을에 간 적은 더더욱 없었기 때문이다. 그래서 그들은 어떤 용무를 위해 길을 나선, 기분 좋고 점잖은 한쌍으로 여겨졌다. 그들은 마을의 최고급 식당에 들어갔고 잘리가 비싼 음식을 주문했다. 탁자는 일요일의 식탁답게 잘 차려졌고, 그들은 또 얌전하고 겸손한 자세로 앉아서 예쁘게 칠하고 왁스를 먹인 호두나무 재목으로 된 벽들과, 같은 목재로 만든 촌티 나지만 반들거리고 잘 정리된 조리대 그리고 또 깨끗하고 하얀 창문 커튼을 바라보았다. 여주인이 다정한 모습으로 다가와서 신선한 꽃들이 가득 담긴 화병을 식탁에 놔주었다. "수프가 나올 때까지, 마음에 드신다면 이 꽃들로 잠시 눈요기나 하세요." 그녀가 말했다. "물어봐도 괜찮을지 모르겠네요. 짐작건대 내일 결혼식을 올리려고 시내에 가는 새신랑 새신부 같은데요?" 브렌헨은 얼굴이 빨개져서 감히 고개도 못 들었고, 잘리도 말 한마디 하지 못했다. 여주인이 계속해서 말했다. "두분은 아직 젊지요? 젊어서 결혼하면 오래 산다는 말이 있어요. 두분은 잘생겼고 착해 보이니 숨

길 필요는 없어요. 착실한 사람들이 이렇게 젊어서 결합하여 열심히 성실하게 일하면 뭔가를 이룰 수 있어요. 당연히 그래야지요. 시간은 짧고도 또 기니까요. 살다보면 별의별 숱한 날들을 만나게 돼요! 숱한 날들을! 그래도 하루하루 살림을 잘 꾸려나가면 아름답고 즐거운 삶이 돼요. 언짢게 생각하지 마요. 여러분을 보고 있자니 기분이 좋아지네요. 두분은 정말 멋진 한쌍이에요!" 그때 여종업원이 수프를 가져왔다. 그녀는 이 말들의 일부를 엿들었고 자신도 결혼하고 싶었기에 잘 풀리는 것 같은 브렌헨을 질투 어린 눈으로 바라보았다. 이 밉살스러운 여인은 옆방에서 불쾌감을 터뜨렸는데, 그곳에서 일하던 여주인에게 누구나 다 들을 수 있게 큰 소리로 말했다. "저것들 꼴을 보아하니 돈도 친구도 혼수도 없으면서, 가난과 구걸 말고는 아무런 전망도 없으면서 시내에 가서 결혼하려는 진짜 떠돌이들이네요! 혼자서는 치마도 못 입고 수프도 끓일 줄 모르는 저런 것이 결혼을 하면 어쩌자는 거예요? 아, 잘생긴 저 젊은 남자가 안됐어요. 칠칠치 못한 어린애 때문에 고생깨나 하겠어요!"—"쉿! 이 못난 것아, 조용히 못해?" 여주인이 말했다. "저 사람들을 내버려둬! 공장이 있는 산골마을에서 내려온 정말 착실한 사람들이야. 옷차림은 궁색해 보이지만 깨끗이 차려입었고, 서로 좋아하면서 열심히 일하면 못된 주둥이를 가진 너보다는 더 잘살 거야! 좀더 착해지지 않으면 아직 한참을 더 기다려야 널 데려갈 사람이 나타날 거야, 이 못된 것아!"

브렌헨은 결혼식을 올리기 위해 여행하는 신부의 온갖 기쁨을 만끽했다. 매우 이성적인 부인의 호의적인 인사말과 격려, 화가 나서 애인을 칭찬하면서 동정해주는, 결혼하고 싶어서 안달이 난 못된 여자의 질투 그리고 사랑하는 애인과 함께하는 맛있는 점심식사를. 브렌헨의 얼굴은 빨간 카네이션처럼 붉게 달아올랐고 가슴은 두근거렸지만 그래도 아주 맛있게 먹고 마셨다. 시중드는 여종업원에게 매우 예의 바르게 대하면서도 다정한 눈길로 잘리를 바라보며 그와 속닥거리는 것만은 그만둘 수 없었다. 그래서 잘리의 마음도 아주 혼란스러워졌다. 그러는 동안 그들은 그런 복된 현혹에서 빠져나오는 걸 망설이고 꺼리는 듯 오랫동안 편안하게 탁자 앞에 앉아 있었다. 여주인은 후식으로 달콤한 과자를 가져왔고, 잘리는 도수가 높은 고급 포도주를 주문했다. 포도주를 조금 마시자 브렌헨의 혈색에 생기가 돌았다. 그러나 주의를 하며 이따금씩 입술만 조금 적셨고 진짜 신부처럼 아주 얌전하고 수줍어하면서 앉아 있었다. 그녀는 반은 장난기와 그렇게 해보고 싶은 마음에, 반은 실제로 그런 기분이 들어서 그런 연기를 했던 것이다. 두려움과 뜨거운 사랑으로 인해 마음이 너무 아파, 사방이 벽으로 둘러싸인 그곳이 너무 답답하게 느껴져서 밖으로 나가고 싶어졌다. 그들은 이번에도 길에서 멀찍이 떨어져나가 둘만 있게 되는 걸 꺼리하는 것 같았다. 약속도 안했는데 사람들 사이에 섞여서 왼쪽 오른쪽 어느 쪽도 쳐다보지 않으면서 대로를 계속 걸어갔기 때문이다. 그런데 마을을 빠져나와 교회 헌당식이 열리는 인근 마을을 향해 가자 브렌헨이 잘리의 팔에 매달려 떨리는 목소리로 속삭였다. "잘리! 우린 왜 서로 결합하여 행복해질 수 없는 거야?"—"나도 왜 그런지 모르겠어!" 잘리는 풀밭에 감도는 온화한 가을 햇살에 시선을 고정한 채 대꾸했다. 그는 자신을 억제하느라 아주 기이하게 얼굴을 찡그리지 않을 수가 없었다. 그들은 말없이 서서 키스했다. 하지만 사람들이 나타나자 멈추고는 계속해서 걸어갔다. 헌당식이 열리는 커다란 교회가 있는 마을은 이미 사람들의 흥취로 들썩이

고 있었다. 마을 젊은이들이 점심때부터 춤을 추기 시작한지라 멋
진 식당에서는 멋진 음악이 울려나오고 있었다. 그리고 식당 앞 광
장에는 단것과 과자를 파는 가판대들, 값싼 장식품들을 진열한 몇
몇 상점으로 구성된 작은 시장이 열렸는데, 어린아이들과 잠시 눈
요기로 만족하려는 사람들이 상점들 주위에 모여 있었다. 잘리와
브렌헨도 그 멋진 장터에 가서 한번 둘러보았다. 그들은 똑같이 자
기 주머니에 손을 넣고 있었다. 함께 장에 온 게 처음이자 딱 한번
뿐이기에 서로에게 무언가를 선물하고 싶었던 것이다. 잘리는 예
쁘게 설탕을 부어 만든, 큼지막한 생과자 집을 샀다. 초록색 지붕에
는 흰 비둘기가 앉아 있었고 굴뚝청소부인 사랑의 신이 굴뚝으로
밖을 내다보고 있었다. 열린 창가에는 볼이 포동포동하고, 아주 작
고 빨간 입을 가진 꼬마들이 서로 껴안고 있었는데, 성급하고 노련
한 화가가 단번에 그린 두 입술이 상대방 입술로 번져 하나의 점이
되었기 때문에 그 작은 입들은 그야말로 키스를 하고 있었다. 작고
검은 점들은 초롱초롱한 눈망울을 보여주었다. 한편 분홍색 대문
에는 이런 시구가 적혀 있었다.

오, 임이시여, 내 집에 들어오세요!
그대에게 숨기지 않겠어요.
이곳에서는 키스만으로
계산하고 셈을 치른다는 걸.

임이 말하네요. "오, 임이시여,
난 두려운 게 하나도 없어요!
모든 걸 곰곰이 생각해보니

그대 안에만 내 행복이 숨 쉬고 있어요!

그리고 그것이 옳다는 생각에
이렇게 찾아왔어요!"
그렇다면 축복을 빌며
안으로 들어와 관례대로 하세요!

담벼락의 왼쪽과 오른쪽에는 푸른 연미복을 입은 신사와 가슴
이 매우 풍만한 부인이 이 시구에 따라 서로 인사하며 안으로 들어
가는 모습이 그려져 있었다. 브렌헨은 잘리에게 하트 모양의 과자
를 선물했는데, 그 한쪽 면에는 이렇게 적힌 쪽지가 붙어 있었다.

여기 이 하트에는 달콤한 아몬드가 들어 있어요.
하지만 그대를 향한 나의 사랑은 아몬드보다 더 달콤해요!

그리고 다른 면에는 이렇게 적혀 있었다.

이 하트를 먹더라도 이 격언을 잊지 마요.
'내 갈색 눈이 감기더라도 내 사랑은 영원하리!'

그들은 이 경구를 열심히 읽었다. 그 어떤 시구와 인쇄물도 이
후추과자에 적힌 경구보다 더 아름답게 느껴지거나 더 깊이 다가
온 적이 없었다. 그들은 이 글귀들이 자기들을 위해 특별히 만들
어진 것이라고 생각했다. 그만큼 자기들과 잘 어울리는 것 같았다.
"아." 브렌헨이 한숨 쉬며 말했다. "넌 내게 집을 선물했어! 나도 네

게 집을, 이제야 비로소 진정한 집을 선물했어. 이제 우리의 가슴이 우리가 사는 우리 집이거든. 우리는 달팽이처럼 우리 집을 이고 다니고 있어! 우리에게 다른 집은 없어!"—"그렇다면 우리는 각자 서로의 집을 이고 다니는 달팽이 두마리네!" 잘리가 말하자 브렌헨이 대꾸했다. "그러면 그럴수록 우리는 둘 다 자기 집에 가까이 있을 수 있게 서로 떨어지면 안돼!" 그들은 자기들이 여러 모양의 생과자에서 읽은 것과 같은 그런 재담을 하고 있다는 걸 알아채지 못했다. 그들은 거기에 진열되어 있는, 특히 여러 모양으로 장식된 크고 작은 하트에 붙어 있는 이런 달콤하고 단순한 연애시를 계속해서 음미하고 다녔다. 브렌헨은 모든 것이 아름답고 자기에게 딱 들어맞는 것 같았다. 칠현금처럼 현이 팽팽하게 매여 있는 금빛의 하트형에서 "내 마음은 하프 같아요, 손이 닿으면 닿는 그대로 소리가 울려요!"를 읽자 그녀의 마음은 지극히 음악적으로 되면서 자신의 가슴에서 소리가 울려나와 들리는 것 같았다. 거기에는 나뽈레옹 형상도 있었는데, 역시 사랑에 관한 격언이 빠지지 않았다. 그 아래에는 이렇게 쓰여 있었다. "영웅 나뽈레옹은 위대했고, 그의 칼은 강철로, 그의 심장은 진흙으로 빚어졌건만, 나의 애인은 장미꽃 한송이를 자유롭게 갖고 다녀도 그 심장은 강철처럼 변함없다네!" 하지만 그들 둘 다 읽기에 심취한 것 같아 보여도 사실은 각자 몰래 뭔가를 살 기회를 엿보고 있었다. 잘리는 브렌헨을 위해 초록색 유리조각이 박힌 금빛 반지를 샀고, 브렌헨은 금색으로 '나를 잊지 마세요'가 새겨진, 알프스 산양의 검은색 뿔로 만든 반지를 샀다. 아마도 헤어질 때 이런 빈약한 정표를 선물로 주려는 생각을 똑같이 갖고 있는 것 같았다.

그들은 이런 일에 몰두하느라 너무 정신이 팔린 나머지 자기들 주위로 커다란 원이 이루어진 걸 미처 몰랐다. 그것은 호기심에 차서 그들을 주의 깊게 관찰하고 있는 사람들의 원이었다. 그들 마을에서 온 많은 청년들과 아가씨들이 그들을 알아보았던 것이다. 이제 모두들 어느정도 거리를 둔 채 그들을 에워싸고서, 경건한 애정에 빠져 주변 세상을 잊은 듯한 잘 차려입은 그 한쌍을 놀란 눈으로 바라보았다. "어, 저것 좀 봐." 사람들이 말했다. "정말로 브렌헨 마르티와 시내에 사는 잘리네! 깔끔하게 차려입고 서로 붙어다니네! 너무나 다정하고 친해 보이는걸! 저것 좀 봐! 어딜 가려는 걸까?" 구경꾼들의 경탄에는 매우 기이하게도 이 한쌍의 불행에 대한 동정심, 부모의 몰락과 악행에 대한 경멸, 그들의 행복과 친밀함에 대한 질투심이 뒤섞여 있었다. 두사람은 매우 비상하게, 아니 고상하다고 할 만큼 사랑에 취해 들떠 있었는데, 그들의 거리낌 없는 몰두와 자아심취는 버림받고 가난하게 살 때와 마찬가지로 그 거친 사람들 눈에는 낯설어 보였다. 그래서 그들이 마침내 정신을 차리고 주위를 둘러보았을 땐, 사방에 온통 자기들을 눈이 빠져라 바라보는 얼굴들뿐이었다. 누구 하나 그들에게 인사하는 사람도 없었고, 그들도 누구에게 인사해야 할지 알지 못했다. 이런 낯섦과 불친절은 양쪽 모두가 의도해서라기보다는 당황해서 그런 것 같았다. 브렌헨은 불안하고 흥분되어 얼굴이 창백해졌다 빨개졌다. 잘리가 손을 잡고 인도하자, 불쌍한 그녀는 식당에서 흥겹게 울려나오는 트럼펫 소리에 정말 춤추고 싶었지만 생과자 집을 손에 들고 순순히 따라갔다. "여기선 춤출 수 없어!" 어느정도 멀찍이 떨어져나오자 잘리가 말했다. "내가 보기에 여기서는 별로 재미가 없을 것 같아!"—"아무튼, 아주 단념하는 게 제일 좋을 것 같아." 브렌헨이 슬픈 어조로 말했다. "어디서 숙박할 수 있는지 알아봐야겠어!"—"아니야, 넌 꼭 춤을 춰야 해." 잘리가 외쳤다. "그러라고 구두를 사왔잖아! 가난한 사람들이 즐겁게 지내는 곳으로 갈까 해. 이제 우리도 가난하니까 우리를 경멸하지는 않을 거야. 여기서 교회 헌당식이 열릴 때면 매번 '천국정원'에서도 무도회가 열리곤 했어. 거기도 같은 교구에 속하거든. 우리 거기로 가자. 아쉬운 대로 거기서 잠도 잘 수 있어." 브렌헨은 난생처음 낯선 곳에서 잠을 잔다는 생각에 몸이 움츠러들었다. 하지만 잠자코 안내자를 따라갔는데, 이제는 그 안내자가 세상의 전부였던 것이다. 천국정원은 한적한 산비탈에 아름답게 자리한 식당으로 멀리 들판이 내려다보였다. 그런 즐거운 날에는 가난한 사람들, 소작농과 날품팔이의 자식들 그리고 이런저런 떠돌이들이 그곳으로 모여들었다. 그 건물은 백년 전 어떤 부유한 괴짜가 작은 별장으로 지은 것인데, 그 괴짜 이후로는 그곳에서 살려는 사람이 아무도 없었다. 다른 용도를 찾지 못하자 그 기이한 별장은 폐가가 되었고, 결국 한 식당 주인이 인수해서 영업을 하고 있었다. 한편 그 명칭과 그에 걸맞은 건축양식은 옛날 그대로였다. 단층집 위에는 사방이 탁 트인 다락방이 있었고, 다락방 지붕은 사암으로 된 형상들이 네 귀퉁이를 떠받치고 있었다. 네명의 대천사大天使 형상들이었는데 거의 다 풍화되다시피 했다. 지붕의 돌림띠에는 머리와 배가 통통한 작은 천사들이 빙 둘러앉아서 음악을 연주하고 있었다. 마찬가지로 사암으로 된 그 천사들은 트라이앵글과 바이올린, 플루트, 씸벌즈, 탬버린을 연주하고 있었는데, 이 악기들은 원래 금도금이 되어 있었다. 식당 안의 천장과 다락방의 벽면 그리고 그외의 벽들에는 퇴색한 프레스코 벽화가 칠해져 있는데, 흥겨운 천사의 무리와 노래하고 춤추는 성자들 그림이었다. 하지만 모두 다 지워져 꿈처럼 희미해진 자리는 무성하게 뻗어 있는 포도넝쿨로 뒤덮여 있었고, 초록으로 익어가는 포도송이들이 울창한 나뭇잎들 사이로 주렁주렁 달려 있었다. 건물 주위에는 제멋대로 자란 마로니에 나무들이 서 있었고, 마디가 많은 억센 장미넝쿨들이 대개 딱총나무들이 그렇듯 제멋대로 여기저기 자라 있었다. 다락방은 무도장으로 사용되었다. 잘리가 브렌헨과 함께 그곳에 왔을 땐, 옆이 트인 지붕 아래서 커플들이 빙빙 돌며 춤추는 것이 멀리서도 보였고 식당 주위에서는 한 무리의 흥겨운 손님들이 술을 마시며 떠들고 있었다. 경건하고 침울한 모습으로 자신의 사랑스러운 집을 들고 있던 브렌헨은 직접 창건한 대성당이나 수도원의 모형을 손에 든, 옛 그림들에 나오는 거룩한 교회수호자 같았다. 하지만 그녀가 생각하는 그런 경건한 창건은 이루어질 수 없었다. 다락방에서 거친 음악 소리가 울려나오자 그녀는 자신의 고통을 잊었고 마침내 잘리와 춤추기만을 갈망했다. 그들은 식당 앞과 홀에 앉아 있는 손님들, 그러니까 값싼 시골파티를 즐기고 있는 젤트빌라의 건달들, 여러곳에서 모여든 가난한 사람들 사이를 지나 계단을 올라갔고, 한순간도 서로에게서 눈을 떼지 않은 채 왈츠에 맞춰 빙글빙글 돌며 춤을 추었다. 왈츠가 끝난 뒤에야 비로소 주위를 둘러보았다. 자신의 집이 짓눌리고 부서진 것을 보고 브렌헨의 마음이 슬퍼지려고 하는 찰나, 검둥이 바이올린장이가 가까이에 있는 걸 알고는 소스라치게 놀랐다. 그는 식탁 위에 올려놓은 벤치에 걸터앉아 있었고, 보통 때처럼 까매 보였다. 오늘은 단지 모자에 초록색 전나무 가지가 꽂혀 있을 뿐이었다. 발 옆에는 적포도주 한병과 잔이 놓여 있었는데, 계속해서 발을 쿵쾅대며 바이올린을 연주하면서도 절대 넘어뜨리지 않았다. 일종의 계란춤[1]을 완성시킨 셈이었다. 옆에는 슬퍼 보이는 젊고 예쁜 남자가 호른을 들고 앉아 있었고, 곱사등이 한명이 콘트라베이스를 끼고 서 있었다. 바이올린장이를 보자 잘리도 깜짝 놀랐다. 하지만 그는 그들에게 매우 다정히 인사하더니 큰 소리로 말했다. "너희에게 연주해줄 줄 알았다니까. 그러니까 진짜 재밌게 놀아봐, 요 귀여운 것들아! 마시고 내게도 한잔 따라다오!" 그는 잘리에게 한잔 가득 따라주었다. 잘리는 그것을 마신 다음 그에게도 따라주었다. 바이올린장이는 브렌헨이 많이 놀란 걸 보자 그녀에게 다정하게 말을 걸려고 노력했고, 멋진 농담 몇 마디로 그녀를 웃게 했다. 그녀는 활기를 되찾았다. 그들은 아는 사람도 생긴데다 어느정도는 바이올린장이의 특별한 보호 아래 있게 되어 기뻤다. 이제 그들은 자신과 세상을 잊은 채 쉼 없이 돌고 노래하고 떠들면서 춤을 추었다. 식당 안팎이 떠들썩한 소리로 진동했는데, 그 소리는 산을 빠져나가 저 멀리 퍼져나가면서 가을 저녁의 은빛 아지랑이에 묻혀버렸다. 그들은 날이 어두워질 때까지, 대부분의 유흥객들이 사방으로 흩어져 비틀거리며 큰 소리로 노래 부르면서 걸어갈 때까지 춤을 추었다. 아직 남아 있는 사람들은 그 어디에도 집이 없는 진짜 떠돌이들로 즐거웠던 낮을 밤까지 이어가려고 했다. 그중에는 바이올린장이와 친해 보이는 사람들, 모자이크 무늬 옷을 입은 외지 사람 같은 이들도 있었다. 초록색 맨체스터 재킷을 입고 쭈그러진 밀짚모자를 쓴 한 청년이 특히 눈에 띄었는데, 모자 위에 마가목 열매 다발로 만든 화관을 올려놓고 있었다. 그가 데려온 한 야성적인 여인은 버찌처럼 빨갛고 흰 점들이 박힌 면직 치마를 입고 머리에는 포도넝쿨로 머리띠를 만들어 쓰고 있어서 관자

1 널려 있는 계란 사이를 눈 감고 돌면서 추는 춤을 말한다.

놀이마다 파란색 포도가 달려 있었다. 그 한쌍은 모든 이 중에 가장 신이 나서 지칠 줄 모르고 춤추고 노래하면서 항상 붙어다녔다. 또 어떤 날씬하고 예쁘장한 아가씨는 색 바랜 검은색 비단 원피스를 입고 머리에는 흰 천을 둘러 그 끝을 등 뒤로 늘어뜨렸다. 빨간 줄무늬를 섞어 짜넣은 좋은 아마포 수건이거나 냅킨 같았다. 머리띠 아래로는 보라색 눈 한쌍이 반짝거리고 있었다. 목 주위와 가슴에는 마가목 열매를 실로 엮어 만든 목걸이가 여섯겹으로 걸려 있어서 매우 아름다운 산호 목걸이 같아 보였다. 그 여인은 계속해서 혼자서만 춤을 추었는데, 어느 사내의 춤 제안도 완고하게 거절했다. 그럼에도 그녀는 우아하고 경쾌하게 빙빙 돌다가 슬픈 호른 연주자 곁을 지나쳐 돌 때면 매번 미소를 지어 보였다. 하지만 그는 언제나 고개를 다른 쪽으로 돌렸다. 그밖에 또 몇몇 흥에 취한 여인들이 파트너들과 함께 있었는데, 모두들 행색은 초라했지만 그럴수록 더욱더 즐거워하면서 굉장히 화기애애한 모습이었다. 완전히 어두워졌는데도 식당 주인은 등불 하나 밝히지 않았다. 바람 때문에 금방 꺼져버릴 테고, 곧 보름달이 뜰 것이며, 손님들이 팔아주는 것을 생각하면 달빛만으로도 충분하다는 주장이었다. 사람들은 이런 주장을 대단히 만족해하면서 받아들였다. 모두들 통풍이 잘되는 홀의 창문턱에 서서 지평선으로 달이 떠오르는 걸 지켜보았다. 그리고 이윽고 달이 떠서 달빛이 천국정원의 다락방을 비스듬히 비추자마자, 그들은 달빛을 받으며 계속해서, 마치 수백개의 밀랍양초가 밝혀주는 조명 아래에서처럼 그렇게 조용하고 점잖게, 마음 깊이 기뻐하면서 춤을 추었다. 그 기이한 빛은 모두를 친숙하게 만들어주었기에 잘리와 브렌헨도 공통의 흥겨움에 취해서 다른 이들과도 춤추지 않을 수 없었다. 하지만 잠깐씩 떨어질 때면 다시 찾아 만나서는 몇년을 찾아헤매다가 마침내 만난 사람들처럼 그렇게 재회를 축하했다. 잘리는 다른 사람하고 춤출 때면 표정이 슬프고 어두워지면서 계속 브렌헨을 찾아 이리저리 두리번거렸다. 하지만 브렌헨은 잘리 곁을 지나칠 때 쳐다보지도 않았고 진홍빛으로 상기된 얼굴을 하고는 누구랑 춤을 추더라도 매우 행복해하는 것 같았다. "질투해, 잘리?" 악사들이 피곤해서 음악을 멈추자 브렌헨이 물었다. "천만에!" 그가 말했다. "질투가 뭔지도 모르는데?"—"그런데 내가 다른 사람들하고 춤추면 왜 화를 내는데?"—"그래서 화난 게 아니라 다른 사람하고 춤춰야 해서 화난 거야! 다른 아가씨들은 한결같이 견딜 수가 없어! 너 말고는 하나같이 목석을 안고 있는 것 같은 기분이야. 너는? 너는 어때?"—"오, 난 다만 춤추고 있고 네가 여기 있는 것만으로도 언제나 천국에 있는 것 같아! 하지만 네가 날 홀로 남겨두고 가버린다면 금방 쓰러져 죽을 거야." 그들은 내려가서 집 앞으로 갔다. 브렌헨은 두 팔로 그를 껴안고 떨리는 날씬한 몸을 그에게 밀착시키더니 닭똥 같은 눈물로 촉촉이 젖어 상기된 뺨을 그의 얼굴에 갖다대고 흐느끼며 말했다. "우린 함께할 수 없어. 그렇지만 이젠 잠시도, 단 일분도 널 떠날 수가 없어!" 잘리는 소녀를 확 끌어안더니 키스를 퍼부었다. 혼란에 빠진 그의 생각은 출구를 찾으려 애썼지만 찾을 수가 없었다. 자기 집안의 불행과 절망은 극복할 수 있었지만, 그의 청춘과 미숙한 열정은 장기간 동안 그 시험과 체념을 감수하며 이겨낼 힘이 없었다. 또 무엇보다 그 생이 불행해진 브렌헨의 아버지도 있었다. 시민사회에서는 명예롭고 양심에 거리낌 없는 결혼을 통해서만 행복해질 수 있다는 감정이 그와 마찬가지로 브렌헨의 마음에도 생생하게 살아 있었다. 이것이 버림받은 두사람의 마음에 있는 명예의 마지막 불꽃으로, 망하기 이전 그들 가정에서는 그런 명예심이 활활 타오르고 있었다. 그런데 자신만만하던 아버지들이 재산 증식을 통해 명예를 고양한다는 망상에 젖어 별생각 없이, 제 딴엔 위험하지 않을 거라며 한 실종자의 토지를 도둑질하는 사소한 실수로 명예의 불꽃을 끄고 몰락해버린 것이다. 그런 일들은 매일같이 일어난다. 하지만 운명은 때때로 하나의 본보기를 제시하는데, 집안의 명예를 드높이고 재산을 증식하려는 두사람을 맞닥뜨리게 해서는 필시 두마리 맹수들처럼 서로 싸우고 물어뜯게 한 것이다. 제왕의 자리뿐만 아니라 간혹 가장 낮은 오두막에서도 부를 늘리려는 몇몇이들은 잘못 생각하여 예상했던 곳과는 정반대편 끝에 가서 도달하기 때문이다. 그래서 명예의 간판이 순식간에 치욕의 판때기가 된다. 하지만 잘리와 브렌헨은 마음이 여리던 어린 시절에 자기 집안의 명예를 보았고, 자기들이 양육을 잘 받았으며 자기들 아버지가 다른 남자들처럼 존경과 신망을 받았던 걸 기억하고 있었다. 그 후 오랫동안 떨어져 있다가 다시 만났을 때 그들은 상대방 집안에서 행복이 사라졌음을 동시에 보게 되었다. 그래서 두사람의 애정은 더욱 격하게 서로 엉겨붙은 것이다. 그들은 정말로 즐겁고 행복해지고 싶었지만 오로지 좋은 기반과 토대 위에서 그러고 싶었다. 그들의 끓어오르는 혈기는 금방이라도 기꺼이 하나로 합쳐지고 싶었던 반면에 그런 기반과 토대는 요원해 보였다. "이제 밤이야." 브렌헨이 말했다. "우리 헤어져야 해!"—"나더러 너를 혼자 남겨두고 집에 가라고?" 잘리가 말했다. "아니, 그럴 수 없어!"—"안 그러면 날이 샐 텐데, 그런다고 해서 우리 사정이 더 나아지지는 않을 거야!"

"내가 너희에게 충고 하나 해주마! 이 어리석은 것들아!" 그들

뒤에서 날카로운 음성이 들려오더니 바이올린장이가 그들 앞으로 다가왔다. "여기들 있구나." 그가 말했다. "어디로 가야 할지 모른 채, 서로 좋아는 하는데 말이야. 내가 충고하건대 지금 있는 그대로 서로를 받아들이길 주저하지 마라. 나와 함께 산에 있는 좋은 친구들에게 가자. 거기서는 너희의 선한 의지 말고는 그 어떤 것도, 목사도 돈도 문서도 명예도 침대도 필요 없단다. 우리 사는 곳은 그렇게 나쁘지 않아. 공기도 좋고 몸을 움직이기만 한다면 먹을 것도 충분해. 푸른 숲이 우리 집이거든. 거기서 우리 마음이 이끄는 대로 서로 사랑하자. 겨울에는 최고로 따뜻한 은신처를 마련하거나 농부들의 따뜻한 건초창고 안으로 기어들어가기도 하지. 그러니 얼른 결정을 내려 여기서 당장 결혼하고 우리와 함께 가자. 그러면 모든 근심에서 벗어나고 적어도 너희가 원하는 한 영원히, 영원히 함께하게 될 거야. 우리와 함께 자유롭게 살면서 서서히 나이를 먹어갈 테니까 말이야. 내 말 믿어도 돼! 너희 부모님이 내게 한 짓을 너희에게 앙갚음하려는 거라고 생각하지는 마라! 그렇지 않아! 너희가 지금 같은 그런 처지가 된 걸 보니 기쁘긴 하지만, 그것으로 만족한단다. 그리고 날 따라오면 도와주고 돌봐줄 거야." 그는 정말 진실하고 다정한 어투로 이렇게 말했다. "이제 잠시 생각해보고 내 충고가 옳다고 생각되면 나를 따라오너라! 세상일은 다 내버려두고 서로를 받아들이되 누구에게도 물어보지 마라! 깊은 숲속의, 또는 너무 추울 땐 건초더미 위의 즐거운 신혼침대를 생각해 봐!" 그는 이렇게 말하고 식당 안으로 들어갔다. 브렌헨이 잘리의 팔에 안겨 떨고 있을 때 잘리가 말했다. "네 생각은 어때? 내 생각엔 세상일은 다 접어두고 아무런 장벽과 제약 없이 사랑하는 것도 나쁘지 않을 것 같은데!" 그는 진심이라기보다는 절망감으로 인해 농담으로 이렇게 말했다. 하지만 브렌헨은 그에게 키스하며 정말 진심으로 대답했다. "아니, 거기 가고 싶지 않아. 거기서도 내 생각대로 되지 않을 테니까. 호른 부는 남자와 비단치마 입은 아가씨도 부부이고 서로 매우 사랑했대. 그런데 지난주에 처음으로 그녀가 그를 배신했대. 그는 생각도 하기 싫어서 그런 슬픈 표정을 짓고는, 자기를 비웃는 다른 사람들과 그녀에게 인상을 찡그리고 있는 거래. 그녀는 혼자 춤추고 아무하고도 말하지 않으면서 제멋대로 속죄하려 하는데, 그것 역시 그를 비웃는 꼴이 됐대. 그런데 그 불쌍한 악사는 오늘 중으로 그녀와 화해할 것 같아. 그런 일들이 벌어지는 곳에는 가고 싶지 않아. 널 갖기 위해서라면 어떤 일이라도 다 감내하겠지만 절대 너를 배신하고 싶지는 않으니까!" 이러는 사이에 가련한 브렌헨은 점점 더 흥분하면서 잘리의 품에 안겼다. 점심때 식당 여주인이 그녀를 신부로 여기고 그녀도 그것을 아무 이의 없이 받아들인 순간부터 그녀의 핏속엔 신부의 성향이 이미 깃들어 있었기 때문이다. 그녀는 희망이 없으면 없을수록 더 격해지고 자제할 수가 없었다. 잘리의 사정도 매한가지로 좋지 않았다. 따라가고 싶진 않았지만 바이올린장이의 말 때문에 머릿속이 혼란스러워졌기 때문이다. 그는 어쩔 줄을 몰라 더듬거리며 말했다. "들어가자. 적어도 뭘 좀 먹고 마셔야 할 것 같아." 그들은 식당 안으로 들어갔다. 그곳에는 벌써 식탁에 둘러앉아 조촐한 식사를 하고 있는 적은 수의 유랑자 무리 외에는 아무도 없었다. "저기 신랑신부가 들어온다!" 바이올린장이가 외쳤다. "이제 즐겁고 흥겹게 지내고 서로 결혼을 해라!" 그들은 식탁으로 불려갔고 마치 자기 자신으로부터 도망치듯이 가서 그 자리에 합석했다. 그들은 그 순간 사람들 속에 있는 것이 기쁠 따름이었다. 잘리는 포도주와 푸짐한 음식을 주문했고 매우 흥겨운 파티가 시작되었다. 얼굴을 찌푸리고 있던 사람은 부정한 애인과 화해했고, 두사람은 탐욕스러운 행복에 젖어 서로를 애무했다. 자유분방한 다른 쌍들도 노래하고 마시면서 애정을 표시하는 걸 잊지 않았다. 바이올린장이도 곱사등이 콘트라베이스 연주자와 함께 제멋대로 떠들어댔다. 잘리와 브렌헨은 조용히 서로 껴안고 있었다. 갑자기 바이올린장이가 조용히 하라고 명령하더니 결혼식을 뜻하는 재미있는 의식을 거행했다. 잘리와 브렌헨은 서로 손을 잡아야 했고, 무리는 일어나서 차례대로 그들에게 다가가 덕담을 하고 자기들과 형제가 된 것을 환영해주었다. 그들은 한마디도 하지 않은 채 무리가 하는 대로 가만히 내버려두면서 그것을 재미로 받아들였지만, 그들 안에선 차갑고도 뜨거운 전율이 온몸을 휘감았다.

그 작은 무리는 도수 높은 포도주로 인해 한껏 달아올라 점점 더 흥분하며 떠들어댔는데, 갑자기 바이올린장이가 출발을 재촉했다. "우린 갈 길이 멀어." 그가 소리쳤다. "자정도 넘었고! 일어나자! 신랑신부를 수행해야지. 내가 격식에 맞게 바이올린을 연주하며 앞장서서 갈게!" 버림받은 두사람은 속수무책으로 더 좋은 방책이 떠오르지도 않고 또 너무 혼란스러운 나머지 사람들이 자기들을 앞세우고 가도록 그냥 내버려두었다. 그들 뒤로는 또다른 두쌍이 줄을 이었고, 그 뒤로는 곱사등이가 콘트라베이스를 어깨에 메고 따라갔다. 검둥이는 앞장서서 미친 듯이 바이올린을 연주하면서 산을 내려갔다. 다른 사람들은 웃고 노래하고 깡충깡충 뛰면서 뒤따라갔다. 그렇게 그 미친 듯한 밤의 행렬은 고요한 들판을 지나 잘리와 브렌헨의 고향 마을도 지나쳐갔다. 주민들은 잠든 지 이미 오래였다.

그들은 조용한 골목길에 들어서서 잃어버린 아버지들의 집을 지나치게 되자 쓰리고 욱하는 마음에 바이올린장이의 뒤에서 다른 이들과 함께 경쟁이라도 하듯 춤추고 키스하며 웃고 또 울었다. 그들은 바이올린장이가 이끄는 대로 세개의 밭이 있는 언덕 위로도 춤을 추며 올라갔다. 검둥이 사내는 언덕 위에서 유령처럼 껑충껑충 뛰면서 한번 더 열정적으로 바이올린을 연주했다. 동행인들도 뒤질세라 자유분방하게 날뛰었기에 고요한 언덕은 블록스 산²을 방불케 했다. 곱사등이마저 무거운 악기를 짊어진 채 헉헉거리며 이리저리 뛰어다녔고, 어느 누구도 다른 사람을 의식하지 않는 것 같았다. 잘리가 먼저 정신을 차리더니 브렌헨의 팔을 꽉 붙잡고 가만히 서 있게 했다. 하지만 브렌헨이 생각 없이 큰 소리로 노래를 불렀기에 조용히 시키느라 격렬하게 입을 맞추었다. 그녀는 마침내 그의 뜻을 알아차렸고, 그들은 미친 듯이 날뛰는 결혼 행렬이 자기들이 없어진 것도 모른 채 들판을 지나 강을 따라오르며 사라질 때까지 가만히 귀 기울이고 있었다. 바이올린 소리와 아가씨들의 웃음소리, 사내들의 환호성 소리가 밤을 뚫고 한동안 더 들려오더니 마침내 다 잦아들고 고요해졌다.

"저들에게서 빠져나왔어." 잘리가 말했다. "그런데 우리 자신에게선 어떻게 빠져나가지? 우리 자신을 어떻게 피하지?"

브렌헨은 대답할 준비가 되어 있지 않았다. 그녀는 그의 목에 매달려 안도의 숨을 내쉬었다.

"차라리 너를 마을로 돌려보내고 사람들을 깨워 받아달라고 할

----

2 브로켄 산의 다른 이름으로 발푸르기스의 밤에 마녀들과 정령들이 모여서 놀았다는 민담에 나오는 산이다.

까? 그러면 넌 내일 네 길을 갈 수 있을 거야. 넌 분명 잘될 테고 어디든지 갈 수 있어!"

"너 없이 떠나라고?"

"넌 날 잊어야만 해!"

"결코 잊을 수 없어! 넌 날 잊을 수 있어?"

"그게 중요한 게 아니야, 내 사랑!" 잘리가 말했다. 그는 브렌헨이 자기 가슴에 볼을 대고 정열적으로 비벼댈 때마다 그녀의 뜨거운 볼을 쓰다듬어주었다. "지금 중요한 건 바로 너야. 넌 아직 어리고 무슨 일을 하든 잘될 수 있어!"

"그럼 넌 안 그렇고, 이 늙은이야?"

"이리 와!" 잘리가 그녀를 잡아당기면서 말했다. 하지만 그들은 몇걸음 걷는가 싶더니 말없이 다시 멈춰서서 좀더 편안한 마음으로 서로 껴안고 애무했다. 세상의 고요가 그들의 영혼에 대고 노래하며 연주해주었고, 저 아래 강물이 온화하고 사랑스럽게, 천천히 흘러가는 소리만 들려왔다.

"여긴 주위가 참 아름다워! 무슨 소리가, 아름다운 노랫소리나 종소리 같은 게 들리지 않아?"

"물 흐르는 소리야! 그것 말고는 모든 게 고요해."

"아니야, 뭔가 다른 소리가 들려. 여기서, 저기서, 곳곳에서 무슨 소리가 들려!"

"내 생각엔, 우리 자신의 피 흐르는 소리가 우리 귀에 들리는 것 같아!"

그들은 잠시 이런 상상의 또는 실제의 소리들에 귀를 기울였다. 그 소리들은 거대한 고요로부터 울려나오거나 아니면 땅에 낮게 깔린 하얀 가을 안개 위를 가깝고도 멀리서 비치는 달빛의 마술 같은 작용 때문에 잘못 여겨진 소리들이었다. 갑자기 브렌헨에게 어떤 생각이 떠올랐다. 그녀는 재킷 가슴께를 뒤지더니 말했다. "너 주려고 기념품을 하나 샀어!" 그리고 수수한 반지를 그에게 주며 직접 그의 손가락에 끼워주었다. 잘리도 그의 반지를 꺼내서 브렌헨의 손가락에 끼워주면서 말했다. "그러니까 우리 둘 다 같은 생각을 했네!" 브렌헨은 창백한 은색 빛에 손을 비춰보면서 반지를 살펴보았다. "어머나, 정말 예쁜 반지네!" 그녀가 웃으면서 말했다. "이제 우린 약혼하고 장래를 약속한 거야. 넌 내 남편이고, 난 네 아내야. 잠시나마, 저 안개 띠가 달을 비껴갈 때까지만이라도 아니면 열둘을 셀 때까지만이라도 그렇게 생각하고 싶어. 내게 열두번 키스해줘!"

분명 잘리도 브렌헨과 마찬가지로 뜨겁게 사랑하고 있었다. 하지만 그의 경우 결혼문제는 브렌헨의 경우처럼 분명한 양자택일의 문제, 절박한 생사의 문제일 만큼 그렇게 생생하지가 않았다. 브렌헨은 오로지 한가지만 느낄 수 있었고, 정열적인 결단성을 갖고 결혼문제를 절박한 생사의 문제로 보았다. 그러나 마침내 그에게도 불빛이 하나 타올랐는데, 어린 소녀의 여성적인 감정이 그의 안에서 곧장 거칠고 뜨거운 갈망을 불러일으켰고 타는 듯한 명징성이 그의 감각들을 비춰주었기 때문이다. 그는 이미 브렌헨을 격하다 싶을 정도로 꽉 껴안고 애무하고 있었지만 이제는 색다르게, 더 질풍같이 그녀를 껴안고 애무하며 키스를 퍼부었다. 브렌헨은 자신도 열정으로 타오르고 있었지만 곧 이런 변화를 감지했기에, 온몸에 강한 전율이 일었다. 안개 띠가 달을 비껴가기도 전에 그녀 역시 질풍 같은 감정에 사로잡혔다. 격렬하게 애무하고 비벼대는 중에 반지 낀 손들이 의지의 명령 없이도 스스로 결혼식을 완성하려는 것처럼 서로 만나 꼭 잡았다. 잘리의 가슴은 때로는 망치질하듯 두근거리다가도 때로는 가만히 멈춰섰다. 그는 숨을 깊이 들이마시더니 나지막한 목소리로 말했다. "우리에겐 한가지 길밖에 없어, 브렌헨. 이 순간 결혼식을 올리고 세상을 떠나는 거야…… 저기 깊은 강이 있어…… 거기선 아무도 우리를 갈라놓을 수 없어. 우린 함께했어…… 길든 짧든, 그건 변함없을 거야."

브렌헨이 곧장 말했다. "잘리…… 네가 말한 걸 난 이미 오래전부터 생각하고 있었고 결심까지 했어. 우리가 죽으면 모든 게 끝날 거야…… 나랑 그렇게 하겠다고 맹세해줘!"

"이제 맹세한 거나 다름없어. 죽음 외에는 그 어떤 것도 너를 내게서 뺏어갈 수 없어!" 잘리는 정신없이 외쳐댔다. 브렌헨은 안도의 숨을 내쉬었고 눈에선 기쁨의 눈물이 흘러내렸다. 그녀는 벌떡 일어나서 새처럼 훨훨 날아오르듯 강물을 향해 들판을 뛰어내려갔다. 잘리는 그녀가 자기에게서 도망치려 한다고 생각해서 서둘러 그녀를 따라갔다. 브렌헨은 그가 자기를 붙잡아줄 거라고 생각했다. 그래서 그들은 쫓고 쫓기게 되었고, 브렌헨은 붙잡히지 않으려는 아이처럼 깔깔거리고 웃어댔다. "벌써 후회하는 거야?" 그들이 강에 도착하여 서로 붙잡았을 때 하나가 다른 하나에게 물었다. "아니! 점점 더 기뻐지는걸!" 둘이 같이 대답했다. 그들은 근심을 다 떨쳐내고 강을 따라내려갔고 세차게 흐르는 물을 앞질러갔다. 그렇게 성급하게 몸을 던질 장소를 찾아나선 것이다. 이제 그들의 열정은 자신들의 결합이 가져다줄 축복의 도취만 보았기 때문이다. 남은 삶의 모든 가치와 내용은 이 도취에 합류되었다. 그뒤에 오는 것, 죽음과 몰락은 한줄기 미풍이나 무無와 같이 여겨졌다. 그들은 그런 것에 대해 별로 생각하지 않았다. 어떤 경솔한 사람이 자신의 마지막 소유물을 탕진하고 난 뒤에 앞으로 어떻게 살지 생각하는 것보다도 덜 고심했다.

"내 꽃들이 나보다 먼저 갔어." 브렌헨이 외쳤다. "이것 봐, 꽃들이 벌써 완전히 맛이 가고 시들어버렸어!" 그녀는 가슴에서 꽃을 꺼내 강물에 던지면서 큰 소리로 노래 불렀다. "그대를 향한 나의 사랑은 아몬드보다 더 달콤해요!"

"잠깐!" 잘리가 외쳤다. "여기 네 신혼침대가 있어!"

그들은 마을에서 강물 쪽으로 나 있는 마찻길에 도달했다. 그곳에는 건초더미를 잔뜩 실은 커다란 배가 묶여 있는 선착장이 있었다. 그는 걷잡을 수 없이 서두르며 굵은 밧줄을 풀었다. 브렌헨은 웃으면서 그의 팔에 매달려 소리쳤다. "뭐 하려는 거야? 마지막 가는 경건한 길에 농부의 건초선을 훔치려는 거야?"—"이건 그들이 우리에게 주는 지참금이야. 물 위를 떠가는 침실과 침대, 아직 어떤 신부도 가져본 적이 없을걸! 농부들은 자기네 소유물을 저기 아래서 되찾게 될 거야. 그리로 떠내려갈 테니까. 그리고 무슨 일이 일어났는지 모를 거야. 이것 봐, 벌써 흔들거리면서 출발하려고 해!"

배는 강가에서 몇걸음 떨어져 조금 깊은 물 위에 떠 있었다. 잘리는 두 팔로 브렌헨을 안아올려서 배를 향해 물속을 걸어갔다. 그런데 브렌헨이 제어할 수 없을 만큼 어찌나 격렬하게 애무하고 물고기처럼 팔짝거렸던지 그는 흐르는 물속에서 중심을 잡을 수가 없었다. 그녀는 얼굴과 손을 물에 담그려 하면서 이렇게 외쳤다. "나도 시원한 물을 만져볼 거야! 우리가 처음 손을 잡았을 때 우리 손이 얼마나 차갑게 젖어 있었는지 아직도 생각나? 그때는 우리가 물고기를 잡았는데, 이제는 우리 자신이 물고기가 되겠네. 두마리의 예쁘고 큰 물고기가!"—"조용히 해, 이 사랑스러운 악마야!" 미쳐 날뛰는 애인과 물결 사이에서 몸을 똑바로 가누려고 애쓰던 잘리가 말했다. "안 그러면 내가 떠내려간단 말이야!" 그는 브렌헨을 배에 올려놓고 자신도 그 위로 뛰어올랐다. 높이 쌓아올린 부드럽고 향기로운 짐 위에 그녀를 올려놓고 자신도 그 위로 올라갔다. 그들이 위에 올라앉자 배는 점점 더 강의 중심을 향해 나아갔고 그다음에는 천천히 돌면서 계곡 쪽으로 떠내려갔다.

강물은 때로는 물 위에 그늘을 드리우고 있는 높고 컴컴한 숲을 지나갔고, 때로는 탁 트인 들판을 지나갔다. 때로는 조용한 마을들을 지나갔고, 때로는 흩어져 있는 오두막들을 지나갔다. 어디선가는 강이 적막이 감도는 고요한 호수와도 같아 배가 거의 멈춰서다시피 했고, 어디선가는 바위 주위를 돌아 잠자고 있는 강가를 뒤로하고 재빨리 흘러갔다. 아침 해가 떠오르자 동시에 은회색 강물 위로 첨탑들이 솟아 있는 도시가 나타났다. 저무는 달은 황금처럼 빛나는 붉은색으로 강물 위를 물들여 반짝거리는 뱃길을 깔아놓았고, 배는 이 뱃길 위를 비스듬하게 유유히 떠내려갔다. 배가 도시에 가까워지자 가을 아침 서리가 내리는 중에 서로 꽉 부둥켜안은 두 형체가 어두컴컴한 물체를 떠나 차가운 강물 속으로 미끄러져 내려갔다.

얼마 후에 배는 손상되지 않은 채 다리에 닿아 멈춰섰다. 나중에 도시의 아래쪽에서 시체들이 발견되고 그들의 신원이 밝혀지자 신문들엔 이런 기사가 실렸다. 두 젊은이가 죽음을 택했다. 불구대천의 원수로 지내다가 찢어지게 가난해진 두 집안의 자식들이 오후 내내 함께 마음껏 춤추고 교회 헌당식에서 즐거운 시간을 보낸 후에 물에서 자살을 시도했다. 짐작건대 이 사건은 뱃사공도 없이 도시에 정박한 이 지방의 건초선과 연관이 있는 것으로, 젊은이들이 배 위에서 자신들의 절망적이고 저주받은 결혼식을 거행하려고 배를 훔친 것으로 생각된다. 이는 만연해지고 있는 풍기문란과 무분별한 열정에 대한 또 하나의 징후이다.

정의로운 빗 제조공 세사람

  젤트빌라 사람들은 온통 정의롭지 못한 사람들이나 경솔한 사람들로 구성된 도시가 시대와 교통수단이 변화하는 시기에는 그럭저럭 존속할 수 있다는 걸 증명했다. 하지만 세명의 빗 제조공은 정의로운 사람들 셋이 오랫동안 한 지붕 아래서 서로 싸우지 않고는 살 수 없다는 걸 증명해주었다. 그런데 여기서 말하는 정의는 하늘의 정의라거나 인간 양심과 관련된 보통의 정의가 아닌 주기도문에 나오는 간구, "우리가 우리에게 잘못한 이를 용서하듯이, 우리의 잘못을 용서하시고!"를 통해 강조된, 피 하나 흘리지 않는 정의를 말한다. 이 정의는 그 어떤 잘못도 저지르지 않고 또 그 어떤 잘못도 참아주지 않기 때문이다. 또 누구에게 해를 끼치면서 사는 것도 아니지만 누구를 위해서 사는 것도 아니고, 일해서 돈은 벌지만 지출은 안하려 들고, 노동에 충실하여 이익은 얻지만 기쁨은 조금도 얻지 못하기 때문이다. 그런 의미의 정의로운 사람들은 돌을 던져 가로등을 깨지는 않지만 가로등에 불을 밝히지도 않는다. 그들에게서는 어떤 빛도 새어나오지 않는다. 그들은 여러가지 일을 하지만, 어떤 위험과 결부되지만 않는다면 이 일이든 저 일이든 매한가지라고 생각한다. 그들이 가장 정착하고 싶어하는 곳은 그들 생각에 정의롭지 못한 사람들이 아주 많은 곳이다. 만약 그들 중에 정의롭지 않은 사람이 없다면 곡식이 하나도 들어 있지 않은 맷돌처럼 금방 서로서로 닳아 없어질 것이기 때문이다. 그들은 어느 누구에게도 해를 끼친 적이 없기에, 불행에 처하기라도 하면 몹시 어리둥절해하며 마치 돌부리에 걸려 넘어지기라도 한 듯 한탄한다. 그들은 세상을, 자기 문 앞을 열심히 청소하고 화분을 무방비 상태로 창문에 세워놓지 않으며 창밖으로 물을 내버리지 않으면 벌금 걱정을 할 필요가 없는, 치안이 잘 유지되는 커다란 경찰서로 여기는 것이다.

젤트빌라에는 빗 공방이 있었다. 열심히 꾸려가기만 하면 장사가 잘됐는데도 보통 대여섯해면 주인이 바뀌었다. 소매상들이 인근의 대목장場이 서는 곳들을 직접 찾아가 빗을 샀기 때문이다. 갖가지 종류의 요긴한 뿔빗 외에도 마을 처녀들과 하녀들을 위한 멋진 장식용 빗들이 예쁘고 맑은 빛깔의 황소 뿔로 제작되었다. 그런 빗에는 (장인匠人씨은 절대 일하지 않았기에) 도제들이 솜씨있게 다듬은 자라 등딱지 모양의 적갈색 구름무늬가 새겨져 있었다. 도제들이 저마다 상상력을 발휘했기에 빗을 햇빛에 비춰보면 아주 멋진 일출과 일몰, 붉은색의 작은 조개구름이 있는 하늘, 천둥 번개를 동반한 폭풍우, 이런저런 알록달록한 자연현상들이 보이는 것 같았다. 여행을 떠나 손이 귀해지는 여름이면 도제들은 정중한 대접과 함께 많은 봉급과 맛있는 음식을 제공받을 수 있었지만, 일손이

흔하고 거처를 정해야 하는 겨울에는 봉급을 적게 받으면서도 온 힘을 다해 빚을 만들어야 했다. 이를테면 장인의 부인은 매일같이 식탁에 자우어크라우트[1] 한접시만 놓아주고 장인은 이렇게 말하는 것이었다. "이건 생선이야!" 만약 어떤 도제가 감히 "죄송하지만, 자우어크라우트인데요!"라고 말하면 그 즉시 해고되어 겨울날 방랑길을 떠나야만 했다. 하지만 들판이 초록빛을 띠게 되고 길이 걸을 만해지면 그들은 곧장 "자우어크라우트인데요!"라고 말하고는 짐을 꾸렸다. 그럴 경우 장인의 부인은 당장 자우어크라우트에 햄을 넣어주었고 장인도 이렇게 말했기 때문이다. "정말이네, 생선인 줄 알았는데! 하지만 이제 이건 확실히 햄일세!" 하지만 겨울 내내 2인용 침대 하나에서 함께 잠을 자야 했던 세명의 도제는 옆구리를 걷어차이거나 동상에 걸리면서 자는 일에 진심으로 진절머리를 내며 바깥세상을 그리워했다.

언젠가 작센 지방 어딘가에서 착실하고 온순한 도제 한명이 들어왔다. 그는 어떤 일에든 다 복종했고 가축처럼 열심히 일했기에 쫓겨나지 않았다. 그래서 결국 그는 마치 공방의 집기처럼 되었고 장인이 바뀌는 것을 몇번이나 지켜보았다. 몇년 전부터는 세상이 예전보다 더 급변했던 것이다. 욥스트는 몸이 뻐근해지도록 누워 있었고, 여름이든 겨울이든 벽 쪽에 있는 자기 자리를 고수했다. 그는 자우어크라우트를 순순히 생선으로 받아들였고 봄에는 조그만 햄 조각도 만족하며 감사하는 마음으로 먹었다. 적은 액수의 봉급을 큰 금액의 봉급인 양 잘 챙겨 제법 돈도 모았다. 지출은 하

----

1 잘게 썬 양배추를 묽은 소금물에 절여 발효시킨 것으로 독일식 김치라고 할 수 있다.

나도 안하고 전부 다 저금했기 때문이다. 그는 다른 수공업 도제들처럼 살지 않았다. 술은 일절 마시지 않았으며 고향 사람들이나 다른 젊은 도제들과 어울리지도 않았다. 대신 저녁이면 대문 앞에 서서 늙수그레한 여인네들과 장난질을 쳤다. 특별히 너그러운 마음이 들 때면 물 양동이를 들어 그들 머리에 얹어주기도 했다. 특별 수당을 받으며 밤새도록 일해야 할 정도로 일이 많지 않을 때면 일찍 잠자리에 들었다. 일요일에도 날이 좋으면 다른 날과 마찬가지로 오후까지 일했다. 하지만 사람들은 그가 쾌활한 비누 제조공 요한[2]처럼 즐겁게 만족해하면서 일한다고 생각하지는 않았다. 오히려 그는 이런 자발적인 고생을 하면서도 울적해했고 고단한 삶에 대해 계속해서 불평을 늘어놓았다. 일요일 오후가 되면 작업용 앞치마를 두른 채 슬리퍼를 질질 끌면서 골목을 지나 세탁소에 가서는 깨끗한 속옷과 다리미질을 한 민소매 셔츠, 빳빳하고 높은 셔츠 칼라나 질 좋은 손수건을 찾아왔다. 그는 이런 멋진 것들을 손바닥에 올려놓고는 도제의 우아한 걸음걸이로 집을 향해 걸어갔다. 많은 도제가 작업용 앞치마를 두르고 슬리퍼를 신은 채 독특하게 멋을 내며 걷는 걸음을 준수했던 것이다. 특히 학식 있는 책 제본공, 명랑한 제화공, 드물고 기이한 빗 제조공이 그렇게 걸어다녔는데, 마치 자기들이 보다 높은 세계에서 붕 떠다니는 것처럼 그렇게 행동했다. 그런데 욥스트는 자기 방에 가서는 그 민소매 셔츠를 정말 입어야 할지 아니면 입던 옷을 일주일 더 입고 집에 있으면서 일을 좀더 해야 할지를 곰곰이 따져봤다. 그는 온순하고 정의롭기는 할

---

2 비더마이어 시대(1815~48)에 즐겨 읽힌 프리드리히 폰 하게도른(1708~54)의 시 「쾌활한 비누 제조공 요한」에 나오는 인물이다.

지라도 하찮은 소인배였던 것이다. 이런 경우 그는 가라앉아서 다시 세상살이의 고단함과 고난에 대해 한숨을 쉬었고 짜증을 내며 빗에 이빨자국을 내거나 뿔을 거북이 등딱지로 변형시켰다. 하지만 멋없이 무미건조하게 작업에 임했기 때문에 언제나 한결같이 세개의 따분한 얼룩만 휘갈겨넣었다. 그는 명백히 규정된 것이 있지 않을 경우에는 한치의 노력도 기울이지 않고 일했던 것이다. 하지만 산책하기로 결심을 하면 한두시간씩 지나치다 싶을 정도로 치장을 하고는 지팡이를 들고 약간 뻣뻣한 자세로 성문 앞에 산책을 나갔다. 그곳에서 비굴하고 따분한 자세로 서성이다가 마찬가지로 보다 나은 일을 할 줄 몰라 서성거리는 다른 이들과 따분한 대화를 나누었다. 이제는 술집에 갈 수 없는, 늙고 가난한 젤트빌라 사람들과 말이다. 그는 그런 사람들과 함께 건축 중인 집 앞에, 파종할 경작지 앞에, 날씨 때문에 해를 입은 사과나무 앞에 또는 새 방직공장 앞에 서서는 열렬히 그런 것들에 대해, 그것들의 합목적성과 비용문제에 대해, 예상 수확량에 대해, 들판에 있는 곡식들의 상태에 대해 아는 것도 하나 없으면서도 떠들어댔다. 그는 그런 것들을 중요하게 생각하지 않았다. 하지만 이런 방식은 돈 들이지 않고 가장 단순하게 시간을 보낼 수 있게 해주었고, 늙은이들이 그를 예의 바르고 이성적인 작센 사람이라고 부르게 되는 계기가 됐다. 늙은이들 또한 아는 게 하나도 없었던 것이다. 젤트빌라 사람들이 거창한 삶을 약속해주는 거대한 양조 주식회사를 기획하고 기초공사를 위해 널따랗게 땅을 파내자, 욥스트는 일요일 저녁이면 그곳에 가서 지팡이를 짚고 돌아다니며 매우 관심이 많은 전문가 행세를 하면서 건축 진행 과정을 지켜보았다. 마치 오랜 건축 전문가이자 대단한 맥주 애호가처럼 보였다. "안돼!" 그는 몇번이고 이렇게 외쳤다. "훌륭한 작품이야! 대단한 시설이야! 하지만 돈이 많이 들어, 돈이! 유감이군, 여기 이 둥근 천장은 조금 더 깊게 파야 했고 벽은 조금 더 튼튼해야 했는데!" 그는 말은 이렇게 하면서도 날이 어두워지기 전 제시간에 맞춰 저녁을 먹으러 가는 것 말고는 아무 생각도 하지 않았다. 말하자면 이것은 그가 장인의 부인을 유일하게 귀찮게 하는 일이었다. 그는 다른 도제들처럼 일요일 저녁식사를 놓친 적이 한번도 없었고, 그 때문에 부인은 홀로 집에 남아 그를 신경 쓰고 있어야 했다. 그는 고기나 쏘시지 한조각을 먹고 나면 방 안에서 한동안 어슬렁거리다가 잠자리에 들었다. 그에게는 그것만으로도 만족스러운 일요일이었다.

하지만 이렇듯 욕심 없고 온순하며 정직한 성격임에도 그의 내면에는 속으로 비꼬는 경미한 성향이 수그러들지 않았다. 마치 세상의 경솔함과 허영심에 대해 남몰래 비웃기라도 하는 것 같았다. 그는 사물의 위대함과 중요성을 확실히 의심하는 것 같았고 훨씬 더 심오한 사고체계를 알고 있는 것 같았다. 실제로 그는 때때로, 특히 일요일에 전문가다운 대화를 나눌 때면 제법 영리한 표정을 지었다. 그래서 사람들은 그가 남몰래 훨씬 중요한 것들을 마음에 지니고 있다고 생각했다. 그것에 비하면 다른 이들이 계획하고 만들고 건설하는 것들은 그에게 전부 다 애들 장난으로만 보이는 듯했다. 그가 밤낮으로 품고 있고, 젤트빌라에서 도제로 지낸 지난 몇 년 동안 그의 조용한 지침이 된 위대한 계획은, 어느 아름다운 아침에 마침 주인을 잃은 가게를 구입하여 그 자신이 주인이자 장인이 되기에 충분할 만큼 봉급을 모으는 것이었다. 이것이 그의 모든 행동과 노력의 근간이 되었다. 그저 부지런히 근검절약하며 묵묵히 자신의 길을 가면서, 안일한 다른 이들을 이용하면서도 그들의 단점을 닮지 않는 법을 안다면 이곳에서 성공할 수 있다는 것을 잘 보아왔기 때문이다. 그런데 그는 장인이 되면 시민권을 얻기 위해 금방 많은 돈을 벌 것이고, 그런 다음에는 젤트빌라의 그 어떤 시민보다도 훨씬 더 영리하고 현명하게 살리라고 다짐했다. 자신의 번영을 증진하는 데 도움이 되지 않는 것에는 일절 신경을 쓰지 않을 것이고, 돈은 한푼도 쓰지 않는 대신 이 도시의 경박한 소용돌이 속에서 최대한 벌어들일 작정이었다. 이 계획은 단순하고 타당하고 그럴듯했는데, 무엇보다도 그가 이 계획을 지속적으로 잘 밀고 나갔기 때문이다. 그는 이미 제법 돈을 모아 조심스럽게 보관하고 있었고, 정확히 계산해본 바에 따르면 얼마 뒤에는 분명 이 계획을 이룰 수 있을 만큼의 금액이 모일 예정이었다. 그런데 이 조용하고 평화로운 계획이 비상한 것은 바로 욥스트 자신이 그런 계획을 세웠다는 것이다. 그의 마음속에는 여기 이 젤트빌라에서 살아야 할 이유가 하나도 없었기 때문인데, 그는 이 지방이나 이 지방 사람들, 이 지방의 정치적 견해나 관습을 선호하지 않았던 것이다. 그에게는 그 모든 것이 그의 고향만큼이나 아무래도 상관없었는데, 그는 자신의 고향도 결코 그리워하지 않았다. 그는 자신의 근면함과 정직함만으로 어디서든 여기서처럼 잘 버텨낼 수 있었다. 하지만 그에게는 자유로운 선택권이 없었기에 허전한 마음에 자신에게 처음으로 찾아온 우연한 희망의 끈을 붙들고 찰싹 달라붙은 것이다. 흔히들 "정들면 고향!"이라고 말한다. 이 속담은 어떤 사람들에겐 그대로 들어맞아야 한다. 새 고향에서 더 잘살아야 하는 고상하고 필연적인 이유를 증명해야만 하는 사람들, 재산을 벌겠다는 포부를 안고 떠나 성공한 사람이 되어 귀환하기 위해 자발적으로 세상에 나간 사람들, 또는 살기 힘든 상황을 피해 무리를 지어 달아나 세태에 순응하면서 바다 너머 새로운 민족이동에 동참한 사람들, 또는 고향보다 타향에서 더 신실한 친구들을 찾았거나 자기들의 성향에 더 잘 부합하는 관계 또는 보다 아름다운 인간적인 유대관계를 돈독하게 맺은 사람들에게는 그래야 한다. 어쨌든 그런 사람들은 최소한 자신이 살고 있는 행복한 새 나라를 사랑할 것이고, 필요할 땐 그런 모습을 보여주기도 할 것이다. 하지만 욥스트는 자기가 어디에 있는지 모르다시피 했다. 스위스 사람들의 관행과 관습이 그에게는 이해가 되지 않았다. 그는 이따금씩 이렇게 말할 뿐이었다. "그래, 스위스 사람들은 정치적인 사람들이야! 정치를 좋아하는 사람에게는 분명 정치가 멋진 일인 것 같아! 하지만 나는 결코 정치 전문가가 아니야. 우리 고향에서는 정치가 필요 없었으니까." 젤트빌라 사람들의 관습은 그에게 거슬렸고 두렵기조차 했다. 그들이 소요나 행진을 계획하면 그는 작업장 맨 뒤쪽에 웅크리고 앉아서 유혈극이 벌어질까봐 벌벌 떨었다. 그럼에도 죽는 날까지 이곳에서 살겠다는 것이 그의 유일한 생각이자 커다란 비밀이었다. 이런 식의 정의로운 사람들은 세상 어디를 가나 존재하는데, 잘살 수 있다는 감언이설에 속아 우연히 그곳에 간 것뿐이지 어떤 다른 이유가 있어서 그곳으로 도망친 것은 아니었다. 그들은 옛것에 대한 향수도 없이, 새로운 나라에 대한 애정도 없이, 멀리 내다보지도 않고, 가까운 곳에 시선을 주지도 않으면서 조용히 그것에 붙어산다. 그래서 자유로운 인간이라기보다는, 공기와 물에 실려 우연히 번영의 터전으로 옮겨간 하급 유기체, 기이하고 작은 동물, 식물의 씨앗과 더 유사하다고 할 수 있다.

그런 식으로 그는 젤트빌라에서 한해 두해를 살았고 방바닥 타일 밑에 감추어놓은 자신의 비밀스러운 보물을 증식해나갔다. 이

곳에 올 때 입고 온 외출복도 당시와 똑같은 상태로 유지되었기에 재단사 중 누구도 그에게서 단돈 은화 한닢 벌었다고 자랑할 수 없었다. 이곳에 도착할 때 들고 온 봇짐의 외관을 장식하고 있던 장화의 밑창조차도 다 닳지 않았기에 어떤 제화공도 그에게서 동전 한닢 얻어내지 못했다. 일년에 쉰두번 있는 일요일의 절반에만, 그것도 가벼운 산책만 한 덕분이었다. 그의 손에서 많든 적든 돈을 본 적이 있다고 자랑할 수 있는 사람은 아무도 없었는데, 그는 봉급을 받으면 곧장 매우 비밀스러운 방식으로 감추었던 것이다. 성문 앞에 나갈 때에도 동전 한닢 갖고 가지 않았기에 그가 돈을 쓴다는 것은 있을 수가 없는 일이었다. 행상하는 아낙네들이 버찌나 자두, 배를 들고 작업장에 찾아와 다른 일꾼들이 욕구를 채울 때 그 또한 적잖이 욕구를 느꼈다. 하지만 대단한 관심을 보이며 흥정을 벌이고, 먹음직한 버찌와 자두를 쓰다듬고 만져보는 통에, 그를 가장 열성적인 고객으로 생각했던 아낙네들이 결국은 기막혀하면서 물러가게 하는 것으로 자신의 절제심에 대해 뿌듯해하며 욕구를 해소했다. 그리고 구입한 사과를 오븐에 굽거나 껍질을 벗기는 방법에 관해 수천가지의 사소한 조언들을 동료들에게 해주며 만족스러운 감정으로 그들이 먹는 것을 바라보았다. 그런데 어느 누구도 그에게서 동전 한닢을 보지 못한 것과 마찬가지로 그에게서 퉁명스러운 말을 들었다거나, 부당한 요구를 받았다거나, 삐딱한 표정을 보았다는 사람은 전혀 없었다. 오히려 그는 아주 조심스럽게 다툼을 일절 피했고, 자기에게 걸어온 농담에 대해 그것이 어떤 것이든 싫은 내색을 하지 않았다. 그리고 험담과 분쟁이 벌어지면 그 진행과정을 관찰하고 평가할 만큼 그런 것들에 호기심이 많았는데, 그런 것들은 언제든 돈 들이지 않고 시간을 보낼 수 있게 해주었기 때문이다. 다른 도제들이 조잡한 술자리를 찾아다닌 반면에 그는 어떤 일에 연루되거나 경솔한 일에 말려들지 않게 조심했다. 요컨대, 그는 진정 영웅적인 현명함과 인내심, 온화하면서 비열한 몰인정함과 냉혹함이 기이하게 뒤섞인 존재였던 것이다.

그는 이미 몇주 전부터 이 공방의 유일한 도제였다. 누구 하나 방해하는 사람이 없었으므로 물 만난 고기 같았다. 특히 밤에는 넓은 침대 공간을 즐겼는데, 앞으로 있을 날들을 보상받기 위해 이 좋은 시간을 매우 경제적으로 활용했다. 끊임없이 자리를 바꾸었고, 이를테면 침대에 세명이 있다고 상상하면서 자신을 말하자면 세사람으로 만들었는데, 그중 두사람이 세번째 사람에게 쑥스러워하지 말고 편하게 지내라고 청하는 식이었다. 이 세번째 사람이 바로 그였다. 그는 그 청에 응하여 이불 전체로 몸을 감싸거나 음탕하게도 두 다리를 쫙 벌렸고, 침대에 대각선으로 눕거나 그냥 재미 삼아 재주를 넘어보기도 했다. 그러던 어느날, 석양이 질 무렵 일찌감치 침대에 누워 있는데, 별안간 어떤 낯선 도제의 목소리가 들리더니 장인의 부인이 그를 침실로 데려왔다. 욥스트는 제 마음대로 침대 아랫부분에 머리를 대고 발을 베개에 올려놓고 있던 참이었다. 그때 이방인이 들어와서 묵직한 배낭을 내려놓더니 피곤했는지 서슴없이 옷을 벗었다. 욥스트는 잽싸게 몸을 움직여 벽 쪽 원래 자기 자리로 옮겨가 뻣뻣이 누워서 생각했다. '여름이라 방랑하기 좋으니까 금방 떠날 거야!' 그는 이런 희망 속에 조용히 한숨을 내쉬며 운명에 순종했고, 앞으로 벌어질 침대에서의 옆구리 찌르기와 이불 다툼을 각오했다. 그런데 새로 온 그 사람은 바이에른 사람인데도 그에게 정중하게 인사한 후 침대에 눕더니 놀랍게도 그와 마찬가지로 침대 반대쪽에서 얌전하고 예의 바르게 처신하면서 밤새 조금도 그를 성가시게 하지 않았다.[3] 이런 생소하고 진기한 일로 인해 평정심을 잃은 그는, 바이에른 사람이 편안하게 자는 동안 밤새도록 한숨도 잘 수 없었다. 아침이 되자 욥스트는 세심한 눈빛으로 그 기이한 동숙인을 면밀히 관찰했고 그 또한 어리지 않은 도제라는 사실을 알게 되었다. 새로 온 도제는 정중한 말투로 그에게 이곳 사정과 생활에 대해 물었는데, 그 자신이라도 그렇게 했을 법한 그런 방식이었다. 그는 이를 알아채자마자 아주 사소한 것이든 큰 비밀이든 말하지 않으려고 자제했고, 대신에 바이에른 사람의 비밀을 캐내려고 노력했다. 그 사람에게도 자기와 마찬가지로 비밀 하나쯤은 있다는 것을 대번에 알아볼 수 있었기 때문이다. 그렇지 않다면 무엇 때문에 그렇게 이성적이고 온순하며 노련한 사람이 되었겠는가! 어떤 비밀스러운 일, 큰 이익이 되는 일을 계획하고 있는 게 아니라면? 이후로 그들은 서로의 비밀을 교묘하게 캐내려고 했는데, 점잖게 우회로를 이용하여 말했으며 매우 조심스럽고 평화로운 방식으로 절반만 말했다. 어느 누구도 이성적이고 분명한 대답을 하지 않았지만 시간이 지나자 둘 다 상대방이 완전한 이중자아 그 이상도 그 이하도 아니라는 것을 알게 되었다. 바이에른 사람 프리돌린이 일과 중에 몇번씩 방으로 달려가 무슨 일인가를 하자 욥스트는 한번씩 그가 앉아서 일하고 있는 기회를 이용하여 살금살금 방으로 가서 프리돌린의 소지품을 잽싸게 훑어보았다. 그런데 자신의 것과 거의 동일한 소지품들 외에는 아무것도 발견하지 못했다. 욥스트가 우습게도 작은 갓난아기 인형을 갖

---

3 바이에른 사람들에게는 독일인의 특징 중 무뚝뚝하고 비사교적인 특성이 특히 더 많이 있다.

고 있는 반면에 그 사람은 물고기가 그려진 나무 바늘통을 갖고 있는 것만 달랐다. 욥스트에게는 때때로 뒤적이는 너덜너덜한 프랑스어 보급판 교본이 있는 반면에 바이에른 사람에게는 제본이 잘 된 소책자가 있었다. 그 제목은 『차갑고 따뜻한 염색통, 청색 염색장이를 위한 필독 안내서』였다. 그런데 그 안에 연필로 이렇게 적혀 있었다. "나사우[4] 사람에게 빌려준 3크로이처에 대한 저당물." 그는 이것에서 그가 돈을 모으는 남자라는 것을 알아챘다. 그러자 저도 모르게 바닥을 둘러보았는데, 대번에 최근에 떼어낸 것처럼 보이는 타일 하나를 발견했다. 그 아래에는 정말 낡은 손수건 반쪽에 넣고 실로 둘둘 감은 보물이 들어 있었다. 그의 것만큼이나 묵직했는데 그의 것은 단단히 묶은 양말에 들어 있다는 것만이 달랐다. 그는 낯선 위대함에 흥분하고 놀라기도 했고 또 자신의 비밀에 대한 크나큰 염려 때문에 몸을 떨면서 타일을 다시 잘 덮어두었다. 그리고 곧장 아래 작업장에 내려가서 마치 온 세상에 빗을 공급해야 하는 것처럼 죽어라 일했다. 그런데 바이에른 사람은 한발 더 나아가 하늘을 빗으로 빗겨야 하는 것처럼 일했다. 그다음 여드레 동안 그들은 상대에 대한 이런 첫인상을 확인했다. 욥스트가 부지런하고 분수를 알았다면 프리돌린도 그런 덕성의 고단함을 똑같이 수상쩍게 한탄하면서 일하고 절제했기 때문이다. 욥스트가 명랑하고 현명했다면 프리돌린은 익살맞고 영리했다. 전자가 겸손했다면 후자는 겸허했고, 전자가 교활하고 반어적이었다면 후자는 재치있고 풍자적이기까지 했다. 욥스트가 자신을 불안하게 하는 일에 대해 온화하고 순박한 표정을 지었다면 프리돌린은 능가할 수 없

---

4 독일 라인란트팔츠 주의 도시로 1866년까지는 공국이었다.

는 바보같이 처신했다. 그것은 단순히 하나의 시합이 아니라 그들을 고무시키는 유명한 선수권대회를 위한 훈련 같았다. 둘 중 어느 누구도 상대를 모범으로 삼아 자신에게 없는 상대의 완전한 품행을 섬세하게 모방하는 것에 주저하지 않았다. 심지어 서로를 깊이 이해하여 화합하는 것처럼 보였기에 마치 공동의 일을 하는 것 같았다. 그래서 결투하기 전 기사답게 서로 사이좋게 지내고 서로를 단련시켜주는 유능한 두 영웅과도 같았다. 그런데 일주일도 채 지나지 않아 디트리히라는 이름의 슈바벤 사람이 들어왔다. 두사람은 자기들의 고요한 위대함을 측량해볼 수 있는 재밌는 척도를 맞아들이기라도 한 듯 암암리에 기뻐했다. 그들은 사자 두마리가 원숭이를 장난감으로 맞아들이듯이 분명 쓸모없는 사람일 그 불쌍한 슈바벤 사람을 자기들 덕성의 한가운데로 받아들일 참이었다.

하지만 슈바벤 사람이 그들 자신과 다르지 않게 처신하여, 두사람 사이에서 먼저 이루어진 깨달음이 이번에는 세사람 사이에서 되풀이되자 그들이 얼마나 놀랐을지 누가 묘사할 수 있겠는가! 그들은 세번째 사람하고만 예기치 않은 상황에 처하게 된 것이 아니라 자기들 자신과도 전혀 다른 상황에 놓이게 되었다.

그들이 자기들 사이의 침대 가운데 자리로 그를 받아들이자 슈바벤 사람은 어느새 완전히 대등한 사람처럼 행동했다. 그가 성냥개비처럼 똑바로, 가만히 누워 있었기에 도제들 세명 사이에는 여전히 공간이 조금씩 남아 있었고, 청어 세마리 위에 놓여 있는 종이처럼 이불이 그들의 위에 덮여 있었다. 이제 상황은 더 진지해졌다. 세사람 모두 정삼각형의 세 각처럼 대등하게 대치함으로써, 두사람 사이의 친밀했던 상황이 더는 가능하지 않게 되었다. 어떤 휴전상태나 점잖은 경쟁이 불가능하게 되자 그들은 침대에서건 집에

서건 진심으로 전력을 다해 서로를 견뎌내려고 했다. 장인은 이 세 녀석이 여기에 남기 위해서라면 뭐든지 감수할 것임을 알게 되자 그들의 봉급을 깎았고 식사도 더 조금 주었다. 하지만 그들은 더 열심히 일하고 자리를 지켰기에, 장인은 저렴한 상품을 대량으로 유통시켰고 늘어난 주문도 감당할 수 있었다. 그리하여 장인은 조용한 도제들로 인해 거액의 돈을 벌어들이고 확실한 돈줄을 거머쥘 수 있었다. 어리석은 노동자들이 작업장에서 밤낮으로 수고하며 앞다투어 열심히 일하려고 애쓰는 동안 그는 허리띠 구멍을 늘려나갔고 시내에서 상당한 역할을 하게 되었다. 제일 젊은 슈바벤 사람 디트리히도 다른 두사람과 같은 부류임이 밝혀졌다. 다만 아직은 모아둔 돈이 없을 뿐인데, 여행한 지가 얼마 되지 않았기 때문이다. 이것은 그에게 매우 염려스러운 상황이었다. 만약 상상력이 풍부한 슈바벤 사람인 그가 다른 사람들의 장점에 필적하는 새로운 마법을 부리지 않는다면 욥스트와 프리돌린이 훨씬 앞서가게 될 것이다. 그는 어떤 열정에도 구속받지 않았는데, 옆의 도제들과 마찬가지로 기질이 냉정했다. 그런데 어디 다른 곳이 아닌 바로 여기에 정착하여 이익을 도모하겠다는 열정과 관련해서는 그렇지가 않았다. 그래서 그는 작센 사람과 바이에른 사람이 타일 밑에 갖고 있는 것과 비슷한 액수의 돈을 소유한 여인과 사랑에 빠져 그녀에게 구혼하겠다는 생각을 품게 되었다. 젤트빌라 사람들의 비교적 좋은 특성 하나는 재산이 좀 있더라도 못생겼거나 무뚝뚝한 여인은 취하지 않는다는 것이다. 더욱이 그들은 큰 유혹에 빠질 일도 없었는데, 그들 도시에는 잘생겼든 못생겼든 간에 부유한 상속녀가 없었기 때문이다. 그래서 젤트빌라 사람들은 얼마 되지도 않는 재산을 택하느니 차라리 두고두고 자랑할 수 있는 명랑하고 귀여운 사람과 결혼하는 용감성을 보여주었다. 그 결과 탐색에 나선 슈바벤 사람은 어렵지 않게 같은 거리에 사는 품행 바른 처녀와 교제를 틀 수 있었다. 나이 든 여인들과의 영리한 대화를 통해 그 처녀가 700굴덴짜리 채권을 갖고 있다고 말한 것을 알게 됐기 때문이다. 이름은 취스 뷘츨린으로 스물여덟살이었는데, 세탁부 어머니와 함께 살고 있지만 아버지의 유산을 독자적으로 관리하고 있었다. 그녀는 채권을 래커 칠을 한 작은 상자에 보관했다. 그 안에는 이자채권과 세례증서, 영성체 증명서와 그림을 그려 금도금한 부활절 계란도 들어 있었다. 또 은찻숟가락 반 다스와, 금박으로 주기도문이 인쇄된, 그녀가 사람의 피부라고 부르는 빨갛고 투명한 유리제품, 예수의 고난이 새겨진 버찌씨, 작은 거울과 은빛 골무가 들어 있고 빨간 호박단으로 안을 댄, 깨진 상아로 만든 함도 들어 있었다. 그뿐만 아니라 아주 작은 볼링공이 딸랑거리며 달려 있는 또다른 버찌씨와 열어보면 유리 안쪽으로 작은 성모마리아상이 누워 있는 호두, 향기 나는 스펀지를 채워넣은 심장 모양의 은제품, 뚜껑에는 딸기가 그려져 있고 안에는 물망초를 연상시키는 목화 위에 금색 핀이 놓여 있는, 레몬껍질로 된 사탕상자, 머리카락이 담긴 기념 펜던트가 들어 있었다. 그리고 또 요리법들과 비법들이 적혀 있는 누렇게 바랜 종이 꾸러미와 액체 위장약이 든 작은 병, 작은 향수병, 사향이 담긴 상자도 들어 있었다. 또 담비가 뿜어낸 향긋한 분비물이 조금 들어 있는 또다른 상자와 향기 좋은 야자수를 엮어 만든 작은 광주리, 유리구슬과 정향나무를 엮어 만든 작은 광주리도 있었다. 마지막으로 하늘색 물결무늬가 새겨진 종이로 제본하고 절단면을 은빛으로 처리한 『신부, 아내, 어머니가 될 처녀를 위한 황금 같은 인생지침서』라는 제목의 작은 책과 꿈풀이 소책자, 모범 서간문집, 연애편지 대여섯통, 사혈 시술자가 사용하는 사혈침이 들어 있었다. 사혈침은 그녀가 전에 이발사 도제이자 외과 보조원과 결혼까지 생각하며 교제한 탓에 생긴 것이다. 그녀는 영리하고 이해력이 뛰어난 사람이었기에 애인에게서 피 뽑기, 거머리와 사혈기 대는 법 같은 것들을 배웠고 그에게 손수 면도를 해줄 수도 있었다. 하지만 그녀가 경솔하게도 자신의 인생을 걸었던 그 남자는 그럴 만한 가치가 없는 사람으로 드러났기에 그녀는 슬프지만 현명한 결단력을 발휘해 그와의 관계를 정리했다. 양측은 사혈기를 제외한 나머지 선물을 돌려주었다. 그녀는 전에 그에게 빌려준 1굴덴 48크로이처의 담보물로 그것을 갖고 있었다. 그러나 그 무가치한 남자는 그런 빚을 진 적이 없다고 주장했다. 그 돈은 어떤 무도회에서 그녀가 그보다 두배는 더 먹고 마셨기 때문에 비용을 지불하라고 그의 손에 쥐여준 돈이었다. 그래서 그는 1굴덴 48크로이처를 가졌고, 그녀는 사혈기를 가졌다. 그녀는 알고 지내는 여성들의 피를 남몰래 사혈기로 뽑아주었고 제법 돈을 벌었다. 하지만 그 기구를 사용할 때마다, 아주 가까웠고 남편이 될 수도 있었던 사람의 비열한 성품을 떠올리며 괴로워해야만 했다!

취스 뷘츨린은 이 모든 것들을 래커 칠을 한 상자에 넣어 자물쇠로 잘 채워놓았다. 그리고 상자는 다시 오래된 호두나무 장롱에 보관하고, 열쇠를 항상 주머니에 지니고 다녔다. 그녀는 성긴 붉은색 머리카락과 푸른 눈을 갖고 있었는데, 매력이 없지 않았고 때로는 온화하고 현명한 시선을 보낼 줄도 알았다. 옷이 많았지만 그중 몇벌만 입었다. 항상 제일 낡은 옷만 입고 다녔지만 언제나 정성껏 손질해서 깨끗하게 입었다. 그리고 방도 깔끔하게 잘 정돈했다. 그녀는 매우 부지런했다. 또 어머니의 세탁소에서 어머니를 도와 고급 옷들을 다림질하고 젤트빌라 여인들의 두건과 커프스를 세탁했는데, 이 일로 제법 돈을 벌었다. 그리고 이런 활동을 할 때면 매주 빨래하는 날 여인들이 빨래하며 빠져드는 그런 엄숙하고 신중한 기분을 느낄 수가 있었다. 그런 날이면 엄숙하고 신중한 기분이 그녀 안에 확고하게 자리 잡았다. 다림질을 시작할 때에야 비로소 명랑성이 찾아들었는데, 취스의 경우에는 언제나 현명함도 함께 찾아들었다. 집의 주요 장식품들에서도 그런 신중한 정신을 엿볼 수 있었다. 정확히 재서 꼼꼼하게 자른 사각형의 비누들로 만든 화환은 사용하기 더 편리하도록 단단하게 만들려고 전나무 널빤지의 돌림띠 위에 빙 둘러놓았다. 취스는 깨끗한 판 위에 있는 비누 조각을 언제나 놋쇠 철사를 이용하여 손수 치수를 재서 잘라냈다. 철사 끝에는 연한 비누를 잡고 자르기 편하게 손잡이 두개가 붙어 있었다. 예전에 그녀와 약혼한 거나 다름없었던 대장장이 도제가 비누를 재는 데 사용하라고 예쁜 자를 만들어 그녀에게 선물했었다. 작고 반짝거리는 양념절구도 그가 준 것으로, 파란색 찻주전자와 꽃 그림이 그려진 유리병 사이에서 장롱의 돌림띠를 장식하고 있었다. 그녀는 오래전부터 그런 작고 예쁜 절구를 갖고 싶어했는데, 세심한 대장장이 도제가 마치 주문을 받은 것처럼 그녀의 세례명 기념일에 빻을 수 있는 계피, 설탕, 정향, 후추 한상자와 함께 갖고 나타났다. 게다가 그는 방에 들어서기 전 방문 앞에 서서, 절굿공이 한쪽 손잡이에 새끼손가락에 걸고 절구를 쳐서 예쁜 종소리가 나게 하여 그날 아침을 더욱 즐겁게 해주었다. 그런데 그후 얼마 지나지 않아 표리부동한 그 사람이 그 지방에서 사라졌고 두번 다시 아무런 소식도 들을 수가 없었다. 게다가 도제의 주인은 그 절구를 돌려줄 것을 요구했는데, 그가 돈도 안 내고 자기 가게에서 가져가고는 도주했기 때문이었다. 하지만 취스 뷘츨린은 그 소중한 기념품을 내주지 않고 용감하고도 격렬한 작은 소송을 벌였다. 그녀는 직접 법정에 나가 도피자의 셔츠 세탁비에 근거해서 자신을 변호했다. 절구를 둘러싸고 분쟁해야 했던 그 무렵이 그녀의 인생에서 가장 의미심장하고 가슴 아픈 날들이었다. 그녀는 자신의 심오한 오성으로 그런 것들을, 특히 그런 사랑스러운 물건 때문에 법정에 나가는 것을 일반적인 경솔한 사람들보다 훨씬 더 생생하게 이해하고 체감했기 때문이다. 그래도 싸워서 승리를 쟁취했고 절구를 간직하게 되었다.

그런데 사랑스러운 비누 갤러리가 그녀의 근로활동과 정확한 감각을 보여준다면, 창가에 가지런히 쌓아놓고 일요일마다 열심히 읽는 다양한 책 더미는 그녀의 교화적이고 잘 훈련된 정신을 그 못지않게 칭송해주고 있었다. 그녀는 학창시절의 교과서를 한권도 버리지 않고 수년간 간직하고 있었다. 그리고 사소한 지식들을 다 기억하고 있었다. 아직도 교리문답을 암기할 줄 알았고 문법변화표와 산수책, 지리책, 성경이야기와 속세의 책들도 암기하고 있었다. 또한 크리스토프 슈미트[5]의 아름다운 이야기 몇편과 끝에 점잖은 격언들이 들어 있는 슈미트의 중편들, 꺼내어 펼쳐보기 위한 적어도 반 다스의 다양한 작은 보물 상자와 장미 정원 씨리즈[6], 입증된 다양한 경험과 지혜가 잔뜩 들어 있는 달력 모음, 몇몇 기이

---

5 크리스토프 슈미트(1768~1854, 1837년부터는 크리스토프 폰 슈미트가 됨)는 독일 청소년문학 작가로 이백쇄가 넘게 팔린 『어린이를 위한 성경이야기』와 기사 세계와 전설에 근거한 중편들을 썼다.

6 '보물 상자'는 독일의 시인이자 소설가인 요한 페터 혜벨(1760~1826)의 달력이야기 모음집 이름이고, '장미 정원' 또한 교훈적인 이야기들이 들어 있는 책 씨리즈를 말한다.

한 예언서들, 카드놀이를 위한 지침서, 『사고하는 처녀를 위한 연중 교화서』, 실러의 『군도』옛 판도 소유하고 있었다. 그녀는 다 잊었다고 생각되면 『군도』를 읽고 또 읽었는데, 매번 새롭게 감동을 받았지만 그에 대해 매우 이성적으로 정리하는 식의 말들을 하곤 했다. 그녀는 자기 책들에 쓰여 있는 것들을 전부 다 기억하고 있었고 그 책들보다 그에 대해 훨씬 더 훌륭한 말들을 많이 할 수 있었다. 기분도 좋고 한가할 때면 그녀의 입에서는 쉼 없이 말이 흘러나왔다. 그녀는 모든 것을 제시하고 판단할 줄 알았다. 젊든 늙었든, 지위가 높든 낮든, 학식이 있든 없든 누구나 그녀에게서 배워야 했고, 그녀가 미소 짓거나 생각에 잠겨 주제에 대해 주의를 기울이면 그녀의 판단을 따라야 했다. 때때로 그녀는 세상을 한번도 본 적이 없고 자기가 말하는 것을 듣는 것이 유일한 기쁨인 학식있는 여자 소경처럼 그렇게 엄숙하게 열변을 토했다. 시립학교 학창 시절과 견진성사 수업 이래로 작문들과 종교적 암송구들, 갖가지 격언들을 쓰는 연습을 중단 않고 계속해왔다. 그래서 한가한 일요일에는 듣거나 읽은 적이 있는 그럴싸한 제목에 이어서 매우 기이하고 무의미한 문장들을 전지 한장 가득 채워 굉장히 놀라운 작문을 완성시켰다. 그것은 그녀의 특이한 뇌에서 솟구쳐나온 것 같았는데, 예를 들면 병상의 유익에 관하여, 죽음에 관하여, 체념의 치유력에 관하여, 가시적인 세계의 위대함과 비가시적인 세계의 신비로움에 관하여, 시골생활과 그 기쁨에 관하여, 자연에 관하여, 꿈에 관하여, 사랑에 관하여, 그리스도의 구원역사에 관한 단상들, 독선의 세가지 골자, 불멸성에 관한 생각 등이었다. 그녀는 이런 글들을 친구들과 자신의 숭배자들에게 큰 소리로 낭독해주었고 진심으로 호감을 느끼는 사람에게는 글 한두편을 선사했다. 그러면 선물받은 사람은 그것을 성경 책갈피에 꽂아두어야 했다. 그녀의 이런 정신적인 측면은 예전에 어떤 젊은 책 제본 도제에게서 진지하고 솔직한 호감을 이끌어낸 적이 있었다. 그 도제는 자기가 제본한 책은 전부 다 읽는 노력형으로 감정이 풍부하지만 미숙한 사람이었다. 그는 취스의 어머니에게서 빨래 꾸러미를 가져갈 때면 그녀의 훌륭한 말들을 듣는 게 너무 좋아서 천국에 와 있는 것 같은 생각이 들었다. 그 자신도 종종 그런 이상적인 생각을 한 적은 있지만 겉으로 내뱉진 못했었다. 그는 수줍어하며 때론 엄하고 때론 말이 많은 처녀에게 공손히 접근했고, 그녀는 그에게 교제를 허락하며 일년간 자기 곁에 묶어두었다. 하지만 그에게 희망이 없다는 것을 분명하게 제시하지 않은 건 아니었다. 그녀는 부드럽지만 가차 없는 손으로 그것을 그려 보여주었다. 그가 그녀보다 아홉살이 어렸고 생쥐처럼 가난했으며 돈을 버는 데 능숙하지 못했기 때문이다. 그렇지 않아도 젤트빌라의 제본사는 돈을 잘 벌지 못했는데, 그곳 사람들이 책을 잘 안 읽고 제본주문도 별로 안했기 때문이다. 그래서 그녀는 결합의 불가능성을 한순간도 숨기지 않았다. 그리고 온갖 방법을 동원해 그의 정신이 그녀 자신의 체념능력의 단계까지 양성되게끔 잡다한 구절들에 둘러싸이도록 시도했다. 그는 그녀의 말을 열심히 경청했고 이따금 스스로도 명언을 했는데, 그가 그런 말을 하자마자 그녀는 더 멋진 말로 묵살해버렸다. 그것은 그녀가 보낸 세월들 중에서 가장 정신적이고 고상한 날들로, 어떤 거친 숨결에 의해서도 방해받지 않았다. 그 젊은 남자는 그해 그녀의 책들을 전부 다시 제본해주었고, 그녀에게 존경심을 표하고자 숱한 밤과 공휴일을 바쳐 정교하고 값나가는 기념품을 만들었다. 그것은 마분지로 만든, 수많은 보관함들과 비밀 칸들이 있는 커다란 중국 사원으로, 여러 조각으로 분리할 수 있게 되어 있었다. 가장 세련된 색깔의 압착 종이들을 풀로 붙여 만든 것으로 금빛 테두리로 장식되어 있었다. 거울로 된 벽들과 기둥들이 번갈아 이어져 있었고 한 조각을 떼어내거나 문을 한칸 열면 새 거울과 감춰진 그림, 화환, 사랑하는 한쌍의 모습을 볼 수 있었다. 활 모양처럼 둥근 지붕 꼭대기에는 작은 종들이 달려 있었다. 또한 기둥에는 숙녀용 시계를 위한 시계 케이스가 멋진 갈고리들과 함께 달려 있어서 금목걸이를 걸 수 있었고, 갈고리들은 건물 여기저기로 굽이치고 있었다. 하지만 지금껏 그 어떤 시계공도 이 제단에 시계를 걸지 못했고, 그 어떤 보석공도 이 제단에 목걸이를 걸지 못했다. 무한한 수고와 기예가 이 독창적인 사원을 만드는 데 동원되었고, 정성스럽고 꼼꼼한 작업 못지않게 기하학적인 계획도 요구되었다. 아름다웠던 그해의 기념비가 완성되자 취스 뷘츨린은 착한 제본공에게 이제는 그녀 자신을 극복하고 떨쳐내며 여행을 떠나라고 격려했다. 세상이 그에게 열려 있고, 그녀와 교제하며 훈련받아 그의 가슴이 매우 고귀하게 되었기에 이제는 분명 가장 복된 행복이 그에게 미소 지을 거라고 말했다. 반면에 그녀는 결코 그를 잊지 않고 고독에 몸을 맡기겠다고 했다. 그렇게 파송되어 그 작은 도시를 떠나며 그는 진심 어린 눈물을 흘렸다. 하지만 그 이후 그의 작품은 취스의 고풍스러운 서랍장 위에서 담녹색 망사 베일에 싸인 채 먼지와 온갖 부정적인 시선을 피하며 우뚝 자리하고 있었다. 그녀는 그 기념품을 매우 신성하게 다루었기에 전혀 사용하지 않은 새것의 상태로 보존됐고, 보관함들은 텅 비어 있었다. 또한 원작자 이름을 파이트가 아닌 에마누엘이라 부르며 추억했다. 그리고 누구에게나 에마누엘만이 자기를 이해했고 자기의 본질을 파악했다고 말했다. 다만 그 남자 자신에게는 그것을 잘 고백하지 않았고 그를 그녀의 엄격한 감각 속에 묶어두었다. 그리고 그녀를 이해한다고 제일 자신 있어하는 순간 그녀를 가장 이해하지 못한다는 것을 자주 보여줌으로써 그를 더욱 자극했다. 한편 그 역시 그녀 몰래 사원의 제일 안쪽 이중 바닥으로 된 곳에 애절하고 아름다운 편지를 넣어두는 수를 썼다. 그는 편지에서 말로 할 수 없는 슬픔과 사랑, 숭배, 영원한 신의를 드러냈는데, 아주 멋지게 숨김없이 표현했고, 요술 골목으로 잘못 빠져든 진실한 감정은 오직 그녀만이 발견할 수 있었다. 그녀가 말을 못하게 했기에 그는 한번도 그런 멋진 말들을 하지 않았다. 그런 숨겨진 보물을 까맣게 모른 채 운명대로 그런 일이 벌어지자 진실하지 못한 미녀는 볼 자격이 없는 것을 보지 못하게 된 것이다. 어리석지만 진실한 제본공의 올바른 본성을 이해하지 못한 사람은 다름 아닌 그녀였다는 것을 상징하는 일화이다.

그녀는 이미 오래전부터 빗 제조공 세사람의 생활방식을 칭찬했고 그들을 정의롭고 이해력 있는 세 남자들이라고 불렀다. 그들을 관찰하고 있었던 것이다. 그래서 슈바벤 사람 디트리히가 셔츠를 가져오거나 찾으러 와서 한참을 그녀 곁에 머물며 아첨하자 그를 다정하게 대해주었고 탁월한 대화를 하며 몇시간이고 자기 곁에 묶어두었다. 디트리히는 할 수 있는 한 힘껏 그녀의 말에 동조하며 경탄했다. 그래서 그녀는 굉장한 칭찬을 받게 되었는데, 그가 표현을 강하게 하면 할수록 더욱더 그의 칭찬을 좋아했다. 누가 그녀의 현명함을 칭찬하면 그녀는 그 사람이 마음속에 있는 것을 다 끄집어낼 때까지 최대한 잠자코 있었다. 그런 다음 점잔을 빼며 그것을 실마리로 삼으면서 자신에 대한 사람들의 초안을 여기저기 보충해나갔다. 디트리히가 취스의 집에 드나든 지 얼마 되지 않아 그녀는 그에게 채권을 보여주었다. 그는 기분이 몹시 좋아져서 마치 영구운동기관[7]을 발견한 사람처럼 동료들에게는 일절 말하지 않았다. 그런데 욥스트와 프리돌린은 금방 그의 뒤를 밟았고 그의 심오한 정신과 노련함에 혀를 내둘렀다. 특히 욥스트는 뭔가를 깨달은 바가 있다는 듯이 이마를 세게 쳤다. 자기도 몇년 전부터 그 집에 드나들었지만, 세탁물 외에 다른 것을 찾을 생각은 꿈에도 하지 못했기 때문이다. 오히려 그는 그 집 사람들을 증오하다시피 했다. 그들은 그에게서 매주 몇푼의 현금을 뺏어가는 유일한 사람들이기 때문이었다. 그는 결혼에 대해서는 한번도 생각해본 적이 없었는데, 여자를 생각할 때면 자기가 빚지지도 않은 것을 자신에게 원하는 그런 존재로밖에는 생각하지 않았다. 그녀에게서 자기에게 유용할 수 있는 어떤 것을 얻어낼 수 있다는 생각은 미처 하지 못했던 것이다. 그는 오로지 자기 자신만 믿었고, 자기 비밀을 에워싸고 있는 그 좁은 범주를 벗어나지 못하는 짧은 생각을 갖고 있었다. 하지만 이제는 슈바벤 사람을 뛰어넘어야 했다. 슈바벤 사람이 취스 처녀를 차지할 경우 그녀의 700굴덴으로 몹쓸 이야기를 생각해낼 수 있기 때문이다. 갑자기 700굴덴 자체가 작센 사람과 바이에른 사람의 눈에 변용된 광휘와 광채를 띠게 되었다. 그래서 상상력이 풍부한 디트리히는 금세 공동 재산이 되어버린 땅을 발견한 셈이 되었고 발견자들이 느꼈을 씁쓸한 운명을 그 자신도 맛보게 되었다. 다른 두사람도 금방 그의 길을 뒤따라서 취스 뷘츨린의 집에 줄을 섰기 때문이다. 그녀는 이성적이고 명망있는 빗 제조공 신하들에 둘러싸인 자신을 보게 되었다. 그녀는 그것을 썩 마음

---

7 에너지 공급 없이도 작동하는 기계로 실제 기술적으로는 불가능하다.

에 들어했다. 지금껏 한번도 한꺼번에 숭배자 여러명을 가져본 적은 없었기 때문이다. 그래서 이제 그녀에게는 그 세사람을 매우 영리하고 공정하게 다루면서 울타리 안에 붙들어두는 일, 하늘이 불가피한 일에 어떤 결정을 내려줄 때까지 그들을 체념하게 하고 사심을 갖지 않도록 경탄할 만한 말들로 격려하는 일이 새로운 정신력 훈련이 되었다. 그들이 각자 그녀에게 와서 자신들의 비밀과 계획을 털어놓았기 때문에 그 목표에 도달하고 가게의 주인이 되는 사람에게 자신을 차지하는 행운을 주기로 대번에 결심했기 때문이다. 하지만 그녀를 통해서만 가게 주인이 될 수 있는 슈바벤 사람은 제외시켰고 어쨌든 그와는 결혼하지 않기로 마음먹었다. 그런데 그가 도제들 중에서 제일 어리고 영리하며 사랑스러웠기에 무언의 암시를 통해 누구보다도 그가 희망을 갖도록 유도했다. 그를 특별히 감독하는 것처럼 친절하게 대하여 다른 사람들을 몹시 질투하게 했다. 그래서 그 아름다운 땅을 발견한 이 불쌍한 콜럼버스는 게임에서 완전히 바보 역을 맡게 됐다. 세사람 모두 헌신과 겸손, 오성을 다해 서로 경쟁을 벌였다. 그리고 엄격한 처녀의 울타리 안에 자신을 가두어두며 아무 사심 없이 그녀를 숭배하는 고상한 기술을 발휘했다. 모두가 함께 있을 때면 마치 매우 특이한 대화가 벌어지는 기이한 비밀집회 같았다. 하지만 온갖 경건과 겸손에도 누군가 공동의 여주인에 대한 칭찬에서 갑자기 비껴나와 자기 자신을 칭찬하고 뽐내려고 하는 일이 수시로 벌어졌다. 그녀가 부드럽게 저지하면 그는 부끄러워하며 중단하였고, 그녀가 다른 사람의 덕성으로 제시하는 것들을 서둘러 인정하고 확증해주면서 그녀의 말을 경청해야 했다.

하지만 이것은 가엾은 빗 제조공들에게는 고단한 삶이었다. 그들은 냉정한 심성의 소유자들이었지만 일단 여자가 개입하자 질투와 근심, 두려움과 희망이 뒤섞인 몹시 생소한 흥분상태에 빠져들었다. 일과 절약에 온 힘을 다 바치다시피 했고 눈에 띄게 말라갔으며 우울해졌다. 사람들 앞에서는, 특히 취스 앞에 있을 때는 매우 평화롭게 대화하려 애썼지만 함께 일할 때나 침실에 있을 때는 말 한마디 나누지 않았다. 그리고 공동 침대에서는 언제나 연필 세 자루처럼 꼼짝 않고 가만히 누워 한숨을 지으며 견뎌냈다. 세사람은 밤마다 똑같은 꿈을 꾸었다. 한번은 그 꿈이 너무나 생생해서 벽 쪽에 있던 욥스트가 뒤척이며 몸을 돌리다가 디트리히를 발로 차냈다. 디트리히는 다시 제자리로 돌아와 프리돌린을 발로 찼고, 그러자 잠에 취한 도제들 사이에 그동안 쌓인 원한이 터져나오면서 침대에서 아주 끔찍한 싸움이 벌어졌다. 그들은 삼분 동안 격렬하게 서로 발로 차고 밟고 쳐냈는데, 그 바람에 다리 여섯개가 뒤엉켜버렸다. 한데 엉겨붙은 그들은 괴성을 내지르며 침대에서 굴러떨어졌다. 결국 잠에서 깬 그들은 악마가 자기들을 데려가려 하거나 방에 도둑이 들었다고 생각했다. 그들은 소리 지르며 일어섰는데, 욥스트는 자기 돌 위에 가서 섰고, 프리돌린도 서둘러 자기 돌 위로 갔다. 디트리히도 그사이 적은 금액을 모아둔 자기 돌 위에 가서 섰다. 그들은 그렇게 삼각형 모양으로 서서 벌벌 떨면서 팔로 허공을 휘젓고 절규하며 소리 질렀다. "꺼져! 꺼지라고!" 깜짝 놀란 장인이 방으로 달려와 미쳐 날뛰는 도제들을 진정시켰다. 그들은 두려움과 분노, 수치심에 떨면서 마침내 동시에 침대로 다시 기어들어갔고 아무 소리도 안 내고 아침까지 나란히 누워 있었다. 그런데 한밤의 이런 야단법석은 그들을 기다리고 있는 보다 더한 공포의 전조에 불과했다. 아침식사 때에 장인은 그들에게 이제 노동자가 세명씩이나 필요하지 않으니 두명은 떠나야 한다고 공표했다. 말하자면 그들이 필요 이상으로 일을 많이 해서 물건을 너무 많이 만드는 바람에 재고가 쌓였던 것이다. 한편 장인은 사업이 최고조에 달하자 늘어난 수입을 사업이 더 빨리 망하게 하는 데 사용했다. 흥청망청한 생활을 한 탓에 금방 빚이 수입보다 두배나 많게 되었다. 그래서 도제들이 아주 열심이고 검소할지라도 갑자기 불필요한 짐이 된 것이다. 그는 그들을 위로하면서 세명 모두 똑같이 사랑스럽고 소중하기 때문에 누가 남고 누가 떠날 것인지는 자기들끼리 정하라고 일임했다. 하지만 그들은 아무 결정도 내리지 못하고 시체처럼 창백한 모습으로 서로를 바라보며 미소 지었다. 그런 다음 끔찍한 흥분상태에 빠져들었는데, 그들에게 매우 운명적인 순간이 찾아왔기 때문이다. 장인의 해고통보는 마침내 그가 머잖아 빚 공방을 매도할 것이라는 확실한 신호였던 것이다. 그러니까 그들 모두가 추구해온 목표가 가까이서 천국의 예루살렘처럼 반짝거리고 있는데, 그중 두명은 그 문 앞에서 뒤돌아서 그것과 절연해야만 하는 것이었다. 그들은 앞날은 개의치 않고 다들 무보수라도 좋으니 그곳에 남게 해달라고 청했다. 하지만 장인은 그럴 필요가 없다며 아무튼 두명은 떠나야 한다고 단호하게 잘라 말했다. 그들은 그의 발아래 엎드려 두 손으로 싹싹 빌면서 애원했다. 두달, 아니 한달이라도 좋으니 자기를 받아달라고 빌었다. 그러자 그들의 꿍꿍이속을 알고 있었던 장인이 울컥 화가 치밀어올라 그들을 놀릴 작정으로 갑자기 우스운 해결책을 제안했다. "너희 중 누가 떠나야 할지 도저히 의견일치를 볼 수 없다면, 어떻게 결정하는 게 좋을지 내가 방법을 하나 제시해주마. 그러면 다들 그렇게 해야 하고 그렇게 되어야만 해! 내일은 일요일이니 너희에게 급료를 주마.

세명 모두 봇짐을 싸서 지팡이를 들고 사이좋게 성문을 나가 각자 원하는 방향으로 삼십분 정도 걸어가거라. 그런 다음 충분히 휴식을 취하면서 원하는 만큼 포도주도 마시고. 그렇게 다 했으면 다시 시내로 돌아오는 거야. 그러면 제일 먼저 돌아와서 일을 달라고 하는 사람이 남게 될 거야. 하지만 다른 사람들은 부득이 다른 곳으로 떠나야 해!" 도제들은 다시 그의 발아래 엎드려 이런 잔인한 계획을 거두어달라고 부탁했으나 헛수고였다. 장인은 흔들림 없이 확고했다. 그런데 뜻밖에 슈바벤 사람이 벌떡 일어나더니 미친 사람처럼 집을 뛰쳐나가 취스 뷘틀린에게 갔다. 욥스트와 바이에른 사람은 그것을 보자마자 하소연을 중단하고 그의 뒤를 따랐다. 그 절망적인 장면은 금세 깜짝 놀란 처녀의 집으로 무대를 옮기게 되었다.

처녀는 매우 당황했고 뜻밖의 사건으로 흥분했다. 하지만 누구보다 먼저 정신을 가다듬고 사태를 조망한 다음 장인의 기발한 발상을 자신의 운명과 연관 짓기로 결심했다. 그리고 그것을 보다 높은 섭리로 간주했다. 그녀는 감격하여 작은 보물상자를 꺼내오더니 바늘로 종이들을 찔러서 꺼냈다. 그녀가 꺼내서 펼친 격언은 불굴의 의지로 선한 목표를 추구하는 것에 관한 것들이었다. 그런 후 그녀는 흥분한 도제들에게 꺼내서 펼쳐보라고 했다. 그들이 읽은 것은 모두 좁은 길에서 급히 돌아서기, 뒤돌아보지 않고 전진하기, 경주하기에 관한 것이었는데, 요컨대 온갖 종류의 경주와 달리기에 관한 것이었다. 그래서 내일 있을 경주는 필시 하늘의 계시처럼 여겨졌다. 그런데 가장 젊은 디트리히가 제일 잘 뛰어서 승자의 영광을 차지하게 될까봐 걱정이 된 그녀는 자기에게 유리하게 할 수 있는 게 뭐가 있는지 보려고 세 연인과 함께 시내 밖으로 나가기로 마음먹었다. 그녀는 나이 많은 두사람 중에서 승리자가 나오기를 바랐는데, 둘 중 누가 되든 상관없었다. 그래서 하소연하고 언쟁하는 그들에게 조용히 하고 순종할 것을 명하고는 말했다. "친구들이여, 아무 의미 없이 일어나는 일은 하나도 없다는 걸 알아야 해요. 여러분 장인의 요구가 기이하고 이례적일지라도 그것을 일종의 섭리로 받아들이고, 불손한 남자는 절대 짐작도 못하는 보다 높은 수준의 지혜로 그런 강인한 결정에 따라야 해요. 우리의 평화롭고 이성적인 공동생활은 너무나 아름다웠기에 더는 그렇게 감사하게 지속될 수가 없었을 거예요. 아, 아름답고 유용한 것들은 모두 무상하고 일시적이기에 악의, 고집, 영혼의 고독 외에는 그 무엇도 오래 지속될 수가 없으니까요. 그래서 우리는 우리의 경건한 이성으로 악의, 고집, 영혼의 고독을 관찰하고 고찰하게 돼요. 또 불화라는 사악한 악마가 우리 사이에 끼어들기 전에 차라리 먼저 자발적으로 떨어져서 헤어질까 해요. 가을의 폭풍처럼 사방으로 흩어지기 전에 서둘러 하늘을 지나가는 사랑스러운 봄의 미풍처럼 말이에요. 여러분이 시험 경주에 접어들면 저 또한 함께 가서 고행을 떠나는 여러분을 전송하겠어요. 여러분이 기분 좋게 용기를 낼 수 있게, 앞에서 승리의 목표점이 손짓할 때 뒤에서도 기분 좋게 자극받을 수 있게요. 하지만 승리자가 자신의 행운에서 자유롭지 못한 것처럼 패배한 사람들도 낙담을 하거나 어떤 원한과 증오를 품어서는 안돼요. 대신에 우리의 사랑스러운 추억을 가슴에 간직하고 유쾌한 방랑자가 되어 넓은 세상으로 나가야 해요. 사람들은 많은 도시들을 건설했는데, 그것들은 젤트빌라만큼이나 아름답고 경우에 따라서는 더 아름답기도 하지요. 로마는 교황님이 사시는 크고 특이한 도시이고, 빠리는 많은 영혼들과 멋진 궁전들이 있는 매우 유력한 도시예요. 그리고 콘스탄티노플에는 터키의 종교에 따라 술탄이 지배하고 있고, 예전에 지진으로 파괴되었던 리스본은 더 아름답게 재건되었어요. 빈은 오스트리아의 수도로서 황제의 도시로 불리고, 런던은 세계에서 가장 부유한 도시로 천사의 땅에 위치하며 템스 강가에 있어요. 그곳엔 이백만명이나 되는 사람들이 살고 있어요! 뻬쩨르부르그는 러시아의 수도이자 황제의 거주지이고, 나뽈리는 동명의 왕국의 수도로 그곳엔 베수비오 화산이 있는데, 예전에 그곳에서 어떤 영국인 선장에게 저주받은 영혼이 나타난 적이 있어요. 존 스미스라는 사람의 영혼으로 백오십년 전에 신을 부인했는데, 방금 말한 그 선장에게 나타나 자신이 구원받을 수 있게 영국에 있는 자기 후손들에게 전해달라고 부탁했대요. 기이한 여행 안내서에서 읽은 적이 있어요. 또 박학다식한 페터 하스러의 지옥에서나 있을 법한 기회에 관한 소논문에서 읽은 바로는 그 화산 전체가 저주받은 자들의 거주지였어요. 아직 더 많은 도시들이 있어요. 그중에서 밀라노, 도시 전체가 물 위에 건설된 베네찌아, 리옹, 마르세유, 스트라스부르, 쾰른, 암스테르담을 들겠어요. 빠리는 이미 말했고, 뉘른베르크, 아우크스부르크, 프랑크푸르트, 바젤, 베른, 제네바 등은 아름다운 취리히와 마찬가지로 모두 아름다운 도시들이에요. 그리고 그밖에도 이름을 다 댈 수 없는 수많은 도시들이 있어요. 모든 것에는 한계가 있지만, 인간의 발명 재능만은 그렇지가 않기 때문이에요. 인간들은 사방으로 뻗어나가서 유익하다고 생각되는 일은 뭐든지 다 벌이지요. 만약 그들이 정의롭다면 성공하겠지만 정의롭지 못한 자는 들판의 풀과 연기처럼 사라질 거예요. 선택된 사람은 많지만 부름을 받은 사람은 적어요. 이런 모든 이유에서, 또 우리에게 순수한 양심의 의무와 덕성을 부과

하는 여러 다른 관점에서 우리는 운명의 부름에 따르려고 해요. 그러니 가서 떠날 채비를 하세요. 하지만 어디를 가든 자신의 가치를 잊지 말고, 지팡이로 여기저기에 뿌리를 내리는 정의롭고 온화한 남자가 되어야 해요. 무슨 선택을 하든 간에 '잘 선택했다!'라고 말할 수 있게요."

하지만 빗 제조공들은 아무 말도 들으려 하지 않았다. 오히려 자신이 선택될 거라고 생각하면서 영리한 취스에게 자기들 중 한명을 선택하여 여기 남을 것을 명하라고 졸라댔다. 그런데 그녀는 결정 내리기를 주저했다. 그리고 자기에게 순종하라고, 그러지 않으면 그들과의 우정을 영원히 중단하겠다고 명령조로 단호하게 통고했다. 그러자 제일 연장자인 욥스트가 그곳을 나와 다시 장인의 집으로 달려갔다. 이에 뒤질세라 다른 이들도 황급히 그의 뒤를 따라 달려갔는데, 그가 무슨 일을 꾸며서 자기들에게 불리하게 될까 봐 두려웠기 때문이다. 그 결과 그들은 유성처럼 하루 종일 이리 뛰고 저리 뛰었고 하나의 거미줄에 매달린 거미 세마리처럼 서로를 미워했다. 지금까지는 조용하고 침착했지만 이제는 어쩔 줄 몰라하는 빗 제조공들이 벌이는 이런 기이한 연극을 도시의 절반이 구경했다. 노인들은 이 일을 염려하며 어떤 중대한 사건의 신비한 징조로 간주했다. 저녁 무렵 빗 제조공들은 어떤 해결책을 생각해내거나 아무런 결정도 내리지 못한 채 기진맥진해져서 낡은 침대에 누워 치를 떨었다. 한사람씩 차례로 이불 속으로 기어들어가더니 시체처럼 몸을 쭉 뻗고 길게 누워서 치유의 힘을 가진 잠에 사로잡히기를 기다리며 혼란스러운 생각에 빠져 있었다. 제일 먼저 잠에서 깬 사람은 욥스트였다. 그는 아침 일찍 일어나 육년이나 기거하고 있는 방 안으로 상쾌한 봄날의 아침 햇살이 비치는 것을 보왔다. 방은 초라해 보였지만 천국 같았는데, 너무나 부당하게도 이 곳을 떠나야만 했던 것이다. 그는 벽을 따라 시선을 옮기면서 길든 짧든 여기서 살았던 여러 도제가 남긴 각종 친숙한 흔적들을 헤아려보았다. 어떤 이는 여기에 머리를 비벼대서 검은 얼룩을 남겨놓았고, 또 어떤 이는 저기에 못을 박아 파이프를 걸어놓았었다. 파이프에 달려 있던 짧은 빨간색 끈이 아직도 못에 걸려 있었다. 아무런 피해도 주지 않고 떠나간 그들은 얼마나 좋은 사람들이었던가! 반면에 옆에 누워 있는 이 사람들은 도무지 떠날 생각을 안한다. 그런 다음 그는 얼굴 가장 가까운 곳에 시선을 고정하고는 거기 있는 작은 흔적들을 관찰했다. 그것은 아침이나 저녁 또는 밝은 대낮에 침대에 누워서 축복받은 공짜 인생을 즐길 때 몇번이고 관찰했던 것들이다. 거기 회반죽을 바른 곳에 손상된 데가 한군데 있는데, 호수들과 도시들이 있는 어떤 나라처럼 보였고 그곳의 거친 모래알들은 기쁨이 넘치는 군도群島 같았다. 또한 붓에서 빠진 돼지 털이 푸른 회반죽에 묻혀 길게 뻗어 있었다. 지난가을 욥스트가 회반죽 잔여분을 발견하고는 못 쓰게 되는 걸 막으려고 벽면의 4분의 1에 전부 발랐던 것이다. 그는 침대에서 가장 가까운 곳을 발랐었다. 그런데 돼지털 저편에 푸른 동산처럼 아주 작은 언덕이 솟아 있고, 그 작은 언덕은 털을 지나 행복한 섬들 쪽을 향해 부드러우면서도 또렷한 그림자를 드리우고 있었다. 그는 겨울 내내 이 동산에 대해 곰곰이 생각했는데, 전에는 없었던 것 같았기 때문이다. 이제 그리운 마음에 어슴푸레한 슬픈 눈으로 그것을 찾고 있는데, 그것 대신에 칠이 벗겨진 작은 점을 발견하자 자신의 감각이 갑자기 의심스러워졌다. 아주 작고 푸른 산이 거기서 멀지 않은 곳에서 기어가는 것처럼 보였기 때문이다. 욥스트는 마치 푸른 기적을 보기라도 한 양 깜짝 놀라 벌떡 일어났고 그것이 벼룩임을 알아보았다. 그러니까 지난가을 부주의하여 벼룩을 페인트로 덧칠해버렸던 것인데, 놀란 벼룩이 꼼짝 않고 그 자리에 눌러앉아 있었던 것이다. 그런데 이제 봄의 따스함에 다시 생기를 찾아 일어났고 바로 그 순간 푸른 등으로 끈기있게 벽을 따라 기어올라가고 있었던 것이다. 그는 감동을 받아 감탄하면서 그 모습을 바라보았다. 푸른 벽을 기어가는 내내 벼룩은 벽과 거의 구별되지 않았다. 하지만 그 작은 하늘색 곤충이 칠이 된 부분을 벗어나서 여기저기 흩어져 있는 마지막 얼룩들을 뒤로하고 어두운 부분을 가로질러 계속해서 나아가는 모습이 눈에 들어왔다. 욥스트는 비애에 젖어 얼굴을 다시 베개에 파묻었다. 보통은 그런 것에 별로 개의치 않는 편이었지만 이제는 결국 또 방랑길에 나서야만 할 것 같은 생각이 들었다. 그는 그것을 좋은 징조로 받아들였다. 어쩔 수 없는 것은 받아들이면서 그래도 선한 의지로 길을 나서야만 할 것 같았다. 이런 차분한 생각들로 인해 그는 평소의 신중함과 지혜를 되찾았다. 그 일을 더 깊이 숙고하며 순종적이고 겸손하게 처신하고, 그 어려운 작업을 받아들여 정신 똑바로 차리고 영리하게 행동한다면 경쟁자들을 제일 먼저 따돌릴 수 있을 것 같았다. 그는 살그머니 침대를 빠져나와 자기 물건들을 정리하기 시작했는데, 무엇보다도 자신의 보물을 꺼내서 배낭 맨 밑에 넣었다. 그러는 사이에 동료들이 잠에서 깼다. 아주 태연하게 짐을 꾸리는 그의 모습을 보자 그들은 매우 놀랐고, 그가 다정한 목소리로 말을 걸며 아침인사를 건네자 더더욱 놀랐다. 하지만 그는 더는 말을 않고 묵묵히, 온화한 모습으로 하던 일을 계속했다. 그들은 그가 은밀히 무슨 일을 꾸미는 중인지는 몰랐지만 그의 태도에서 금방 어떤 책략을 눈치챘고 앞으로 그가 벌일 모든 일을 예의 주시하면서 곧장 그를 따라했다. 이런 점에서 세사람 모두 타일 밑에 있는 자기 보물을 최초로 공개적으로 꺼내 세보지도 않고 배낭에 집어넣은 것은 매우 진기한 일이었다. 그들은 이미 오래전부터 다른 사람이 자기 비밀을 알고 있다는 것을 서로 인지하고 있었던 것이다. 명망있는 오랜 관습에 따라 그들은 자기 재산의 분실을 염려하거나 서로를 불신하지는 않았다. 수공업 도제들과 군인들 그리고 그런 유의 사람들의 침실에서는 문을 걸어잠그는 일이나 불신하는 일이 있어서는 안되기에 다른 이들이 자기 보물을 훔쳐가는 일은 없을 거라고 다들 생각하고 있었다.

그래서 그들은 돌연 출발준비를 마쳤고, 장인은 그들에게 급료와 여행증을 주었다. 여행증에는 그들의 변함없이 방정한 품행과 우수성에 대한 시市와 장인의 최고 증언들이 적혀 있었다. 그들은 긴 갈색 코트를 입고 그 위에 낡고 퇴색한 작업복을 걸친 채 취스뷘츨린의 집 문 앞에 슬픈 표정을 짓고 서 있었다. 먼지를 잘 떨어내고 그 위에 세심하게 방수포를 덮어씌운 매우 오래된 모자를 쓰고 있었다. 셋 다 배낭 위에 작은 수레를 고정해놓았는데, 멀리 갈 경우 짐을 올려놓기 위함이었다. 하지만 바퀴는 필요 없다고 생각하여 달지 않았다. 아무튼 작은 마차가 등 위로 우뚝 솟아 있었다. 욥스트는 명예로운 등나무 지팡이에, 프리돌린은 빨갛고 검게 채색된 반짝이는 물푸레나무 지팡이에, 디트리히는 거칠게 엮은 나뭇가지들이 감긴 기상천외한 커다란 지팡이에 몸을 의지했다. 디트리히는 이 굉장한 지팡이를 부끄러워했다. 그것은 그가 지금처럼 신중하고 이성적이지 못했던, 처음 방랑길을 나서던 때의 것이었기 때문이다. 많은 이웃들과 그들의 자식들이 길 떠나는 진지한 세 남자를 둘러싸고는 행운을 빌어주었다. 그때 취스가 장엄한 표정을 하고 문 앞에 나타나더니 용감하게 도제들의 선두에 서서 성문을 빠져나갔다. 그녀는 그들을 위해 특별히 성장盛裝을 했다. 폭이 어마어마하게 넓은 차양이 달린 커다란 노란색 모자를 쓰고, 돌출부와 장식들이 떨어져나간 동인도 면화로 만든 값비싼 분홍색 옷을 입고, 네덜란드제 황동 버클이 달린 검은색 우단 장식띠를 매고, 장식이 달린 모로코제 빨간색 가죽신발을 신고 있었다. 그리고 말린 배와 자두를 가득 넣은 커다란 초록색 비단 가방을 들고 양산을 썼다. 양산 위에는 상아로 된 커다란 리라가 세워져 있었다. 또 기념용 금발 머리카락이 감긴 메달을 목에 걸고 금빛 물망초를 가슴에 꽂고 있었으며 흰 실로 뜬 장갑을 끼고 있었다. 이런 온갖 장식들을 하고 친절하고 다정한 표정을 지어 보였는데, 얼굴은 약간 상기되어 있었다. 가슴은 보통 때보다 조금 더 불룩 솟아 있는 것 같았다. 그런데 도시를 떠나는 경쟁자들은 비애와 슬픔에 젖어 어찌할 바를 몰랐다. 사건의 외적 정황과 행군을 밝게 비추는 아름다운 봄날 그리고 취스의 성장이 그들의 고조된 느낌들을 사랑이라고 부르는 것과 뒤섞어놓았기 때문이다. 그런데 다정한 아가씨는 성문 앞에서 구애자들에게 쓸데없이 고생하지 말고 배낭을 작은 수레에 얹어 끌고 가라고 훈계했다. 그들은 그렇게 했다. 도시를 뒤로하고 산을 올라가는 그 모습은 마치 위에 있는 포병중대를 점령하기 위해 분주히 이동하는 군인들 같았다. 그들은 꼬박 삼십분을 걸어올라가 갈림길이 있는 멋진 언덕에서 멈춰서더니 보리수나무 아래에 반원형으로 앉아 원경遠景을 즐기면서 숲과 호수, 마을을 내려다보았다. 취스는 가방을 열어 배와 자두를 한움큼씩 주며 원기를 북돋우라고 했다. 그들은 달콤한 과일을 깨물어 먹으면서 가볍게 쩝쩝 소리만 낼 뿐 한동안 침묵하면서 진지한 자세로 앉아 입맛을 다시고 있었다.

취스는 자두씨를 내던지고는 손가락에 든 물을 어린 풀잎에 닦아내면서 말했다. "친애하는 친구들이여! 세상이 얼마나 넓고 아름다운지 보세요. 주위에 훌륭한 것들과 집들이 얼마나 많은지 보세요! 그럼에도 나는 이런 장엄한 순간에 넓고 넓은 세상 그 어디에도 여기 우리처럼 올바르고 선량한 영혼 네명이 한데 모여 나란히 앉아 있지는 않을 거라고 장담하고 싶어요. 이렇게 재치있고 사려 깊은 마음으로, 온갖 열성적인 훈련과 조용함과 근검절약, 온화함과 내적 우정이라는 덕성들을 갖추고서요. 여기 우리 주위에는 봄이 가져다준 온갖 종류의 꽃이 수없이 많아요. 특별히 맛있고 몸에 좋은 차를 제공하는 노란 앵초들도 있어요. 하지만 그것들이 정의롭고 근면한가요? 영리하고 교화적인 생각을 할 만큼 그렇게 근검절약하고 신중하며 세련되었나요? 아니에요, 그것들은 아무것도 모르는, 정신이 없는 피조물들로 생기가 없고 생각 없이 비이성적으로 시간을 허비해요. 아무리 아름답다 하더라도 그 꽃들은 건초가 될 뿐인 반면에 우리는 우리의 덕성들로 인해 그것들을 훨씬 능가하고 또 모양을 내는 데에도 결코 뒤지지 않아요. 신께서 당신의 형상대로 우리를 지으셨고 우리에게 당신의 신적인 영기를 불어넣어주셨기 때문이에요. 오, 우리가 여기 이 낙원에 이런 무죄의 상태로 영원히 앉아 있을 수만 있다면! 친구들이여, 그래요, 우리 모두는 무죄의 순수한 상태인 것 같아요. 하지만 무죄라는 인식에 의해 고귀해진 상태로요. 감사하게도 우리 모두 읽고 쓸 줄 알고 또 좋은 기술도 익혔으니까요. 저는 많은 일에 재능과 소질이 있어요. 만약 제 신분을 뛰어넘으려고 했다면 학식 많은 여인들도 할 수 없는 일들을 감히 해낼 수 있을 거예요. 하지만 겸손과 겸양은 정직한 여인의 가장 고귀한 덕성이에요. 제 정신이 보다 높은 통찰력 앞에서 무가치하다고 무시되지 않는다는 것을 아는 것만으로도 충분해요. 저와 어울리지 않는 많은 사람이 저를 원했었는데, 지금은 갑자기 품위있는 총각 세명이 저를 둘러싸고 있어요. 모두 한결같이 저를 차지할 만한 가치가 있는 분들이에요! 그러니 이런 경이로운 과분함으로 인해 제 가슴이 얼마나 애타고 있을지 생각해보세요. 여러분 각자가 저라고 생각하고 한번 상상해보세요. 동등한 가치를 지닌 세 아가씨들이 자신을 원하며 둘러싸고 있다고요. 그런데 어느 쪽으로도 기울 수가 없고 어느 누구도 받아들일 수 없다고요! 저처럼 옷 입고 저와 같은 얼굴을 한 뷘츨린이라는 아가씨 세명이 여러분 각자를 얻으려고 여러분 주위에 이렇게 앉아 있다고요. 그래서 말하자면 제가 아홉이 되어 여기 있으면서 여러분을 사방에서 바라보며 여러분으로 인해 애타고 있다고 생생하게 상상해보세요! 그렇게 하고 계신가요?"

씩씩한 도제들은 깜짝 놀라서 씹는 것을 멈추고 순진한 얼굴을 하더니 그 기이한 과제를 푸는 데 골몰했다. 슈바벤 사람이 맨 먼저 그것을 풀고는 음탕한 얼굴로 외쳤다. "예, 고결한 취스 아가씨! 친절하게도 허락하신다면 저는 당신이 세명이 아니라 백명이 되어 제 주위를 맴돌면서 자비로운 눈으로 저를 바라보고 제게 수천번이나 키스하는 걸 봅니다!"

"그게 아니에요!" 취스는 기분이 언짢아져서 꾸짖듯 말했다. "그렇게 부적절하고 과장된 방법 말고요! 도대체 무슨 생각을 하시는 거지요, 무례한 디트리히? 백명이 되어 키스한다고 허락한 적은 없어요. 그저 각자를 위해 세명이 되어 얌전하고 명예로운 방식으로, 제 기분이 상하지 않는 한에서 허락했을 뿐이에요."

"그래요." 마침내 욥스트가 먹고 있던 배의 꼭지로 주위를 가리키며 말했다. "단지 세명으로. 하지만 저는 가장 사랑스러운 뷘츨린 아가씨가 제 주위를 산책하면서 손을 가슴에 얹고 다정히 눈짓하는 걸 대단한 존경심을 가지고 바라봅니다! 감사하고, 감사하고 또 감사합니다!" 그는 빙긋 웃으면서 정말로 그런 현상을 보는 것처럼 세 방향을 향해 인사하면서 말했다. "그래요, 맞았어요." 취스가 미소 띤 얼굴로 말했다. "여러분 사이에 어떤 차이점이 있다면 친애하는 욥스트, 당신이 제일 재능이 많은 사람이라는 거예요. 적어도 가장 이성적인 사람이에요!" 바이에른 사람 프리돌린은 아직 상상이 끝나지 않았다. 그런데 욥스트가 칭찬받는 걸 보자 두려운 마음에 성급하게 큰 소리로 말했다. "저도 친애하는 뷘츨린 아가씨가 대단히 존경할 만한 모습으로 제 주위를 세번 산책하는 것과 탐욕스러운 얼굴로 제게 눈짓하는 것을 바라봅니다. 손을……"

"그만해요, 바이에른 양반!" 취스가 소리 지르고는 얼굴을 돌렸다. "더는 아무 말도 하지 마세요! 무슨 용기로 저에 대해서 그런 거친 말들을 쏟아내며 그런 불결한 것들을 상상하시는 거지요? 흥, 흥!" 불쌍한 바이에른 사람은 벼락이라도 맞은 듯 깜짝 놀랐고 이유도 모른 채 얼굴이 새빨개졌다. 그는 아무 상상도 하지 않았는데, 욥스트가 칭찬받는 걸 보자 욥스트에게서 들은 것을 대충 따라 했을 뿐이기 때문이다. 취스는 다시 디트리히를 향하면서 말했다. "자, 친애하는 디트리히, 아직도 좀 겸손한 방식을 생각해내지 못했어요?"―"예, 허락하신다면, 지금 당신이 세명이 되어 다정하지만 점잖게 저를 바라보면서 제 주위를 도는 것을 바라봅니다." 그는 그녀가 다시 말을 걸어온 것이 기뻐서 대답했다. "그리고 하얀 손 세개를 내밀었는데, 제가 그 손에 키스하는 걸 봅니다!"

"좋아요!" 취스가 말했다. "그리고 당신, 프리돌린? 아직도 착각에서 깨어나지 못했어요? 아직도 그 격정적인 기질을 진정시켜 반듯한 상상을 하게 할 수 없어요?"—"용서하세요!" 프리돌린이 작은 목소리로 말했다. "이제는 제게 말린 배를 주고, 저를 꺼리지 않는 것 같은 세 아가씨를 보는 것 같습니다. 누구 한사람 다른 이보다 더 예쁘지 않고, 그들 중에서 누군가를 선택한다는 것은 쓰디쓴 약초를 먹는 것과도 같아요."

"자, 그러니까, 여러분은 상상 속에서 동등한 가치를 지닌 사람들 아홉명으로 둘러싸여 있고 그런 매력적인 과분함 속에서도 가슴선 허전함으로 인해 고통을 겪고 있으니 그것에 비추어 저의 상황을 상상해보세요." 취스가 말했다. "그리고 제가 현명하고 겸손한 마음을 지녔다는 걸 보셨으니 저의 장점을 본보기 삼아서 앞으로 사이좋게 지내겠다고 제게 그리고 여러분들끼리 서로 맹세하세요. 제가 여러분과 다정하게 헤어지는 것처럼, 여러분을 기다리는 운명이 어떤 결정을 내리든지 간에 여러분도 서로 다정하게 헤어지겠다고 맹세하세요. 자, 여러분 모두 제 손 위에 손을 얹고 맹세하세요!"

"그래요, 맹세합니다." 욥스트가 외쳤다. "적어도 그것만은 그렇게 하겠습니다. 반드시 그렇게 하겠습니다!" 다른 두사람도 성급히 말했다. "저도 반드시 그렇게 하겠습니다! 반드시 그렇게 하겠습니다!" 그들 모두 손을 모았다. 하지만 다들 어떻게든 능력껏 뛰쳐나갈 생각을 품고 있었다. "최선을 다하겠습니다!" 욥스트가 한번 더 말했다. "저는 어릴 때부터 인정 많고 의좋은 성격이었으니까요. 아직 한번도 누구와 싸워본 적이 없고 어떤 미물도 고통 겪는 걸 두고 볼 수 없었습니다. 지금까지 지낸 곳에서 언제나 사람들과 사이좋게 잘 지냈고 온화한 태도 때문에 최고의 칭찬을 듣곤 했습니다. 많은 것을 조금은 이해할 줄 아는 이성적인 젊은 남자지만 그래도 저와 상관없는 일에는 한번도 끼어든 적이 없습니다. 항상 분별력을 갖고 제 의무를 다했습니다. 마음껏 일할 수 있지만 그것이 제 건강에 해가 되지는 않습니다. 건강하고 튼튼한 한창때니까요! 저의 여주인들은 한결같이 제가 팔방미인의 모범적인 사람이라고 말하면서 저와는 잘 지낼 수 있다고 말했습니다! 아! 친애하는 취스 아가씨, 저는 정말 당신과 천국에서 사는 것처럼 잘 살 수 있을 거라고 생각합니다!"

"아아, 아가씨와 천국에서처럼 사는 건 결코 예술이 아니라고 생각합니다!" 바이에른 사람이 열을 내며 말했다. "저도 그럴 수 있다고 믿습니다. 저는 바보가 아니니까요! 저는 제가 하는 일들을 철두철미 이해하고 있고 불필요한 말 없이 조리있게 일할 수 있습니다. 대도시들에서 일했지만 어디서도 분규에 걸려든 적은 없습니다. 한번도 고양이를 때려본 적이 없고 거미를 죽인 적도 없습니다. 분수를 알고 절제하며 어떤 음식에도 만족해합니다. 또 작은 것에도 즐거워하고 만족해할 줄 알지요. 또한 건강하고 활기차며 잘 참을 줄 압니다. 선한 양심이 최고의 영약이지요. 동물들이 다 저를 좋아해서 따르는데, 그것은 저의 선한 양심을 알아보기 때문입니다. 동물들도 정의롭지 못한 사람 곁에는 있으려고 하지 않습니다. 전에 울름 시를 떠나올 때 어떤 푸들이 사흘 동안이나 저를 따라왔습니다. 그래서 결국 어떤 농부에게 맡겨야 했습니다. 검약한 수공업 도제로서는 그런 동물을 기를 수가 없으니까요. 뵈머발트[8]를 여

---

8 보헤미아와 바이에른을 가르는 산맥.

행할 때는 사슴과 노루가 스무발자국 떨어진 곳에 있었는데, 저를 무서워하지 않았습니다. 야생동물조차도 사람을 잘 알아서 누가 좋은 심성을 지니고 있는지 알고 있으니 정말 놀라운 일입니다!"

"그래요, 사실이에요!" 슈바벤 사람이 소리쳤다. "이 방울새가 내내 제 앞에서 날아다니면서 저한테 오려고 하는 게 보이지 않으세요? 전나무의 저 다람쥐는 계속해서 저를 쳐다보고, 여기 이 작은 풍뎅이는 계속 제 다리 위를 기어다니면서 쫓겨나지 않으려고 애씁니다. 이 동물에게는 분명 그것이 편한 겁니다. 이 사랑스러운 작은 동물에게는요!"

그런데 이제는 취스가 질투가 나서 좀 격하게 말했다. "동물들은 전부 다 제 곁에 있으려고 해요! 어떤 새는 팔년이나 길렀는데, 죽어서야 제 곁을 떠났어요. 우리 고양이는 어딜 가든 저를 따라다니고, 이웃집 비둘기들은 제 창문 앞에 몰려들어서 빵 부스러기를 뿌려주면 서로 먹겠다고 다투어요! 동물들은 저마다 자기 방식대로의 놀라운 특징을 지니고 있지요. 사자는 왕과 영웅을 기꺼이 따라다니고, 코끼리는 군주와 용감한 전사와 동행해요. 낙타는 상인을 태우고 사막을 건너고 상인을 위해 배 속에 신선한 물을 간직하고 있어요. 개는 어떤 위험도 무릅쓰고 주인을 따라다니고 주인을 위해 바다에 뛰어들기도 해요! 돌고래는 음악을 좋아해서 배들을 따라다니고, 독수리는 군부대를 따라다녀요. 원숭이는 사람과 유사한 동물이어서 사람이 하는 걸 다 따라해요. 그리고 앵무새는 우리 말을 알아듣고 우리와 함께 어른처럼 수다를 떨어요! 뱀조차도 길들여지면 꼬리 끝으로 춤을 추어요. 악어는 사람처럼 눈물을 흘려서 이국 사람들로부터 존중받고 보호받아요. 타조는 안장을 채워 말처럼 탈 수 있고, 들소는 마차를 끌고, 뿔 달린 순록은 썰매를 끌어요. 일각수는 사람에게 눈처럼 흰 상아를 제공하고 거북이는 투명한 뼈를……"

"실례합니다만, 이 부분에서 착각하시는 것 같습니다." 빗 제조공 세사람이 동시에 말했다. "상아는 코끼리의 이빨에서 얻은 것이고, 귀갑제龜甲製 빗은 거북이 뼈가 아니라 등딱지로 만드는 겁니다!"

취스는 얼굴이 몹시 새빨개져서 말했다. "그게 문제예요. 여러분은 어디서 얻어냈는지 보지도 못한 채 그것들로 작업만 하기 때문이에요. 그밖엔 제가 착각하는 일은 별로 없어요. 어쨌든 제가 말을 끝내게 해주세요. 동물들만 신에게서 부여받은 기이한 특성을 갖고 있는 게 아니라 산에서 캐내는 광석들도 마찬가지예요. 크리스털은 유리처럼 투명하고, 대리석은 딱딱하며 때론 흰색 때론 검정색 줄무늬가 그려져 있어요. 호박琥珀은 전기의 성질을 갖고 있어서 섬광을 일으켜요. 하지만 불에 타면 유황 같은 냄새가 나지요. 자석은 철을 끌어당기고, 석판에는 글을 쓸 수 있지만 다이아몬드에는 쓸 수 없어요. 쇠처럼 단단하기 때문이지요. 유리 제조공은 다이아몬드가 작고 뾰족하기 때문에 유리를 자르는 데 이용해요. 친애하는 친구들이여, 여러분은 제가 동물에 대해서도 조금 말할 줄 안다는 걸 보고 있는 거예요. 그런데 동물과 저의 관계에 대해서는 이렇게 말할 수 있어요. 고양이는 영리하고 약삭빠른 동물이라 영리하고 약삭빠른 사람에게만 붙어 있어요. 하지만 비둘기는 순진함과 순결함의 상징이라 순진하고 순결한 영혼에게만 매력을 느낀답니다. 그런데 제 곁에는 고양이와 비둘기가 붙어 있으니 이것으로부터 제가 영리하고 순결하며 동시에 약삭빠르고 순진하다는 결론을 내릴 수 있어요. '뱀처럼 영리하고 비둘기처럼 순결하라!'라고 하잖아요. 이런 식으로 우리는 동물들을, 동물들과 우리의 관계를 가늠할 수 있고, 사물을 제대로 관찰할 줄 알게 되면 그것으로부터 많은 것들을 배울 수 있어요."

가련한 도제들은 감히 한마디도 하려 들지 않았다. 취스는 그들의 입을 꼭 틀어막았고 이런저런 것들을 과장해서 횡설수설 늘어났기에 그들은 나자빠질 지경이었다. 하지만 그들은 취스의 정신과 웅변에 감탄했다. 그리고 그렇게 경탄하다보니 그 보석을 소유하는 게 나쁘다고 생각하는 사람은 아무도 없었다. 특히 한 가정의 이런 자랑거리는 값이 무척 저렴하며, 쉼 없이 조잘대는 혀만이 그 실체이기 때문이다. 그들은 자기들이 높이 떠받드는 것만큼 그 보석이 그만한 가치가 있는지, 그것으로 무언가를 할 수 있는지에 대해 한번 더 최종적으로 자문해보기는커녕 아예 한번도 자문해본 적이 없었다. 마치 눈앞에서 반짝이는 것이면 뭐든지 잡으려 하고 알록달록한 물건들에 바른 물감을 핥아먹으려 하며 딸랑이를 귀에 갖다대는 대신 입안에 넣으려 하는 어린아이와도 같았다. 그래서 그들은 그 탁월한 사람을 얻고 싶은 욕망과 상상 속에서 점점 더 달아올랐다. 취스의 무의미한 허풍이 대담하고 냉정하고 공허해질수록 빗 제조공들은 그로 인해 점점 더 감동받고 또 비애에 잠겼다. 동시에 그들은 말린 과일을 다 먹고 난 뒤라 심한 갈증을 느꼈다. 욥스트와 바이에른 사람은 숲으로 물을 찾아나섰고 우물을 발견하고는 시원한 물을 흠뻑 들이켰다. 반면에 슈바벤 사람은 영리하게도 작은 병을 갖고 왔는데, 그 안에 버찌 브랜디를 넣고 물과 설탕을 섞어놓았다. 그 맛있는 음료수는 그의 힘을 북돋아주고 경주에서 이기는 것을 보장해줄 수 있을 것 같았다. 그는 다른 이들이 무언가를 챙겨온다거나 휴식을 취하는 것에는 매우 인색하다는

144

걸 알고 있었던 것이다. 다른 이들이 물을 마시는 동안 그는 급히 병을 꺼내 취스 아가씨에게 권했다. 그녀는 반을 마셨는데, 맛도 있고 그녀의 기운을 북돋아주기도 했다. 그녀가 그걸 마시면서 매우 다정한 눈빛으로 자기를 바라보았기에 디트리히 자신이 마신 나머지 반은 키프로스산﹝﹞ 포도주처럼 무척 달콤했고 그의 원기를 한껏 북돋아주었다. 그는 취스의 손을 잡고 그 손가락 끝에 예쁘게 입맞추지 않을 수 없었다. 그녀는 검지로 그의 입술을 살짝 쳤고, 그는 손가락을 덥석 무는 시늉을 하면서 웃고 있는 잉어의 입모양을 했다. 취스는 위조된 다정한 미소를 지었고 디트리히는 교활하고 달콤한 미소를 지었다. 그들은 바닥에 마주 보고 앉아서 이따금씩 서로를 발바닥으로 가볍게 톡톡 쳤는데, 마치 발로 악수하려는 것 같았다. 취스는 몸을 약간 앞으로 숙이며 그의 어깨에 손을 얹었다. 그리고 디트리히는 맞장구치며 이런 사랑스러운 놀이를 지속할 참이었다. 그런데 그때 작센 사람과 바이에른 사람이 돌아오더니 신음 소리를 내며 창백한 얼굴로 바라보았다. 말린 배를 맛있게 양껏 먹고서 물을 많이 들이켠 탓에 갑자기 속이 불편해진데다, 즐거운 시간을 보내고 있는 이 한쌍을 본 고통까지 더해지는 바람에 이마에서 식은땀이 났기 때문이다. 하지만 취스는 침착성을 잃지 않았고, 오히려 매우 다정하게 손짓하며 외쳤다. "친애하는 이들이여, 잠시 이리 와서 제 곁에 앉으세요. 우리 잠시 동안 그리고 마지막으로 우리의 단결과 우정을 즐겨요!" 욥스트와 프리돌린은 황급히 달려와서 다리를 뻗고 앉았다. 취스는 한 손은 슈바벤 사람에게, 다른 한 손은 욥스트에게 주었고 발로는 프리돌린의 장화 바닥을 톡톡 쳤다. 그러면서 한사람씩 차례로 얼굴을 바라보며 미소 지었다. 그래서 동시에 여러 악기를 연주하는 대가와도 같았는데, 머리 위로는 철금鐵琴을 울려대고, 입으로는 팬파이프를 불고, 손으로는 기타를 치며, 무릎으로는 씸벌즈를, 발로는 트라이앵글을, 팔꿈치로는 등에 멘 북을 치는 것 같았다.

그런 다음 일어나더니 세심하게 접어올린 옷을 바르게 펴면서 말했다. "친애하는 친구들이여, 이제 우리가 길을 떠나, 여러분의 장인이 여러분에게 잘못 부과한, 하지만 우리가 보다 높은 운명의 뜻으로 받아들인 그 진지한 여정에 대비할 시간이 되었어요! 아름다운 열정에 사로잡힌 채 이 길을 가세요! 서로에 대해 적대심이나 질투심은 품지 말고요. 그리고 승리자에게 기꺼이 왕관을 넘겨주세요!"

도제들은 말벌에 쏘이기라도 한 듯 황급히 일어나 두 다리로 섰다. 거기 서 있는 바로 그 다리로 서로를 앞질러야 했다. 지금까지는 신중하고 성실한 걸음만 걸었던 바로 그 착한 다리로! 아무도 예전에 뛰거나 달렸다는 것을 기억해내지 못했다. 슈바벤 사람이 제일 먼저 용기를 내는 것처럼 보였다. 심지어 발을 슬슬 구르기도 하고 조급해하며 들어올리는 것도 같았다. 그들은 매우 기이하고 수상한 시선으로 서로를 바라보았고 벌써 힘차게 경주를 하는 중인 양 얼굴이 창백해지면서 땀을 흘렸다.

"다시 한번 손을 주세요!" 춰스가 말했다. 그들은 손을 주었지만 무심코 건성으로 내밀었기에 세사람의 손 모두 싸늘하게 미끄러지며 납으로 된 손처럼 툭 떨어졌다. "우리가 정말 그런 바보 같은 짓을 시작해야 합니까?" 욥스트가 눈물이 글썽이는 눈을 닦으면서 말했다. "그래요." 바이에른 사람이 이어서 말했다. "정말 우리가 달리고 뛰어야 합니까?" 그는 울기 시작했다. "그리고 당신은요, 가장 친애하는 뷘츨린 아가씨?" 욥스트가 애원하며 물었다.

"당신은 나중에 어떤 태도를 취하실 겁니까?"—"저는……" 그녀는 손수건을 눈가에 갖다대며 대답했다. "저는 침묵하고 견디면서 지켜보는 게 마땅하다고 생각해요!" 슈바벤 사람이 다정하고 교활한 목소리로 말했다. "하지만 나중에는요, 취스 아가씨?"—"오, 디트리히!" 그녀가 부드러운 목소리로 응대했다. "운명을 이끄는 것이 마음의 목소리라는 걸 모르세요?" 그러면서 그를 옆에서 은근한 눈길로 바라보았기에 그는 또 다리를 들었고 당장이라도 달려나갈 듯한 기세였다. 경쟁자 두명이 각자의 배낭용 작은 수레를 정돈하는 동안 디트리히도 그렇게 했다. 그녀는 디트리히의 팔꿈치를 여러번 힘주어 쓰다듬었고 발을 밟기도 했다. 그리고 그의 모자에 묻은 먼지도 떨어주었다. 하지만 동시에 슈바벤 사람을 보고 웃을 때처럼 다른 사람들을 보면서도 웃어주었는데, 슈바벤 사람은 그것을 보지 못했다. 이제 세사람 모두 볼이 불룩해질 정도로 숨을 들이마시더니 길게 한숨을 내쉬었다. 그들은 사방을 둘러보며 모자를 벗어 이마에 난 땀을 닦더니 찰싹 달라붙은 머리카락을 쓰다듬은 다음 다시 모자를 썼다. 그들은 다시 한번 바람이 불어오는 쪽을 바라보며 숨을 헐떡거렸다. 취스는 그들이 안쓰러웠고 또 너무나 감동한 나머지 눈물을 흘렸다. "여기 말린 자두가 세개 있어요." 그녀가 말했다. "각자 한개씩 입에 넣고 물고 있으세요. 기운을 북돋아줄 거예요! 이제 목적지로 가서 악한 자의 어리석음을 정의로운 자의 현명함으로 바꿔주세요! 그들이 악의로 생각해낸 것을 시험과 자기 절제의 교화적인 작품으로 바꿔주고, 다년간의 선행과 덕성 경주에서 얻은 재치있는 최종 판결로 바꿔주세요!" 그녀는 그들의 입에 자두를 넣어주었고 그들은 그것을 빨아먹었다. 욥스트는 손으로 배를 누르며 외쳤다. "그래야만 한다면 하늘의 이름을 걸고 그렇게 하겠습니다!" 그는 갑자기 지팡이를 들고 무릎을 힘차게 굽혀가며 성큼성큼 걸어나가기 시작했고 배낭을 추켜 멨다. 이것을 본 프리돌린도 성큼성큼 욥스트를 뒤따랐는데, 주위를 한번 둘러보지도 않은 채 꽤나 급하게 서둘러서 길을 내려갔다. 슈바벤 사람이 마지막으로 길을 나섰다. 그는 교활한 웃음을 지으며 겉보기에 매우 느긋하게 취스의 곁에서 걸어갔다. 자신의 일을 확신하는 것 같았고 너그럽게 동료들에게 선두자리를 내주려는 것 같았다. 취스는 그의 호의적인 침착성을 칭찬했고 그의 팔에 다정하게 매달렸다. "아, 하여간 멋진 일이에요!" 그녀가 한숨을 쉬면서 말했다. "인생에서 견고한 버팀목을 갖는다는 것 말이에요! 영리함과 통찰력을 충분히 타고나 덕망있는 길을 걸어간다 할지라도 친한 친구의 팔에 매달려서 가는 게 훨씬 더 편안할 거예요!" — "물론이지요. 제 생각도 그렇습니다!" 디트리히는 이렇게 대꾸했고 그녀의 팔꿈치를 옆에서 세게 찔렀다. 그러면서 동시에 선두와 거리가 너무 벌어졌을까봐 경쟁자들을 살펴보았다. "보배로운 아가씨, 아십니까? 그거 아세요? 제가 모든 걸 훤히 꿰뚫어보고 있다는 걸 눈치챘나요?" — "오, 디트리히, 친애하는 디트리히." 그녀는 땅이 꺼져라 한숨을 내쉬면서 말했다. "전 정말이지 종종 외로움을 느껴요!" — "그래요, 그렇지요." 그는 외쳤다. 양배추밭에 들어간 새끼 토끼처럼 심장이 쿵쿵 뛰었다. "오, 디트리히!" 그녀는 외치면서 그에게 더 달라붙었다. 그는 야릇한 기분이 들었고 간사한 만족감으로 가슴이 터질 것만 같았다. 하지만 동시에 앞서가는 사람들이 그만 모퉁이를 돌아 사라진 것을 발견했다. 그는 그 즉시 취스의 팔을 뿌리치고 그들을 따라잡으려고 했다. 그러나 그녀가 너무나 꽉 붙잡았기 때문에 빠져나오지 못했다. 그녀는 몸이 안 좋은 듯 그에게 매달렸다. "디트리히." 그녀가 눈망울을 굴리며 속삭였다. "이제 저를 홀로 두지 마세요. 저는 당신을 믿어요. 저를 부축해 주세요!"—"제기랄, 저를 놔주세요, 아가씨." 그는 조바심을 내며 소리쳤다. "안 그러면 너무 늦는단 말입니다. 그럼 안녕, 뾰족 모자 아가씨!"—"안돼요, 안돼요! 저를 떠나시면 안돼요. 저, 속이 안 좋은 것 같아요!" 그녀는 애원했다. "속이 좋든 나쁘든 나하곤 상관 없습니다!" 그는 소리를 지르며 강제로 빠져나왔다. 그는 높은 곳에 뛰어올라 주위를 둘러보았고 저 멀리서 경주자들이 전속력으로 산을 내려가는 걸 보았다. 이제 그는 달리기 시작했다. 그러나 그 순간 한번 더 취스를 뒤돌아보았다. 그녀가 좁은 숲길의 그늘진 입구에 앉아서 다정하게 유혹하듯 손짓하는 게 보였다. 그 모습을 보자 뿌리칠 수 없어, 산을 내려가는 대신에 서둘러 그녀에게로 돌아갔다. 그녀는 그가 오는 것을 보자 일어나더니 그를 돌아다보면서 점점 더 숲속으로 들어갔다. 그녀는 모든 방법을 동원하여 그의 경주를 가로막고 방해해서 마침내 그가 늦게 도착하여 젤트빌라에 머물 수 없게 할 작정이었던 것이다.

하지만 상상력이 풍부한 슈바벤 사람은 그 순간 생각을 바꿔 여기 위에서 자신의 행복을 쟁취하기로 마음먹었다. 그래서 그 교활한 여인이 바랐던 것과는 완전히 다르게 일이 진행됐다. 그는 그녀를 따라잡아 어느 은폐된 장소에 단둘이 있게 되자 바로 그녀의 발아래 엎드려 지금껏 어떤 빗 제조공이 했던 것보다도 더욱 열렬한 사랑고백으로 그녀에게 달려들었다. 그녀는 우선 그에게 진정하라고 명하더니 갖은 현명함과 우아함을 발휘해 그를 멀찍이 밀어내지는 않으면서 예의 바르게 처신하도록 했다. 그런데 흥분하고 긴장한 그의 모험정신이 그에게 매력적인 마법의 말들을 선사했기에 그녀가 천당과 지옥을 오가도록 해주었다. 그리고 그녀에게 갖은 애정을 퍼부으며 때론 그녀의 손을, 때론 그녀의 발을 사로잡으려고 했다. 그녀의 육체와 정신 등 그녀에게 속한 것은 전부 다 칭찬하고 칭송하여 마치 하늘을 나는 것 같은 기분이 들게 할 정도였다. 그리고 또 날씨와 숲이 너무도 고요하고 사랑스러웠기에 마침내 취스는 방향을 잃게 되었고, 결국에는 감각이 생각보다 앞서는 존재가 되고 말았다. 그녀는 거꾸로 누워 있는 딱정벌레처럼 불안하고 어쩔 줄 몰라하며 버둥거렸고 디트리히는 갖은 방식을 동원해 그녀를 제압했다. 그를 배신하기 위해 숲으로 유혹했는데, 순식간에 슈바벤 사람에게 정복당한 것이다. 이런 일이 일어난 건 그녀가 특별히 사랑스러운 사람이어서라기보다는 우쭐대는 현명함에도 코앞의 일밖에 보지 못하는, 천성이 단순한 사람이기 때문이다. 그들은 한시간쯤 그런 인적이 드문 곳에 기분 좋게 머물면서 몇번이고 서로 껴안고 키스했다. 서로 영원한 신의와 성실을 맹세했고 어떤 일이 있어도 결혼하자는 데 합의했다.

그러는 동안 시내에서는 세 도제가 벌이는 기이한 시도에 관해 말들이 퍼져나갔다. 장인이 이를 즐기려고 퍼뜨린 것이다. 그래서 젤트빌라 사람들은 뜻밖의 구경거리를 즐거운 마음으로 기대하며, 정의롭고 명망있는 빗 제조공들이 즐겁게 경주하여 도착하는 걸 보려고 안달하고 있었다. 많은 사람이 성문 앞에 나가 길 양편에 진을 쳤는데, 마치 육상선수들을 기다리는 것 같았다. 소년들은 나무에 기어올라갔고, 노인들과 뒤늦게 온 사람들은 잔디에 앉아 파이프 담배를 피우면서 그런 저렴한 오락거리가 생긴 것에 흡족해했다. 신사들조차 재밌는 구경거리를 보기 위해 몰려나와 음식점 정원과 정자에 앉아 즐겁게 토론하면서 이런저런 내기를 준비했다. 경주자들이 오기로 되어 있는 길가의 창문들은 다 열려 있었고, 부인네들은 손님방 창가에 팔을 올려놓을 수 있도록 빨갛고 흰 쿠션들을 놓아두고 여자 손님들을 맞아들였다. 그렇게 즉석에서 흥겨운 커피모임들이 생겨났고 하녀들은 케이크와 과자를 구하러 이리저리 뛰어다녀야 했다. 그때 성문 앞 제일 높은 나무에 올라앉은 소년들이 희미하게 먼지구름이 다가오는 것을 보고 소리 질렀다. "그들이 와요, 그들이 와요!" 그리고 얼마 지나지 않아 정말로 프리돌린과 욥스트가 길 한가운데를 돌풍처럼 질주하여 뿌연 먼지구름을 일으키며 달려왔다. 그들은 한 손으로는 돌 위로 미친 듯 나부끼는 배낭을, 다른 손으로는 목에 걸려 있는 모자를 꽉 붙잡고 있었다. 긴 상의는 심하게 휘날리며 나부끼고 있었다. 두사람은 땀과 먼지로 뒤범벅이 됐고 입을 딱 벌리고 숨을 헐떡거렸다. 그리고 주위에서 무슨 일이 일어나는지 듣지도 보지도 못했다. 불쌍한 두 남자의 얼굴 위로 굵은 눈물방울이 흘러내렸지만 닦을 겨를도 없었다. 서로 바짝 붙어서 달리고 있었는데 바이에른 사람이 한뼘 정도 앞서고 있었다. 엄청난 비명소리와 웃음소리가 터져나와 멀리까지 울려퍼졌다. 모두들 벌떡 일어나 길가로 몰려들었고, 여기저기서 외쳐댔다. "잘한다, 잘한다! 달려, 힘내, 작센 사람, 끝까지 버텨, 바이에른 사람! 벌써 한사람은 떨어져나갔어. 이제 두사람뿐이야!" 정원에 있던 신사들은 탁자 위에 올라서서 포복절도를 했다. 그들의 웃음소리가 길가에 진 치고 있던 무리의 왁자지껄한 소음 위로 천둥치듯 세차게 울려퍼졌고, 여태껏 경험하지 못한 즐거운 날을 알리는 신호가 되었다. 사내아이들과 하인들은 불쌍한 도제들 뒤로 몰려들었고, 걷잡을 수 없는 군중이 어마어마한 먼지구름을 일으키며 그들과 함께 성문 쪽으로 몰려갔다. 여인네들과 젊은 하녀들조차 달리기에 동참했고 밝은 목소리로 꽥꽥 소리 지르며 사내아이들의 비명을 거들었다. 성문에 가까워지자 호기심에 가득 찬 사람들이 성문의 탑을 점령한 채 모자를 흔들어대고 있었다. 두 사람은 겁먹은 말처럼 달려왔고 가슴엔 고통과 두려움이 가득했다. 그때 거리의 불량소년 하나가 요마(妖魔)처럼 욥스트가 끌고 가는 배낭 위에 올라가 무릎 꿇고 앉았더니 사람들의 갈채를 받으며 타고 갔다. 욥스트는 뒤돌아서 내려오라고 간청했고 그를 향해 지팡이를 휘두르기도 했다. 하지만 소년은 몸을 숙인 채 그를 보고 히죽거렸다. 그로 인해 프리돌린은 좀더 앞서나가게 되었고, 이를 본 욥스트는 프리돌린의 발 사이로 지팡이를 던져 넘어지게 했다. 그런데 욥스트가 프리돌린을 뛰어넘으려고 하자 바이에른 사람은 욥스트의 상의를 낚아채더니 그것에 의지해서 일어섰다. 욥스트는 프리돌린의 손을 치며 소리 질렀다. "놔, 놓으라고!" 프리돌린은 놓지 않았다. 그래서 욥스트는 프리돌린의 상의를 붙잡았다. 이제 두사람은 서로 움켜쥔 채 서서히 성문 안으로 굴러갔는데, 다른 이에게서 빠져나오려고 이따금씩 깡충 뛰는 게 고작이었다. 그들은 어린아이처럼 울고 훌쩍거리고 울부짖었다. 그리고 말할 수 없는 중압감에 눌려 소리 질렀다. "제기랄! 놓으라고! 아이고, 놓으라고, 욥스트! 놔, 프리돌린! 놔, 이 악마야!" 그러면서 그들은 상대의 손을 계속해서 때렸다. 하지만 계속해서 조금씩 앞으로 나아갔다. 그들은 모자와 지팡이를 잃어버렸는데, 두 소년이 그들의 모자를 지팡이에 건 채 선두에 서서 나아가고 있었다. 그리고 무리가 미친 듯이 날뛰며 그들을 따라 몰려가고 있었다. 창문이란 창문은 전부 다 여인들로 꽉 찼고, 미친 듯이 날뛰고 부서지는 군중의 파도 속으로 낭랑한 웃음소리를 내려보냈다. 도시가 이렇게 즐거운 것은 참 오랜만이었다. 떠들썩한 흥겨움은 주민들 입맛에 너무나 잘 맞았기에 누구 한사람 다투고 있는 두사람에게 궁극적인 목표점인 장인의 집을 알려주지 않았다. 그들 자신은 그 집을 보지 못했다. 절대 무엇 하나 보지 못했던 것이다. 미쳐 날뛰는 행렬은 그렇게 도시를 관통해서 다른 쪽 성문으로 빠져나갔다. 장인은 웃으면서 창문 아래에 누워 있었다. 한시간 더 최종 승자를 기다린 후에 자기가 벌인 장난의 열매를 즐기기 위해 막 떠나려던 순간 디트리히와 취스가 조용히, 갑자기 그의 앞에 나타났다.

말하자면 두사람은 그사이에 서로 뜻을 모았고, 빗 제조 장인이 공방을 그만둘 생각이니 아마도 현금을 준다면 팔 의향이 있을 거라고 의견을 모았다. 취스는 채권을 내놓을 생각이었고, 슈바벤 사람은 적지만 그간 모아둔 금액을 내놓을 셈이었다. 그러면 그들은 이 사태의 주인이 되어 다른 두사람을 비웃을 수 있을 것이다. 그들은 어리둥절해하는 장인에게 자기들의 합의안을 내놓았다. 장인은 일이 틀어지기 전에 다른 추종자들 몰래 잽싸게 매매계약을 체결해서 예기치 않은 현금 매도금액을 손에 넣어야겠다는 생각을 즉시 떠올렸다. 모든 게 신속하게 진행되었다. 해가 지기도 전에 뷘츨린 아가씨는 빗 제조 공방의 합법적인 여주인이 되었고, 그녀의 신랑은 공방이 딸린 그 집의 세입자가 되었다. 아침에는 예상도 못했지만 결국 취스는 젊은 슈바벤 사람의 다정함에 정복당하고 속박된 것이다.

욥스트와 프리돌린은 수치와 피로, 분노 때문에 반쯤 죽다시피해서 사람들이 데려다준 숙소에 누워 있었다. 그들은 몹시 화가 난상태에서 결국 빈 들판에 쓰러졌던 것이다. 도시는 이미 흥분한지라 그 이유는 진즉에 잊고 흥겨운 밤을 보냈다. 사람들은 여기저기서 춤을 추었고 술집에서 술을 마시며 노래 불렀다. 젤트빌라 최고의 날 같았다. 젤트빌라 사람들은 별다른 수단을 쓰지 않고도 대가답게 그것으로 여흥거리를 만들었던 것이다. 불쌍한 두 녀석은 자신들의 용맹성으로 세상의 어리석음을 이용해 먹으려고 했는데, 오히려 세상에게 승리를 넘겨주고 자기들 자신은 세간의 조롱거리가 된 것을 보자 가슴이 찢어질 것만 같았다. 더구나 수년 동안 공들여 세운 계획이 어긋나고 수포로 돌아갔을 뿐만 아니라 사려 깊고 조용한 사람이라는 명성에도 금이 갔기 때문이다.

가장 연장자이자 이곳에서 칠년을 산 욥스트는 완전히 실성하여 제정신을 차릴 수가 없었다. 그는 몹시 침울한 상태에서 날이 새기도 전에 다시 도시를 빠져나가 어제 그들 모두가 앉아 있었던 곳에서 나무에 목을 매달았다. 바이에른 사람은 한시간 후에 그곳을 지나가다가 욥스트를 보았는데, 너무나 놀란 나머지 혼비백산하여 달아났고 그후 사람 자체가 근본적으로 변해버렸다. 나중에 들리는 말로는 어느 누구와도 친구가 되지 못한 방탕한 사람이 되어 늙은 수공업자로 살았다고 한다.

슈바벤 사람 디트리히만이 정의로운 사람으로서 그 작은 도시의 상류층에 남게 됐다. 하지만 그로 인해 기쁨을 많이 누리진 못했는데, 취스가 그에게 조금도 공적을 돌리지 않고 그를 지배하며 억압했기 때문이다. 그녀는 자기 자신만을 모든 선행의 유일한 원천으로 간주했다.

2 부

서언

    이 이야기의 1부가 나온 이래로 스위스의 일곱 도시 정도가 자기들 중 어느 도시가 젤트빌라를 말하는 것인지를 놓고 서로 다투고 있다. 그런데 오랜 경험에 의할 것 같으면 허영심 많은 사람은 착하다고 여겨지는 것보다 악하고 운 좋으며 재미있는 사람으로 여겨지는 걸 더 좋아하지만 동시에 또 어수룩하고 순진한 사람으로 여겨지기를 원한다. 그 때문에 이 도시들은 저마다 저자에게 자기네 도시가 젤트빌라라고 밝혀주면 명예시민권을 주겠다고 제안했다.

    하지만 이미 저자에게는 그런 공명심 많은 공동체 중 어느 것에도 뒤지지 않는 고향이 있기에 스위스의 어느 도시, 어느 계곡에나 젤트빌라의 탑이 솟아 있다고 핑계 대면서 그들을 진정시키려고 했다. 젤트빌라는 그런 탑들의 종합으로, 하나의 이상적인 도시로 볼 수 있다고 말했다. 그 도시는 산의 안개 위에 그려진 것뿐으로,

안개와 함께, 때로는 이 지방 위로, 때로는 저 지방 위로 옮겨다니며, 혹은 사랑하는 조국의 국경 위로, 오래된 라인 강 너머로 옮겨다니기도 한다고 했다.

그런데 그 도시들 중 몇몇 도시가 자기들의 호메로스가 살아 있는 동안에 그의 사랑을 확인하려고 집요하게 매달리는 사이에 실제의 젤트빌라에서는 모종의 변화가 일어났다. 수백년 동안이나 변치 않던 시의 성격이 십년도 채 안되는 기간 만에 변화하더니 이제는 완전히 다른 쪽으로 돌아설 것만 같다.

또는 더 진실하게 말하자면, 씩씩한 젤트빌라 사람들이 가진 특별한 능력들과 변덕이 더욱 멋지게 발전할 수 있게 그리고 유리한 수로와 그런 수롯가에 있는 기름진 경작지를 가질 수 있게 삶의 전반이 그런 식으로 조성되었다. 다름 아닌 자신들이 그 경작지의 주인이 되고 그로 인해 이제는 여타의 점잖은 세상과 구별되지 않는, 성공하고 만족해하는 사람들이 되었다.

특히 알려진 가치들과 알려지지 않은 가치들을 매개로 해서 어디서나 벌어지는 투기행위들이 젤트빌라 사람들에게 어떤 영역에 대해 눈뜨게 해주었는데 그 영역은 마치 태초에 그들을 위해 창조된 것만 같았고 단숨에 그들을 진지한 사업가 수천명과 견줄 수 있게 해주었다.

그런 가치들에 대한 사회적 논의, 오로지 잡다한 소란을 참고 견뎌내는 일뿐인 사업의 활력을 위한 산책, 빠른우편의 개봉이나 발송, 고만고만한 일들 수백가지로 하루를 보내는 것이 진정 그들이 하는 일이다. 젤트빌라 사람들은 이제 하나같이 타고난 중개인 또는 그런 유의 사람이 되었다. 그들은 엥가딘[1]의 과자 제조업자, 띠치노 강[2]의 미장이, 싸부아 왕가[3]의 굴뚝청소부가 되어 벌이를 위해 본격적으로 객지 생활을 한다.

이제 그들은 구겨진 차용증서와 어음이 든 예전의 두툼한 지갑 대신에 주식, 채권, 목화 또는 비단 주문들이 짤막하게 적혀 있는 작고 우아한 수첩을 갖고 다닌다. 어떤 회사가 창립을 하면 그중 몇몇이 금세 달려들어 참새처럼 회사 주위를 맴돌면서 사업이 확장되도록 도와준다. 만약 이익을 낚아채는 데 성공하면 지렁이를 문 잉어처럼 당장 그것을 물고 옆으로 빠져나온다. 그리고 흡족해하면서 또다른 유혹의 장소에 가서 나타난다.

그들은 늘 활동 중이고 전세계와 접촉하고 있다. 가장 저명한 사업가들과 카드놀이를 하는데, 카드놀이를 하는 중에 사업상의 질문들에 재빨리 대답하는 법이나 의미심장한 침묵을 알아채는 법을 완전히 터득하고 있다. 하지만 동시에 어느새 말수가 더 적어지고 무미건조해졌다. 전보다 덜 웃고 이제는 농담과 오락을 생각할 여유가 거의 없는 듯하다.

벌써 여기저기서 상당한 부가 축적되고 있지만, 그 부는 통상 위기가 들이닥치면 심하게 위축되기도 하고 불법집회에 경찰이 나타나면 그러하듯 조용히 흩어지기까지 한다.

하지만 그들 사이에서 종종 벌어졌던 예전의 서민적이고 느긋한 파산과 몰락 대신에 이제는 화려한 외국인 채권자들과의 점잖은 조정, 대체로 공정한 것 같아 보이는 점잖게 논의된 운명의 전환, 그다음에는 재기가 있다. 드문 일이지만 누군가는 무대를 떠나

---

1 스위스 동부를 흐르는 인 강의 협곡으로 휴양지로 유명하다.
2 스위스 중부에서 이딸리아 북부로 흐르는 뽀 강의 지류이다.
3 싸부아 왕가 또는 왕조는 중세시대에 지금의 이딸리아와 에스빠냐 등에서 군주를 배출한 가문이다.

야만 할 때도 있다.

정치에 대한 생각은 거의 다 잊다시피 했다. 여전히 자기들이 군대를 통솔하고 있다고 믿기 때문이다. 하지만 전도유망한 재산가인 그들은 일체의 전쟁 가능성에 대해서는 마치 악마가 모습을 드러내기라도 한 것처럼 두려워하고 증오한다. 반면에 보통은 맥주잔 뒤에서 늙은 5대 강국[4] 전체와 동시에 전쟁을 벌인다. 예전에 가장 열렬한 삼류 정치평론가였던 그들이 이제는 소심하게도 정치 문제와 관련해서 어떤 판단도 내리기를 주저하기에 이르렀는데, 의식적으로든 무의식적으로든 절대 그런 판단을 근거로 사업에 덤벼들지 않기 위함이다. 우연에 대한 맹목적인 신뢰가 더 안전하다고 생각하기 때문이다.

하지만 바로 이 모든 것으로 인해 젤트빌라 사람들의 본질이 변하고 있다. 앞에서 말한 것처럼 그들은 이미 다른 사람이 된 것 같아 보인다. 담담히 기록해나갈 만한 가치가 있는 일들이 더는 일어나지 않는다. 그래서 이제는 그들의 과거에 있었던 도시의 기분 좋고 유쾌했던 시절들로부터 소량이나마 일종의 2차 수확을 해야 할 때가 되었다. 앞으로 나올 다섯편의 이야기들은 이런 행위에 힘입은 것이다.

---

4 1860~1914년 사이 유럽을 지배한 다섯 강대국인 영국, 프랑스, 프로이센, 오스트리아, 러시아를 말한다.

옷이 사람을 만든다

11월의 음산한 어느날, 젤트빌라에서 얼마 떨어지지 않은 작고 부유한 도시 골다흐로 향하는 지방도로를 가난한 재단사 한명이 정처 없이 걷고 있었다. 재단사의 주머니에는 달랑 골무만 하나 들어 있었는데, 날이 추워서 주머니에 손을 넣으면 동전 한닢 없는 탓에 계속 골무만 돌려대고 만지작거려서 손가락이 다 아플 지경이었다. 모시던 젤트빌라의 재단사가 파산하는 바람에 그는 일자리와 보수를 한꺼번에 다 잃고 젤트빌라를 떠나야만 했다. 입으로 날아드는 눈송이 말고는 아직 아침도 못 먹었고, 어디 가서 점심이라도 조금 얻어먹을 수 있을지도 알 수 없는 상황이었다. 구걸하는 건 정말 힘들 것 같았다. 아니, 불가능할 것 같았다. 단벌의 검은색 외출복 위에다 검정 비로드 안감을 댄, 크고 둥근 짙은 회색 외투를 걸치고 있었는데, 그 둥근 외투 덕에 고상하고 낭만적인 인상을 풍겼기 때문이다. 게다가 검은색의 긴 머리와 콧수염은 세심하게

다듬어진 상태였고, 얼굴도 창백하지만 균형 잡혀 보였다.

남을 속인다거나 나쁜 짓을 하려는 건 아니었지만 그에게는 그런 외양이 유용했다. 사람들이 자기를 건드리지 않고 가만히 일할 수 있게 내버려두었기에 오히려 그런 외양에 만족했다. 그는 망또와, 망또처럼 예법대로 쓰는 법을 익힌 폴란드식 털모자를 벗어던지느니 차라리 굶어죽는 쪽을 택했을 것이다.

그래서 그는 그런 외모가 눈에 잘 띄지 않는 비교적 큰 도시에서만 일할 수밖에 없었고, 방랑을 하다 돈이 떨어지면 커다란 곤경에 빠졌다. 어떤 집에 가까이 다가갈 경우 사람들은 그를 경탄과 호기심 어린 눈으로 바라보았으며 그가 구걸을 할 거라고는 상상도 하지 못했다. 더구나 그는 말이 많은 편도 아니었기에 말이 입안에서만 맴돌다 사라져버렸다. 그래서 자기 외투의 순교자가 되어 망또의 비로드 안감처럼 암울한 중에 굶주림에 시달렸다.

지치고 근심에 잠겨 언덕을 올라가던 그는 안락해 보이는 최신형 여행용 마차와 마주쳤다. 영주의 마부가 바젤에서 인수하여, 스위스 동부 어디엔가 있는, 빌렸든지 새로 구입한 고성古城에 거주하는 이국의 백작에게 인계하려는 중이었다. 그 마차는 짐을 실을 수 있는 장비들을 두루 갖추고 있었기 때문에 텅 비어 있는데도 짐을 가득 실은 것처럼 보였다. 마부는 길이 가파른 탓에 마차 옆에서 걷다가 정상에 다다르자 다시 마부석에 올라타더니 재단사에게 텅 빈 마차에 타지 않겠느냐고 물었다. 마침 비가 내리기 시작했고, 그 도보여행자가 지치고 가련한 상태에서 방랑하고 있음을 한눈에 알아보았기 때문이었다.

여행자는 겸손히 고마워하면서 제안을 받아들였다. 그러자 그를 태운 마차는 신속하게 그곳을 떠나서는 얼마 지나지 않아 당당하고 요란하게 골다흐의 성문을 지나쳤다. 그 고상한 마차가 갑자기 '저울'이라는 이름의 일등급 여관 앞에 멈춰서자 그 집 머슴이 철사 줄이 끊어져라 힘차게 종을 쳐댔다. 그러자 주인과 종업원들이 뛰어내려와 마차 문을 열어젖혔고, 어느새 아이들과 이웃 사람들이 화려한 마차 주위를 에워싸고는 이런 엄청난 껍데기 속에서 어떤 열매가 나오려나 하고 호기심에 들떠서 바라보았다. 그때 외투를 입은 당혹한 재단사가 창백하지만 잘생긴 얼굴에 우울한 모습을 하고 땅만 쳐다보며 마차에서 내리자 그들 눈에는 적어도 비밀에 싸인 왕자 아니면 백작의 아들처럼 보였다. 워낙에 비좁은데다 구경꾼들이 몰려든 바람에 여행용 마차와 여관 출입구 사이 길이 다 막히다시피 했다. 정신이 없어서인지 아니면 무리를 뚫고 나아갈 용기가 없어서인지, 아무튼 그는 제 갈 길을 가지 않고 그냥 사람들에 떠밀려서 집 안으로 들어가 계단을 올라갔다. 근사한 식당으로 잘못 인도된 것을 알고 난 뒤에야 그리고 자신의 고상한 외투가 공손히 벗겨진 뒤에야 비로소 자신이 처한 새롭고 난처한 상황을 인식하게 되었다.

"식사하실 거지요? 금방 차려드리겠습니다. 방금 요리했거든요!"

식당 주인은 대답은 기다리지도 않고 부엌으로 달려가 소리쳤다. "빌어먹을! 소고기와 양 뒷다리밖에 없건만! 자고새 파이는 저녁 손님들 몫으로 약속해놨으니 손을 대면 안되고. 늘 이렇다니까! 하필 손님이 올 거라고 짐작도 못한, 아무것도 없는 오늘 같은 날 저런 손님이 오신다니까! 마부는 단추마다 문장이 새겨져 있고, 마차는 군주의 것처럼 보이고! 그리고 저 젊은 분은 너무나 점잖은 나머지 입도 벙긋하지 않으시니!"

그러자 침착한 여자 요리사가 말했다. "주인님, 웬 걱정을 그렇게 하세요? 그냥 눈 딱 감고 파이를 내다드리세요. 다 드시진 않을 거예요! 저녁 손님들께는 한사람씩 따로 접시에 담아드리면 6인분이 나올 거예요!"

"6인분이라고? 그 손님들은 배부르게 드신다는 걸 잊은 모양이군!" 주인이 말했다. 하지만 여자 요리사는 꿈쩍도 하지 않고 말했다. "배부르게 드셔야지요! 하여튼 저 낯선 손님을 위해서도 필요하니 어서 갈비 여섯대를 갖고 오라고 하세요. 손님이 남긴 것은 제가 잘게 썰어서 파이 속에 섞어넣을게요. 그러니 그냥 제가 하자는 대로 하세요!"

하지만 정직한 주인은 정색을 하고 말했다. "요리사, 전에도 말한 적이 있는데, 그런 일은 이 도시와 이 집에서는 안 통해! 우리는 여기서 명예를 지키며 착실하게 살고 있고 그럴 만한 능력도 있다고!"

"원, 이런! 예, 예!" 마침내 여자 요리사가 조금 흥분하여 소리쳤다. "어쩔 수 없을 때는 그렇게 하는 거예요! 마침 사냥꾼에게서 사놓은 메추리가 두마리 있으니 나중에 파이에 섞어넣을 수도 있어요! 메추리가 섞인 자고새 파이라면 미식가인들 뭐라 하지 않을 거예요! 그리고 또 송어도 있어요. 저 유별난 마차가 들어올 때 제일 큰 놈으로 끓는 물속에 넣어두었어요. 또 작은 냄비에는 육수가 끓고 있어요. 그러니까 우리에겐 생선과 소고기, 갈비와 야채, 양고기 구이, 파이가 있어요. 저장음식과 후식을 꺼내올 수 있게 열쇠나 주세요! 주인님, 제 체면도 좀 봐주시고 또 저를 믿고 열쇠를 주세요. 그러면 주인님을 찾으러 여기저기 돌아다닐 필요도 없고 큰 곤경에 빠지는 일도 없을 거예요!"

"친애하는 요리사, 너무 기분 나빠하지 말게. 열쇠는 꼭 내가 챙기겠노라고 아내의 임종 석상에서 약속했어. 그래서 그런 거지 누굴 못 믿어서 그러는 게 아니야. 여기엔 오이, 여기엔 체리, 여기엔 배, 여기엔 살구가 있지. 하지만 오래된 과자는 내놓으면 안돼. 리제를 빨리 빵집에 보내서 갓 구운 빵으로 세접시 사오라고 하게. 만약 맛있는 케이크도 있으면 같이 사오라고 하고!"

"하지만 주인님! 손님 한분에게 그 많은 걸 대접할 수는 없어요. 아무리 좋은 뜻으로 한다지만 수지 타산이 맞질 않아요!"

"상관없어. 명예가 걸린 문제야! 그런다고 굶어죽지 않아. 우리 도시를 찾아온 신사라면 겨울에 불시에 갔는데도 제대로 된 음식을 대접받았다고 말할 수 있어야 해! 젤트빌라의 여관 주인들처럼 좋은 건 자기들이 다 먹고 손님들한테는 뼈다귀만 내놓는다는 소문이 돌아서는 안돼! 그러니 자, 다들 새로운 기분으로, 즐겁게, 서둘러!"

이렇게 장황하게 식사가 준비되는 동안 재단사는 곤혹스럽고 불안해졌는데, 식탁에 반짝거리는 식기들이 올라왔기 때문이다. 굶주렸던 탓에 방금 전까지만 해도 먹을 것에 그렇게 연연했건만 이제는 불안해하면서 위협적으로 다가오는 식사시간을 피하고만 싶었다. 마침내 그는 용기를 내어 외투를 걸치고 모자를 쓰고는 출구를 찾아나섰다. 하지만 당황하기도 했고 집도 넓어서 빨리 계단을 찾지 못하자 바삐 돌아다니던 하인 하나가, 분명 그가 화장실을 찾는 거라고 생각하며 큰 소리로 말했다. "손님, 실례지만 제가 안내해드리겠습니다!" 그리고 긴 복도를 따라 그를 인도하여 맨 끝에 있는, 예쁘게 래커 칠을 하고 귀여운 팻말이 붙은 문 앞으로 안내했다.

그래서 외투 입은 남자는 아무런 저항도 하지 못하고 새끼 양처럼 온순하게 안으로 들어가서 문을 꼭 걸어잠갔다. 그는 벽에 기대어 쓰디쓴 한숨을 내쉬었고 지방도로에서 누리던 황금빛 자유를 다시 누리게 되기를 소망했다. 날씨가 안 좋더라도 이제는 그것이 최고의 행복처럼 여겨졌다.

하지만 걸어잠근 공간에 잠시 머무는 바람에 그는 처음으로 자발적인 사기 행위에 연루되었고, 그로써 악의 내리막길에 발을 들여놓게 되었다.

그러는 동안 여관 주인은 그가 외투를 입고 걸어가는 모습을 보자 큰 소리로 말했다. "손님이 얼어죽으시겠다! 홀에 난방을 더 해! 리제는 어디 갔지? 아네는 어디 있지? 얼른 난로에 땔감 한무더기를 넣고 톱밥도 한움큼 집어넣어서 불이 활활 타오르게 해! 제기랄, 손님들이 저울 여관에서 외투를 입고 식사를 하시게 해야겠어?"

재단사가 종가宗家의 고성古城을 배회하는 조상처럼 우수에 찬 모습으로 다시 긴 복도를 지나 걸어나오자 주인은 온갖 찬사와 아첨을 아끼지 않으면서 그를 다시 그 빌어먹을 홀로 안내했다. 그는 별다른 지체 없이 식탁으로 인도되었으며, 뒤에서 의자를 똑바로 밀어주는 써비스도 받았다. 오랜만에 맡아보는, 영양이 듬뿍 담긴 수프 냄새가 그의 의지를 완전히 꺾어버렸기에 그는 될 대로 되라는 심정으로 자리에 앉아 바로 묵직한 숟가락을 황갈색 수프에 담갔다. 그는 깊이 침묵하면서 지친 원기를 회생시켰고 황송할 정도로 조용하고 편안한 대접을 받았다.

그가 접시를 다 비우자 여관 주인은 수프가 그의 입맛에 맞는다는 것을 알아채고는, 이런 매서운 날씨에는 한숟가락 더 드시는 게 좋다며 더 드시라고 정중하게 권했다.

이제 푸른 야채로 장식한 송어가 식탁에 올라왔고 여관 주인은 먹음직스러운 부위로 그의 앞에 놓아주었다. 하지만 근심에 사로잡힌 재단사는 겁이 나서 반짝거리는 나이프는 감히 사용도 못하고 수줍은 듯 점잔을 빼며 은색 포크로 찍어 먹었다. 이 고귀한 신사를 보려고 문틈 사이로 내다보던 요리사가 이 광경을 보더니 주위에 있던 사람들에게 말했다. "참 훌륭하기도 하셔라! 좋은 생선을 제대로 드실 줄 아시네. 연한 생선을 송아지 잡듯 칼로 썰지 않으셔. 맹세하건대, 위대한 가문 출신임이 분명해! 얼마나 아름답고 슬퍼 보이시는지! 교제할 수 없는 가난한 여인과 사랑에 빠지신 게 분명해! 그래, 맞아, 고귀한 분들도 그 나름대로 고뇌가 있게 마련이야!"

한편 여관 주인은 손님이 아무것도 마시지 않는 것을 보자 매우 공손하게 말했다. "이 반주용 포도주가 마음에 드시지 않는 것 같은데, 혹시 제가 자신있게 추천할 수 있는 좋은 보르도산 포도주를 갖다드릴까요?"

공손한 마음에 아니요,라는 대답 대신 예,라고 말함으로써 재단사는 두번째 자발적인 실수를 범하게 되었다. 저울 여관 주인은 당장 특선 포도주병을 찾으러 직접 지하실로 내려갔다. 이곳엔 제대로 된 것이 있다는 말을 듣는 것이 그에게는 매우 중요했기 때문이다. 따라준 포도주를 손님이 이번에도 양심의 가책 때문에 아주 조금만 입에 적시자 주인은 너무나 기쁜 나머지 부엌으로 달려가서 만족스럽게 입맛을 다시며 큰 소리로 말했다. "내 말이 틀린다면 지옥에 가도 좋아! 저분은 뭘 아시는 분이야. 마치 금화를 황금 저울에 올려놓듯 내 좋은 포도주를 혀로만 살짝 핥으셨어!"

"그것 보세요!" 요리사가 말했다. "제가 저분은 뭘 드실 줄 안다고 그랬잖아요!"

이런 식으로 식사가 진행되었다. 불쌍한 재단사는 계속 점잔 빼고 주저하면서 먹고 마셨고, 여관 주인도 그가 충분히 먹을 수 있게 시간적 여유를 주었기 때문에 식사는 아주 천천히 진행되었다. 그럼에도 손님이 지금까지 먹은 것은 말할 가치도 없을 만큼 적은 양이었다. 오히려 줄곧 위태롭게 돋워진 식욕이 이제야 공포심을 극복하기 시작했다. 자고새 파이가 나옴과 동시에 재단사의 심정은 급변했고, 그의 안에서는 확고한 생각이 형성되었다. '이왕 이렇게 된 거 어쩌겠어!' 다시 조금 마신 포도주 때문에 몸이 따뜻해지고 고무되자 그는 생각했다. '배불리 먹지도 못한 채 닥쳐올 치욕과 박해를 견뎌내려 한다면 그건 바보짓이야! 아직 시간이 있으니까 정신 차리자고! 여기 차려진 음식들이 어쩌면 내 마지막 식사가 될지도 모르니 배부르게 먹기라도 하자. 뭐가 됐든 올 테면 와보라고! 일단 내 배 속에 들어온 건 왕이라도 뺏어가지 못해!'

말이 떨어지기가 무섭게 그대로 실행에 옮겨졌다. 절망상태에서 초래된 용기 덕분에 그는 그만 먹겠다는 생각은 내려놓고 맛있는 파이에 칼질을 해댔다. 그래서 채 오분도 안돼서 파이의 절반이 사라졌기에 이제 저녁 손님들 접대문제가 매우 위험해지기 시작했다. 고기와 송이버섯, 경단, 파이의 윗부분과 아랫부분 등 그는 체면 차리지 않고 모두 꿀떡꿀떡 삼켜버렸는데, 불행이 들이닥치기 전에 작은 위장을 가득 채우겠다는 생각밖에 없었다. 그는 능숙한 솜씨로 포도주를 마셨고 빵도 한입 가득 베어먹었다. 요컨대 그것은 폭풍우가 몰려와서 근처 초원에 있는 건초를 쇠스랑으로 끌어모아 헛간으로 피신시킬 때처럼 다급하게 활기를 띠게 된 반입과도 같았다. 여관 주인은 다시 부엌으로 달려가 외쳤다. "주방장! 스테이크는 거의 건드리지도 않고 파이만 다 드시는데! 그리고 보르도 포도주는 반잔씩 따라서 드시고!"

"그게 입맛에 맞으시나봐요." 요리사가 말했다. "그냥 드시게 내버려두세요. 자고새가 뭔지 아시는 분이에요! 보통 사람 같았으면 스테이크에만 달라붙었을 거예요!"

"내 말이 그 말이야!" 여관 주인이 말했다. "아주 우아해 보이진 않는데, 그래도 전에 도제 시절 여행 다닐 때 장군들과 주교님들이 저렇게 식사하시는 걸 본 적이 있어!"

그러는 사이에 마부는 말들에게 먹이를 주라고 맡기고는 그 자신도 하층민을 위한 식당에서 든든하게 식사를 했는데, 서둘러야 했던 터라 금방 다시 마차에 말을 맸다. 저울 여관 사람들은 이제 더는 참을 수가 없어서 늦기 전에 영주의 마부에게 저기 위에 계신 그의 주인이 누구시며 이름이 어떻게 되시냐고 물었다. 교활하고 장난기 있는 마부는 이렇게 대답했다. "직접 말씀하시지 않던가요?"

"아니요"라는 대답을 듣자 그가 대꾸했다. "그러실 거예요. 금세 말이 많아지시는 분은 아니니까요. 슈트라핀스키 백작이세요! 오늘하고 어쩌면 며칠 정도 여기 머무실 거예요. 나한테 마차를 타고 먼저 떠나라고 하셨거든요."

그는 재단사가 자기가 베푼 호의에 대해 감사와 작별의 인사도 없이 뒤도 안 돌아보고 집 안으로 들어가서 주인 행세를 했다고 믿었기에 복수하려는 마음에 이런 악의적인 장난을 쳤다. 장난기가 극도로 동하자 자신의 음식값과 말의 먹잇값도 묻지 않고 마차에 올라 채찍을 휘두르며 도시를 빠져나갔다. 모든 일이 이렇게 착착 진행되었고 계산서는 착한 재단사 앞으로 떠넘겨졌다.

공교롭게도 슐레지엔 지방 출신인 그의 이름은 정말로 슈트라핀스키, 벤첼 슈트라핀스키였다. 우연이었든지 아니면 재단사가 마차에서 자신의 여행증을 꺼냈다가 두고 내리는 바람에 마부가 그것을 보았는지는 모르겠다. 어쨌든 여관 주인은 얼굴에 희색이 만면하여 손을 비벼대면서 그의 앞으로 다가가서 슈트라핀스키 백작께서는 후식으로 오래된 토카이[1]산 포도주를 드시려는지 아니면 샴페인 한잔을 드시려는지 물었다. 그리고 방도 방금 다 준비되었다고 알리자 가엾은 재단사는 다시 당황하여 얼굴이 창백해지면서 아무런 대꾸도 하지 못했다.

"정말 신기하군!" 여관 주인은 이렇게 혼잣말을 하면서 서둘러 다시 지하실로 내려가 따로 칸막이가 돼 있는 곳에서 토카이산 포도주뿐만 아니라 프랑켄산 고급 포도주도 꺼내더니 샴페인병을 겨드랑이에 끼고 올라왔다. 슈트라핀스키는 금방 자기 앞에 유리잔들이 작은 숲만큼이나 가득 놓인 것을 보았는데, 그중에서 다리가 긴 샴페인 잔이 백양나무처럼 유리잔들 위로 우뚝 솟아 있었다. 잔에서는 반짝반짝 빛이 났고 쨍그랑쨍그랑 소리가 났으며 기이한 향기가 풍겨나기도 했다. 더 기이한 것은 가난하지만 멋지게 차려입은 그 남자가 서툴지 않은 솜씨로 유리잔들 사이로 손을 내밀었고, 여관 주인이 샴페인에 적포도주를 조금 섞는 것을 보자 자신의 잔에 토카이산 포도주를 몇방울 따른 것이다. 그러는 사이에 시의 문서기록관과 공증인이 늘상 커피 마시면서 하던 커피 내기 놀이를 하러 왔다. 곧 헤벌린 상회(商會)의 늙수그레한 아들과 퓌즐리-니

---

1 헝가리의 도시 이름이다.

페어겔트 가문의 제법 젊은 아들, 큰 방적공장의 경리부장인 멜히오르 뵈니 씨도 왔다. 그런데 그들은 자기들끼리 놀이는 하지 않고 모두들 뒷주머니에 손을 찔러넣은 채 어금니를 물고 눈을 반짝거리고 미소 지으면서 폴란드 백작의 주위로 빙 둘러서는 것이었다. 그들은 평생 고향에만 있었지만 친척들과 동료들이 세상 이곳저곳을 돌아다녔기에 그들 자신도 세상을 충분히 안다고 믿고 있는 좋은 가문의 일원들이었던 것이다.

그러니까 저 사람이 폴란드 백작이란 말이지? 그들은 당연히 사무실 의자에 앉아서 마차를 보긴 했지만 여관 주인이 백작을 대접하는 건지 아니면 백작이 여관 주인을 대접하는 건지는 알지 못했다. 여관 주인은 지금까지 어리석은 짓은 한번도 하지 않았다. 오히려 제법 영리한 사람으로 알려져 있었다. 호기심에 찬 신사들은 그 낯선 사람을 둘러싼 원의 크기를 점점 좁혀가더니 마침내 친근하게 같은 식탁에 앉았고 능숙한 솜씨로 즉석에서 스스로 연회에 초대받고는 곧장 포도주 한병을 걸고 내기를 시작했다.

하지만 아직 이른 시간이었기에 많이 마시지는 않았다. 대신에 훌륭한 커피를 한잔 마시고 자기들끼리 몰래 재단사에 대한 호칭으로 사용하던 '폴란드 놈'에게 좋은 담배를 권하여 지금 그가 어디에 와 있는지 차츰 눈치채게 하려고 했다.

"백작님, 제대로 된 씨가 한대 권해드려도 될까요? 꾸바에 있는 제 동생한테서 직접 받은 겁니다." 한사람이 말했다.

"폴란드 신사들께서는 좋은 담배도 좋아하시지요? 이건 스미르나[2]산 진짜 담배인데 제 동업자가 보내준 겁니다." 자그마한 붉은

---

2 에게 해에 면한 터키 제3의 도시로 현재 명칭은 이즈미르이다. 입담배와 올리

비단 주머니를 내밀며 다른 사람이 외쳤다.

"이 다마스쿠스³산 담배가 더 좋습니다, 백작님!" 세번째 사람이 말했다. "그곳에 있는 우리 대리인이 저한테 직접 보내준 겁니다!"

네번째 사람은 조잡한 담뱃갑을 내밀면서 외쳤다. "진짜 좋은 담배를 원하신다면 버지니아산 여송연을 한대 피워보세요! 직접 재배, 직접 제조한 절대 비매품입니다!"

슈트라핀스키는 마지못해 미소를 지으며 아무 말도 하지 않았고, 금방 미세한 담배 연기에 둘러싸였는데, 담배 연기는 구름을 뚫고 나온 햇빛에 반사되어 아름다운 은빛으로 변했다. 채 십오분도 안돼서 하늘에 구름이 걷히자 매우 화창한 가을 오후가 되었다. 올해가 가기 전에 이런 날이 며칠이나 더 있을지 모를 일이니 이런 축복받은 시간을 즐기자는 말이 나왔다. 요 며칠 전에 포도를 짠 명랑한 고급관료의 농장을 방문하여 그의 새 포도주, 발효 중인 붉은 포도주를 맛보러 마차를 타고 나가기로 결정이 났다. 퓌츨리-니페어겔트 가문의 아들이 자신의 사냥용 마차를 가져오게 사람을 보내자 금방 철회색의 어린 말들이 저울 여관 앞 길가에 나타났다. 여관 주인이 손수 마차에 말을 묶었고, 일행은 백작에게 같이 어울려서 인근 지방을 구경하자고 친절하게 초대했다.

포도주 기운이 그의 기지를 자극했기에 그는 얼른 생각하기를, 이번이 남몰래 빠져나가 방랑을 계속할 수 있는 절호의 기회일 거라고, 손해 보는 것은 주제넘고 어리석은 저 신사들일 거라고 생각했다. 그래서 몇 마디의 공손한 말로 초대에 응했고 젊은 퓌츨리와

브, 목화를 재배하는 배후지를 끼고 있다.

3 씨리아의 수도로, 예부터 사막을 횡단하는 대상(大商)들의 통로가 교차하여 육상교통의 중심지로 유명하다.

함께 사냥용 마차에 올라탔다.

재단사는 어린 시절에 마을 지주의 농장에서 이따금 품팔이를 하였고 군대에서는 경기병으로 복무했기 때문에 말을 잘 다룰 줄 알았는데, 이것이 또다른 섭리로 작용했다. 그의 동행인이 혹시 마차를 모시겠느냐고 정중하게 묻자 그는 즉시 고삐와 채찍을 받아 쥐고는 교과서적인 자세를 하고 빠른 속도로 성문을 빠져나가 지방도로로 내달렸다. 그러자 신사들은 서로 쳐다보면서 수군거렸다. "그래, 진짜 신사야!"

마차는 삼십분 만에 고급관료의 농장에 다다랐다. 슈트라핀스키는 보기 좋게 반원을 그리며 마차를 댔고 성미 사나운 말들을 매우 능숙하게 멈춰세웠다. 일행이 마차에서 내리자 고급관료가 마중나와서 집 안으로 안내했다. 발효 중인 홍옥수紅玉髓색의 포도주가 가득 들어 있는, 마개 달린 유리병 대여섯개가 금방 식탁에 차려졌다. 발효 중인 따뜻한 음료를 먼저 시음하고 찬탄한 후에 화기애애한 분위기 속에서 술자리가 벌어졌는데, 그러는 사이에 집주인은 고귀한 폴란드 백작이 오셨다고 집안사람들에게 알리고 다녔고 평소보다 좋은 음식을 준비하라고 시켰다.

그사이에 일행은 못한 놀이를 마저 하기 위해 두패로 나뉘었다. 이 지방 남자들은 아마도 타고난 활동욕구 탓인지 모이기만 하면 카드놀이를 했다. 여러가지 이유로 참여를 거절해야만 했던 슈트라핀스키는 구경하라는 권유를 받았는데, 그들은 카드놀이를 하면서 영리함과 침착성을 많이 키워내곤 했기에 그들 생각에 카드놀이는 어쨌든 구경할 만한 가치가 있는 것으로 여겨졌기 때문이다. 그는 양편의 한가운데에 앉아야 했다. 이제 그들은 재치있고 능숙하게 놀이를 하면서 동시에 손님을 즐겁게 해드리는 데에 초점을 두었다. 그래서 재단사는, 신하들이 고상한 연극을 상연하고 세상 돌아가는 모습을 연출하면, 그것을 바라보는 허약한 영주처럼 앉아 있게 되었다. 그들은 그에게 매우 중요한 전환점이나 기습공격, 사건 등을 설명해주었다. 한편이 순간적으로 놀이에 집중해야 할 때면 다른 편이 대신에 더욱 열심히 재단사와 대화를 나누었다. 그들은 말과 사냥 같은 것들을 제일 좋은 대화 주제로 여겼다. 슈트라핀스키도 이런 것들에 대해서는 아주 잘 알고 있었다. 그는 예전에 장교들, 영주들과 지내면서 그런 것들에 대해 얘기를 들었는데, 그 당시에 각별히 마음에 들었던 어투들을 떠올리며 대답하기만 하면 그만이었다. 이런 어투를 아주 간결하게, 모종의 겸손함으로, 또 늘 침울한 미소를 지으면서 말할 때면 그 효과가 더욱 배가 됐다. 두서넛의 신사들이 일어나서 옆으로 자리를 옮길 때면 그들은 이렇게 말했다. "완벽한 귀공자야!"

선천적으로 의심이 많은 경리부장 멜히오르 뵈니만이 흥이 나서 손을 비벼대면서 혼잣말로 중얼거렸다. "또 한번 골다흐에 한바탕 소동이 벌어지겠군! 어쩌면 벌써 벌어졌는지도 모르지. 소동이 벌어진 지도 벌써 이년이나 지났으니 그럴 때도 됐지! 저 남자의 손가락은 놀랍게도 바늘자국투성이야. 프라가[4]나 오스트로웽카[5]에서 온 거 같아! 이제 어떻게 돌아가는지 방해하지 말고 두고 보자고!"

두패 모두 놀이를 끝냈고, 발효 중인 포도주에 대한 신사들의 욕구도 해소되었다. 그들은 막 들여온 고급관료의 오래된 포도주를

---

[4] 바르샤바의 자치구에 속하며 비스와 강 동쪽에 위치해 있다.
[5] 바르샤바 북동쪽에 있는 도시이다.

마시면서 열기를 좀 식히려고 했다. 그런데 열기 식히기가 좀 정열적인 성격을 띠게 되었는데, 쓸데없이 무료하게 시간 보내는 걸 피하기 위해서 일반적으로 하는 돈 내고 돈 따먹기 식의 도박을 하자는 제안이 나왔다. 카드가 섞이고 다들 은화 한닢을 걸었다. 자기 차례가 된 슈트라핀스키는 탁자에 골무를 꺼내놓을 수는 없었다. "저는 그런 주화가 없는데요." 그는 얼굴을 붉히며 말했다. 그런데 그를 관찰하고 있던 멜히오르 뵈니가 대신 돈을 내주었는데 아무도 그것에 주의를 기울이지 않았다. 모두들 너무나 흥에 겨운 나머지 세상에 어느 누가 돈이 한푼도 없을까 생각하며 의구심을 품지 않았던 것이다. 다음 순간 게임에서 이긴 재단사에게 판돈이 다 돌아갔다. 그는 당황하여 돈을 그대로 두었고, 뵈니가 그를 위해 두번째 게임을 준비했다. 두번째 게임은 다른 사람이 땄고, 세번째 게임도 마찬가지였다. 하지만 네번째와 다섯번째 게임은 점점 정신이 맑아지면서 게임 규칙을 제대로 파악한 폴란드인이 다시 땄다. 그는 조용하고 침착하게 처신하면서 따기도 하고 잃기도 했다. 한번은 1탈러밖에 안 남아서 그 돈을 걸었고 다시 이겼다. 그리고 마침내 모두들 놀이를 실컷 즐겼을 때 그는 금화 몇개를 갖게 되었는데, 그것은 그가 여태껏 한번도 만져보지 못한 거금이었다. 모두들 각자 자기 돈을 챙기는 걸 보자 이게 꿈인가 생시인가 하는 두려움이 없지 않았지만 그도 자기 돈을 챙겼다. 그를 계속해서 예의 주시하고 있던 뵈니는 이제 그에 대해서 어느정도 확신을 갖게 되었다. '사륜마차를 타고 온 도깨비 같은 자로군!'

하지만 동시에 그는 그 수수께끼 같은 이방인이 돈 욕심이 전혀 없으며 매우 겸손하고 침착하게 행동한다는 것도 알았기에 그에 대해서 나쁜 생각을 품지 않았고 일이 되어가는 대로 그냥 두고 보기로 마음먹었다.

그런데 저녁식사 전에 밖에서 산책을 하게 된 슈트라핀스키 백작은 생각을 가다듬었고 소리 소문 없이 빠져나갈 수 있는 좋은 기회가 왔다고 생각했다. 여행경비도 제법 갖게 되었고 저울 여관의 주인에게는 다음 도시에서, 자기가 떠밀려 먹은 점심값을 보내주면 될 것 같았다. 그래서 둥근 외투를 멋지게 두르고 모피 모자를 깊숙이 눌러쓴 채 석양이 비치는 높다란 아카시아 가로수 길 아래에서 아름다운 대지를 감상하면서, 또는 나아가야 할 길을 탐색하면서 오르락내리락 천천히 걸어갔다. 그의 찌푸린 이마와 사랑스럽지만 우울해 보이는 수염, 윤기나는 검은 고수머리, 검은 눈은 바람에 휘날리는 주름진 외투와 근사하게 어울렸다. 석양빛과 그의 머리 위에서 살랑거리는 나무들로 인해 그의 모습이 한결 돋보였기에 사람들은 호감을 갖고 멀리서 그를 주의 깊게 바라보았다. 그는 점점 더 그 집에서 멀어졌고 그 너머에 들길이 나 있는 관목림을 가로질러 걸어갔다. 사람들의 시야에서 멀어졌다고 생각되자 그는 힘찬 걸음걸이로 들판으로 접어들려고 했다. 그런데 바로 그때 별안간 모퉁이에서 고급관료가 딸 네트헨과 함께 그를 향해 걸어왔다. 네트헨은 예쁜 아가씨로, 매우 화려하게, 조금은 사치스럽게 옷을 차려입고 장신구도 이것저것 많이 달고 있었다.

"백작님, 찾고 있었습니다." 고급관료가 소리쳤다. "첫째는 백작님께 여기 제 아이를 소개해드리고, 둘째는 저희와 함께 저녁식사를 하시는 영광을 베풀어달라고 부탁드리기 위함입니다. 다른 신사들께서는 벌써 집에 들어와 계십니다."

방랑자는 재빨리 모자를 벗어들었고 얼굴이 빨개지면서 공손하게, 그래, 매우 다소곳하게 허리를 굽혀 인사했다. 새로운 전환점이 시작됐기 때문으로, 한 아가씨가 사건의 무대에 등장했던 것이다. 그런데 그의 수줍음과 지나친 겸손은 아가씨에게 나쁜 인상을 주지 않았다. 반대로 아주 고상하고 흥미로운 젊은 귀족의 수줍음과 겸손함, 공손함은 그녀에게 정말로 감동적이자 매력적으로 다가왔다. 그녀의 머릿속에서는 이런 생각이 맴돌았다. '고귀할수록 더 겸손하고 더 공손하구나. 이제는 젊은 여인들 앞에서 모자에 손도 갖다대지 않는 골다흐의 야만적인 신사들이여, 명심하시라!'

그래서 그녀 또한 얼굴이 귀엽게 빨개지면서 아주 사랑스럽게 그 기사에게 인사했다. 그리고 이방인에게 자신을 보여주고 싶어하는 안락한 소도시 여인들이 그렇듯 금방 성급하고 재빠르게 그와 많은 이야기를 나누었다. 이와 반대로 슈트라핀스키는 잠깐 사이에 다른 사람처럼 변했다. 지금까지는 남들이 자기에게 부과한 역할에 매우 소극적으로 부응했다면, 이제는 자기도 모르게 약간 능동적으로 말하기 시작했고 폴란드어도 제법 많이 섞어가면서 말했다. 요컨대, 여인이 곁에 있게 되자 젊은 재단사는 말이 기수가 타면 앞으로 달려나가듯 그렇게 약동했던 것이다.

그는 식탁에서 그 집의 딸 옆 상석에 앉게 되었다. 그녀의 어머니가 돌아가셨기 때문이다. 그는 다른 이들과 함께 다시 시내로 돌아가든지 아니면 무리를 해서라도 야밤을 틈타 도망을 해야 한다는 생각에, 그리고 또 자신이 지금 누리고 있는 행복이 얼마나 무상한지에 대한 생각에 금방 다시 우수에 젖었다. 하지만 그럼에도 이 행복을 즐겼고 혼잣말로 되뇌었다. '아, 나도 언젠가는 이렇게 중요한 자리를 차지하면서 이런 귀한 아가씨 옆에 앉게 될 거야.'

사실 손목에서 팔찌 서너개가 짤랑거리고 반짝거리는 것을 바로 옆에서 본다는 것, 그리고 곁눈질로 힐끗 훔쳐볼 때마다 대담하면서도 매혹적인 곱슬머리와 사랑스러운 붉은 얼굴, 치켜뜬 커다란 눈망울을 본다는 것은 결코 사소한 일이 아니었다. 더구나 그는 자기가 하고 싶은 대로 했을 뿐인데, 평소 같으면 세상의 관습에서 벗어나는 일을 놓고 몇시간이고 재잘거리던 젊은 여인이 이 모든 것을 비상하고 고상한 것으로 해석했고 서투름 자체도 특이한 솔직함으로 애정을 갖고 받아들였다. 분위기가 달아오르자 몇몇 사람들은 30년대에 유행하던 노래를 불렀다. 백작은 폴란드 노래를 불러달라는 요청을 받았다. 포도주가 그의 근심을 씻어주진 못했지만 그래도 마침내 수줍음은 극복하게 해주었다. 그는 전에 몇주 동안 폴란드에서 일한 적이 있어서 폴란드어 단어들을 조금 알고 있었고, 그 내용은 모르지만 민요 한곡 정도는 외워서 앵무새처럼 부를 줄도 알았다. 그래서 고상한 태도로, 당당하다기보다는 수줍어하면서, 남모르는 고민에 사로잡히기라도 한 듯 나지막하게 떨리는 목소리로 폴란드어 노래를 불렀다.

데스나 강[6]에서 비스와 강[7]까지,
수십만마리의 돼지들이 방뇨하네.
그리고 카팅카, 그 창녀는
발목까지 차오르는 오물 속을 걸어가네!

볼히니아[8]의 푸른 목장에서

6 길이가 40.8km인 체코의 짧은 강이다. 모라바 강의 왼쪽 지류이다.
7 총 길이 1,068km에 달하는 폴란드 최대의 강으로, 영어로는 비스툴라 강, 독일어로는 바이히젤 강으로 불린다.
8 우끄라이나 북서부에 위치한 역사상의 지역이다.

수십만마리의 황소들이 울부짖네.

그리고 카팅카, 그 창녀는

내가 자기에게 반했다고 믿는다네!

"브라보! 브라보!" 신사들은 하나같이 손뼉을 치며 큰 소리로 외쳐댔고, 네트헨은 감동한 나머지 이렇게 말했다. "아, 민요는 언제나 아름다워요!" 다행히도 이 노래를 번역해달라고 요구하는 이는 아무도 없었다.

환담이 무르익어 이런 절정의 순간이 지나가자 다들 자리에서 일어났다. 재단사는 재차 각별한 예우 속에 골다흐로 안내되었는데, 작별의 인사도 없이 떠나지는 않기로 사전에 약속해야만 했다. 저울 여관에서 다들 펀치 한잔을 또 마셨다. 하지만 슈트라핀스키는 이제 녹초가 되어 잠자리를 요구했다. 여관 주인이 직접 방으로 안내했는데, 허름한 여인숙에서 숙박하는 데에만 익숙했음에도 그는 그 방의 화려함에 관심을 기울이지 않았다. 그는 소지품도 하나 없이 예쁜 양탄자 한가운데에 서게 되었다. 그러자 주인은 갑자기 짐이 하나도 없다는 사실을 발견하고는 자기 이마를 탁 쳤다. 그러고는 재빨리 밖으로 나가 벨을 울려 종업원과 하인들을 불러모았고 그들과 실랑이를 벌인 뒤에 다시 돌아와 맹세 조로 말했다. "맞습니다, 백작님! 백작님 짐을 내리는 걸 깜박했습니다! 필수품들마저도 내리지 않았습니다!"

"마차에 있던 작은 꾸러미도요?" 슈트라핀스키는 자리에 두고 내린 손수건과 헤어브러시, 빗, 포마드 통, 수염에 바르는 크림 통이 들어 있는 작은 꾸러미가 생각나서 불안해하며 물었다.

"그것도 없습니다. 아무것도 없습니다." 사람 좋은 주인은 그 속에 무슨 중요한 것이 들어 있을 거라고 생각하며 깜짝 놀라서 말했다. "당장 마부에게 사람을 보내겠습니다. 그것을 찾아오겠습니다!" 그는 노심초사하며 말했다.

하지만 백작 역시 깜짝 놀라며 주인의 팔을 붙잡고 흥분하여 말했다. "그냥 내버려두세요, 그러시면 안됩니다! 당분간은 제 종적을 아무도 모르게 해야 합니다." 그는 이런 생각을 한 것에 대해 스스로도 당황해하면서 덧붙였다.

여관 주인은 어리둥절해하면서 펀치를 마시는 손님들에게 가서 이 일을 이야기했다. 그리고 의심의 여지 없이 백작님 폴란드의 정치적 박해의 희생물이거나 집안의 박해를 받고 있음에 틀림없다는 말로 결론을 내렸다. 바로 그 시기에 정부의 강압적인 정책 때문에 많은 폴란드인들과 망명객들이 추방되었으며, 어떤 이들은 낯선 정보요원들에게 감시되고 체포되었기 때문이다.

하지만 슈트라핀스키는 잠을 푹 잤다. 느지막이 일어난 그의 눈에는 맨 먼저 의자에 걸려 있는 저울 여관 주인의 화려한 일요일용 잠옷과 온갖 화장품으로 가득한 작은 테이블이 들어왔다. 그리고 여러 하인들이 눈에 띄었는데, 그들은 어제의 친구들이 우선 이것이라도 사용하시라는 짤막한 부탁과 함께 보내온 좋은 속옷과 옷, 담배, 책, 장화, 구두, 박차, 말채찍, 모피, 비니와 모자, 짧은 양말과 긴 양말, 파이프, 피리와 바이올린이 들어 있는 광주리와 트렁크를 들고 대기하고 있었다. 어제의 친구들은 오전시간에는 불가피하게도 업무를 봐야 하기에 점심식사 이후에 방문하겠다는 전갈도 보내왔다.

그들은 조금도 우스꽝스럽다거나 아둔한 사람들이 아니었다. 신중한 사업가들로 아둔하다기보다는 오히려 교활했다. 하지만 그들의 잘 가꾸어진 도시는 협소했고, 이 도시에 사는 게 때로는 지루했기에 언제나 거리낌 없이 매달릴 만한 기분전환거리나 사건 사고를 애타게 기다리고 있었다. 사륜마차, 이방인의 하차, 그의 점심 식사, 마부가 내뱉은 말 등은 너무나 분명하고 자연스러운 것들이어서 평소 불필요한 악의에 매달리지 않던 골다흐 사람들은 반석 위에 집을 짓듯 그것들에 기초하여 하나의 사건을 만들어나갔다.

슈트라핀스키는 자기 앞에 펼쳐져 있는 물건들을 보자 이게 꿈인지 생시인지 확인하려고 주머니에 손을 넣어보았다. 만약 주머니 안에 골무 홀로 외로이 있다면 그것은 꿈이었다. 하지만 그렇지 않았다. 골무는 놀이에서 딴 돈들 사이에서 기분 좋게 자리하고 있었고 동전들과 다정하게 몸을 비벼대고 있었다. 그래서 골무의 주인 또한 다시 현실에 몰두하게 되었고, 크나큰 행복감에 젖게 해준 도시를 구경하기 위해 방에서 나와 거리로 나갔다. 부엌문 아래에서는 요리사가 서서 그에게 무릎을 굽혀 인사했고 호의를 갖고 그의 뒷모습을 바라보았다. 복도와 현관문에서는 또다른 하녀들이 한결같이 모자를 벗어 손에 들었다. 슈트라핀스키는 외투를 점잖게 매만지면서 매우 품위있게, 하지만 겸손한 모습으로 걸어나갔다. 운명이 그를 시시각각 더욱 위대한 인물로 만들어나갔다.

마치 그곳에서 일자리를 찾기라도 하듯 그는 색다른 표정을 짓고 도시를 관찰했다. 도시는 대부분 아름답고 튼튼한 집들로 이루어져 있었는데, 하나같이 돌이나 그림으로 된 상징들로 장식되었고 옥호가 붙어 있었다. 이런 옥호들에서 지난 세기들의 관습을 분명하게 엿볼 수 있었다. 아주 오래된 집들이나, 그런 집들의 자리에 들어섰지만 호전적인 기사님들의 시대와 동화의 시대에서 유래하는 옛 이름을 간직하고 있는 신축건물들에는 중세시대가 반영되어 있었다. 검, 투구, 갑옷, 석궁, 푸른 방패, 스위스인의 단검, 기사, 소총 총알, 터키인, 바다 괴물, 황금 용, 보리수, 순례자의 지팡이, 물의 요정, 극락조, 석류나무, 낙타, 외뿔소 등등의 이름이 적혀 있었다. 예쁜 금박 글씨로 새겨져 대문 위에서 반짝거리고 있는 도덕적인 개념들에서는 계몽주의와 박애주의 시대를 분명하게 읽어낼 수 있었다. 화합, 성실, 구舊독립, 신新독립, 시민적 덕성 a, 시민적 덕성 b, 신뢰, 사랑, 희망, 재회 1, 재회 2, 명랑, 내적 정직, 외적 정직, 나라의 안녕(카나리아 새장 뒤로 냉이 나물을 걸어놓고, 다정해 보이는 늙은 여인이 하얀 두건을 쓰고 앉아서 실로 물레를 잣고 있는 정갈하고 조촐한 집), 헌법(아래에는 양동이 제조공이 살고 있었는데, 큰 소리를 내며 열심히 작은 양동이와 작은 통에 테두리를 두르고 끊임없이 두드리고 있었다) 같은 것들이었다. 어떤 집의 이름은 무시무시하게도 죽음이었다! 위에서 아래까지 창문들 사이에 말라비틀어진 해골이 걸려 있는 이 집에는 치안판사가 살고 있었다. 인내라는 집에는 채무서기가 깡마르고 비참한 모습으로 살고 있었는데, 이 도시에는 남에게 빚을 진 사람이 아무도 없었기 때문이다.

끝으로 최신식 건물들에는 공장주와 은행가, 운송업자 그리고 그 유사업종 종사자의 아름다운 이름이 새겨져 있었다. 장미 계곡, 아침 계곡, 태양산太陽山, 오랑캐꽃의 산성, 청춘의 정원, 환희의 산, 헨리에테의 계곡, 카멜리아, 빌헬미네의 산성 등등이었다. 여인들의 이름이 붙은 계곡이나 산성은 알 만한 사람들에게는 언제나 상당한 금액의 신부 지참금을 의미하는 것이었다.

어느 거리나 모퉁이에는 화려한 시계와 알록달록한 지붕, 황금색으로 칠해진 우아한 풍향계가 달려 있는 오래된 탑이 있었다. 이런 탑들은 조심스럽게 보존되고 있었는데 골다흐 사람들은 과거와 현재의 유산을 향유할 줄 알아 그것을 위해 큰 노력을 기울였기 때문이다. 하지만 이런 모든 멋있는 것들은 오래된 성벽으로 둘러싸여 있었다. 성벽은 이제 아무짝에도 쓸모가 없었지만, 그래도 장식용으로 보존되었는데, 오래된 담쟁이넝쿨로 촘촘히 덮여 있어서 이 작은 도시를 언제나 푸른 화환처럼 에워싸고 있었기 때문이다.

이 모든 것들은 슈트라핀스키에게 놀라운 인상을 심어주었다. 그는 자신이 딴 세상에 와 있는 것 같았다. 여태껏 한번도 본 적이 없는 이런 집들의 이런 문구들을 읽으면서 그것들이 개개의 집들이 갖고 있는 특수한 비밀과 생활방식을 암시하고 있고 개개의 대문 안도 정말 문구들이 지시하는 것과 흡사해 보였기에 자신이 일종의 도덕적인 유토피아에 빠져든 것 같은 생각이 들었기 때문이다. 그래서 자기가 받은 그 놀라운 대접을 이것과 연관있는 것으로 믿고 싶어했는데, 예를 들어 그가 묵고 있는 저울 여관이 상징하는 것은, 상이한 운명들을 저울에 달아 평준화시키는, 그래서 때로는 여행 중인 재단사가 백작이 되기도 하는 것이라고 생각하고 싶었다.

그는 산책하던 중에 성문 앞에 도달했다. 빈 들판을 바라보자 마지막으로, 더는 지체하지 말고 가던 길을 계속해서 가야 한다는 당연한 생각이 떠올랐다. 햇살이 비치고 길은 아름답고 굳어 있었는데, 너무 메마르지도 너무 축축하지도 않아서 길을 가기에 안성맞춤이었다. 이제는 노잣돈도 있으니 어디든지 맘에 드는 곳에 가서 기분 좋게 투숙할 수 있고, 그 어떤 걸림돌도 없을 것 같았다.

이제 그는 인생의 갈림길에 선 젊은이처럼 실제의 십자로 위에 서 있게 되었다. 도시를 화환처럼 에워싸고 있는 보리수나무들 사이로 은은한 연기가 피어올랐고, 나무의 정수리들 위로 탑들의 황금빛 둥근 장식들이 유혹하듯 반짝거렸다. 그곳에서는 행복과 향락, 채무와 신비한 운명이 손짓하고 있었다. 하지만 들판에서는 탁 트인 원경이 빛나고 있었다. 거기에는 일과 궁핍, 빈곤과 어둠이 기다리고 있었는데, 선량한 양심과 평온한 방랑 또한 기다리고 있었다. 그는 이런 것을 느끼는 가운데 단호하게 들판 쪽으로 방향을 잡으려고 했다. 바로 그때, 마차 한대가 성급하게 달려왔다. 어제의 그 아가씨가 베일을 나풀거리며 장식이 달린 마차에 홀로 앉아서 훌륭한 말을 몰아 시내 쪽으로 달려가는 중이었다. 놀란 슈트라핀스키가 모자를 벗어 정중하게 가슴에 갖다대자 소녀는 금방 얼굴이 빨개지면서 그에게 인사했는데, 지나치다 싶을 만큼 다정한 모습이었다. 그녀는 과도한 몸짓으로 말을 힘차게 몰면서 떠나갔다.

그런데 슈트라핀스키는 저도 모르게 방향을 완전히 바꿔서 태연하게 시내로 돌아왔다. 그리고 바로 그날 도시에서 제일 좋은 말을 타고 승마클럽의 선두에 서서 푸른 성벽을 따라 나 있는 가로수길을 내달렸다. 보리수나무 낙엽들이 아름답게 빛나는 그의 머리 주위에서 금빛 빗방울처럼 춤을 추었다.

이제 그의 정신은 활기를 띠게 되었다. 햇살이 비치면 색이 더 뚜렷해지는 무지개처럼 그는 하루가 다르게 변해갔다. 빗방울 속에 색이 들어 있는 것처럼 그의 안에는 그런 성향이 내재해 있었기에 다른 사람들은 몇년이 걸려도 배우지 못하는 것들을 순식간에 배워나갔다. 자기를 초대한 사람들의 관습에 주의를 기울였고, 그러면서 그것들을 새롭고 낯선 것으로 변주했다. 특히 그들이 자기에 대해 어떻게 생각하는지, 자기에 대해 어떤 인상을 갖고 있는지 엿들으려고 시도했다. 또 자신의 취향에 따라 이런 인상을 계속해서 만들어나갔는데, 그로 인해 새로운 것을 좋아하는 사람들과는 즐겁게 담소를 나눌 수 있었고, 다른 이들, 특히 교훈적인 자극을 갈망하는 여인들은 경탄해 마지않았다. 그래서 그는 재빨리 멋진 소설의 주인공이 되었다. 그와 그 도시 사람들이 함께 애정을 갖고 이 소설을 엮어나갔지만, 소설의 주인공은 여전히 비밀에 싸여 있었다.

그럼에도 슈트라핀스키는 전에 유명하지 않을 때는 알지 못했던, 잠 못 이루는 밤들을 경험하게 되었다. 그에게서 잠을 빼앗아간 것은 정직한 양심이기도 했지만, 가난한 재단사라는 사실이 발각되어 꼼짝없이 창피를 당하게 될지 모른다는 두려움이기도 했다는 것은 마땅히 지적되어야 하겠다. 비록 옷을 고를 때에만 그렇긴 했지만 무언가 예쁘고 특이한 것을 입으려고 하는 그의 타고난 욕구가 이런 갈등을 자초했고 그에게 이런 두려움을 초래했다. 그런데 기회를 잘 봐서 여행 떠날 구실을 찾아낸 다음 복권이나 그런 비슷한 것으로 돈을 마련하여 손님을 잘 접대해준 골다흐 사람들에게 아주 먼 곳에서 피해를 보상해주겠다는 계획을 계속해서 간직하고 있다는 점에서 그의 양심은 떳떳했다. 그는 복권이나 그런 것들의 중개인이 있는 모든 도시로부터 미미한 소액 당첨금을 배달받았다. 그리고 그로 인해 발생한 중개인들과의 연락과 편지 수신은 다시 중요한 교제들과 관계들에 대한 표시로 해석되었다.
그는 이미 몇번 돈을 딴 적도 있고, 그 돈을 다시 새 복권을 사는 데 사용하기도 했다. 그러던 어느날 자신을 은행가라고 소개하는 어느 낯선 복권중개인으로부터 막대한 금액의 돈을 받았다. 그가 세운 구조계획을 실행에 옮길 수 있을 만큼 충분한 금액이었다. 이제 그는 더이상 자신의 행운에 대해 놀라지 않고 당연한 것으로 받아들였다. 그의 마음은 조금 가벼워졌는데, 자신이 좋은 식사를 한 탓에 손해를 입었을지도 모를 저울 여관의 선량한 주인을 생각할 때면 특히 안심이 되었다. 하지만 간단히 돈을 풀어서 채무를 갚고 여행을 떠나는 대신에, 계획했던 대로 단기간의 사업여행을 사칭한 다음 어떤 대도시에 가서 어쩔 수 없는 운명으로 인해 돌아갈 수 없게 됐다는 소식을 전하려고 했다. 그러면서 자신의 채무를 이행하고 좋은 인상을 남긴 다음 새롭고 더 나은 전망과 행운 속에서 자신의 재단사 직업에 전념하거나 또다른 점잖은 인생행로를 모색하려고 했다. 물론 그가 제일 원하는 것은 재단사로 골다흐에 남아서 검소한 살림을 꾸려나갈 수단을 얻는 것이었다. 하지만 여기서는 백작으로만 살 수 있다는 것이 명백했다.

예쁜 네트헨을 만날 때마다 그녀가 보여준, 그를 기쁘게 했던 명백한 특별대우와 호감으로 인해 벌써 말들이 많았는데, 그는 그 아가씨가 심지어 종종 백작부인으로 불린다는 것도 알게 되었다. 그가 어떻게 했기에 그 아가씨에게 그런 일이 일어났을까? 그는 자신을 무리하게 상승시킨 운명의 경솔한 거짓말을 어떻게 책망하고 또 자책할 수 있었을까?

그는 자칭 은행가인 복권중개인으로부터 어음을 받자 그것을 골다흐의 한 상점에서 현금으로 바꾸었다. 이런 업무는 또다시 그의 인물 됨됨이와 형편에 대한 좋은 인상을 뒷받침해주었다. 건실한 상인들은 그것이 복권 거래일 거라고는 눈곱만큼도 생각하지 않았던 것이다. 바로 그날 슈트라핀스키는 훌륭한 무도회에 초대받아 참석했다. 진하고 단순한 검은색 옷을 입고 나타난 그는 자기에게 인사를 건네는 사람들에게 여행을 떠나야 한다고 바로 선언했다.

그 소식은 십분 만에 무도회에 온 사람들 모두에게 알려졌다. 슈트라핀스키가 찾고 있던 네트헨은 얼이 나간 것 같았고, 얼굴이 금방 붉으락푸르락하면서 그의 시선을 피하는 것 같았다. 그녀는 젊은 신사들과 연달아서 춤을 추었고 넋이 나간 모습으로 앉아서 가쁘게 숨을 몰아쉬었다. 마침내 그녀에게 다가간 폴란드인이 춤추자고 제안하자 그를 쳐다보지도 않은 채 간단히 고개만 숙여 거절했다.

그는 기이하게 흥분되고 근심에 잠긴 채 자신의 멋진 외투를 걸치고 밖으로 나가 고수머리를 흩날리며 정원을 이리저리 거닐었다. 사실은 이 아가씨 때문에 그렇게 오랫동안 여기에 머물러 있었다는 것과 그녀에게 다가갈 수 있을 거라는 불분명한 희망이 저도 모르는 사이에 자기에게 생기를 불어넣어주었다는 것, 하지만 그 모든 일이 이제 가장 절망적인 방식으로 불가능을 의미하게 되었다는 것을 이제야 그는 분명히 느끼게 되었다.

그가 그렇게 거닐고 있을 때 뒤에서 가볍지만 초조하고 빠른 발걸음 소리가 들려왔다. 네트헨이 그의 곁을 지나쳐가고 있었다. 누군가를 부르는 소리로 보건대 마차를 찾고 있는 것 같았다. 마차는 집의 반대편에 있었고, 여기에는 겨울 양배추와 월동 준비를 마친 장미나무들만이 고요하게 잠들어 있었음에도 말이다. 네트헨은 다시 돌아왔다. 이제 그가 두근거리는 가슴으로 그녀의 길을 가로막고 서서 애원하듯 그녀에게 손을 내밀자 그녀는 주저 없이 그의 목을 끌어안고 서럽게 울었다. 향기로운 그의 검은 머리카락이 불그스름한 그녀의 뺨을 뒤덮었고 그의 외투는 독수리의 검은 날개처럼 아가씨의 날씬하고 사랑스러운, 눈처럼 하얀 몸을 휘감았다. 자체적으로 정당성을 간직하고 있는 것 같은 그야말로 아름다운 그림 한폭이 펼쳐졌다.

그런데 그 순간 슈트라핀스키는 이성을 잃지 않고 종종 비이성적인 사람들에게 호의로 베풀어지는 행운을 얻었다. 그날밤 집으로 돌아가는 길에 네트헨이 백작 외에는 어느 누구와도 결혼하지 않겠다고 아버지에게 고백한 것이다. 백작은 다음날 아침 일찍 평소처럼 정중하고 수줍어하면서도 우울한 모습으로 그녀에게 청혼하기 위해 그녀의 아버지 집에 나타났다. 아버지는 이렇게 열변을 토했다. "이렇게 이 어리석은 아이의 운명과 의지가 실현되었군요! 얘는 학교 다닐 때부터 계속해서 이딸리아나 폴란드 남자 아니면 위대한 피아니스트나 아름다운 고수머리를 가진 의적두목과 결혼하겠다고 고집했어요. 이제 그 선물을 받게 되었네요! 이 아이는 이 고장 사람들의 호의적인 혼인제의를 전부 다 거절했는데, 최근에는 대사업가로 촉망받는 똑똑하고 유능한 멜히오르 뵈니를 돌려보냈지요. 붉은 구레나룻을 기르고 작은 은색 담뱃갑으로 코담배를 피운다는 이유로 그를 매우 경멸했어요! 이제 다행히도 아주 먼 곳에서 폴란드 백작님이 오셨군요! 백작님, 이 어리석은 아이를 데려가세요. 그리고 나중에 백작님의 폴란드에서 추위에 떨며 불행하다고 소리 내어 울면 그땐 다시 제게 보내세요! 이 철부지 아이가 백작부인이 된다는 소식을 세상을 떠난 아이 어머니가 들었더라면 얼마나 기뻐했을까요?"

이제 아주 굉장한 소동이 벌어졌다. 며칠 내로 신속하게 약혼식이 거행되어야 했다. 고급관료는 장차 사위가 될 사람이 결혼 문제로 머물면서 사업이나 곧 있을 여행에 방해를 받을 것이 아니라, 오히려 결혼으로 그런 일들이 더 잘되어야 한다고 주장했기 때문이다.

슈트라핀스키는 현재 자기가 갖고 있는 돈의 절반은 신부에게
줄 약혼선물을 사는 데 사용했고, 나머지 절반은 신부를 위해 베풀
파티에 사용했다. 때는 마침 사육제 기간이었고 하늘은 맑고 찬란
한 늦겨울 날씨였다. 도로는 훌륭한 썰맷길로 변했는데, 이런 경우
는 드문 일이었다. 그래서 슈트라핀스키는 파티를 하기에 적당한
훌륭한 음식점으로 썰매를 타고 가서 무도회를 열기로 마음먹었
다. 그 음식점은 높은 지대에 전망 좋은 곳에 있었는데, 약 두시간
정도 떨어진 곳으로 골다흐와 젤트빌라의 바로 정중앙에 위치해
있었다.

이 시기에 멜히오르 뵈니 씨는 젤트빌라에서 용무를 봐야 했기
에 겨울축제가 벌어지기 며칠 전 썰매를 타고 자기가 좋아하는 담
배를 피우면서 젤트빌라에 다녀왔다. 그리고 또 젤트빌라 사람들
도 골다흐 사람들과 같은 날 같은 곳으로, 가장을 하거나 가면을
쓴 채 썰매를 타고 오기로 약속이 돼 있었다.

그래서 골다흐 사람들이 탄 썰매행렬은 정오 무렵에 요란한 방
울 소리와 우편마차의 호각 소리, 찰싹거리는 말채찍 소리를 내면
서 도시의 거리를 지나 성문을 향해 행군했다. 오래된 집들의 상징
물들이 놀라서 그 모습을 내려다보았다. 선두에 선 썰매에는 슈트
라핀스키가 약혼녀와 함께 앉아 있었는데, 촘촘한 모피로 가장가
리 장식과 안감을 묵직하게 대고 레이스 장식을 한 초록색 비로드
의 폴란드식 외투를 입고 있었다. 네트헨은 온몸을 흰색 모피 옷으
로 감싸고 있었고, 푸른색 베일이 찬바람과 눈의 반사광으로부터
그녀의 얼굴을 보호해주었다. 고급관료는 갑작스러운 일이 생겨
같이 갈 수 없었다. 하지만 그들이 타고 가는 썰매와 말들은 그의

것으로, 앞에는 황금빛으로 칠해진 여인상이 장식되어 있었다. 시내에 있는 고급관료의 집에는 '행운의 여신'이라는 옥호가 붙어 있는 것으로 보아 행운의 여신을 의미하는 것 같았다.

그 뒤로 열다섯에서 열여섯대의 마차가 따르고 있었는데, 마차마다 신사들과 숙녀들이 화려하고 쾌활한 모습을 하고 앉아 있었다. 하지만 그 어떤 한쌍도 신랑신부 한쌍만큼 그렇게 예쁘고 멋있지 않았다. 바다의 배들에 뱃머리 장식이 있는 것처럼 썰매에도 저마다 주인집의 상징이 달려 있었기에 사람들은 이렇게 외쳤다. "저기들 봐, 저기 용기가 오네! 유능은 정말 멋지군! 개혁은 새로 칠을 한 것 같고, 절약은 금칠을 새로 했네! 아, 야곱의 샘과 베데스다 연못이다!" 간소하게 말 한필이 끄는 썰매를 타고 행렬의 맨 끝에서 오는 베데스다 연못에는 멜히오르 뵈니가 조용하고 흥겨운 모습으로 앉아서 말을 몰고 있었다. 마차의 머리장식에는 병 고침을 받고자 삼십년 동안 베데스다 연못가에서 기다리고 있던 작은 유대인 남자의 그림이 걸려 있었다.[9] 그렇게 마차의 행렬은 햇살을 받으며 목적지를 향해 나아갔고, 이윽고 멀리 보이던 산 위로 모습을 드러내며 목적지를 향해 다가가고 있었다. 그때, 같은 시각에 맞은편으로부터 흥겨운 음악 소리가 울려나왔다.

옅은 안개에 둘러싸인 회백색 숲에서 형형색색의 요란한 무리가 쏟아져나오자 썰매행렬의 모습임이 드러났다. 흰색 들판의 지평선과 맞닿은 푸른 하늘 위로 그 모습을 드러냈는데, 그 역시 그

---

9 신약성경 요한복음 5장 2~9절에 나오는 이야기로, 예루살렘의 베데스다라는 연못은 "이따금 주님의 천사가 그 못에 내려와 물을 휘젓곤 하였는데 물이 움직일 때에 맨 먼저 못에 들어가는 사람은 무슨 병이라도 다 나았"기에 그 병든 유대인도 그곳에서 물이 움직이기를 기다리고 있었다.

지방의 중앙을 향해 미끄러져가는 모습이 보기 드문 장관을 이루었다. 대부분 농부들의 큼직한 짐 썰매 같았다. 썰매들은 둘씩 묶여서 기이한 형상과 진열품의 밑받침 용도로 사용되고 있었다. 선두에 선 마차에는 행운의 여신 포르투나를 상징하는 거대한 형상이 우뚝 솟아 있었는데, 마치 하늘로 날아오르려는 것 같았다. 그것은 반짝거리는 금박 칠을 한 거대한 허수아비로, 가제로 만들어 입은 옷이 바람에 나부끼고 있었다. 두번째 마차에는 마찬가지로 거대한 숫염소가 타고 있었는데, 검고 어둠침침한 모습을 하고 뿔을 아래로 숙인 채 행운의 여신 뒤를 쫓고 있었다. 그 뒤로는 15피트 높이의 다리미 모양을 한 기이한 형상이 따르고 있었고, 그다음엔 가위가 끈에 의해 벌어졌다 접혔다 하면서 창궁을 푸른색 비단 조끼 천으로 여기는 듯 힘차게 찰각거리고 있었다. 재단사 일을 풍자하는 이런 식의 일반적인 도구들이 뒤를 잇고 있었는데, 이런 온갖 형상들 아래에 있는, 말 네필이 끄는 널찍한 썰매들에는 화려한 복장을 한 젤트빌라 사람들이 앉아서 큰 소리로 웃으면서 노래 부르고 있었다.

두 도시의 행렬이 동시에 음식점에 들이닥치자 음식점 앞마당에는 사람들과 말들로 북적거리며 엄청난 소동이 벌어졌다. 골다흐 사람들은 뜻밖의 만남에 놀라 어리둥절해했지만 젤트빌라 사람들은 온순하고 친절한 모습으로 응대했다. 선두에 섰던 행운의 여신 썰매에는 "사람이 옷을 만든다"라는 문구가 새겨져 있었다. 그 썰매들은 모든 민족과 모든 시대의 재단사들을 재현한 것임이 드러났다. 그것은 가히 재단사들의 역사적·인류학적 가장행렬이었는데, 행렬의 끝에는 앞의 문구의 앞뒤를 바꾼, 보충하는 문구가 새겨져 있었다. "옷이 사람을 만든다!" 이 문구가 새겨져 있는 마지막 썰매에는 말하자면 위풍당당한 황제들과 왕들, 시의회 의원들과 참모장교들, 고위성직자들과 수녀들이 매우 위엄있는 모습으로 앉아 있었는데, 그것은 앞에 달려가는 썰매에 나누어 탄 이교도와 기독교 재단사들의 작품이었다.

재단사 일행은 그 혼잡에 능숙하게 질서를 부여할 줄 알았고, 신랑신부를 선두로 한 골다흐의 신사숙녀들이 공손히 집 안으로 들어가게 해주었다. 이는 골다흐 사람들이 넓은 계단을 올라가 커다란 연회장으로 몰려가고 나면 자신들은 미리 예약해놓은 아래쪽 공간들을 차지하기 위함이었다. 백작 일행은 이런 태도를 예의 바른 것으로 간주했기에 그들의 놀람은 명랑함으로 바뀌었고, 젤트빌라 사람들의 꺾일 줄 모르는 흥겨움에 공감한다는 표시로 미소를 지어 보였다. 단지 백작 자신만은, 선입견을 갖고 어떤 특정한 의심을 품게 된 것도, 그 사람들이 어디서 왔는지 알게 된 것도 아닌데 내키지 않는 불안한 마음이 들었다. 베데스다 연못을 조심스럽게 한쪽에 세워놓고 주의 깊은 태도로 슈트라핀스키 가까이에 와 있던 멜히오르 뵈니는 슈트라핀스키가 들을 수 있게 큰 목소리로 가장행렬을 한 사람들의 출신지를 사실과는 다르게 말했다.

두 일행은 곧 저마다 자신의 층에서 음식이 차려진 탁자에 앉아 즐거운 대화와 농담을 주고받으면서 또다른 즐거움을 기다리고 있었다.

골다흐 사람들이 쌍쌍이 무도회장으로 건너가고, 악단이 벌써 무도회장에 와서 바이올린을 조율하고 있을 때 그런 또다른 즐거움이 예고를 해왔다. 모두들 원을 그리고 서서 열을 맞추려고 할 때 젤트빌라 사람들의 특사가 오더니 괜찮다면 자기네가 골다흐의 신사숙녀들을 방문하여 즐거움을 선사하고자 춤을 추어 보이겠노라는 친절한 청원과 제안을 해왔다. 이런 제안은 거절할 수가 없는 것이었다. 또한 명랑한 젤트빌라 사람들이 제공하는 제대로 된 재미를 기대하게 되자 골다흐 사람들은 특사의 지시에 따라 커다랗게 반원을 그리며 둘러앉았다. 슈트라핀스키와 네트헨은 반원의 한가운데에서 군주의 별처럼 빛나 보였다.

이제 앞서 말한 저 재단사 무리가 차례대로 들어왔다. 그들은 제각각 멋진 몸짓으로 "사람이 옷을 만든다"라는 문장과 그 반대 문장을 묘사해 보여주었다. 먼저 부지런히 제후의 외투와 성직자의 예복 같은 화려한 옷을 만드는 것 같았는데 금세 어느 보잘것없는 사람에게 그 옷을 입히자 그 사람은 갑자기 매우 고귀한 모습으로 돌변하여 일어나서 음악의 박자에 맞추어 그럴듯하게 걸어다녔다. 이런 식으로 우화도 연출되었다. 굉장히 큰 까마귀가 나타나더니 공작의 깃털로 장식을 하고 꽥꽥거리며 껑충껑충 뛰어다녔고, 양털을 몸에 꼭 들어맞게 재단해서 입은 늑대도 등장했다. 마지막에는 삼베로 만든 무시무시한 사자의 모피를 입은 당나귀가 마치 까르보나리[10] 외투를 입은 것처럼 멋지게 꾸미고 영웅같이 등장했다.

이렇게 등장했던 사람들은 공연이 끝나면 뒤로 물러나서 골다흐 사람들이 만든 반원에 잇대어 섰기에 점점 관중으로 이루어진 커다란 원형의 반지가 만들어졌는데, 그 내부 공간은 마침내 텅 비게 되었다. 이 순간 음악은 슬프고 진지한 곡조로 바뀌었다. 그와 동시에 마지막 인물이 원 안에 등장하자 모든 이들의 시선이 그에게로 쏠렸다. 검정 외투를 입고 아름답고 검은 머리에 폴란드식 모

---

10 자유주의를 표방한 이딸리아 급진공화주의자의 결사인 까르보나리 당원들이 입었다는 소매 없는 망또를 말한다.

자를 쓴 젊고 날씬한 남자로, 저 11월의 어느날 도로를 방랑하다가 저 숙명적인 마차에 올라타던 때의 슈트라핀스키 백작과 영락없이 똑같은 모습이었다.

관객 모두가 긴장하여 숨죽인 채 그 인물을 바라보았다. 그는 음악의 박자에 맞추어 장엄하고 우울한 모습으로 이리저리 몇걸음 걸어다니더니 원의 한가운데로 가서 바닥에 외투를 펼치고는 재단사처럼 그 위에 앉아서 보따리를 풀었다. 그는 거의 다 완성된, 이순간 슈트라핀스키가 입고 있는 것과 동일한 백작의 연미복을 꺼냈다. 능숙한 솜씨로 잽싸게 그 위에 장식용 작은 술과 레이스를 달더니 매우 뜨거워 보이는 다리미를 젖은 손가락으로 검사해가면서 교과서적으로 다리미질을 했다. 그런 다음 천천히 일어나서 낡은 상의를 벗고 그 화려한 옷으로 갈아입더니 작은 거울을 들고 머리를 빗으며 자신의 복장을 완성 지었다. 그러자 마침내 백작과 영락없이 똑같은 모습으로 변했다. 돌연 음악이 빠르고 대담한 곡조로 변하였고, 그 남자는 소지품들을 낡은 외투에 넣어 둘둘 말더니 과거와 영원히 단절하려는 듯 연회장 구석을 향해 관중들 머리 너머로 힘껏 던졌다. 그런 다음 당당한 사교가가 되어 춤추는 듯한 멋진 걸음걸이로 이리저리 맴돌면서 구경꾼들에게 다정하게 절하기도 하더니, 마침내 신랑신부 앞에 도달했다. 그는 갑자기 굉장히 놀라서 폴란드인을 주시했고 말뚝처럼 그의 앞에 말없이 멈춰섰다. 한편 약속이라도 한 듯 동시에 음악이 멎었고 소리 없는 번개처럼 장엄한 고요가 홀을 엄습했다.

"어, 어!" 그는 멀리까지 들릴 정도로 큰 목소리로 외치더니 팔을 들어 그 불행한 사람을 가리켰다. "이 슐레지엔 친구, 얼치기 폴란드 사람 좀 보게! 내가 경제적으로 조금 흔들리니까 망했다고 생각해서 내 가게를 뛰쳐나간 사람이잖아! 그런데 이렇게 즐겁게 지내고 여기서 이렇게 유쾌한 사육제를 베푸는 걸 보니 기쁘군! 골다흐에서 직장을 얻으셨소?"

그러면서 동시에 창백한 미소를 짓고 앉아 있는 젊은 백작에게 손을 내밀자 젊은 백작은 불에 달궈진 쇠막대기를 잡기라도 하듯 마지못해 그 손을 잡았다. 한편 백작과 똑같은 복장을 한 그 사람이 외쳤다. "이보게들, 이리 와서 여기 우리의 얌전한 수습 재단사를 보시게. 라파엘 천사처럼 생겨서 우리 하녀들과 약간 얼빠진 목사님 딸도 반하게 만들었었지!"

그러자 젤트빌라 사람들이 우르르 몰려와서 슈트라핀스키와 그의 옛 주인을 에워싸더니, 진심 어린 마음으로 슈트라핀스키의 손을 잡고 악수하는 바람에 그는 의자에 앉아 벌벌 떨며 비틀거렸다. 동시에 활기찬 행진곡이 다시 울려퍼졌다. 그러자 젤트빌라 사람들은 신랑신부의 곁을 지나 퇴장하기 위해 열을 맞추었고 잘 익힌 악의적인 노래를 합창하면서 연회장을 떠나갔다. 반면 뵈니는 이런 기적 같은 일을 번개처럼 재빠르게 골다흐 사람들에게 설명하고 다녔는데, 골다흐 사람들이 뒤죽박죽이 되어 돌아다니는 바람에 젤트빌라 사람들과 뒤엉켜 일대 혼잡이 벌어졌다.

마침내 혼란이 진정되자 연회장은 텅 비다시피 했다. 몇몇 사람만 남아서 벽가에 서서 어찌할 바를 모르며 수군거리고 있었다. 몇몇 젊은 여인들은 네트헨으로부터 좀 떨어진 곳에 서서 그녀에게 다가가야 할지 말아야 할지 망설이고 있었다.

하지만 그 한쌍은 이집트의 왕과 왕비 대리석상처럼 꼼짝도 하지 않고 조용하고 쓸쓸히 의자에 앉아 있었다. 그들을 보고 있으면 마치 태양이 작열하는 광활한 사막의 모래를 만지는 것 같은 기분이 들었다.

대리석상처럼 하얗게 질린 네트헨은 서서히 신랑 쪽으로 고개를 돌려 묘한 눈으로 그의 옆모습을 바라보았다.

그러자 그는 천천히 일어나더니 두 눈을 내리깔고 무거운 발걸음으로 걸어나갔다. 두 눈에선 닭똥 같은 눈물이 뚝뚝 떨어졌다.

그는 계단을 뒤덮고 있는 골다흐 사람들과 젤트빌라 사람들 사이를 지나쳐갔는데, 마치 대목장場을 유령처럼 빠져나가는 죽은 사람 같았다. 그런데 기이하게도 사람들은 그가 정말 죽은 사람인 양 웃거나 비난의 말을 퍼붓지 않고 조용히 길을 터주면서 지나가게 해주었다. 그는 또 출발할 채비를 갖춘 골다흐의 썰매와 말 사이도 지나쳤다. 그러는 동안 젤트빌라 사람들은 미리 예약해놓은 곳에서 이제야 비로소 제대로 여흥을 즐기고 있었다. 그는 다시는 골다흐로 돌아가지 않겠다는 생각뿐, 반무의식 상태에서 몇달 전에 지나온 바로 그 길을 따라 젤트빌라 쪽으로 걸어갔다. 그는 그 길이 뻗어 있는 숲의 어둠속으로 금세 사라졌다. 모자는 쓰지 않은 채였는데 그의 폴란드식 모자는 장갑과 함께 연회장의 창문턱에 그대로 놓여 있었기 때문이다. 그는 고개를 푹 숙인 채 얼어붙은 양손을 각각 반대쪽 겨드랑이에 끼고 앞으로 나아갔다. 그런데 그러는 동안 생각이 점점 모아지더니 어떤 인식에 도달했다. 그가 느낀 최초의 분명한 감정은, 마치 자기가 지위와 명망이 있는 진정한 남자였는데 어떤 숙명적인 불행의 갑작스러운 침입으로 인해 창피한 신세가 된 것 같은 그런 엄청난 수치심이었다. 다음 순간 이런 감정은 일종의 부당한 대접을 받았다는 생각으로 귀결되었다. 그는 그 저주받은 도시로 당당하게 들어갈 때까지 절대 어떤 죄를 지은 적이 없었다. 아무리 어린 시절을 되돌아보아도 거짓말이나 사기로 인해 벌을 받거나 비난을 받은 일은 생각나지 않았다. 그런데 어리석은 세상이 아무 준비도 되어 있지 않은 그를 습격하여 자신들의 놀이친구로 만들더니, 이제 그로 인해 그는 사기꾼이 된 것이다. 그는 자신이 마치 심술궂은 아이의 꾐에 빠져 제단에서 잔을 훔쳐온 아이 같은 생각이 들었다. 이제 그는 스스로를 증오하고 경멸했는데, 또한 자신과 자신의 불행한 과실을 뉘우치면서 눈물을 흘리기도 했다.

어떤 군주는 나라와 백성을 강탈하고도, 어떤 승려는 자기 교회의 교리에 대한 확신도 없이 설교하면서 성직록聖職祿의 재물을 거리낌 없이 축내고도, 어떤 잘난 체하는 교사는 자기 학문의 가치에 대한 최소한의 이해도 없고 그것에 최소한의 공헌도 하지 못하면서 고귀한 교직의 명예와 장점만 쥐고 즐기면서도, 어떤 부도덕한 예술가는 천박한 행위와 공허한 요술로 유행을 따르면서 진정한 노동의 빵과 명예를 가로채더라도, 위대한 상인의 이름을 상속받거나 사취한 어떤 사기꾼은 어리석음과 비양심으로 인해 수천명의 저금과 비상금을 빼앗고도, 그러고도 그들 모두는 뉘우쳐 울기는커녕 오히려 자신들의 영화로 즐거워하면서 즐거운 모임들과 유쾌한 친구들 없이는 하루 저녁도 견디지 못한다.

하지만 우리의 재단사는 자신을 돌아보며 슬피 울었다. 그러니까 복잡한 생각들이 꼬리에 꼬리를 물고 이어져 문득 두고 온 신부에게로 생각이 미치고, 볼 수 없는 그녀에게 부끄러워 괴로운 마음이 들자 갑자기 울음이 나오기 시작한 것이다. 불행과 굴욕은 그에게 잃어버린 행운을 확연하게 부각시켰고, 애매하게 사랑에 빠졌던 방랑자를 쫓겨난 연인으로 만들었다. 그는 차갑게 반짝이는 별들을 향해 팔을 뻗은 채 걷는다기보다는 비틀거리면서 나아갔다.

갑자기 주위의 눈 위로 붉은 광선이 비추고 그와 동시에 방울 소리와 웃음소리가 들려오자 다시 가만히 멈춰서서 머리를 가로저었다. 횃불을 밝히고 집으로 향하는 젤트빌라 사람들이었다. 어느새 선두의 말들이 그가 있는 쪽으로 다가오고 있었다. 그는 다시 정신을 차리고 길옆으로 힘껏 건너뛰어 숲의 맨 앞 나무둥치 아래에 몸을 숨겼다. 행렬은 도망자를 알아보지 못한 채 미친 듯이 빨리 지나쳐 멀리 어둠속으로 사라졌다. 하지만 그는 한동안 꼼짝도 않고 숨어 있다가 추위와 처음 맛본 독한 술을 이기지 못해 그리고 자신의 비통한 어리석음을 이기지 못해 그만 저도 모르게 사지를 쭉 뻗고 바스락거리는 눈 위에서 잠이 들었다. 그러는 동안 동쪽에서 얼음처럼 차가운 바람이 불어왔다.

그러는 사이에 네트헨도 홀로 앉아 있던 자리에서 일어났다. 그녀는 물러가는 애인을 어느정도는 주의 깊게 바라보았고, 한시간도 넘게 꼼짝도 않고 자리에 앉아 있었는데, 이제는 슬피 울며 일어나더니 허둥지둥 문 쪽으로 달려갔다. 여자친구 두명이 어정쩡한 위로의 말을 건네면서 그녀를 따라갔다. 그녀는 친구들에게 자신의 외투와 목도리, 모자 등을 갖다달라고 부탁하더니 면사포 자락으로 격렬하게 눈물을 닦으면서 말없이 그것들을 착용했다. 그런데 울 때면 거의 언제나 동시에 콧물도 나게 마련이기에 그녀는 손수건을 꺼낼 필요가 있다고 생각했다. 그녀는 힘차게 코를 풀더니 당당하고도 화난 얼굴로 주위를 둘러보았다. 멜히오르 뵈니가 그녀의 시야에 들어왔다. 그는 다정하고 겸손하게 미소 지으면서 다가오더니 이제 아버지 집으로 돌아가려면 안내자와 동행인이 필요하다는 말을 했다. 그러고는 자신의 베데스다 연못은 여기 식당에 남겨두고 대신 친애하는 불행한 여인과 함께 행운의 여신을 타고 그녀를 안전하게 골다흐까지 모셔다드리겠다고 했다.

그녀는 아무 대꾸도 않고 결연한 걸음걸이로 앞마당을 향해 나아갔다. 아직 남아 있는 몇몇 썰매 속에서 그녀의 마차도 먹이를 잔뜩 먹어 조급해하는 말들과 함께 떠날 채비를 하고 대기하고 있었다. 그녀는 재빨리 썰매에 올라앉아 말고삐와 채찍을 손에 쥐어들었고, 신중하지 못한 뵈니가 즐거운 태도로 거들며 말을 잡고 있던 마구간 하인에게 팁을 주러 간 사이에 돌연 말을 몰아서 지방도로를 향해 빠른 속도로 달려나가더니 금세 전속력으로 돌진했다. 그런데 집 쪽이 아니라 젤트빌라 쪽이었다. 경쾌하게 달려나간 그 마차가 시야에서 사라지고 난 뒤에야 비로소 뵈니 씨는 그것을 알아차렸다. 그는 "여보세요!"와 "멈추세요!"를 연달아 외치면서 골다흐 방향으로 달려갔다가 다시 되돌아오더니 자신의 썰매를 타고 달아난 또는 자기 생각엔 말에게 납치된 미인의 뒤를 쫓았다. 그가 흥분으로 들떠 있는 도시의 성문에 다다랐을 때, 그 추문은 이미 사람들의 입에 오르내리고 있었다.

네트헨이 왜 그 길로 접어들었는지, 당황해서 그런 것인지 아니면 의도적으로 그런 것인지는 분명하게 보고할 수 없다. 두 경우다 조금씩 그럴 가능성이 있는 것 같았다. 첫째로, 신랑신부가 앉았던 자리 뒤 창틀에 있던 슈트라핀스키의 모피 모자와 장갑이 지금은 기이하게도 행운의 여신 썰매 네트헨의 옆자리에 놓여 있었기 때문이다. 그녀가 언제 어떻게 그것들을 주워들었는지에 대해서는 아무도 주의를 기울이지 않았을 뿐 아니라 그녀 자신도 몰랐다. 그것은 마치 몽유병 발작 중에 일어난 일 같았다. 그녀는 모자와 장갑이 자기 옆에 있는 것을 아직도 모르고 있었다. 둘째로, 그녀가

몇번이고 큰 소리로 중얼거렸기 때문이다. "그와 두가지 더 말해야
해, 두가지 더!"

이 두가지 사실은 말을 불같이 몬 게 단순히 우연만은 아니라는
것을 증명해주는 것 같았다. 또한 기이한 사실은, 행운의 여신이 밝
은 보름달이 비추는 숲속 길에 들어서자 네트헨이 말의 속도를 늦
추고 고삐를 더 단단히 쥐어서 말들이 거의 걷다시피 하면서 성큼
성큼 나아간 것이다. 반면에 말을 모는 여인은 슬프지만 예리한 눈
망울을 하고 긴장해서 도로를 예의 주시했는데, 왼쪽 오른쪽으로
아무리 사소한 것이라도 소홀히 지나치지 않았다.

그런데 그와 동시에 그녀의 영혼은 마치 깊고 무거운, 불행한 망
각에 사로잡힌 것 같았다. 행복은 무엇이고 인생은 무엇이란 말인
가! 그것들은 무엇에 달려 있을까? 우스꽝스러운 사육제의 거짓말
때문에 행복하게 되기도, 불행하게 되기도 하는 우리 자신은 누구
일까? 만약 우리가 명랑하고 경건한 애착으로 인해 치욕과 절망을
맛보게 된다면 우리에게 무슨 잘못이 있어서일까? 우리를 파멸시
키면서 우리의 운명에 끼어들다가 마치 힘없는 비눗방울처럼 자신
을 꺼뜨리는 그런 어리석은 망상을 도대체 누가 우리에게 보내는
걸까?

생각에 의해서라기보다는 꿈에 의한 듯한 이런 식의 질문들이
네트헨의 영혼을 사로잡았다. 문득 그녀의 두 눈이 어느 기다란 검
은 물체에 쏠렸는데, 그것은 달빛을 받아 반짝거리는 길옆 눈속에
서 더욱 두드러져 보였다. 길게 누운 벤첼이었다. 그의 검은 머리카
락은 나무그늘 속에 있었지만 그의 날씬한 육체는 빛을 받아 선명
하게 그 모습을 드러내고 있었다.

네트헨은 저도 모르게 말을 멈추었다. 그러자 숲에는 깊은 정적

이 찾아들었다. 그녀는 꼼짝 않고 그 검은 육체를 응시하더니 오인의 여지 없이 분명하게 그 모습을 확인하자 살며시 고삐를 잡아채고는 말에서 내려 잠시 말을 진정시키듯 어루만져주고 나서 조심스럽게, 소리 내지 않고 그 물체를 향해 다가갔다.

그래, 바로 그였다. 그의 연미복의 짙은 초록색 비로드는 밤의 눈속에서도 아름답고 고상해 보였다. 끈으로 잘 동여매고 잘 차려 입은 날씬한 육체와 유연한 사지 등 이 모든 것은 뻣뻣하게 경직된 상태에서도, 죽음의 문턱에 쓰러져 실신한 상태에서도 "옷이 사람을 만든다!"라는 것을 말해주고 있었다.

그 외로운 미인은 그에게로 더 바짝 몸을 수그려서 그를 분명하게 알아보고는 그의 생명이 처해 있는 위험도 금방 알아채고 혹시 이미 얼어죽은 건 아닌지 걱정했다. 그래서 차갑고 무감각해 보이는 그의 두 손 중 한 손을 서슴없이 붙잡았다. 다른 것은 모두 잊은 채 세상에서 가장 가련한 그자를 흔들어대면서 귀에 대고 세례명을 불러댔다. "벤첼! 벤첼!" 하지만 아무 소용 없었다. 그는 꼼짝도 안했고 가엾은 숨소리만 가냘프게 들려왔다. 그러자 그녀는 그의 위에 엎드려서 그의 얼굴을 만졌고, 불안한 나머지 창백해진 코끝을 손가락으로 톡톡 튕겼다. 그러다 좋은 생각이 떠오른 듯 눈을 양손 가득 가져오더니 코와 얼굴에 대고, 또 손가락에 대고 할 수 있는 한 세차게 문질러댔다. 그러자 마침내 그 행복한 불운아는 정신이 들어 눈을 뜨더니 천천히 몸을 일으켜세웠다.

그는 주위를 둘러보았고 자신을 구한 여인이 앞에 서 있는 것을 보았다. 그녀는 면사포를 뒤로 젖힌 상태였다. 벤첼은 눈을 크게 뜨고 자기를 바라보는 새하얀 얼굴의 표정 하나하나를 살폈다.

그는 그녀 앞에 엎드려 외투 가장자리에 입을 맞추더니 외쳤다.

"용서해주오! 용서해주오!"

"이리 와요, 낯선 사람!" 그녀는 억눌린, 떨리는 목소리로 말했다. "당신하고 이야기하고 싶어요. 당신을 데려가야겠어요!"

그녀는 그에게 썰매에 올라타라고 손짓했고 그는 순순히 따랐다. 그녀는 그에게 모자와 장갑을 주었는데, 그것들을 가져올 때처럼 그렇게 부지불식중에 건네주었다. 그리고 말고삐와 채찍을 잡아채더니 앞을 향해 달려나갔다.

숲의 저편, 길에서 멀지 않은 곳에 농가가 한채 있는데, 얼마 전에 남편을 여읜 농부의 아낙이 살고 있었다. 네트헨은 그녀의 자식 중 한 아이의 대모였고 고급관료인 아버지 또한 그녀의 지주였다. 게다가 그녀는 최근에 네트헨에게 행운을 빌어주고 이런저런 조언을 구하고자 네트헨의 집에 와 있었던 적이 있다. 하지만 이 순간에는 사태의 변화에 대해 아무것도 알지 못했다.

네트헨은 길에서 벗어나 그 농가를 향해 힘차게 채찍질을 하며 달려가서는 집 앞에 멈춰섰다. 작은 창문들 안에는 아직 불이 켜져 있었는데, 아이들과 하인들은 오래전에 잠이 들었지만 농부의 아내는 아직 깨어서 할 일을 하고 있었다. 그녀는 창문을 열고 어리둥절해하면서 밖을 내다보았다. "나예요, 우리예요!" 네트헨이 소리쳤다. "처음 가보는 새로 난 산길이라 길을 잃어버렸어요. 아주머니, 우리 커피 좀 주세요. 금방 떠날 테니까 잠시만 들어가게 해주세요!"

그녀는 금방 네트헨을 알아보더니 반가운 마음에 한걸음에 달려나왔다. 몹시 기뻐하면서도 다른 한편, 그 높은 사람, 낯선 백작을 보자 수줍어하기도 했다. 그녀가 보기에는 이 세상의 행복과 영화가 이 두사람과 함께 자기 집 문지방을 넘어오기라도 한 것 같았다. 아니, 그 일부라도, 자신이나 아이들에게 작은 이익이라도 생길 거라는 불분명한 희망이 그 선량한 여인의 생기를 북돋아주어 매우 민첩하게 젊은 귀인들의 시중을 들었다. 그녀는 재빨리 어린 하인을 깨워서 말을 지키게 하고는 곧 뜨거운 커피를 준비해서 벤첼과 네트헨이 있는 어두컴컴한 방으로 가져갔다. 두사람은 희미하게 가물거리는 등불을 사이에 두고 탁자에 마주 보고 앉아 있었다.

벤첼은 두 손으로 머리를 괴고 앉아서 감히 고개를 들지 못했다. 네트헨은 의자 등받이에 등을 기대고 앉아서 두 눈을 꼭 감고 있었는데, 마찬가지로 꽉 다문, 화난 듯한 예쁜 입을 보니 결코 잠든 것이 아님을 알 수 있었다.

농부의 아내가 탁자 위에 커피를 내려놓자 네트헨은 재빨리 일어나서 그녀에게 속삭이듯 말했다. "이제 한 십오분 정도 우리끼리만 있을 테니 가서 주무세요, 아주머니! 서로 좀 다투었는데 마침 기회가 좋으니 오늘 중으로 화해하려고요."

"무슨 말인지 알겠어요. 그렇게 하세요!" 여인은 이렇게 말하고 금방 물러갔다.

"이걸 마셔요." 다시 자리에 앉은 네트헨이 말했다. "몸에 좋을 거예요!" 그녀 자신은 손도 대지 않았다. 약간 떨고 있던 벤첼 슈트라핀스키는 고개를 들고 잔을 다 비웠는데, 기운을 차리기 위해서라기보다는 그녀가 시켰기 때문이었다. 이제 그도 그녀를 바라보았다. 서로 눈이 마주치자 네트헨은 탐색하듯 그의 눈을 관찰하였고 몸을 떨면서 말했다. "당신은 누구시죠? 절 어떻게 할 셈이었어요?"

"저는 겉으로 보는 것과는 조금 다른 사람입니다." 그는 슬픈 어조로 말했다. "저는 불쌍한 바보입니다. 하지만 모든 걸 정리하고 아가씨께 배상해드리겠습니다. 그리고 더는 오래 생명을 부지하지 않겠습니다!" 그는 확신에 찬 목소리로 이런 말들을 내뱉었는데, 아무런 가식도 없었기에 네트헨의 두 눈은 자기도 모르게 반짝거렸다. 그럼에도 그녀는 대꾸했다. "당신이 도대체 누구인지, 어디 출신이고 어디로 가려는지 알고 싶어요."

"모든 건 이제 당신께 사실대로 말하고자 하는 바 그대로입니다." 그는 이렇게 대답하고는 자기가 누구이며 골다흐로 들어올 때 어떤 일이 일어났는지 이야기했다. 여러번 도망치려고 했던 것과, 하지만 결국에는 그녀가 나타나는 바람에 마치 마법에 걸린 꿈에서처럼 도망칠 수 없었던 점을 특히 힘주어서 말했다.

네트헨은 여러차례 웃음이 터져나오려는 걸 꾹 참았는데, 사태의 진지함이 분위기를 압도했기에 웃을 수가 없었다. 오히려 그녀는 계속해서 질문을 했다. "절 데리고 어디로 가려고 했어요? 뭘 하려고 했어요?"—"잘 모르겠습니다." 그가 대답했다. "전 계속해서 기이하거나 행복한 일들을 꿈꾸었어요. 또 때로는 제가 꿈꿔온 방식의 죽음을 생각하기도 했고요. 그런데 죽기 전에……"

벤첼은 여기서 말을 멈추었는데, 그의 창백한 얼굴이 아주 새빨개졌다.

"어서 계속하세요!" 네트헨은 이렇게 말하면서 얼굴은 창백해지고 가슴은 이상하게 두근거렸다.

그때 벤첼의 두 눈이 휘둥그레지면서 환하게 타올랐다. 그가 외쳤다. "그래요, 앞으로 어떻게 하려 했는지 이제 분명하고 확실하게 생각났어요! 당신과 함께 넓은 세상에 나가서 함께 행복한 나날을 보낸 다음 당신에게 사기 친 것을 고백하고는 바로 삶을 마감하려 했어요. 당신은 당신 아버지에게로 돌아갈 테고, 아버지 집에서 편히 지내면서 날 금방 잊어버렸을 거예요. 그리고 아무도 그런 사실을 알아채지 못했을 거예요. 내가 흔적도 없이 사라졌을 테니까요……"그는 슬픈 어조로 말을 이었다. "품위있는 삶과 선량한 마음씨들, 사랑에 대한 동경으로 인해 일평생 마음 졸이는 대신에 한순간이라도 여봐란듯이 행복하게 살려고 했어요. 행복하지도 불행하지도 않으면서 한사코 죽으려고도 하지 않는 그런 사람들보다는 멋지게 살려고 했어요! 오, 날 차가운 눈속에 그냥 두었더라면, 그렇게 고요히 눈감았을 텐데요!"

그는 다시 잠자코 생각에 잠겨서 침울하게 앞만 바라보았다.

한참이 지난 후에, 벤첼의 말에 화끈 달아올라 두근거리던 가슴이 웬만큼 진정되자 말없이 그를 관찰하던 네트헨이 말했다. "전에도 이런 일이나 이와 비슷한 일을 한 적이 있어요? 당신에게 아무런 피해도 주지 않았는데 낯선 사람을 속인 적이 있어요?"

"나도 이 비통한 밤에 나 자신에게 그런 질문을 던져보았어요. 그런데 누구에게 거짓말을 한 기억은 없어요! 그런 모험은 이제껏 한번도 한 적도 경험한 적도 없어요! 그래요, 어렸을 때, 무언가 그럴듯한 사람이 되거나 그런 사람처럼 보이고 싶은 성향이 내 안에 싹텄을 무렵 스스로 그것을 극복해냈고, 내게 허락된 것 같은 어떤 행복을 체념한 적은 있어요!"

"그게 뭐지요?" 네트헨이 물었다.

"우리 어머니는 결혼 전에 이웃의 지주부인을 모셨는데 그 부인과 함께 여행하면서 대도시들에 가보셨어요. 그래서 우리 마을의 다른 여인들보다 세련된 안목을 갖고 있었고 조금은 허영심도 있었던 거 같아요. 어머니 자신은 물론이고 외아들인 내게도 우리의 관습보다 더 고급스럽고 눈에 띄는 옷을 입히셨거든요. 그런데 가난한 교사였던 아버지가 일찍 돌아가시자 우리는 커다란 곤궁에 빠지게 됐고 어머니가 즐겨 꿈꾸던 행복한 체험들에 대한 전망도 모두 물거품이 되고 말았어요. 오히려 어머니는 우리를 먹여살리기 위해 고된 일들을 해야 했고 어머니에게 있던 가장 좋아하는 것들, 그러니까 남보다 나은 맵시와 옷들을 희생해야만 했어요. 그런데 내가 열여섯살쯤 되자, 과부가 된 그 지주부인이 뜻밖에도 가족과 함께 수도로 영영 이사를 가게 됐는데, 내가 마을에서 날품팔이나 농부의 하인이 되는 건 나를 위해서도 가슴 아픈 일이니 어머니에게 날 달라고 하셨어요. 내가 원하는 것으로 뭔가 좀더 나은 것을 배우게 해줄 테니 그분의 집에 살면서 이런저런 가벼운 일들을 처리해주면 된다고 하셨어요. 그건 우리에게 일어날 수 있는 가장 좋은 일처럼 보였어요. 모든 게 그에 따라 협약되고 준비되었지요. 그런데 생각이 많아지고 슬픔에 잠긴 어머니가 어느날 갑자기 눈물을 펑펑 쏟으면서 제게 간청했어요. 어머니 곁을 떠나지 말고 가난해도 같이 살자고요. 자신은 오래 살지 않을 텐데, 만약 자신이 죽더라도 나는 틀림없이 훌륭한 사람이 될 거라고 하셨어요. 상심에 잠긴 내가 이 사실을 말하자 지주부인은 우리 집에 와서 어머니에게 항의했어요. 하지만 몹시 흥분한 어머니는 고래고래 소리를 질렀어요. 자기 아이를 뺏기지 않겠다고요. 이 아이를 아는 사람은……"

벤첼 슈트라핀스키는 여기서 또 말을 멈추었고 어떻게 말을 이어가야 할지 몰랐다. 네트헨이 물었다. "이 아이를 아는 사람은이라니, 어머니가 뭐라고 하셨어요? 왜 말을 계속하지 않지요?"

벤첼은 얼굴이 빨개져서 대답했다. "어머니는 뭔가 기이한 말씀을 하셨는데, 잘 이해할 수가 없었어요. 그리고 그 이후로도 확인할 수가 없었어요. 어머니의 말씀은, 이 아이를 아는 사람은 이 아이와 헤어질 수 없다는 것, 아마도 내가 선량한 아이라거나 그런 비슷한 아이라는 걸 말하려고 하셨던 것 같아요. 아무튼, 어머니가 너무나 흥분하셨기 때문에 그 부인이 아무리 설득하려 들어도 듣지 않아 나는 결국 체념하고 어머니 곁에 남게 됐어요. 그래서 어머니는 나를 두배나 더 사랑해주셨고 당신이 내 행복을 가로막았다며 수천번이나 내게 용서를 구했어요. 그런데 이제 내가 뭐든지 돈벌이할 만한 것을 배울 때가 되자 우리 마을 재단사의 도제가 되는 것밖에 별도리가 없다는 사실이 드러났어요. 나는 그걸 원치 않았지만 어머니가 하도 우시는 바람에 어머니 뜻에 따랐어요. 이게 내 이야기예요."

그런데 왜, 언제 어머니 곁을 떠나게 되었느냐는 네트헨의 질문에 벤첼은 이렇게 대답했다. "군대에서 불렀어요. 나는 기병대에 배치되었고 아주 멋진 붉은 제복을 입은 경기병이 되었지요. 아마도 전연대에서 가장 어리석었는지는 몰라도 어쨌든 제일 과묵했어요. 마침내 일년 후 몇주간의 휴가를 얻어서 어머니를 뵈려고 서둘러 집에 갔는데, 어머니가 막 돌아가신 뒤였어요. 그래서 군복무를 마친 후에는 홀로 세상을 떠돌아다녔고, 결국에는 여기서 이런 불행에 빠져들게 됐어요."

그가 한탄 조로 이런 말들을 하는 동안 그를 주의 깊게 관찰하던 네트헨은 미소를 지었다. 이제 한동안 방 안은 고요했고, 그녀는 문득 어떤 생각이 떠오른 것 같았다.

그녀는 별안간, 하지만 그럼에도 망설이면서 냉소적인 태도로 말했다. "그러니까 당신은 늘 그렇게 존중받고 사랑받았으니까 분명 그에 걸맞게 언제나 애인이나 그런 비슷한 사람이 있었겠지요? 아마도 양심에 걸리는 여인이 여럿 있겠지요? 나 말고도요?"

"천만에요." 벤첼은 얼굴이 몹시 빨개지면서 대꾸했다. "당신에게 오기 전까진 결코 어떤 아가씨의 손끝도 만져보지 않았어요. 다만……"

"다만 어쨌는데요?" 네트헨이 말했다.

그는 이어서 말했다. "그러니까 나를 데리고 가서 교육시키려 했던 그 부인에게 아이가 하나 있었는데, 일곱살인가 여덟살 먹은 여자아이였어요. 이상하게 성미가 급했지만 설탕처럼 달콤하고 천사처럼 예쁜 아이였어요. 나는 종종 그 아이의 시중을 들어주거나 보호해줘야 했고, 그 아이도 나와 친숙해졌어요. 정기적으로 먼 곳에 있는 목사님 댁에 아이를 데려다주고 아이가 늙은 목사님한테 수업을 받는 동안 기다렸다가 다시 집으로 데리고 와야 했어요. 또한 같이 갈 사람이 없을 때에는 내가 종종 야외로 데리고 나가야 했어요. 그런데 석양이 비치는 들판을 지나 마지막으로 집에 데려다주던 날 아이는 곧 있을 이사에 대해 말하기 시작하더니 어찌 됐든 내가 같이 가야 한다며 그럴 거냐고 물었어요. 나는 그럴 수 없다고 말했죠. 그런데 아이는 아이들이 보통 그렇듯 내 팔에 매달려 길을 가로막으면서 계속해서 간곡하고 간절하게 부탁했어요. 그래서 나는 무심결에 좀 거칠게 아이를 뿌리쳤어요. 그러자 아이는 고개를 푹 숙이더니 창피해하고 슬퍼하면서 터져나오려는 울음을 애써 참으려고 했어요. 하지만 흐느낌만은 억제할 수가 없었죠. 나는 당황해서 아이를 달래려고 했어요. 하지만 아이는 화를 내며 휙 돌아서더니 나를 두고 매정하게 가버렸어요. 그뒤로 그 예쁜 아이는 계속해서 내 마음에 남아 있었고, 다시는 아이에 관해 아무 소식도 못 들었지만 내 마음은 항상 그 아이를 잊지 못하고 있어요……"

잔잔한 흥분상태에 빠져든 그는 갑자기 말을 멈추었고 얼굴이 창백해지면서 자신의 동행인을 똑바로 바라보았다.

"그런데요?" 네트헨도 기이한 어조로, 마찬가지로 얼굴이 좀 창백해지면서 말했다. "왜 나를 그렇게 쳐다보세요?"

그런데 벤첼은 마치 유령을 보기라도 하듯 팔을 뻗어 손가락으로 그녀를 가리키면서 소리쳤다. "전에도 본 적이 있어요. 그 아이는 화가 나면 지금 당신처럼 이마와 관자놀이 주변의 예쁜 머리카락들이 약간 위로 젖혀져서 저절로 움직였어요. 마지막 날 석양이 비치는 들판에서도 그랬어요."

정말로 네트헨의 관자놀이 근처와 이마 위의 고수머리가 얼굴을 스쳐가는 바람결로 인해 그런 것처럼 살살 움직였다.

어느 시대건 조금은 애교를 부리는 자연이라는 어머니가 이 까다로운 사건에 종지부를 찍기 위해 여기서도 자신의 비밀 한가지를 이용한 것이다.

네트헨은 가슴이 부풀어오르기 시작하자 잠시 침묵을 지키더니 일어나 탁자를 돌아 그에게로 가서는 그의 목에 매달려 이렇게 말했다. "당신을 떠나지 않겠어요! 당신은 내 남자예요. 이 세상 어디든 당신과 함께 가겠어요!"

그래서 그녀는 달콤한 정열에 사로잡혀 운명을 받아들이고 신의를 지킴으로써 이제야 비로소 확고한 결심에서 우러나 진짜 약혼식을 거행했다.

하지만 그녀는 자기 스스로 이런 운명을 조금 조정할 생각을 하지 못할 만큼 그렇게 어리석지는 않았다. 오히려 신속과감하게 새로운 결단을 내렸다. 재차 찾아온 행복에 젖어 정신을 잃은 채 꿈꾸고 있는 착한 벤첼에게 이렇게 말했기 때문이다. "우리 이제 바로 젤트빌라에 가서 우리를 파멸시켰다고 믿고 있는 그곳 사람들에게 그들이 우리를 이제야 비로소 제대로 결합시켜줬고 행복하게 만들어줬다는 걸 보여줘요!"

정직한 벤첼은 그 말을 마음에 들어하지 않았다. 오히려 아무도 모르는 먼 곳에 가서, 그가 말했듯 남몰래 조용한 행복을 누리며 낭만적인 삶을 살기를 원했다.

하지만 네트헨이 소리쳤다. "더이상 소설 같은 이야기는 하지 마세요! 나는 가난한 방랑자인 지금의 당신을 신뢰하고 내 고향에서 교만한 자들과 조롱하는 자들도 아랑곳 않고 당신의 여자가 되겠어요! 우린 젤트빌라에 갈 거고 거기서 영리함을 발휘해 활동해서 우리를 조롱했던 사람들이 우리에게 매달리도록 만들 거예요!"

그래서 모든 것이 그녀 말 그대로 실행에 옮겨졌다! 농부의 아내를 불러 자신의 새 위치를 받아들이기 시작한 벤첼이 그녀에게 선물을 준 뒤에 그들은 길을 나섰다. 이제는 벤첼이 말고삐를 쥐고 네트헨은 그가 교회의 기둥이라도 되듯 흡족한 마음으로 그에게 기댔다. 인간의 의지는 자신의 하늘인 법, 네트헨은 바로 사흘 전에 성년이 되었고 자신의 의지를 따를 수 있었던 것이다.

그들은 젤트빌라의 무지개 여관 앞에 멈춰섰다. 그곳에는 썰매 행렬에 참가했던 사람들 일부가 남아서 아직 잔을 마주하고 있었다. 그들 한쌍이 홀에 들어서자 마치 불길처럼 말이 번져나갔다. "하하, 저기 납치사건이 벌어졌군! 우리가 멋진 이야기를 꾸며놨네!"

하지만 벤첼은 주위를 둘러보지도 않고 신부와 함께 그곳을 지나쳐갔고, 그녀가 자기 방으로 들어가자 또다른 고급 여관인 야성남野性男 여관으로 갔다. 그는 그곳에도 마찬가지로 남아 있는 젤트빌라 사람들 사이를 당당하게 지나쳐서 자기가 원하는 방으로 들어갔다. 놀란 그들이 서로 상의하게 내버려두었는데, 그러느라 그들은 진창 술을 마시는 바람에 극심한 두통에 시달렸다.

골다흐 시에서도 같은 시간에 "납치!"라는 말이 돌았다. 흥분한 뵈니와 당혹한 네트헨의 아버지가 탄 베데스다 연못이 아침 일찍 젤트빌라로 향했다. 그들은 너무 서두는 바람에 하마터면 젤트빌라를 지나칠 뻔했는데, 행운의 여신 썰매가 아무 탈 없이 여관 앞에 서 있는 것을 제때에 보았고, 최소한 그 좋은 말들이라도 멀지 않은 곳에 있을 거라고 추측하며 마음을 놓았다. 그들은 자기들의 추측이 확증되고 네트헨의 도착과 체류 소식에 대해 듣자 말을 풀고는 마찬가지로 무지개 여관으로 들어갔다.

그런데 네트헨이 아버지에게 자기 방에 와서 단둘이 대화하자고 청하기까지는 시간이 조금 걸렸다. 그리고 그녀는 이미 시에서 제일 유능한 변호사를 부른 상태였고, 변호사가 오전 중에 올 거라는 말도 들렸다. 고급관료는 조금은 무거운 마음으로 딸에게 갔는데, 어떻게 하는 게 그 무모한 아이를 잘못된 생각으로부터 되돌릴 수 있는 제일 좋은 방법인지 골똘히 생각했다. 그는 딸이 절망적인 태도를 보일 거라고 짐작하고 있었다.

그런데 네트헨은 차분하고 부드러우면서도 단호하게 그에게 다가왔다. 그녀는 아버지가 지금까지 베풀어준 사랑과 은혜에 진심으로 감사드리고 나더니 이렇게 분명한 문구로 선언했다. 첫째, 이런 사건이 벌어졌으니 더이상 골다흐에서 살지 않을 것이며, 적어도 앞으로 몇년은 그렇게 하겠다는 점, 둘째, 자기가 결혼할 때를 대비해서 오랫동안 아버지가 간직해온 어머니 쪽의 상당한 유산을 자기 앞으로 해놓기를 바란다는 점, 셋째, 벤첼 슈트라핀스키와 결혼할 건데, 무엇보다도 이 사실에는 추호도 변함이 없다는 점, 넷째, 그와 함께 젤트빌라에서 살 계획이며 그가 거기서 좋은 사업을 일으킬 수 있게 돕겠다는 점, 다섯째이자 마지막으로 모든 게 다 잘될 거라는 점이었다. 그녀는 그가 좋은 사람이라는 것과 자기를 행복하게 해줄 사람이라는 걸 확신하기 때문이라고 했다.

고급관료는 딸의 진정한 행복의 근간이 될 그 재산을 되도록 빨리 딸의 손에 넘겨주게 되기를 전부터 얼마나 원해왔는지 잘 알 거라고 상기시키면서 말을 시작했다. 그는 그 끔찍한 파국을 접한 순간부터 자신의 속을 태우고 있는 온갖 염려를 드러내더니 딸이 고집하는 그 애정관계의 불가능성에 대해 설명했다. 그리고 끝으로 이 까다로운 갈등을 원만하게 풀 수 있는 묘책을 제시했다. 그것은 멜히오르 뵈니 씨로, 그는 당장이라도 몸소 대리인이 되어 이 모든 일을 진정시키고 흠 없는 자신의 이름으로 세상 사람들로부터 딸의 명예를 보호하고 세워줄 준비가 되어 있다고 말했다.

그런데 명예라는 말이 딸을 몹시 흥분하게 만들었다. 그녀는 바로 그 명예가 좋아하지도 않는 뵈니 씨와 결혼하지 말고 대신 그녀가 승낙한 바 있고 또 좋아하는 그 가난한 이방인에게 신의를 지키라고 자기에게 명령한다고 큰 소리로 말했다!

이제 아무 소득도 없는 설왕설래가 이어졌고, 굳건한 미녀는 마침내 눈물을 쏟았다.

벤첼과 뵈니가 거의 동시에 들이닥쳐 계단에서 마주쳤고, 고급관료와도 잘 아는 사이인 변호사도 나타나자 대혼란이 일어날 것만 같았는데, 변호사가 우선 평화적으로 신중을 기하자고 독려했다. 그는 그 일에 대해 잠시 몇 마디 듣고 나더니 지시 내리기를, 무엇보다도 벤첼은 야성남 여관으로 돌아가 잠자코 있고, 뵈니 씨도 이 일에 끼어들지 말고 떠나고, 네트헨 자신은 일이 다 끝날 때까지 시민의 예의범절을 다 지키고, 아버지는 딸의 자유가 법적으로 의심의 여지가 없으니 일체의 강제수단을 단념하라고 했다.

그래서 휴전상태가 이루어졌고 당분간 서로 떨어져 있게 되었다.

이 일로 인해 어쩌면 젤트빌라에 큰 재물이 들어올지도 모른다고 변호사가 몇 마디 흘리자 시내에서는 일대 소동이 벌어졌다. 젤트빌라 사람들의 여론은 갑자기 재단사와 약혼녀 쪽으로 돌아섰고, 사람들은 연인들의 재산과 생명을 보호해주고 자기네 도시에서 인간의 권리와 자유가 보호받게 하자고 결의했다. 그래서 골다흐 출신의 그 미녀가 강제로 소환될 거라는 소문이 돌자 사람들은 서로 규합하여 무지개 여관과 야성남 여관 앞에 무장한 경비병과 의장병을 세워놓았고, 엄청난 흥미를 갖고 어제의 그 기이한 모험의 연속으로 또다시 대단한 모험을 감행했다.

깜짝 놀라고 화가 난 고급관료는 도움을 청하고자 뵈니를 골다흐로 보냈다. 뵈니는 말을 타고 달려왔고, 다음날에는 남자들 여럿이서 상당한 경찰력을 대동하고 고급관료를 지원하기 위해 건너왔다. 그래서 젤트빌라는 마치 새로운 트로이가 되려는 것 같았다.[11] 양편은 서로 위협적인 기세로 대치했다. 시의 고수는 벌써 북 나사를 조였고 이따금씩 오른쪽 북채로 북을 쳤다. 그러자 고관들과 사제들, 유지들이 광장으로 몰려들었다. 네트헨은 확고했고 벤첼은

---

11 그리스 로마 신화에서 트로이의 왕자 파리스가 그리스의 미녀 헬레나를 데려가자 그리스군은 헬레나를 되찾기 위해 트로이로 쳐들어왔다.

젤트빌라 사람들로 인해 고무되어 결코 위축되지 않았기 때문에 다방면에 걸쳐서 중재가 이루어진 끝에 마침내 판명이 나기를, 모든 필요한 서류를 수합한 후에 공식적으로 그들의 결혼을 공시하고, 그 절차가 진행되는 동안 결혼에 반대하는 법적 이의가 제기될 것인지, 어떤 법적 이의가 제기될 것인지 그리고 그것이 어떤 결실을 거두게 될 것인지 기다려봐야 한다는 조정 결과가 나왔다.

네트헨이 성년이 되었을지라도 거짓 백작인 벤첼 슈트라핀스키의 신분이 불확실한 탓에 그런 이의가 제기될 수 있었던 것이다.

그런데 그와 네트헨의 사건을 맡은 변호사는 그 낯선 젊은이에 대해 그의 고향에서든 지금까지의 방랑길에서든 그 어디서도 나쁜 평판은 들리지 않고 여기저기서 그에게 유리하고 호의적인 증거들만 들어왔다고 조사 결과를 밝혔다.

골다흐에서 벌어진 사건들과 관련해서도 변호사는 입증해주기를, 사실 벤첼 자신은 한번도 자기가 백작이라고 사칭한 적이 없었고 다른 사람의 신분이 억지로 그에게 씌워진 것으로, 현재의 모든 증거로 제시한 서류들에 그가 어떤 것도 추가하지 않고 자신의 진짜 이름인 벤첼 슈트라핀스키로만 서명했기에, 만약 그가 그 마차를 타고 오지 않았고 그 마부가 악의적인 장난만 치지 않았더라면 그에게 허락되지 않았을 어리석은 환대를 즐긴 것 말고는 어떤 다른 범행도 존재하지 않는다는 것이었다.

그래서 그 전쟁은 결혼식으로 끝이 났다. 젤트빌라 사람들이 소위 박격포라고 부르는 축포를 마구 쏘아댄 탓에 골다흐 사람들의 기분을 상하게 했다. 서풍이 부는 바람에 골다흐 사람들에게 포성소리가 아주 잘 들렸기 때문이다. 고급관료는 네트헨에게 그녀의 재산을 다 내주었고, 그녀는 이제 벤첼이 젤트빌라에서 큰 양복점 겸 포목점 사장님이 될 거라고 말했다. 그곳에서는 포목장수가 아직 포목점 사장님으로, 철물장수가 철물점 사장님으로 불렸기 때문이다.

매사가 그대로 이루어졌다. 하지만 젤트빌라 사람들이 예상했던 것과는 전혀 다른 방식으로 전개되었다. 벤첼은 절약하면서 그리고 소박하게 열심히 사업을 꾸려나가더니 사업을 대규모로 확장했다. 젤트빌라 사람들에게 보라색 비로드 조끼나 하얀색과 하늘색 체크무늬의 비로드 조끼와 금단추를 단 연미복, 소맷부리와 칼라가 빨간 비로드로 장식된 외투를 만들어주었다. 모든 것은 외상이었지만 외상이 오래가는 일은 결코 없었다. 고객들에게 더 예쁜 새 옷을 주문하게 하거나 맞춰입게 하고, 그것을 찾아가기 위해서는 어김없이 예전의 외상값을 갚게 했기 때문이다. 그래서 젤트빌라 사람들은 그가 자기들의 손톱 밑에서 피를 짜낸다고 자기들끼리 불평을 해댔다.

동시에 그는 몸이 뚱뚱해지고 당당해졌으며, 예전의 꿈꾸는 듯한 모습은 더이상 찾아볼 수 없게 되었다. 해를 거듭할수록 사업 경험도 늘고 수완도 좋아져서 얼마 지나지 않아 화해했던 고급관료 장인과 결탁하여 유리한 투자를 거듭한 결과 재산을 배로 늘렸다. 십년인가 십이년인가 후에는 네트헨, 즉 슈트라핀스키 부인이 그사이에 낳아준, 살아온 햇수와 같은 숫자만큼의 아이들과 아내를 데리고 골다흐로 이주하여 그곳에서 명망있는 남자가 되었다.

그런데 배은망덕에서인지 아니면 복수심에서인지는 몰라도 젤트빌라에는 동전 한푼 남기지 않았다.

자기 행운의 개척자

이제 곧 마흔이 되는 점잖은 남자 존 캐비스는 누구나 자기 행운의 개척자가 되어야 하고 또 될 수 있다는 격언을 입에 달고 다녔다. 더 정확히는 매우 조바심을 낸다거나 야단 떠는 일 없이 말이다.

"진정한 남자는 조용히, 그저 대가답게 몇번의 망치질만으로 자신의 행운을 개척한다!"[1]는 그가 노상 하는 말이었는데, 그저 필요한 것만 성취할 뿐만 아니라 모든 소망하는 것과 필요하지 않은 것마저도 성취하는 것을 의미했다.

그래서 그는 일찍이 감수성이 풍부하던 청소년 시절에 자신이

---

[1] 이 이야기의 제목 *Der Schmied seines Glückes*는 "Jeder ist der Schmied seines Glückes"라는 독일 속담에서 따왔다. 이 속담을 직역하면 "사람은 누구나 자기 행운의 대장장이다"로 사람은 누구나 자기 행운을 개척해야 한다는 뜻이다. 때문에 이 이야기에서는 대장장이라는 직업의 연장 선상에서 '망치질'이라는 단어가 종종 사용된다.

생각해낸 묘책 중 첫번째 것을 실행에 옮겼다. 애초부터 비범한 것과 복된 것에 대비하기 위해 세례명인 요하네스를 영국식 이름 존으로 개칭한 것이다. 그럼으로써 세상의 모든 명칭이와는 뚜렷한 대조를 이루고 또 앵글로색슨식의 진취적인 명성을 얻기 위함이었다.

그는 그런 생각을 몇년 동안 조용히 고수했다. 공부를 열심히 한다거나 일을 많이 하지는 않았지만 도를 넘지는 않으면서 영리하게 기다렸다.

그런데 행운이 던져놓은 미끼를 물 생각을 하지 않자 그는 두번째 묘책을 세웠고, 성姓인 캐비스(Kabis)의 i를 y로 바꾸었다. 이로써 양배추의 다른 말이면서 흰 양배추를 뜻하는 이 말은 좀더 고상하고 이국적인 정취를 띠게 되었다. 이제 존 캐비스는 보다 나은 자격을 갖추고 행운을 기다리게 되었다고 자부했다.

그런데 또 몇년이 지나도록 행운은 모습을 드러낼 생각을 하지 않았다. 그의 나이 서른하나가 다 될 무렵엔 절제하며 잘 꾸려나갔는데도 많지 않던 유산이 다 소진되고 말았다. 이제 그는 진지하게 행동하기 시작했고 결코 장난이 되어서는 안될 어떤 시도를 계획했다. 그는 많은 젤트빌라 사람에게 여자 이름을 덧붙여 넣어서 만든 화려한 회사가 있는 걸 보고 종종 부러워했다. 이런 관습은 언제부턴가 갑자기 생겨났는데, 어떻게, 어디서 생겨났는지는 알 수 없었다. 어찌 됐든 그 관습은 신사들이 보기에 빨간 플러시² 조끼와 잘 어울리는 것 같았다. 갑자기 도시 여기저기서 화려한 이중이름

---

2 벨벳과 비슷하나 길고 보드라운 보풀이 있는 비단 또는 무명 옷감으로, 독일어에서는 구시대의 속물적 가치관을 비하하기 위해 다른 단어와 복합되어 사용된다.

들이 울려퍼졌다. 크고 작은 회사 간판들, 대문들, 종추에 매단 밧줄들, 커피잔들, 찻숟가락들에 그런 이름들이 새겨졌다. 그리고 한동안 주간지에는 신랑신부의 이름 서명을 알리려는 유일한 목적을 지닌 광고들과 공표들이 넘쳐났다. 특히 갓 결혼한 이들에게는 즉각 어떤 광고를 유포하는 것이 신혼의 기쁨 중 하나였다. 그러다보니 이런저런 질투와 분노도 없지 않았다. 어느 시커먼 제화공이나 무시당하던 어떤 사람이 이중이름을 갖게 됨으로써 세간의 존경을 받는 대열에 합류하려 할 경우 합법적으로 배우자를 맞아들였을지라도 사람들은 그것을 악의적으로 해석하며 그에게 인상을 찌푸렸기 때문이다. 아무튼 이런 방법을 통해 보통의 즐거운 신용사회에 밀고 들어온 무자격자가 한명인지 아니면 여러명인지는 상관없는 일이 아니었다. 경험상 이런 식의 가문 이름 늘리기는 신용사회를 이루는 보다 효율적인, 하지만 가장 민감한 부속품에 속했기 때문이다.

그러나 존 캐비스에게는 그런 중요한 변화에 의한 성공이 미심쩍게 여겨질 리 없었다. 곤궁이 극에 달했기에 이제는 나이 먹은 행운의 개척자답게 오랫동안 아껴온 묘책을 적당한 시기에 실행에 옮겨야만 했다. 그는 될 대로 되라는 식으로 사는 사람이 아니었다. 그래서 조용히, 하지만 단호하게 한 여인을 눈이 빠져라 기다렸다. 그런데 보시라! 결심만 했을 뿐인데도 마침내 행운이 찾아온 것 같았다. 바로 그 주에 한 중년부인이 혼기가 다 찬 딸과 함께 젤트빌라에 와서 살기 시작한 것이다. 그녀의 이름은 올리바 부인이고 딸은 올리바 양이었다. "캐비스-올리바!" 존의 귀에는 어느새 이런 이름이 들리는가 싶더니 기분 좋게 메아리쳤다! 그런 회사로 소박하게 사업을 시작하면 몇년 안되어 위대한 가문을 일으키게 되리

라. 그래서 그는 자신의 모든 소지품으로 무장하고 지혜롭게 일에 착수했다.

그 소지품들은 금테 안경, 금줄로 연결된 에나멜 칠을 한 셔츠 단추 세개, 꽃무늬 조끼를 비스듬히 가로지르고 있는, 온갖 장식이 달린 기다란 금시곗줄, 워털루 전투[3]의 축소화가 들어 있는 커다란 브로치, 그외에도 큼지막한 반지 서너개, 머리에 진주모珍珠母 모양의 오페라글라스를 단 커다란 등나무 지팡이 등이었다. 그는 또 다음과 같은 것들을 주머니에 넣고 다니다가 자리에 앉을 때면 꺼내서 앞에 놓았다. 말에 매달린 마제빠[4]의 모습을 해포석에 새겨넣은 파이프와 파이프를 넣는 커다란 가죽 케이스로, 아주 걸작인 그 파이프는 그가 담배를 피울 때면 눈썹 있는 데까지 올라왔다. 또 금박 칠이 되어 자물쇠가 달린 빨간색 담뱃갑이 있는데, 그 안에는 자주색과 흰색의 얼룩무늬가 있는 겉말이 잎들과 멋진 담배들이 들어 있었다. 그외에도 또 기상천외할 만큼 우아한 라이터와 은빛 담뱃갑, 수놓은 메모판이 있었다. 그는 또 굉장히 신비한 주머니들로 구성된 최고로 복잡하고 사랑스러운 작은 지갑도 갖고 다녔다.

그가 생각하기에 이런 물건들은 행운아라면 마땅히 지녀야 할 이상적인 소지품들이었다. 그는 얼마 안되는 자기 재산을 갉아먹으면서 생활할 당시에 대담하게 구상한 인생계획에 따라 이런 것들을 미리 장만해두었다. 하지만 아무런 감각 없이 장만한 건 아니

---

3 재집권한 나뽈레옹 1세가 이끄는 프랑스군이 1815년 6월 벨기에의 워털루에서 영국, 프로이센 연합군을 상대로 벌인 전투이다. 이 전투의 패배로 나뽈레옹의 재집권은 백일천하로 끝나게 된다.

4 우끄라이나의 전설적인 기병대장 이반 마제빠(1639~1709)는 연애 도중 발각되자 너무나 놀란 나머지 벌거벗은 채로 말에 매달려 달아났다고 한다.

었다. 그런 수집은 속되고 허영심만 많은 남자의 장식품이기도 했지만, 그보다는 오히려 불행한 시기를 견디는 연습과 인내, 위로의 훈련이자 마침내 찾아올 행운에 대비한 품위있는 준비였기 때문이다. 그래, 행운은 도둑처럼 밤에 올 것이다. 그는 자신의 소지품들 중 사소한 것 하나라도 매각하거나 저당 잡히느니 차라리 굶어죽는 편을 택했을 것이다. 그렇게 세상 사람들과 자기 자신에게 거지 취급을 받아서는 결코 안될 일이었다. 그는 호화로움을 잃지 않으면서 최악의 상황을 견뎌내는 법을 배웠다. 또한 아무것도 잃지 않고, 손상되지 않고, 부수거나 고장 내지 않으려면 내내 평온하고 품위있는 태도를 견지해야만 했다. 도취라든가 약간의 흥분도 허용해선 안될 일이었다. 정말로 그는 마제빠를 소유한 지 벌써 십년이나 됐지만 말의 한쪽 귀라든지, 휘날리는 긴 꼬리 하나도 부러뜨리지 않았다. 작은 보석함과 사물함에 달려 있는 작은 고리와 둥근 고리도 처음과 마찬가지로 그대로 붙어 있었다. 또한 보석들뿐만 아니라 저고리와 모자도 깨끗하게 사용해야 했다. 단추들과 금시곗줄, 브로치를 하얀 바탕 위로 보여주기 위해 언제나 순백의 민소매 셔츠도 소유할 줄 알았다.

물론 이 모든 것에는 사실 대가다운 몇번의 망치질에 관한 그의 격언이 말해주는 것보다 더 많은 노력이 깃들어 있었다. 사람들은 언제나 천재의 작품을 노력 없이 된 것으로 잘못 소개해왔다.

그런데 그 두 여인은 대가가 널리 펼쳐놓은 그물 안으로 마지못해 어쩔 수 없이 사로잡히는 그런 행운이 아니었다. 그래, 단정하면서도 귀중품이 많은 그는 그녀들이 보기에 자기들이 찾던 바로 그런 남자인 것 같았다. 그들은 그런 남자를 찾기 위해 이곳에 온 것이었다. 그의 안정된 게으름은 분명 예쁜 상자 안에 유가증권들을 보관하고 있는 안락하고 안전한 금리생활자나 이자생활자를 암시했다. 그들은 자신들의 좋은 조건 몇가지를 말했다. 그런데 캐비스 씨가 그런 것에는 별로 비중을 두지 않는다고 생각되자 그만 영리하게 멈추고는 자신들의 개성만이 그 착한 남자의 마음을 사로잡은 그 무엇이라고 간주했다. 요컨대, 몇주 지나지 않아서 그는 올리바 양과 약혼했고 그와 동시에 수도로 여행을 떠났다. 멋진 이중이름이 들어간 화려한 업무용 명함을 새기고, 현란한 회사간판을 주문하고, 옷감 사업을 위해 신용으로 몇몇 거래 관계를 트기 위함이었다. 또한 신이 난 그는 곧장 매끄럽게 깎은 자두나무로 만든 엘레[5] 자 두세개와 상업의 신 메르쿠리우스의 상징들이 많이 찍힌 어음용지 몇 다스, 가격표, 금테두리가 둘린 스티커, 장부들과 그런 유의 것들을 구입했다.

그는 흡족한 마음에 서둘러 자신의 고향도시와 신부에게로 돌아갔다. 신부의 유일한 결점은 머리가 좀 지나치게 크다는 점이었다. 그는 다정하고 자상한 영접을 받았다. 여행에 대해 보고하자 결혼에 필요한 신부의 서류들이 도착했다는 고백을 듣게 됐다. 그런데 미소 띤 얼굴로 수줍어하면서 고백했기에, 마치 중요하지는 않지만 어쨌든 순서대로 착착 진행되지 않는 어떤 부차적인 것에 미리 대비하고 있어야만 할 것 같았다. 마침내 모든 대화가 다 끝났다. 어머니는 올리바라는 미망인인데, 그와 달리 딸은 어머니가 젊었을 때 혼외관계에서 낳은 아이로 공문서와 민법상에는 어머니의 처녀 적 성으로 기록되어 있다는 사실이 드러났다. 그 이름은 호이프틀레였다! 신부의 이름이 호이프틀레이니까 앞으로 있을 회사

---

5 독일의 옛 치수 이름으로 약 2자 1치, 66cm를 말한다.

의 이름은 "존 캐비스-호이프틀레"인데, 쉽게 말해 "한스 콜쾨플레!"[6]였다.

신랑은 자신의 새 걸작의 불행한 반쪽을 바라보면서 한동안 말을 잃고 서 있었다. 마침내 그가 소리 질렀다. "두상이 저러니 이름이 호이프틀레지!" 깜짝 놀라고 자존심이 상한 신부는 폭풍우를 피하려고 고개를 숙였다. 캐비스가 생각하는 그녀의 핵심은 저 예쁜 이름이었다는 것을 그녀는 아직 실감하지 못했던 것이다.

하지만 캐비스 씨는 이 사건을 숙고하고자 일체의 주저함 없이 자기 집으로 갔다. 그런데 벌써 길에서 익살맞은 이웃들이 그를 "한스 콜쾨플레"라고 불렀다. 벌써 비밀이 새나간 것이었다. 그는 사흘 밤낮을 깊은 고독에 잠겨 그 뒤틀린 작품을 고쳐보려고 애썼다. 나흘째 되는 날 결심을 하더니 다시 그 집에 가서 딸이 아니라 어머니에게 결혼해달라고 애원했다. 하지만 격분한 부인은 그사이 그녀 나름대로 캐비스 씨에게 유가증권이 든 마호가니 상자가 없다는 사실을 알게 됐다. 그녀는 그를 경멸하며 나가라고 문을 가리켰고, 곧이어 딸과 함께 이웃 도시로 이사를 갔다.

그래서 존 씨는 빛나는 올리바가 희미하게 반짝이는 비눗방울처럼 허공으로 사라지는 모습을 바라보면서 행운의 대장간[7] 서류 뭉치를 손에 들고 망연자실해했다. 마지막 남은 현금마저 이 사건으로 인해 다 잃고 말았다. 그래서 이제는 무언가 실용적인 일을 하든지 아니면 적어도 생존을 위해 어떤 결심을 해야만 했다. 그는 여러모로 자기 자신을 되돌아보았는데, 면도만큼 잘할 수 있는 게

---

6 한스와 콜쾨플레, 두 이름 모두 바보, 멍청이의 대명사로 통한다.
7 예전에는 혼인신고를 접수하는 호적 사무소를 행운의 대장간이라고 불렀다.

없었다. 칼날을 면도하기 좋은 상태로 유지하고 날카롭게 갈 줄도 알았다. 이제 그는 문에 '존 캐비스'라는 간판이 걸린 일층의 좁은 방에서 면도용 대야와 마주하게 되었다. 전의 그 화려한 회사간판을 직접 톱으로 잘라 그 간판을 만들었고 놓쳐버린 올리바와 눈물 젖은 작별을 했다. 하지만 콜쾨플레라는 별명은 계속 남아 있어서 그에게 많은 고객들을 끌어다주었다. 그래서 그는 면도하고 칼날을 갈면서 그럭저럭 여러해를 지냈는데, 자신있게 떠들어대던 격언은 거의 다 잊은 것 같았다.

그러던 어느날 긴 여행에서 막 돌아온 한 시민이 그의 집에 들르더니 얼굴에 비누칠을 하려고 앉으면서 무심코 질문을 하나 던졌다. "댁의 간판을 보니 젤트빌라에 아직도 캐비스가 있나봅니다?"—"제가 우리 집안의 마지막 후손입니다." 이발사는 기품을 잃지 않으면서 대꾸했다. "왜 그러시는지 물어봐도 되겠습니까?" 하지만 그 이방인은 면도가 다 끝나고 얼굴을 말끔하게 닦을 때까지 아무 말도 않더니 모든 게 다 끝나 이발비를 낸 뒤에야 비로소 말을 이었다. "아우크스부르크에서 어떤 부유한 늙은 괴짜 양반과 알고 지냈는데, 자기 할머니가 스위스의 젤트빌라 출신으로 캐비스 성을 가졌다고 종종 말하더군요. 그곳에 아직도 그런 성을 가진 사람이 살고 있는지 몹시 궁금하다고 했습니다."

그 남자는 이렇게 말하고는 떠나갔다.

한스 콜쾨플레는 생각하고 또 생각했다. 그리고 마침내 자신의 조상 중에 한 할머니가 정말로 예전에 독일로 시집을 갔는데, 그후로는 소식이 끊긴 사실을 어렴풋이 기억해냈다. 그는 굉장히 흥분했다. 갑자기 속에서 감동적인 집안 사랑이, 족보에 대한 낭만적인 관심이 솟구쳤다. 그는 불안한 마음으로 그 여행객이 다시 오기를 기다렸다. 수염이 자라는 방식을 보면 이틀 후에 또 와야만 했다. 정말로 그 남자는 정확히 이틀 후에 다시 왔다. 존은 그의 얼굴에 비누칠을 했고, 호기심 때문에 안절부절 어쩔 줄 몰라하며 면도했다. 면도가 끝나자 돌연 질문을 퍼부으면서 자세한 정황에 대해 절박하게 문의했다. 그 남자가 말했다. "아담 리툼라이라는 평범한 사람으로 부인은 있는데 자식은 없습니다. 아우크스부르크의 모모 거리에 삽니다."

존은 그 사건에 대해 하룻밤 더 생각했는데, 그날밤 이제 제대로 행복해지자고 마음먹었다. 다음날 아침 가게 문을 닫고, 일요일용 양복을 오래된 배낭에 꾸리고, 잘 보존된 소지품 전부를 특별히 준비한 상자에 넣었다. 그리고 신분증명서들과 교구 대장臺帳의 초록 등을 충분히 갖춘 후에 지체 없이 아우크스부르크 여행에 나섰다. 중년의 수공업자답게 차분하며 눈에 띄지 않는 모습이었다.

도시의 탑들과 초록색 성벽들이 눈에 들어오자 그는 갖고 있는 현금을 세어보았고, 만약 일을 그르쳐서 귀향을 감내하려면 빠듯하게 생활해야 한다는 것을 알게 되었다. 그래서 한참을 찾은 끝에 매우 소박한 여인숙을 발견했다. 홀 안으로 들어간 그는 탁자 위쪽으로 이런저런 수공업 징표들이 걸려 있는 것을 보았다. 그중에는 대장장이의 징표도 있었다. 그는 자기 행운의 개척자인 그에게 좋은 징조라고 생각하며 그 아래에 앉았다. 아직 낮이라고 하기에는 좀 일러서 아침식사로 속을 든든히 채웠다. 그런 다음 작은 골방을 달라고 하더니 방에 가서 옷을 갈아입었다. 그는 온갖 방식으로 치장했고 갖은 장신구를 다 달았다. 또 지팡이에 나사로 쌍안경을 박았다. 이런 모습을 하고 방에서 나오자 여인숙 여주인은 그 화려함을 보고 깜짝 놀랐다.

그의 심장이 갈망하는 그 거리를 찾기까지는 시간이 제법 오래 걸렸다. 하지만 마침내 크고 오래된 집들이 있는 큰길에 들어서게 되었다. 그런데 살아 있는 생명체라고는 개미 새끼 하나 보이지 않았다. 마침내 어린 하녀 하나가 하얀 거품이 낀 맥주통을 들고 그의 곁을 스쳐지나가려 했다. 그는 그녀를 꼭 붙들고 아담 리툼라이씨 집이 어디냐고 물어보았다. 하녀는 마침 그가 서 있는 곳의 바로 앞집을 가리켰다.

그는 호기심에 안을 들여다보았다. 웅장한 정문 위로 창문이 높게 달린 다층건물이 우뚝 솟아 있었고, 집의 돌림띠들과 측면 돌출부들은 가련한 행운 추구자의 눈앞에 대담하게 축소된 수직의 바다처럼 펼쳐져 있었다. 그래서 그는 겁이 나다시피 하고 너무 거창한 일을 벌이는 것은 아닌가 하고 걱정됐다. 그의 앞에는 격식을 갖춘 궁전이 서 있었던 것이다. 그럼에도 그는 육중한 대문을 살짝 밀어 미끄러지듯 안으로 들어가 화려한 계단실에 서게 되었다. 널찍한 층계참들이 있는 대리석 이중계단이 위쪽으로 향해 있고 호화롭게 제작된 난간이 둘러쳐 있었다. 계단 아래쪽의 열려 있는 뒷문을 통해 햇살과 꽃밭이 보였다. 존은 하인이나 정원사를 찾으려고 살금살금 그쪽으로 갔다. 하지만 예쁜 꽃들이 만발한 옛 프랑크식의 커다란 정원과 인물상들이 있는 돌로 된 분수만 보일 뿐이었다.

모든 게 죽은 것만 같았다. 그는 다시 돌아와서 계단을 올랐다. 벽에는 빛바랜 커다란 지도들과 옛 제국도시들의 계획도가 걸려 있었다. 계획도의 한쪽 구석에는 도시의 요새들과 장엄한 알레고리 묘사들이 그려져 있었다. 떡갈나무 문 하나가 닫힌 둥 마는 둥 살짝 열려 있었다. 침입자는 그 문을 반쯤 열었고 제법 예쁘장한 부인이 휴식용 침대에 누워 있는 것이 보였다. 손에 있던 뜨개질감은 떨어져내려 있었고, 오전 10시밖에 안됐는데 달콤한 낮잠에 빠져 있었다. 방이 매우 컸기에 존은 떨리는 가슴으로 지팡이를 눈에 대고 진주모 안경으로 여인을 관찰했다. 잠자는 여인의 비단옷과 포동포동한 모습은 그 집이 점점 더 마법의 성 같은 느낌을 주었다. 그는 몹시 긴장한 채 돌아섰고 조심하면서 살금살금 위로 올라갔다.

맨 위층의 계단실은 제법 그럴듯한 무기창고였다. 그곳에는 지난 세기들의 갑옷들과 무기들이 걸려 있었다. 녹이 슨 쇠사슬 갑옷들, 철모들, 댕기머리가 유행하던 시대[8]의 화려한 흉갑들, 전투용 검들, 금칠한 화승총들 등 온갖 게 뒤죽박죽 걸려 있었다. 그리고 구석에는 세월과 더불어 녹이 낀 장식이 두루 달린 작은 총들이 세워져 있었다. 요컨대 그것은 대단한 귀족의 계단참이었기에 존 씨는 마음이 숙연해졌다.

그때 갑자기 외침 같은 게 들렸다. 아주 가까이서 났는데 큰 아이의 소리 같았다. 소리가 그치질 않자 존은 아이를 찾아나서면서 사람들에게 다가갈 수 있는 기회로 삼으려 했다. 그는 가장 가까이에 있는 문을 열었고 위에서 아래까지 초상들이 가득한 널찍한 진열실을 보게 됐다. 바닥에는 다양한 색깔의 육각 타일이 깔려 있었고, 천장에는 실제 크기의 사람과 동물의 형상들, 곡식 다발들, 무기들이 자유롭게 떠다니는 모습이 장식용 석고세공으로 그려져 있었다. 그런데 10피트 높이의 난로 거울 앞에 새끼 염소보다 더 가벼워 보이는 아주 작은 백발 노인이 진홍색 우단 잠옷 차림에 얼굴

---

8 후기 로코코 시대로 1760~80년을 말한다.

에 비누칠을 하고 서 있었다. 노인은 초조해하면서 발을 동동 굴렀고 울먹이며 소리쳤다. "이제 면도를 못하겠어! 이제 면도를 못하겠어! 면도칼이 말을 듣지 않아! 도와주는 사람 하나 없으니, 아이고아이고!" 노인은 거울에 비친 낯선 사람을 보자 조용히 하더니 손에 칼을 든 채 돌아서서 당황하고 두려운 마음으로 존 씨를 바라보았다. 존은 모자를 벗어들고 연신 절을 하면서 앞으로 나아갔다. 모자를 옆에 놓더니 미소를 지으면서 노인의 손에 들려 있는 칼을 받아서 날을 검사했다. 그는 칼을 몇번 자기 장화에 대고 갈더니 그다음엔 손바닥에 대고 문질렀다. 그러고는 비누를 검사해보고 짙은 거품을 만들었다. 요컨대 그는 작은 노인을 삼분도 채 안되어 최고로 멋지게 면도해주었다.

"용서하십시오, 나리!" 캐비스가 말했다. "감히 나리께 면도를 해드렸습니다! 그런데 나리께서 곤경에 처하신 걸 보고는 마침맞은 순간에 나리 댁에 불려왔구나 하고 생각했답니다. 아담 리툼라이 씨를 뵙게 되어 영광입니다."

작은 노인은 점점 더 의아해하면서 이방인을 주시했다. 그런 다음 거울에 비친 자기 모습을 슬쩍 보더니 정말 오랜만에 말끔하게 면도된 자신을 발견하고는 불신과 호의가 뒤섞인 시선으로 예술가를 한번 더 바라보았다. 그러고는 만족해하면서 그를 예의 바른 이방인으로 생각했다. 하지만 계속 더 무뚝뚝한 목소리로 그가 누군지, 원하는 게 뭔지 물어보았다.

존은 헛기침을 한번 하고 대답했다. 젤트빌라에서 온 캐비스라는 사람인데, 여행하다 이 도시를 지나는 길에 자기 집안 할머니의 후손을 찾아뵙고 인사하는 일에 소홀하지 않고 싶었다고 말했다. 그러고는 마치 어릴 때부터 리툼라이 집안에 대해서 자주 들은 것처럼 행동했다. 리툼라이 씨는 갑자기 반색을 하더니 다정하고 명랑한 목소리로 외쳤다. "하, 그러니까 캐비스 집안이 아직도 번성하고 있군요! 숫자도 많고 명망도 높은가요?"

존은 성문의 통행세 징수원 앞에 선 뜨내기 일꾼처럼 어느새 자신의 서류들을 꺼내 제시했다. 그리고 서류들을 가리키며 진지하게 말했다. "이젠 숫자가 많지 않습니다. 제가 우리 집안의 마지막 남은 후손이니까요! 하지만 명예는 아직도 건재하답니다!" 이런 말들에 놀라고 감동받은 노인은 그에게 악수를 청하면서 환영해주었다. 두 신사는 재빨리 친척관계를 정리해보았다. 리툼라이가 다시 외쳤다. "우리의 인생이 이렇게 맞닿아 있었군! 친척 양반, 들어오게! 자네의 고귀하고 훌륭한 증조할머니, 나의 친할머니를 보여드리지!" 그는 커다란 홀의 가장자리를 돌아 지난 세기의 복장을 한 예쁜 여인상 앞으로 존을 안내했다. 정말 액자 귀퉁이에 붙어 있는 작은 종이카드에 그 부인의 이름이 적혀 있었다. 몇몇 다른 그림에도 그런 카드들이 붙어 있었다. 그런데 그 그림들에는 그 작은 종이의 것과는 일치하지 않는 다른 서명들이 라틴어로 적혀 있었다. 하지만 존 캐비스는 속으로 곰곰이 생각하고 또 생각했다. 이제 망치질을 제대로 한 거야! 여기 부유한 기사의 홀에 계신 네 행운의 조상님께서 너를 다정다감한 눈길로 내려다보고 계시니까 말이야!

이렇게 혼잣말을 하고 있는데 리툼라이 씨의 말이 기분 좋게 들려왔다. 이제 여행을 계속한다는 말은 절대 꺼내선 안되고, 가장 친애하는 사촌 조카께선 당분간 시간이 허락하는 한 보다 긴밀한 관계 형성을 위해 자신의 손님이 되어야 한다는 것이었다. 진작 그의 눈에 들어온 조카의 반짝반짝 빛나는 장신구가 그 임무를 훌륭하게 수행하여 그에게 신뢰감을 가득 불어넣어준 탓이었다.

그래서 리툼라이는 있는 힘을 다해 종을 쳤다. 그러자 차츰 몇몇 하인들이 발을 질질 끌며 작은 주인을 찾아 달려왔고, 나중에는 이층에서 자고 있던 부인도 낮잠으로 인해 충혈되고 반쯤 감긴 눈을 하고 나타났다. 그런데 막 도착한 손님을 소개받자 그녀는 예기치 않은 일에 호기심이 생겨 즐거워하면서 눈을 동그랗게 떴다. 이제 존은 다른 방들로 안내되었고, 영양만점의 다과를 먹었다. 부부는 늘상 식욕을 느끼는 아이들처럼 열을 내며 그를 챙겨주었다. 손님은 그것이 아주 마음에 들었다. 그들이 절제할 줄 모르는 사람들이자 또 좋은 일에 기쁨을 느끼는 사람들이라는 것을 알았기 때문이다. 그 자신도 매 순간 좋은 인상을 주기에 소홀하지 않았다. 그래서 곧바로 이어진 점심식사 시간에 벌써 그런 좋은 인상이 분명하게 각인된 걸 알 수 있었다. 부부는 각자 자기가 좋아하는 음식을 가져오게 하더니, 존 캐비스에게 두사람 것을 다 먹어보게 한 것이다. 그는 전부 다 맛이 훌륭하다고 말했고, 몸에 밴 침착성으로 인해 그의 판단 또한 한 차원 높은 가치를 부여받았다. 그들은 가장 고상하게 먹고 마셨다. 세 대식가들은 지금껏 한번도 이렇게 풍요롭고도 천진난만한 삶을 누린 적이 없었다. 존에게는 그 어떤 원죄도 발생할 것 같지 않은 낙원이었다.

그래, 모든 게 최고였다. 그는 이 존귀한 집에서 벌써 여드레나 지냈고 집안 구석구석을 다 알게 되었다. 오만가지 방식으로 노인과 시간을 보냈는데, 함께 산책도 하고 산들바람처럼 가볍게 면도도 해주었다. 그 작은 남자는 그것을 제일 좋아했다. 존은 이제 그만 떠나야겠다고 말하면 리툼라이 씨가 무엇인가를 곰곰이 생각하고 두려워한다는 사실을 알아챘다. 진지한 태도로 출발을 암시하기만 해도 마찬가지였다. 그래서 그는 이제 또 작은 묘책을 발휘해야 할 때가 됐다고 생각했다. 여드렛날이 저물어갈 무렵, 너무나 오랫동안 주저한 탓에 그동안 몸에 밴 소박한 삶과의 작별을 어렵게 만들면 안된다는 이유로 후원자에게 다음날 떠나겠다고 보다 분명하게 통고했다. 남자답게 자신의 운명을, 자기 집안의 마지막 후손으로서의 운명을 감수하고 싶기 때문이라고 했다. 고된 노동과 은둔 속에서 죽을 때까지 집안의 명예를 지켜야 한다고 말했다.

"나와 함께 위로 올라가지. 기사의 홀로!" 아담 리툼라이 씨가 대꾸했다. 그들은 위로 올라갔다. 노인은 기사의 홀에서 엄숙한 태도로 몇번 왔다 갔다 하더니 말을 이었다. "친애하는 조카 양반, 내 결심과 제안을 들어보게! 자네는 자네 집안의 마지막 후손일세. 그것은 진지한 운명이지! 하지만 나 또한 그에 못지않은 진지한 운명을 짊어지고 있다네! 나를 보게, 자, 어서! 나는 우리 집안의 첫번째 사람일세!"

그는 당당한 모습으로 일어섰다. 존은 그를 보았으나 그게 무슨 말인지 알지 못했다. 그가 계속해서 말했다. "'나는 우리 집안의 첫번째 사람'이라는 말은 다름 아닌 이런 뜻일세. 자네가 여기 이 홀의 벽에 걸린 그림들에서 보는 것 같은 이런 위대하고 명망있는 가문을 일으키기로 결심했다는 뜻이네! 그러니까 이분들은 내 조상들이 아니라 이 도시의 대가 끊긴 귀족 가문의 일원일세. 내가 삼십년 전 여기로 이주했을 때 이 집은 집에 딸린 모든 것과 기념물들까지 포함한 상태로 나와 있었지. 나는 이 모든 것을 그동안 꿈꿔온 생각을 현실화시키기 위한 토대로 생각하고 당장 구입했네. 내게는 재산은 많지만 이름도 없고 조상도 없었기 때문이지. 나는 캐비스라는 여인과 결혼한 할아버지의 세례명조차 모른다네. 처음에는 여기 그려져 있는 신사숙녀들을 나의 조상으로 설명하는 것으로 보상받곤 했네. 자네가 보는 것처럼 저런 쪽지들을 이용하여 몇몇 분들은 리툼라이로, 몇몇 분들은 캐비스로 만들었지. 하지만 내가 기억하는 가족은 여섯 내지 일곱이 전부일세. 사백년의 결과물인 이 그림들에 나오는 다른 분들은 내 노력을 비웃었네. 나는 그만큼 더 절실하게 미래를 생각하게 되었고, 오래도록 지속될 가문을 나 스스로 일으켜야 한다는 필연성을 느끼게 됐네. 내가 그 가문의 칭송받는 창시자가 되는 그런 가문을 말일세. 내 초상화는 이미 오래전에 완성시켜놨네. 내가 가문의 시조가 되는 족보도. 하지만 불행이 집요하게 나를 따라다니고 있다네! 벌써 세번째 아내를 맞이했건만, 한사람도 아들, 장손은 고사하고 딸 하나 낳아주지 못했네. 이혼한 전 아내 둘은 그후 다른 남자들과 결혼하더니 사악하게도 자식을 여럿이나 낳았네. 결혼한 지 벌써 칠년이나 된 지금 아내도 만약 내가 놔준다면 필시 전 아내들처럼 그렇게 하겠지.

친애하는 조카 양반, 자네 외모를 보고 내겐 어떤 생각이 떠올랐네. 역사에서, 크고 작은 왕가에서 다양하게 사용된 인위적인 지원에 관한 생각 말일세. 자네 생각은 어떤가? 자네가 이 집의 자식처럼 우리와 함께 사는 걸세. 나는 자네를 내 법적 상속인으로 삼겠네! 그 대신 자네가 해야 할 일은, 외적으로 자네의 성을 포기하고 (자네는 자네 가문의 마지막 후손이잖아) 내가 죽은 뒤에, 그러니까 유산을 상속받은 뒤에는 내 이름을 쓰는 걸세. 나는 자네가 나의 사생아라고, 젊은 날의 잘못된 행동의 소산이라고 비밀리에 소문을 퍼뜨리겠네. 나의 이런 견해에 반대하지 말고 따라주게! 어쩌면 또 그것에 관해 문서상으로 보고서를 작성할 수도 있겠지. 그러니까 회상록이나 짧은 소설, 기념할 만한 연애담 같은 것 말일세.

나는 거기서 경솔할지라도 정열적인 사람, 불행한 일을 저질렀지만 노년에 그것을 다시 보상하는 그런 사람 역을 맡겠네. 마지막으로 자네는 내 목표를 계속 추구하기 위해 시의 명망있는 가문의 딸들 중에서 자네를 위해 찾아낸 아내를 맞아들이는 의무를 지면 되는 걸세. 이것이 내 제안의 전부이자 특별한 점이라네!"

이런 말을 듣는 동안 존의 얼굴은 빨개지기도 하고 창백해지기도 했다. 그런데 수치심과 경악 때문이 아니라 마침내 찾아온 행운과 그런 행운을 불러온 자신의 지혜에 대한 기쁨과 놀람 때문이었다. 하지만 절대 기습당한 것처럼 처신하지 않았고, 자신의 명예로운 성과 결혼을 통해 얻을 후손을 포기해야 하기에 결심하기가 몹시 힘든 것처럼 행동했다. 그는 정중하고 적절한 말로 스물네시간 동안 생각할 시간을 갖고 싶다고 말하고는 예쁜 정원에서 깊은 사색에 잠겨 이리저리 산책하기 시작했다. 사랑스러운 꽃들인 비단향꽃무와 카네이션, 장미, 왕관초와 백합, 제라늄 화단과 재스민 그늘 길, 미르테 나무들과 협죽도 나무들, 모든 것이 그를 공손하게 바라보았고 그를 자기들의 주인으로 여기며 경의를 표했다.

그는 향기와 햇살, 우물의 그늘과 상쾌함을 삼십분 정도 즐기더니 진지한 태도로 거리에 나가 모퉁이를 돌았다. 그리고 과자점에 들어가 따뜻한 파이 세개를 들고 뿔잔에 담긴 고급 포도주를 두잔 마셨다. 그런 다음 정원으로 돌아와서 재차 삼십분 정도 산책했는데, 이번에는 담배도 피웠다. 그는 작고 연한 무들이 가득한 밭을 발견했다. 그중 한 뿌리를 뽑아 우물가에 가서 닦자 우물가의 석조 트리톤[9]들이 그에게 공손하게 눈인사를 건넸다. 그는 무를 들고 시

----
9 포세이돈을 수행하는 해신(海神) 중 하나이다.

원한 맥줏집에 가서 거품이 올라온 맥주 한잔과 더불어 먹었다. 시민들과는 매우 탁월한 솜씨로 대화를 나눴고 벌써 자신의 고향 사투리를 부드러운 슈바벤 사투리로 바꾸려고 노력했다. 앞으로 이 사람들 사이에서 탁월한 남자의 역할을 하게 될 것이기 때문이었다.

그는 일부러 점심식사 시간을 지키지 않고 늦게 갔다. 식사 때 식욕이 없다는 핑계를 대기 위해 미리 뮌헨의 흰 쏘시지를 세개나 먹었고 맥주도 두잔이나 마셨는데, 두번째 잔이 첫번째 것보다 더 맛있었다. 마침내 그는 이마를 찌푸린 채 식사하러 가서는 수프만 바라보며 앉아 있었다.

예기치 않은 걸림돌을 만나면 더없이 완고하게 구는 습관이 있는 작은 남자 리툼라이는 어떤 반대도 견뎌낼 수 없었기에 가문을 세우려는 자신의 마지막 희망이 물거품이 될 것 같아 벌써 신경질적인 두려움에 사로잡혀 있었다. 그래서 그 강직한 손님을 불신의 시선으로 바라보았다. 마침내 그는 가문의 선조가 되거나 아니면 아무것도 되지 않는 불확실성을 더는 견디지 못하고 고민 중인 사람에게 스물네시간을 단축해서 당장 결심을 해달라고 간청했다. 사촌의 엄격한 도덕심이 시간이 지나면서 점점 강화될까봐 염려했기 때문이다. 그는 손수 지하실에 내려가서 아주 오래된 라인 포도주[10] 한병을 가져왔다. 존은 지하실에 대해서는 아직 눈곱만큼도 모르고 있었다. 속박에서 풀려난 태양의 알코올이 울림 좋은 크리스털 잔 위로 눈에 보이지 않게 향기를 발하고, 흐르는 금빛 방울을 혀에 대면 어느새 꽃밭이 코밑에 있는 것 같은 느낌이 들자 존 캐비스의 거친 감각도 부드러워지더니 마침내 동의하게 되었다.

----

10 독일의 라인 강 지역에서 생산되는 포도주를 말한다.

재빨리 공증인이 불려왔고 맛 좋은 커피와 함께 법률적으로 효력이 있는 유언장이 작성되었다. 마침내 혼외 자식으로 위조한 아들과 가문을 세우려는 가장은 서로 얼싸안았다. 하지만 그것은 피와 살로 하는 따뜻한 포옹이 아니라 매우 격식을 차린 것으로서 오히려 탄도를 그리며 날아가다가 서로 마주치게 되는 큰 원칙들 둘의 충돌과도 같았다.

이제 존은 행운을 움켜쥐게 되었다. 편안한 기분으로 지내는 일과 아버지에게 사려 깊게 처신하는 일, 풍족한 용돈을 구미에 맞게 사용하는 일 말고는 달리 할 일이 없었다. 그 모든 일은 매우 품위 있게 조용한 가운데 일어났고 그는 남작처럼 옷을 차려입었다. 귀중품은 한개도 더 구입할 필요가 없었다. 그의 천재적 재능이 입증된 것이다. 수년 전에 구입한 것들이 지금도 여전히 쓸모가 있고, 세세하게 구상해놓은 계획에 들어맞았기 때문인데, 이제 그 계획은 행운이 찾아옴으로써 완전하게 보상받았다. 워털루 전투가 그려진 브로치는 만족해하는 가슴 위에서 반짝거리며 호령했고, 금 시곗줄과 늘어뜨린 장식들은 부른 배 위에서 흔들거렸으며, 금테 안경 뒤에는 흡족해하는 당당한 눈이 자리하고 있었다. 지팡이는 영리한 남자를 지탱해준다기보다는 장식해주고 있었다. 그리고 예쁜 담뱃갑에는 좋은 잎사귀들이 그득했는데, 그는 그것들을 마제빠 파이프에 넣고 즐기듯이 피웠다. 거친 말은 어느새 윤이 나는 갈색이 되었지만 그 위에 올라탄 마제빠는 이제야 비로소 밝은 빨간색이 되어 피부색 같았기에 조각가와 흡연가에 의해 이중으로 제작된 그 예술작품은 전문가의 경탄을 자아낼 만했다. 아버지 리툼라이도 그것에 흠뻑 빠져서 양아들로부터 열심히 바다거품 연기 만드는 요령을 배웠다. 그들은 그런 파이프 일체를 장만했다. 하지만 노인은 그 고상한 예술을 할 때면 매우 불안해하고 초조해했다. 젊은이가 언제나 도와줘야 했고 또 잘해줘야만 했는데, 그래서 또 그는 존중과 신뢰를 얻게 되었다.

하지만 두 남자에게는 금세 더 중요한 소일거리가 생겼다. 아버지는 존을 자신의 사생아로 격상시켜줄 소설을 구상하고 작성하는 일에 달려들었다. 단편적인 기념물 형태로 된 비밀 가족문서를 만드는 일이었다. 리툼라이 부인의 시기와 불안을 피하기 위해 비밀회합을 통해 작성되어야 했다. 그리고 장래에 집안이 번성할 즈음 비로소 세상에 내놓을 리툼라이 가문의 역사를 이야기하기 위해 앞으로 창설될 가족서고에 가만히 넣어져 봉해져야 했다.

존은 노인이 죽고 나면 자신의 이름을 순전히 리툼라이라고만 하지 않고 캐비스 드 리툼라이로 할 생각이었다. 자신이 그렇게도 예쁘게 고안해낸 자기 이름을 유난히 좋아했기 때문이다. 그는 또한 자신의 명예로운 탄생을 말살시키고 자신을 방종한 어머니의 아들로 만들, 앞으로 작성해야 하는 문서를 언젠가는 거리낌 없이 소각할 계획도 갖고 있었다. 하지만 그래도 지금은 그 일에 함께 매달려야 했는데, 그로 인해 행복한 중에도 조금은 우울하기도 했다. 그래도 지혜롭게 그 일에 매달렸고, 어느날 아침 노인과 함께 온실에 들어가 틀어박혀서 문서를 작성하기 시작했다. 이제 그들은 서로 마주 보고 탁자에 앉았는데, 문득 자신들의 계획이 생각보다 어렵다는 것을 알게 되었다. 둘 중 어느 누구도 백줄을 채울 수가 없었다. 그들은 도대체 어떻게 시작해야 할지 몰랐다. 머리를 맞대면 맞댈수록 더 생각이 떠오르질 않았다. 마침내 아들이 오래 남을 문서를 작성하려면 그에 앞서서 질기고 아름다운 종이로 된 책을 갖추고 있어야 한다는 생각을 해냈다. 그럴듯한 생각이었다. 그들은 당장 그런 책을 사려고 외출을 하여 의좋게 시내를 돌아다녔다. 그리고 자기들이 원하는 것을 찾자 날도 더우니 선술집에 가서 시원한 것을 마시며 원기를 회복하고 생각을 가다듬자고 서로 조언했다. 그들은 기분 좋게 여러잔을 마셨고 견과류와 빵, 쏘시지를 먹었다. 그런데 갑자기 존이 어떻게 시작해야 할지 생각났다며 잊어버리기 전에 당장 집에 달려가서 써야겠다고 말했다. "그럼 어서 뛰어가!" 노인이 말했다. "나는 그사이에 여기 앉아서 이야기를 어떻게 이어갈지 생각해볼 테니까. 나도 막 생각이 떠오르려는 것 같아!"

존은 정말 종이책을 갖고 서둘러 방에 들어가더니 이렇게 썼다. "17○○년, 축복받은 해였다. 와인 한 양동이 값은 7굴덴, 사과주 한 양동이는 1/2굴덴, 버찌 브랜디 1조끼는 4바첸이었다. 흰 빵 2파운드는 1바첸, 호밀 빵 2파운드는 1/2바첸, 감자 한자루는 8바첸이었다. 건초도 잘 말랐고 귀리 1셰펠[11] 값은 2굴덴이었다. 완두콩과 강낭콩도 잘 자랐다. 아마와 대마는 잘 자라지 못했지만 그와 달리 기름을 짜는 과실들과 피지 또는 수지는 잘 자랐기에 전반적으로 기이한 상황이 벌어졌다. 시민사회는 잘 먹고 마셨지만 옷차림은 초라했고 또 조명은 잘되었다. 이런 식으로 이내 그해가 저물어갔기에 다들 어떤 새해를 맞이하게 될지 궁금해하는 것도 당연했다. 겨울은 진짜 겨울답게 차갑고 청명한 날씨를 보여주었다. 들에는 보기 좋게 눈이 쌓여서 어린 씨앗들을 보호해주었다. 하지만 그럼에도 결국 기이한 일이 벌어졌다. 2월 내내 눈이 내리고 녹는가 싶더니 다시 얼어붙는 일이 빈번하게 반복되었기에 많은 사람이 병

---

11 곡식을 재는 옛 단위로 지방에 따라 30~300리터로 일정치 않았다.

이 났을 뿐만 아니라 고드름도 수없이 많이 생겨서 온 나라가 거대한 유리 창고 같았고 떨어지는 고드름에 맞지 않으려고 다들 머리에 작은 널빤지를 이고 다녔던 것이다. 그밖에 식료품 가격은 앞에서 얘기한 대로 유지되었고 마침내 기이한 봄이 불안정한 모습으로 다가오고 있었다.”

그때 작은 노인이 급히 달려와 종이를 가져가더니 지금까지 쓴 것들을 읽지도 않고 그에 대해 뭐라 말도 않고, 이어서 적어나갔다. “이제 그가 왔다. 이름은 아담 리툼라이였다. 농담을 모르는 사람으로 17○○년생이다. 그가 봄 날씨처럼 돌진해왔다. 그는 그렇고 그런 사람들 중 하나였다. 빨간 우단 상의에 깃 달린 모자를 쓰고 검을 차고 있었다. 황금빛 조끼를 입었고, ‘한창때는 무분별한 법!’이라는 신조를 지니고 있었다. 구두 뒤축에 황금빛 박차를 달고 있었고 수컷 백마를 타고 다녔다. 그는 최고급 음식점 앞에 말을 대더니 소리쳤다. ‘까짓것 아무래도 상관없어. 봄이니까. 젊음은 발산되어야 해!’ 그는 전부 다 현금으로 계산했고 다들 그걸 보고 놀랐다. 그는 포도주를 마시며 스테이크를 먹었고 또 말했다. ‘전부 다 쓸데없어!’ 또 이렇게 말했다. ‘그대, 부드러운 여인이여, 내게는 그대가 포도주와 스테이크보다, 은과 금보다 더 가치있소! 그게 다 무슨 상관이 있겠소? 그대가 뭘 원하는지 생각해보오! 어차피 일어날 일은 피할 수 없는 법!’”

그는 별안간 여기서 멈추었는데 아무리 애를 써도 더 써내려갈 수가 없었다. 그들은 쓴 것을 함께 읽고는 나쁘지 않다고 생각했다. 그리고 다시 여드레 동안 정신을 가다듬으면서 느슨한 생활을 영위했다. 새로운 시작점을 찾기 위해 종종 맥줏집에 갔지만 언제나 행운이 미소 지어주진 않았다. 마침내 다시 실마리를 찾은 존이 집으로 달려가 이어서 써내려갔다. "그러니까 젊은 리툼라이 신사는 리젤라인 페더슈필이라는 아가씨에게 이 말을 건넸던 것이다. 그녀는 정원들이 있고 금방 숲과 나무들이 나오는, 도시의 맨 끝 동네에 살고 있었고, 지금껏 그 도시가 낳은 가장 매력적인 미인들 중 한사람으로 파란 눈과 작은 발을 갖고 있었다. 너무나 예쁘게 자라난지라 코르셋이 필요 없었고 가난하기도 했던지라 그런 쪽을 절약하여 나중엔 보랏빛 비단옷을 살 수 있었다. 하지만 페더슈필 양의 사랑스러운 얼굴 용모뿐만 아니라 신체 전반의 조화로움에 대해 걱정하는 전반적인 비애로 이 모든 것이 빛나 보였다. 바람이 잠든 고요함 속에서 에올리언 하프[12]의 애수에 찬 화음이 들리는 것 같았다. 이제 기억에 남을 만한 5월이 시작됐기 때문인데, 그 5월에 사계절이 다 몰려 있는 것 같았다. 처음엔 아직도 눈이 내려서 나이팅게일들이 머리에 눈송이를 이고 노래 불렀다. 마치 흰 나이트캡을 쓴 것 같았다. 그다음엔 날이 너무나 따뜻해서 아이들이 강에서 수영을 하고 버찌들이 무르익었다. 연대기는 그것에 대해 다음과 같은 시구를 간직하고 있다.

얼음과 눈,
소년들은 호수에서 수영하고,
농익은 버찌들과 숙성된 포도주,
이 모든 것이 5월에 있으려 하네.

---

12 그리스의 바람의 신 아이올로스(Aiolos)에서 유래한 명칭으로, 크기가 다른 몇 개의 현을 같은 음고(音高)로 하여 틀에 걸고 바람이 부는 곳에 놓아 자연스럽게 울리게 했다. 17세기 초부터 19세기까지 유럽에서 유행했다.

이런 자연현상들은 사람들을 사색에 잠기게 했고 다양한 방식으로 그 힘을 발휘했다. 특히 생각이 깊은 리젤라인 페더슈필 아가씨도 곰곰이 생각에 잠기더니 자신의 안녕과 불행, 덕성과 몰락이 제 손에 달렸다는 것을 처음으로 깨달았다. 그녀는 마음의 평정을 잃지 않고 이런 책임감 있는 자유에 대해 심사숙고했는데, 그로 인해 슬픈 마음이 들기도 했다. 그녀가 이런 상태에 처해 있을 때 빨간 상의를 입은 그 대담한 남자가 와서 서슴지 않고 말했다. '페더슈필, 그대를 사랑하오!' 그러자 그녀는 기이한 섭리로 인해 갑자기 생각을 바꾸어 큰 소리로 웃었다."

"이제 내가 이어서 쓸게." 상기된 채 달려와서 젊은이의 어깨 너머로 읽고 있던 노인이 외쳤다. "내가 쓰려던 것과 딱 들어맞네!" 그러고는 다음과 같이 이어서 썼다. "'웃을 일이 아니오.' 남자가 말했다. '나는 농담을 모르는 사람이니까!' 요컨대, 벌어져야 했던 일이 벌어졌다. 나의 페더슈필은 언덕 위의 작은 숲속에 앉아서 계속해서 웃기만 했다. 하지만 기사는 이미 자기 백마에 올라타 너무나 빨리 멀어져갔기에 대기원근법에 따라 금세 푸르스름하게 보일 따름이었다. 그는 사라졌고 다시는 돌아오지 않았다. 그는 악한이었던 것이다!"

"그래, 이제 됐어!" 리툼라이는 이렇게 외치더니 펜을 내팽개쳤다. "이제 내 몫은 다했으니 네가 마무리 지어라. 이런 지독한 발명 때문에 완전히 기진맥진이 되었어! 맙소사! 집안을 창건하는 일이 이렇게 고생스럽다는 걸 알고 나니 위대한 가문 사람들이 조상을 공경하여 실물 크기로 그리는 것도 놀랄 일이 아닌 것 같아! 그래도 내가 이 일을 대담하게 잘해내지 않았니?"

이제 존이 이어서 썼다. "불쌍한 페더슈필 아가씨는 기억에 남을 만한 그 5월과 거의 동시에 그 유혹적인 젊은이마저 사라진 걸 문득 깨닫자 상실감이 매우 컸다. 하지만 그녀는 침착성을 잃지 않았고, 평정을 되찾았던 상태로 마음을 되돌리기 위해 재빨리 아무 일도 벌어지지 않은 것처럼 마음을 추슬러야 했다. 하지만 순결의 여운을 즐기는 것도 잠시뿐이었다. 여름이 왔고 사람들은 추수했다. 황금빛 축복으로 인해 사방이 온통 노란색 천지였다. 물건값은 다시 현격하게 내려갔다. 리젤라인 페더슈필은 예전의 그 언덕에 서서 주위를 둘러보았다. 하지만 짜증과 후회가 너무 커서 아무것도 볼 수 없었다. 가을이 왔다. 포도나무란 포도나무는 흐르는 샘이 됐고, 사과와 배가 익어 떨어져 땅에서는 연신 북소리가 났다. 사람들은 먹고 노래하고 물건을 사고팔았다. 누구나 근심했고 온 나라가 대목장이었다. 모든 게 풍부했고 값도 저렴했다. 남아도는 것은 찬양되고 사랑받고, 감사하는 마음으로 수령되었다. 리젤라인이 가져온 축복만 유일하게 아무짝에도 쓸모없고 그 안부를 물을 가치도 없는 것 같았다. 마치 물이 범람할 때 수영하는 사람들의 경우 일절 말을 할 수 없는 것과도 같았다. 그녀는 자신의 덕성으로 자신을 감쌌고 한달 일찍 활기찬 사내아이를 낳았다. 아이는 진정 자기 행운의 개척자가 되어야 할 처지였다. 파란만장한 삶을 씩씩하게 살아냈기에 기이한 운명 덕에 마침내 자기 아버지와 결합되고 그에 의해 명예가 회복되어 자신의 권리를 되찾게 되었다. 그 사람이 리툼라이 집안의 유명한 두번째 가장이다."

노인은 문서 아래에 이렇게 기록했다. "읽고 확인함. 요한 폴리카르푸스 아담 리툼라이." 그리고 존도 마찬가지로 서명했다. 그런 다음 리툼라이 씨가 직인을 찍었다. 직인의 문장紋章에는 푸른색 바탕에 반쪽짜리 금빛 낚싯바늘 세개가 새겨져 있고 초록색의 비스

든한 띠 위에 흰색과 빨간색 정사각형 무늬의 할미새 일곱마리가 새겨져 있었다.

그런데 그들은 그 문서가 길어지지 않은 데에 놀랐다. 종이책의 전지 한장도 채 다 채우지 못했기 때문이다. 그럼에도 그것을 문서함에 넣었는데, 낡은 쇠 상자를 문서함으로 미리 정해놓았었다. 그들은 만족하고 흡족해했다.

그런저런 일들을 하다보니 시간이 기분 좋게 흘러갔다. 더이상 바랄 것도, 두려워할 것도, 새롭게 개척하거나 생각할 것도 없다는 사실에 존은 행복하면서도 한편 두려운 마음이 들기도 했다. 그래서 새로운 일을 찾던 중에 집의 여주인이 자기에게 약간 불만족스러운 미심쩍은 표정을 짓는다는 생각이 들었다. 하지만 딱히 그렇다고 말할 수는 없는 것 같기도 했다. 이런저런 노력들을 하느라, 항상 잠을 자다시피 하다가 깨어나면 좋은 음식이나 먹는 그 부인에 대해 별로 주목하지 않았었다. 그녀가 어떤 일에 끼어드는 일도 없었고 자신의 평온이 방해받지 않는 한 뭐든지 만족하는 것 같았기 때문이다. 이제 그녀가 사태의 흐름을 자기에게 불리하게 돌릴 수도 있고, 남편의 마음을 바꿔놓거나 그런 비슷한 일을 꾸밀 수도 있다는 생각에 그는 갑자기 두려워졌다.

그는 손가락을 코에 갖다대고 말했다. "잠깐! 그 작품을 마무리해야 하지 않을까? 어떻게 이런 중요한 부분을 이렇게 오랫동안 고려하지 않을 수 있었지? 좋은 게 좋은 거야. 하지만 조심하는 게 더 좋아!"

노인은 마침 나가고 집에 없었다. 자신의 후계자에게 어울리는 적당한 부인을 조용히 찾기 위함이었는데, 후계자 당사자에게도 아무 말 않고 나갔던 것이다. 존은 별안간 그동안 소홀히 한 것을 만회하기 위해 어떻게든 치근덕거리고 따라다니며 아첨하겠다는 애매한 생각에 부인에게 가기로 결심했다. 그는 예의 바르게 살금살금 계단을 내려가 그녀가 주로 머무르는 방에 갔는데, 보통 때처럼 문이 반쯤 열려 있는 것을 발견했다. 그녀는 무척 게을렀지만 호기심은 많아서 언제나 벌어지는 일들을 곧장 알고 싶어했기에 문을 조금 열어놓고 있었다.

그는 조심스럽게 안으로 들어가 그녀가 누워서 자고 있는 걸 보았다. 손에는 반쯤 먹다 남은 산딸기 케이크가 들려 있었다. 도대체 뭘 어떻게 해야 할지도 모르면서 발뒤꿈치를 들고 살금살금 걸어가더니 그녀의 포동포동한 손을 잡고 존경하는 마음으로 입 맞추었다. 그녀는 미동도 하지 않았다. 하지만 눈을 반쯤 뜨더니 입을 비죽거리지도 않으면서 몹시 이상한 시선으로 그를 바라보았다. 그는 당황하여 말을 더듬거리며 뒤로 물러났고 자기 방으로 달려갔다. 방구석에 앉아 있는 내내 가늘게 뜬 눈 속의 그 시선이 계속해서 떠올랐다. 그는 다시 서둘러 내려갔다. 부인은 이번에도 역시 미동도 하지 않았다. 그가 가까이 다가가자 역시 눈을 반쯤 떴다. 그는 다시 돌아섰고 재차 돌아와 자기 방 모서리에 가 앉았다. 세 번째로 다시 일어나 계단을 내려가 스치듯 안으로 들어갔는데, 이번에는 가장이 집에 돌아올 때까지 그 방에 머물렀다.

이제는 두사람이 힘을 합쳐 노인을 멋들어지게 배신하지 않는 날이 하루도 없을 지경이었다. 나른하고 의욕이 없던 부인은 갑자기 나름대로 활기를 띠었다. 하지만 존은 좌우지간 자신의 위치를 굳건히 하고 행운을 정말 확고부동하게 만들 의도로 은인에게 지독히도 배은망덕한 짓을 저지른 셈이었다.

이러니저러니 하는 동안 두 죄인은 배신당한 리툼라이에게 더욱더 다정하고 충실하게 대했다. 그래서 그는 매우 만족했고 자기 집이 최상의 상태에 도달했다고 믿었다. 그 때문에 두 남자 중 누가 더 자신에게 만족하는지 판단할 수가 없었다. 그런데 어느날 아침 부인의 제의로 그녀와 다정하게 의논한 덕에 아버지가 승리를 쟁취할 것처럼 보였다. 그는 기이하게도 이리저리 돌아다니느라 잠시도 가만히 있지를 않았고 계속해서 흥겹게 휘파람을 불려고 했기 때문이다. 하지만 빠진 이빨들 때문에 휘파람이 잘 불어지지 않았다. 그는 밤새 몇 센티미터는 더 자란 것 같았다. 요컨대 자기만족의 전형을 보여준 것이다. 하지만 그날이 다 가기도 전에 이번에는 승리가 아들 손을 들어줬다. 아버지가 문득 아들에게 세상을 좀더 배우고, 특히 수련을 쌓으면서 여러 나라 청년교육의 다양한 방식들과 그것을 지배하는 원칙들을 배우기 위해, 말하자면 고귀한 신분을 지닌 사람들의 원칙을 배우기 위해 여행을 떠날 의향이 없냐고 질문했기 때문이다.

그에게 그런 멋진 제안보다 더 반가운 일은 없을 정도였다. 그는 그 제안을 흔쾌히 받아들였다. 신속하게 여행 준비를 했고 돈도 환전했다. 최고의 영예를 등에 지고 그곳을 떠나갔다. 맨 먼저 빈과 드레스덴, 베를린, 함부르크를 여행했고, 그다음에는 용기를 내어 빠리에도 갔다. 어디서나 화려하고 현명한 삶을 영위했다. 휴양지들과 여름 극장들, 공연장들을 빠짐없이 순찰했고 성들의 희귀품 보관실들을 구경했으며 점심식사하러 가기 전 정오에는 여름의 열기 속에서 음악을 들으며 장교들을 구경하기 위해 사열식장에 가서 서 있었다. 수많은 사람들 속에서 그 모든 멋진 것들을 구경할 때면 자신이 매우 자랑스러워졌기에 모든 영광과 자랑의 유일한 공로를 자기 자신에게 돌렸다. 이런 것들을 함께 구경하지 않는 사람은 그게 누가 됐든 아무것도 모르는 바보 취급을 했다. 그런데 그는 그런 기민한 향락을 최고의 지혜와 합치시켜서 결코 애송이를 여행 떠나보낸 게 아니라는 걸 은인에게 보여주고자 했다. 그는 절대 거지에게 적선하지 않았고, 가난한 아이에게 무엇을 팔아준 적도 없으며, 여관 사람들에게 끈질기게 팁을 주지 않으면서도 봉변당하지 않는 법도 터득했다. 어떤 써비스든 그것을 받기 전에 오랫동안 값을 흥정했다. 그가 가장 재미있어한 것은 클럽에서 열리는 무도회에서 생각이 같은 몇몇 사람과 담소를 나누면서 파산한 사람들을 조롱하고 희롱하는 것이었다. 한마디로 말해 그는 늙은 포도주 출장 판매인처럼 안전하게, 즐겁게 생활했던 것이다.

여행 마지막에는 고향인 젤트빌라에 들르는 것을 포기할 수 없었다. 그는 최고급 여관에 기거하면서 신비롭고 과묵한 태도로 점심을 먹었다. 그리고 동료 시민들로 하여금 그에게 무슨 일이 일어난 걸까 생각하느라 골머리가 다 빠지게 내버려뒀다. 그들은 그것이 얄팍한 속임수일 거라고 확신했다. 하지만 현재는 그가 의심의 여지 없이 부유한 삶을 누리고 있기에 당분간은 조롱을 삼가며 그가 보여준 재산을 인상을 찡그리고 바라보았다. 그런데 그는 그들이 보는 앞에서 최고급 포도주를 마시면서도 그들에게는 포도주 한병 대접하지 않았다. 어떻게 하면 그들에게 또다른 것들을 보여줄 수 있을까 그 궁리만 하고 있었던 것이다.

그때, 여행의 막바지에 이르자 돌연 그는 자기에게 부과된 과제를 떠올렸다. 그것은 여행하는 나라들의 교육제도를 연구해오는 것이었는데, 리튬라이가 창립하고 캐비스가 번성시켜야 할 가문의 아이들을 양육할 원칙들을 정하기 위함이었다. 이런 과제를 젤트빌라에서 해결하는 것이 그에게 큰 도움이 됐다. 보다 고귀한 사명의 외투를 두르고 일종의 교육위원 행세를 하면서 젤트빌라 사람들을 더 많이 놀려먹을 수 있었기 때문이다. 그는 이제 힘차게 망치질을 할 참이었다. 젤트빌라 사람들은 얼마 전부터 소녀들을 전부 교육자로 만들어서 파견하는 것이 훌륭한 산업이 될 거라고 생각하고 있었기 때문이다. 영리한 아이들과 그렇지 않은 아이들, 건강한 아이들과 병든 아이들이 이런 방식에 의해 해당 기관에서 모든 필요에 맞게 육성되었다. 송어를 다양한 방식으로 요리하듯이, 그러니까 엉망이 되도록 푹 삶거나 굽거나 또는 베이컨 조각을 넣어 요리하는 등등의 방식처럼, 착한 소녀들은 긍정적이고 기독교적이거나 또는 세속적으로, 언어에 중점을 두거나 음악에 중점을 두어, 귀족 집안에 맞추거나 시민 가정에 맞추어서 교육받았다. 이미 정해진 곳 또는 수요가 있는 나라의 사정에 맞추어서 그렇게 교육받았다. 이 일의 기이한 점은, 젤트빌라 사람들이 온갖 상이한 목적들에 대해 완전히 중립적으로, 아무래도 상관없다는 식으로 반응을 보인 점과 또 당면한 인생의 항로에 대해 아무 지식도 갖추고 있지 않았다는 점이다. 그렇기 때문에 이 높은 매출은 수출 품목의 구매자 역시 아무래도 상관없다는 식으로 나왔고 아무 지식도 없었다는 것으로만 설명될 수 있었다. 교회와 불구대천의 원수지간이던 어떤 젤트빌라 사람은 영국에 가기로 정해진 자기 아이들에게 기도와 주일성수를 못하게 할 수 있었다. 공개 연설에서 고귀한 슈타우파허 부인[13], 즉 자유로운 스위스 가정의 자랑에 대해 열광했

---

13 프리드리히 실러(1759~1805)의 드라마 『빌헬름 텔』(1804)에 보면 오스트리아의 압제에 대항하여 저항운동을 벌인 슈타우파허의 용감하고 영리한 부인이 뤼틀리 서약(1291년 오스트리아에 대항해서 스위스 건국의 기초를 이룩한 우리, 슈비츠, 운터발덴 세 지방의 맹약)이 이루어지도록 동기를 부여했다.

던 또다른 젤트빌라 사람은 딸들 대여섯명을 러시아의 초원지대나 다른 불모의 지방으로 귀양 보냈는데, 그들은 먼 타향에서 절망에 빠져 힘든 날들을 보냈다.

중요한 점은, 용감한 시민들이 가난한 소녀들에게 최대한 빨리 여권과 우산을 주어 떠나보냈다는 것과 소녀들이 집으로 보낸 돈으로 자기들의 배를 불릴 수 있었다는 사실이다.

그럼에도 곧 소녀들의 외적 준비를 위한 모종의 전통과 기술이 생겨났다. 존 캐비스는 이곳을 지배하는 그런 기이한 원칙들을 더욱 기이한 이해력으로 수집하고 정리하는 일로 분주했다. 그는 소녀들을 육성하는 이런저런 소규모 기관들을 돌아다니며 원장들과 교사들에게 질문을 던졌다. 특히 고귀한 집안에서 어린 소년들을 신분에 맞게 애초부터 어떻게 교육시키는지, 그러니까 부모들은 고생도 불만도 없고, 반면에 돈을 받고 교육을 맡은 이들은 어떻게 당연히 희생하면서 교육을 시키는지에 대해 표본을 만들어보려고 시도했다.

그는 이에 관해 특이한 비망록을 작성했다. 열심히 메모한 덕에 그것은 며칠 안돼서 전지 여러장 분량으로 불어났다. 그는 사람들의 주목을 받으면서 그 일에 몰두했다. 문서를 둘둘 말아서 둥근 양철 상자에 넣어 보관했고 상자를 가죽혁대에 묶어서 늘 허리에 차고 다녔다. 그런데 그것을 알아챈 젤트빌라 사람들은 그가 온 목적이 자기들 산업의 기밀을 캐내서 외국에 이식하려는 것이라고 확신했다. 그래서 몹시 화가 나서 그를 협박하고 훈계하면서 쫓아냈다.

그는 그들을 화나게 만든 것에 흡족해하면서 여행을 떠났고 마침내 어린 곤들매기처럼 건강하고 쾌활한 모습으로 아우크스부르크에 도착했다. 집에도 흥겹고 활기찬 기운이 감도는 걸 느끼며 좋아했다. 맨 먼저 가슴이 큰, 활기차고 예쁜 시골 여자와 마주쳤다. 그녀는 따뜻한 물을 담은 대접을 나르고 있었다. 그는 새로 온 요리사겠거니 생각하며 잠시 호의를 갖고 바라보았다. 하지만 빨리 안주인에게 가서 인사하고 싶었다. 그런데 집 안에 괴상한 소음들이 가득한데도 그녀는 침대에 누워 있기만 해서 말을 걸 수가 없었다. 그 소음은 늙은 리툼라이에게서 나는 것으로, 리툼라이는 이리저리 뛰어다니며 노래하고 소리 지르고 웃고 떠들었는데, 마침내 헐떡거리고 눈을 굴리면서, 기쁨과 자부심, 자만심으로 얼굴이 새빨개진 상태로 그 모습을 드러냈다. 그는 방정맞으면서도 동시에 품위 있게 숨 쉬면서 자신의 총아를 환영했고 다른 일을 처리하기 위해 다시 서둘러 떠나갔다. 할 일이 무척 많은 것 같았다.

그러는 사이에 또 어디선가 아이들의 싸구려 트럼펫 소리 같은 둔탁하게 꽥꽥대는 소리가 들려왔다. 가슴이 큰 그 시골 여자가 한 손에 흰색 천들을 가득 쥐고 다시 무대 위로 지나가면서 목청껏 외쳤다. "금방 갈게, 아기야! 금방 가, 아가야!"

"어럽쇼?" 존이 말했다. "이게 무슨 재밌는 현상이람?"

하지만 계속해서 들려오는 그 꽥꽥대는 소리에 다시 귀를 기울였다.

"응?" 다시 저벅저벅 걸어온 리툼라이가 외쳤다. "새가 예쁘게 노래하지 않니? 어떻게 생각하니, 아들아?"

"어떤 새요?" 존이 물었다.

"아이고, 이런! 아직 아무것도 모르겠어?" 노인이 외쳤다. "마침내 아들이 태어났어, 가문을 이을 장자가 말이야! 새끼 돼지처럼 건강하게 요람에 누워 있어! 내 모든 소원, 내 오래된 계획들이 다 이루어졌다고!"

하지만 자기 행운의 개척자는 이야기의 결론이 그렇게 간단하다고 말하는데도 아직 그것을 내다보지 못한 채 동상처럼 꼼짝도 않고 서 있었다. 다만 일이 자기에게 아주 불리하게 돌아간다는 것만 느끼면서 눈을 크게 뜨고는 고슴도치에게 키스하기라도 해야하는 양 입을 뾰족하게 내밀었다.

"응?" 다시 저벅저벅 걸어온 리툼라이가 외쳤다. "짜증나게 우는군! 물론 우리 관계도 좀 변할 거야. 이미 유언장도 고쳐놨고, 이젠 필요 없게 된 그 웃기는 소설도 태워버렸어! 하지만 집에 있으면서 내 아들 교육의 총지휘를 맡아줘. 내 조언자가 되어서 모든 일에 조력자가 되어줘. 내가 살아 있는 한 부족함 없게 해줄게! 이제 좀 쉬어. 난 저 어리고 성가신 녀석에게 제대로 된 이름을 찾아줘야 해! 이미 달력을 세번이나 살펴봤으니 이제는 오래된 연대기를 뒤적거려보려고. 거기에는 아주 특이한 세례명들이 나오는 오래된 족보들이 들어 있거든!"

존은 그제야 자기 방에 가서 예전의 그 구석에 앉았다. 아직도 허리에 차고 있던, 교육용 비망록이 든 양철 상자를 무의식중에 무릎 사이에 끼워넣었다. 이제 사태를 파악한 그는 자기에게 이런 장난을 치고 상속인을 들이민 그 나쁜 여인을 저주했다. 합법적인 아들이 생겼다고 믿고 있는 노인을 저주했다. 오직 자기 자신만 저주하지 않았다. 자기가 그 어린 불평꾼을 실제로 낳은 유일한 장본인이고, 그럼으로써 상속권을 잃어버렸기 때문이다. 그는 끊어지지 않는 그물망에 갇혀 바둥거리다가, 어리석게도 노인이 눈뜰 수 있게 해주려는 마음에 다시 노인에게로 달려갔다.

"정말로 믿으세요?" 그는 억눌린 목소리로 말했다. "저 아이가 당신의 아이라고?"

"그게 무슨 말이야?" 리툼라이 씨가 묻더니 연대기에서 눈을 떼었다.

존은 더듬거리는 어투로 그를 이해시키려고 계속해서 말했다. 그 자신은 결코 아버지가 될 수 없다는 것과, 짐작건대 그의 부인이 부정을 저질렀음에 틀림없다는 것 등등이었다.

작은 남자는 그의 말을 다 듣자마자 미친 듯이 벌떡 일어나더니 몹시 흥분하여 바닥을 쾅쾅 구르면서 소리를 질러댔다. "당장 사라져, 이 배은망덕한 놈아, 사악한 비방꾼아! 내가 왜 아들을 가질 수 없다는 거지? 말해봐, 이 고약한 놈아! 그 저열한 혀로 내 아내의 명예와 나의 명예를 비방하는 것이 네게 베푼 은혜에 대한 보답이냐? 이런 뱀 같은 녀석을 내 아들 곁에 두려고 했다니, 제때에 알게 되어 얼마나 다행인지! 위대한 종갓집들은 요람에서부터 질투와 사리사욕의 공격을 받는구나! 꺼져! 당장 이 집에서 나가!"

그는 화가 나서 치를 떨면서 책상으로 달려가 금화를 한줌 가득 쥐더니 종이에 싸서 그 불행한 사람의 발치에 내동댕이쳤다.

"자, 노잣돈이다. 이거 갖고 영원히 사라져라!" 그러고는 여전히 뱀처럼 쉭쉭 소리를 내면서 떠나갔다.

존은 그 꾸러미를 집어들었지만 집을 나가지는 않았다. 대신 초주검이 되어 자기 방으로 기어들어가더니 저녁도 아닌데 속옷만 남기고 옷을 다 벗고는 덜덜 떨며, 가련하게 신음 소리를 내면서 침대에 누웠다. 통 잠이 오지 않았기에 매우 참담한 중에도 좀 전에 받은 돈과 앞에서 말한 방식으로 여행에서 아껴 모은 돈을 세어보았다. "너무 적어!" 그는 말했다. "이걸 갖고 떠날 순 없어. 여기 남을 거야. 남아야 해!"

그때 경찰 두명이 노크를 하고 들어오더니 그에게 일어나서 옷을 입으라고 명령했다. 그는 몹시 두렵고 놀라서 시키는 대로 했다. 그들은 그에게 짐을 꾸리라고 명령했다. 그런데 아직 여행 가방을 풀지 않은 상태라 모든 게 깔끔하게 잘 꾸려져 있었다. 이제 그들은 그를 집 밖으로 데리고 나갔다. 하인 하나가 그의 물건들을 가져다 거리에 내다놓더니 쾅 하고 문을 닫았다. 그러자 그 경찰들은 종이 한장을 꺼내 이 집에 또 들어가면 처벌한다는 출입금지령이 적힌 문서를 낭독해주었다. 그런 다음 가버렸다. 하지만 그는 잃어버린 그 행운의 집을 한번 더 올려다보았다. 바로 그때 높다란 여닫이 창문 하나가 조금 열리더니 예쁘장한 유모가 시골 방식대로 창문에 널어서 말린 기저귀를 들고 들어갔다. 바로 그때 또 아이의 작은 목소리가 들려왔다.

결국 그는 소지품들을 챙겨 여관으로 도망갔고 또 옷을 벗고 침대에 누웠으며, 이번에는 방해받지 않았다.

그는 절망한 나머지 할 수 있는 게 아무것도 없는지 알아보려고 다음날 변호사에게 달려갔다. 변호사는 그의 말을 반쯤 듣더니 짜증을 내면서 소리 질렀다. "이 멍청한 양반아, 그런 순진한 사기 상속 문제라면 당장 나가시오. 안 그러면 당신을 잡아가게 할 테니까!"

이제 그는 완전히 넋이 나가 결국 며칠 전에 갔었던 고향 젤트빌라를 향해 떠나갔다. 그는 다시 그 여관에 묵으면서 한동안 생각에 잠겨 갖고 있는 현금을 갉아먹었다. 현금이 줄어들면 줄어들수록 점점 더 기가 꺾였다. 젤트빌라 사람들은 익살스럽게 그의 곁으로 몰려들었고, 이제 그에게 접근하는 게 가능해졌기에 그의 운명을 제법 탐구해냈다. 그리고 얼마 안되는 그의 재산이 점점 줄어드는 것을 보자 마침 매물로 나온 성문 앞의 작고 낡은 못 대장간이 제법 장사가 된다며 그에게 팔아치웠다. 그런데 그는 계약금을 마련하느라 자신의 소지품들과 보물들을 전부 다 양도해야만 했는데, 그것들에 더는 희망을 두지 않았기에 마음 편히 팔아치웠다. 그것들은 계속해서 그를 기만했으니, 그는 더이상 그것들과 상관하고 싶지 않았던 것이다.

단순한 못 두서너가지를 만드는 못 대장간과 함께 늙은 도제도 덤으로 딸려왔기에, 새 주인은 그로부터 큰 수고를 들이지 않고 작업방법을 배워 유능한 못 대장장이가 되었다. 처음에는 그럭저럭 만족하다가 나중에는 매우 만족하면서 망치질을 했는데, 단순하고 지속적인 작업이 주는 행복을 뒤늦게 깨달았던 것이다. 그런 행복으로 인해 그는 정말 모든 근심에서 벗어났고 자신의 헛된 열정을 씻어냈다.

그는 감사하는 마음에 낮고 검은 오두막 위로 예쁜 호박꽃과 메꽃 덩굴이 뻗어오르는 모양새 그대로 놔두었다. 또한 커다란 딱총나무가 오두막에 그늘을 드리우도록 내버려두었고 화로에는 언제나 안락하게 불을 조금 피워놓았다.

조용한 밤이 오면 이따금 자신의 운명을 되돌아보았다. 산딸기 케이크를 옆에 둔 리툼라이 부인을 발견한 바로 그날이 돌아오면 자기 행운의 개척자는 몇년 동안 자신의 행운을 확고히 하려던 그 부적당한 지원을 후회하면서 머리로 화로를 들이받았다.

하지만 그가 망치질해서 만든 못들이 점점 더 잘 팔리자 되돌아보며 후회하는 그런 일시적인 습도 점점 사라져갔다.

사회사적 흐름에 대한 문학적 진단

'스위스의 괴테'로 평가되는 고트프리트 켈러(Gottfried Keller)는 1819년 취리히에서 태어났다. 다섯살 때 선반공이던 아버지가 돌아가시는 바람에 어머니의 손에서 어렵게 자랐다. 켈러는 열다섯살 때 사소한 규율 위반으로 공업학교에서 쫓겨나는데, 이후 화가가 되기로 마음먹고 그림 공부를 시작한다. 1840~42년 예술의 도시인 독일 뮌헨에서 그림 공부를 계속하지만 끝내 화가의 길을 포기하고 고향으로 돌아와 첫 시를 쓰면서 작가의 길로 들어선다. 켈러의 초년은 아버지의 부재와 가난, 퇴학과 화가의 길 좌절 등으로 순탄치가 않았다. 그의 이런 체험들은 한 젊은이의 성장과정을 그린 자전적 교양소설 『초록의 하인리히』 초판(1855)에 고스란히 담겨 있다. 홀어머니 밑에서 어렵게 자란 하인리히는 화가로서의 출세에 실패하자 가난과 현실에 대한 환멸 등으로 끝내 자살한다. 젊은 켈러가 세상을 바라보는 눈이 어떠했는지 짐작해볼 수 있는 대목이다.

켈러는 1848년 취리히 주정부의 장학금을 받아 하이델베르크 대학에서 공부하는데, 이때 루트비히 포이어바흐(Ludwig Feuerbach)의 강의를 들으며 그의 유물론적 무신론에 심취한다. 이후 5년 동안 베를린에 거주하면서 활발하게 작품활동을 하는바, 바로 이 시기에 교양소설『초록의 하인리히』초판을 비롯하여『신시집』(1851)을 발표하였고,『젤트빌라 사람들』의 작업에도 착수한다. 1855년 취리히로 돌아온 켈러는 1861년 마흔두살의 나이에 취리히 주정부의 총서기로 선출되어 공직생활을 시작하는데, 그제야 비로소 경제적 궁핍에서 벗어나 안정적인 생활을 영위하게 된다. 19세기 후반 대부분의 시민계급 출신 전업작가들이 그러하듯 켈러 또한 작가생활 내내 가난에 시달려야 했다. 대중의 취향에 영합하는 오락적 성향이 강한 작품들을 쓴 일부 인기작가들을 제외하면 작가들은 사회적·경제적으로 철저하게 외면당했다. 15년 동안의 공직기간 중에도 켈러는『일곱개의 전설』(1872)과『젤트빌라 사람들』같은 노벨레 연작집을 발표하는데, 예리하지만 풍부한 인간애가 흐르는 이 작품들은 독일 노벨레 문학의 백미로 손꼽힌다. 작가활동에 전념하기 위해 공직에서 물러난 후에는『취리히 노벨레』(1877)와『초록의 하인리히』개정판(1879),『경구』(1882),『마르틴 잘란더』(1886) 등의 소설을 발표했다. 시집도 여러권 발표했지만 켈러 문학의 주된 영역은 역시 산문이다. 장편소설과 노벨레 등을 통해 켈러는 19세기 후반 독일어권 사실주의 문학의 대표작가 중 한 사람으로 평가된다. 평생을 독신으로 산 그는 1890년 71세의 나이로 취리히에서 사망했다.

문화운동의 변증법

『젤트빌라 사람들』은 거의 30년에 걸친 작가적 노력의 산물이다. 켈러는 1840년대 중반 이 노벨레 연작집에 대해 구상하며 초안을 잡았고, 베를린에 거주하던 1851년 집필에 착수하여 1856년에 1부를, 1874년에 2부를 발표했다. 1부와 2부는 각각 다섯편의 노벨레로 구성되어 있기에 이 연작집에는 총 10편의 노벨레가 들어 있다. 그리고 1부와 2부의 앞에는 각각 작가의 서언이 위치한다.

작가는 1부 서언에서 젤트빌라가 "매력적이고 양지바른 장소"를 뜻한다며 "이런 이름의 소도시는 스위스 어딘가에 실제로 존재한다"고 말한다. 젤트빌라 사람들은 "매우 명랑하고 선량하"기에 그렇게 "재미있고 기이한 도시에 별의별 기이한 이야기와 인생궤적이 없을 리 만무하다"며, "어느정도 예외이긴 하지만 그래도 다름 아닌 젤트빌라에서만 일어날 수 있는 몇몇 별난 일을 이야기하려고 한다"고 서술의도를 밝힌다. 그런데 2부 서언에서는 "젤트빌라 사람들의 본질이 변하고 있다"고 지적한다. 그들은 지난 몇년 동안 사업적인 수완과 능력이 향상된 "동시에 어느새 말수가 더 적어지고 무미건조해졌다. 전보다 덜 웃고 이제는 농담과 오락을 생각할 여유가 거의 없는 듯하다"고 진단한다. "수백년 동안이나 변치 않던 시의 성격이 십년도 채 안되는 기간 만에 변화하더니 이제는 완전히 다른 쪽으로 돌아설 것만 같다"고 염려한다.

자전적 교양소설『초록의 하인리히』와 마찬가지로『젤트빌라 사람들』또한 유년시절의 스위스에 대한 작가의 회상에서 유래한다. 하지만 전자와 달리 후자에서는 개인적인 체험이 아닌 스위스 사회에 대한 객관적인 묘사가 서술의 주된 대상이자 목적이다. 2부 서언에서 지적한 것처럼 실제로 스위스에서는 1850년에서 1870년 사이에 일대 변혁이 일어났다. 1850년 이후 산업화가 집중적으로 전개되면서 스위스는 수백년 동안 지속되어온 전통적인 수공업 사회에서 단기간 만에 현대적 의미의 자본주의 사회로 이행한 것이다. 이 기간에 스위스의 대외무역이 약 세배나 늘어났다는 사실이 그것을 반증해준다. 더욱이 1872년부터는 독일과 마찬가지로 소위 '그륀더차이트'(Gründerzeit)를 맞이하면서 산업화에 더욱 박차를 가해 현대적 의미의 산업사회로 나아간다. 1865년을 기점으로 스위스는 현대적 의미의 자본주의 사회로 이행했다고 보는 것이 일반적인 견해이다. 그러니까 두 서언 사이에는 작가가 경험한 20년에 걸친 스위스 사회의 변화가 들어 있고, 작가는 2부 서언에서 그것을 표명하고 있는 것이다. 옛 젤트빌라가 새로운 젤트빌라로 변화하는 모습을 통해서 작가는 스위스의 사회사적 흐름에 대해 진단하려는 것인데, 사회사적으로 전형적인 것에 큰 가치를 두면서 이 연작집이 집필됐다. 그래서 이 소설에서는 사회 속 개개인들의 형편이 그 중심에 있는 것이 아니라 여러 개인들의 운명을 통해서 사회 일반의 형세가 묘사되는바, 이런 점에서 이 소설의 연작적 특성이 중요성을 지니게 된다.

셰익스피어의『로미오와 줄리엣』을 연상시키는「마을의 로미오와 줄리엣」서두에서 서술자는 두 작품 사이의 유사성을 암시하면서 이렇게 말한다.(독일식 발음 그대로 하면「마을의 로메오와 율

리아」인데, 셰익스피어 작품과의 유사성을 보다 분명히 하기 위해
「마을의 로미오와 줄리엣」으로 번역했다.)

이 이야기가 실제 사건에 근거하는 게 아니라면, 이 이야기를 하는
건 부질없는 모방이 될 것이다. 위대한 옛 작품들의 근거가 되는 이야
기들 하나하나는 그것이 인간의 삶에 깊이 뿌리박고 있음을 증명해준
다. 그런 이야기들은 숫자는 많지 않지만 항상 새로운 옷으로 갈아입
고 나타나서 자기를 붙들어달라고 간청하는 법이다.

서술자는 셰익스피어의 드라마에 대한 "부질없는 모방"이 될 수
도 있는 이 이야기를 하는 이유를 "이 이야기가 실제 사건에 근거
하"기 때문이라고 밝히고 있다. 그 실제 사건이란 두 남녀의 사랑
과 자살을 보도한 1847년 9월 3일 자『취리히 금요신문』(*Züricher
Freitagszeitung*)에 실린 기사 내용을 말한다.

라이프치히 근교의 알트젤러하우젠이라는 마을에서 19세의 남자
와 17세의 여자가 서로 사랑했는데, 둘 다 가난한 집안의 자식들이다.
그런데 두 집안은 치명적인 적대관계 속에 있었기에 두사람이 결합하
는 데 동의하려 하지 않았다. 8월 15일 두 연인은 가난한 사람들이 모
이는 한 주막에 가서 새벽 1시까지 춤을 추고는 사라졌다. 아침에 들
판에서 두 연인의 시체가 발견됐는데, 그들은 서로 머리를 권총으로
쏴서 죽었다.

사랑하는 두 남녀가 양쪽 집안의 불화 때문에 비극적인 결말을
맞이하는 이런 이야기는 서술자의 말대로 "인간의 삶에 깊이 뿌리

박고 있"으며 "숫자는 많지 않지만 항상 새로운 옷으로 갈아입고 나타"난다. 인간의 삶에 깊이 뿌리박고 있다는 말은 이런 이야기 또는 사건이 시대와 관계없이 인간사회에서 계속해서 일어난다는 말이고, 새로운 옷으로 갈아입고 나타난다는 말은 그런 사건의 배후에는 그것을 낳은 시대적·사회적 환경이 자리하고 있다는 말이다. 이제 작가는 옛 작품의 근거가 된 사건이 자기 시대에서도 일어난 사실을 목도하고 그것이 걸치고 있는 새로운 옷, 즉 동시대적 환경을 배경으로 한번 "붙들어"보려는 것이다. 바로 여기서 켈러의 미적 개념인 문화운동의 변증법(Dialektik der Kulturbewegung) 이 대두한다. 이것은 옛이야기, 하지만 순수하게 인간적인 것이어서 언제든 일어날 수 있는 이야기를 해당 시대 및 역사에 따른 시각으로 조명하려는 변증법적 원리로서, 인간행동의 심리적 원인과 사회적 원인을 동시에 파악하려는 사실주의자 켈러의 문학관을 대변하는 핵심적인 개념이다.

그럼 이제 「마을의 로미오와 줄리엣」에서는 어떤 사회적·역사적 배경하에서 이야기가 전개되는지 살펴보자. 셰익스피어의 비극과 달리 켈러의 비극 제목에는 '마을의'라는 수식어가 붙어 있듯이, 같은 마을에 사는 농부 만츠와 마르티의 가정에서 이야기가 비롯된다. 두 가정은 "위대한 옛 작품"에서와는 달리 작품의 서두에서 "좋은 이웃"으로 화목하게 지낸다. 두 집안의 자식들인 일곱살 소년 잘리와 다섯살 소녀 브렌헨도 열심히 일하는 아버지들 곁에서 근심 없는 유년시절을 보낸다. 멀리서 보면 똑같아 보일 정도로 "이 지방 본연의 특성을 보여주"는 두 농부가 "잘 경작된 비옥한 평원"에서 밭을 갈고 있는 모습이나 그 곁에서 놀고 있는 아이들의 순진무구한 모습은 낙원과도 같은 시민사회의 모습을 보여준다. 그런데 두 농부의 밭 사이에 방치된 채 있던 주인 없는 밭의 경제적 가치가 표면에 부각되자 둘 사이에서 갈등이 시작된다. 그들은 경매를 통해 그 땅을 헐값에 가로채려는 속셈을 갖게 되는데, 만츠가 이 땅을 차지하게 되자 경매 이전에 마르티가 그 땅 쪽으로 조금 갉아들어간 삼각형의 귀퉁이 땅 문제로 송사가 벌어진다. 이제 "분쟁 중인 두사람 옆에 금방 뚜쟁이와 고자질쟁이, 조언자 무리가 따라붙더니 온갖 방법을 동원해서 현금을 챙겨갔"고, 두사람은 급속도로 몰락해서 "십년도 안돼서 엄청난 빚더미에 올라앉게 되었다". 물질적 소유욕과 서로 상대방에게 지지 않으려는 부정적 명예욕으로 인해 둘은 결국 망하게 되고 사람들의 조롱거리가 되는데, 상대를 자기 불행의 원천으로 여기며 가족들에게도 그런 생각을 강요한다. 양쪽 집안의 사정이 이렇다보니 잘리와 브렌헨은 서로에 대해 아무 소식도 모른 채 지냈는데, 우연한 기회에 마주치자 금방 사랑에 빠져든다. 하지만 그들의 사랑은 이루어질 수 없다. 무엇보다도 "시민사회에서는 명예롭고 양심에 거리낌 없는 결혼을 통해서만 행복해질 수 있다는 감정이" 두사람을 사로잡고 있기 때문이다. "어린 시절에 자기 집안의 명예를 보았고, 자기들이 양육을 잘 받았으며 자기들 아버지가 다른 남자들처럼 존경과 신망을 받았던 걸 기억하고 있"는 그들은 이제 "상대방 집안에서 행복이 사라졌음을" 보게 되었고 "오로지 좋은 기반과 토대 위에서"만 행복해지고 싶었기에 둘만의 비밀 결혼식을 올리고 세상을 떠나기로 결심한다. 그들은 선착장에서 건초선을 발견하자 그 위에 올라타 어둠속에서 물결을 따라 떠내려가는데, "배가 도시에 가까워지자 (…) 서로 꽉 부둥켜안"고 물에 빠져 죽는다.

그렇다면 처음에는 화목하게 지내던 두 가정이 재산 및 명예 싸움으로 인해 몰락하고 아이들이 비극적 죽음을 맞이하는 과정을 보여주는 이 이야기가 걸치고 있는 "새로운 옷"은 무엇일까? 셰익스피어의 작품은 드라마이고 켈러의 것은 소설이라는 장르의 차이와 전자는 귀족 가정의 이야기이고 후자는 농부 가정의 이야기라는 것보다 더 주목해야 할 것은, 작품의 서두와 말미 그리고 그것과 연관되어 있는 공간적 배경의 변화가 함축하고 있는 의미일 것이다. 앞에서 살펴본 것처럼 이 소설은 마을에서의 평화롭고 안락한 삶으로 시작한다. 그런데 시간이 지남에 따라 무대가 점점 도시로 바뀌는데, 정신이 나간 마르티는 도시의 정신병원으로 보내지고 쫄딱 망한 만츠는 도시로 이주해 허름한 주막을 차려 장물아비로 겨우 연명한다. 그리고 소설 말미에서 두 젊은이가 탄 배가 "조용한 마을들"과 "흩어져 있는 오두막들"을 지나 도시에서 멈추고, 거기에서 그들이 죽는다. 그들이 탄 배가 나아가는 경로와 서두와 말미에서 보이는 이러한 공간적 변화는 당시의 시대 변화를 구체화하는데, 도시로 대변되는 새로운 시대의 도래를 암시하고 있는 것이다. 농경사회이자 수공업사회이던 스위스가 산업사회로 나아가는 과정에서 물욕과 명예욕으로 인한 두 집안의 몰락과 그로 인한 젊은 연인의 어쩔 수 없는 비극적 최후를 작가는 묘사하고 있는 것이다. 그들의 아버지가 그 지방의 전형적인 특성을 지닌 농부라는 사실이 이 이야기가 지니는 사회사적 좌표를 더욱 부각시켜주며, 그들을 둘러싸고 있는 사회 일반의 모습이 어떠한지를 보여주고 있다.

「정의로운 빗 제조공 세사람」에서도 수공업사회에서 현대적인 산업사회로의 이행이 이야기의 배경을 이룬다. 19세기 후반 산업화로 인한 수공업의 위기 속에서 장인이 되고 가게 주인, 기업가가 되고자 하는 욕망, 즉 상승의 욕망이 팽배하던 당시의 세태가 적나라하게 그려지고 있다. 빗 제조공 도제인 욥스트와 프리돌린, 디트리히 세사람은 누구나 다 장인이 될 수 없는 상황에서 어떻게 해서든 경쟁자를 물리치고 자신이 장인이 되어 빗 공방의 주인이 되려고 한다. 그들 모두는 다른 어떤 것에는 전혀 관심이 없고 오로지 독립적이고 경제적인 주체로 상승하는 것만 생각하는 속물들이다. 때문에 그들은 작품의 끝에서 그로테스크하고 비극적인 경주도 마다하지 않는다. 작센 사람, 바이에른 사람, 슈바벤 사람인 그들 세 사람이 서로 구분되지 않을 만큼 똑같다는 점과 동일한 욕망과 목표에 사로잡혀 움직인다는 점에서 이 이야기가 지니는 사회사적 함의를 가늠해볼 수 있다.

한편 2부의 「옷이 사람을 만든다」에 나오는 골다흐 사람들은 2부 서언에서 묘사된 젤트빌라 사람들 이상으로 자본가적 기질로 무장되어 있다. 이들은 오전에는 어김없이 사업에 전념하고 오후에는 카드놀이와 사업상의 교제를 즐기면서 고급술을 마시는 등 호사스러운 삶을 살고 있다. 이들이 슈트라핀스키에게 권하는 꾸바, 스미르나, 다마스쿠스, 버지니아산 담배만 봐도 그륀더차이트의 파노라마 같은 세계무역의 시대상을 그대로 보여준다. 「자기 행운의 개척자」에 나오는 존 캐비스는 '진정한 남자는 조용히, 그저 대가답게 몇번의 망치질만으로 자신의 행운을 개척한다!'는 신념하에 행운을 추구하는데, 많은 젤트빌라 사람들이 결혼을 통해 화려한 이중이름을 지닌 회사를 차리는 것처럼 자기도 부유하고 멋진 이름을 가진 여자와 결혼하여 그런 회사의 주인이 되려고 한다. 그는 행운을 얻기 위해 성실하게 노동하는 것이 아니라, 요행을 바라거나 부유한 먼 친척을 이용해 자기도 부자가 되려는 망상에 빠져 있다.

「옷이 사람을 만든다」에서 특히 두드러지듯 켈러의 노벨레들에서는 동화적 특성이 나타난다. 천성이 순수한 사람은 진실하고 좋은 여자를 만나 가난에서 벗어나고 훌륭한 시민으로 다시 태어날 수 있다는 이야기 구조는 동화나 통속소설의 이야기 구조와 매우 흡사하다. 그런데 앞에서 살펴보았듯이 켈러의 이야기들에는 결코 가볍지 않은 사회사적 배경이 자리하고 있다. 켈러는 문화운동의 변증법이라는 자신의 미학 원칙에 따라 자기 시대, 자기 사회를 그려 보이되 비교적 유머러스하게 풀어나간 것인데, 때문에 독자는 동화나 통속소설을 읽듯 편하게 읽어나갈 수 있는 것이다.

작품의 말미와 서술자의 풍자적 비판

그런데 마음 편히, 또 이따금씩 미소도 머금으며 읽어나가던 독자는 이야기들의 끝에 가서는 한방 얻어맞은 듯한 느낌을 받게 된다. 가끔씩 주석적 설명을 통해 인물이나 이야기 또는 사건이 지니는 사회사적 전형성에 대해 말해주던 친절한 서술자가 작품의 말미에 가서 던지는 말들이 독자를 주춤하게 만들고 각성하게 만들기 때문이다. 「마을의 로미오와 줄리엣」은 다음과 같은 신문기사로 끝이 난다.

두 젊은이가 죽음을 택했다. 불구대천의 원수로 지내다가 찢어지게 가난해진 두 집안의 자식들이 오후 내내 함께 마음껏 춤추고 교회 헌당식에서 즐거운 시간을 보낸 후에 물에서 자살을 시도했다. 짐작건대 이 사건은 뱃사공도 없이 도시에 정박한 이 지방의 건초선과 연관이 있는 것으로, 젊은이들이 배 위에서 자신들의 절망적이고 저주받은 결혼식을 거행하려고 배를 훔친 것으로 생각된다. 이는 만연해지고 있는 풍기문란과 무분별한 열정에 대한 또 하나의 징후이다.

잘리와 브렌헨의 비극적 결말에 대한 신문기사인데, 그들의 죽음을 바라보는 사회의 시선이 객관적이다 못해 너무나 싸늘하고 몰인정하게 느껴진다. 사랑하는 두 젊은이가 "절망적이고 저주받은 결혼식을 거행하"고는 젊은 나이에 죽음을 택한 것에 대해 일말의 동정심을 보인다거나 그런 선택의 이면을 들여다보려는 노력의 흔적은 전혀 없고, "만연해지고 있는 풍기문란과 무분별한 열정"에 대해서만 한탄하는 어른들의 모습을 보면서 독자는 잘리와 브렌헨으로 하여금 그런 선택을 할 수밖에 없게 한 당시 시민사회의 고지식한 편협성과 획일성에 대해 성찰하게 된다.

「정의로운 빗 제조공 세사람」의 말미에서 서술자는 먼저 자신의 최고 목표점에 이르지 못한 두 도제의 불행한 결말에 대해 언급한다. 한사람은 너무나 분한 나머지 "완전히 실성하여" "나무에 목을 매달"아 죽었고, 그것을 본 다른 한사람은 "어느 누구와도 친구가 되지 못한 방탕한 사람이 되어 늙은 수공업자로 살았다고 한다". 다음으로 자신의 목표를 이룬 유일한 도제 디트리히에 대해서는, 그가 "정의로운 사람으로서 그 작은 도시의 상류층에 남게 됐(…)지만 그로 인해 기쁨을 많이 누리진 못했"다고 지적한다. 소설의 이런 결말을 접하면서 독자는, 성실한 듯 보이지만 사실 다른 것에는 아무 관심도 없고 오로지 경제적 가치만을 추구하는 사람이 마침내 자신의 뜻을 이룰지라도 그로 인해 결코 행복한 삶을 누리진 못한다는 단순한 진리를 다시 한번 되새기게 되면서 씁쓸한 웃음을 짓게 된다.

「옷이 사람을 만든다」의 말미에서도 독자는 주인공 슈트라핀스키의 변화된 모습을 접하면서 인생에 대해 그리고 자기 자신에 대해서도 되돌아보게 된다. 가난하지만 선량한 슈트라핀스키는 자신을 알아주는 예쁘고 부유한 여인과 결혼하여 "큰 양복점 겸 포목점 사장님"이 된다. 그는 사랑과 부를 거머쥔 채 행복한 가정생활을 영위한다.

동시에 그는 몸이 뚱뚱해지고 당당해졌으며, 예전의 꿈꾸는 듯한 모습은 더이상 찾아볼 수 없게 되었다. 해를 거듭할수록 사업경험도 늘고 수완도 좋아져서 (…) 고급관료 장인과 결탁하여 유리한 투자를 거듭한 결과 재산을 배로 늘렸다. 십년인가 십이년인가 후에는 네트헨, 즉 슈트라핀스키 부인이 그사이에 낳아준 (…) 아이들과 아내를 데리고 골다흐로 이주하여 그곳에서 명망있는 남자가 되었다.

그런데 배은망덕에서인지 아니면 복수심에서인지는 몰라도 젤트빌라에는 동전 한푼 남기지 않았다.

반전과도 같은 주인공의 외적 내적 변모는, 사실 생활이 안정되고 나이가 먹으면서 대부분의 인간이 겪게 되는 그런 변화일 수 있다. 하지만 젊은 날의 이상과 순수함은 까맣게 잊은 채 눈앞의 실리만 추구하는, 그래서 힘 있는 사람과 "결탁하여 유리한 투자를 거듭"하면서 '재산'을 증식해나가는 모습이나 동시대 사람들과 더불어 살 생각은 전혀 않고 자신과 자기 가정의 안위만 생각하며 살아가는 소시민적 속물성에 물든 슈트라핀스키의 모습은 어딘지 개운치 않은 뒷맛을 느끼게 한다. 그런데 그 이유는 그런 슈트라핀스키의 모습에서 독자가 자신의 모습을 보게 되기 때문은 아닐까?

마지막으로 「자기 행운의 개척자」의 결말 부분에서도 독자는 인간의 어쩔 수 없는 본성과 마주하게 된다. 행운을 개척한다는 명목하에 사실은 요행과 술수만 꾀하던 존 캐비스는 모든 게 계획대로 되지 않자 어쩔 수 없이 대장장이가 된다. 이제 그는 망치질을 하면서 "단순하고 지속적인 작업이 주는 행복을 뒤늦게 깨"닫고는 "감사하는 마음"으로 "만족하면서" 살아간다. 그리고 가끔씩 자신의 지난 잘못을 떠올리며 후회하기도 한다. "하지만 그가 망치질해서 만든 못들이 점점 더 잘 팔리자 되돌아보며 후회하는 그런 일시적인 습관도 점점 사라져갔다"는 말로 이야기는 끝을 맺는데, 이 또한 우리 인간들의 세태에 대한 서술자의 풍자적 비판이 아닐 수 없다.

켈러는 『젤트빌라 사람들』이라는 이 노벨레 모음집에서 일반적으로 유머러스하게, 하지만 세태에 대한 풍자적 비판을 결코 잊지 않으면서 19세기 후반 산업화로 인한 스위스의 사회사적 변화를 문학적으로 구체화하고자 했는데, 사실주의자 켈러의 이런 작가적 노력이 이 노벨레 연작집의 본질이라 하겠다. 그런데 그런 세태가 150년 전 스위스에서뿐만 아니라 오늘, 이곳 우리의 삶에서도 발견되기에 독자는 자신과 시대를 되돌아보게 되는바, 이런 켈러 문학의 의미가 국내 독자들 사이에서도 새롭게 조명되길 소망해본다.

앞에서 언급한 것처럼 이 노벨레 모음집에는 모두 10편의 노벨레가 들어 있다. 그런데 완역하지 못하고 유감스럽게도 1부와 2부에서 각각 2편씩만 골라 서언과 함께 번역한 점에 대해서는 번역자로서 미안함과 아쉬움이 진하게 남는다.

좋은 책을 내기 위해 번역원고를 꼼꼼하게 살펴준 창비 세계문학팀의 심하은 선생님과 언제나 힘이 되는 사랑하는 딸 다예, 다현이 그리고 아내 승혜숙에게 감사의 뜻을 전한다.

끝으로 번역은 켈러 전집 비평본인 *Gottfried Keller: Werke. Kritische Gesamtausgabe.* Besorgt von Jonas Fränkel und Carl Helbling. Band 7 und 8, Erlenbach-Zürich 1926/27을 그대로 빌려온 *Gottfried Keller: Die Leute von Seldwyla. Erzählungen*, Wilhelm Goldmann Verlag 3. Aufl. 1981을 저본으로 삼았음을 밝힌다.

2014년 2월
권선형

작가연보

1819년	7월 19일 취리히에서 선반공 장인 한스 루돌프 켈러(Hans Rudolf Keller)와 엘리자베트 켈러(Elisabeth Keller) 사이에서 태어남.
1822년	4월 26일 여동생 레굴라(Regula) 태어남.
1824년	8월 12일 켈러의 아버지 사망.
1825년	자선학교에 입학.
1831년	슈튀시호프슈타트 가(街) 지방소년기관에 입학.
1833년	취리히 주정부 공업학교로 전학.
1834년	학교 규율을 위반하여 7월 공업학교에서 퇴학당함. 가을에 석판화가이자 풍경화가인 페터 슈타이거(Peter Steiger)의 도제가 됨.
1837년	예술화가 루돌프 마이어(Rudolf Meyer)의 개인지도를 받음.

1838년	마이어가 취리히를 떠남.
1840년	4월 예술가 교육을 더 받기 위해 뮌헨으로 감.
1842년	11월 취리히로 돌아옴.
1843년	첫 시를 씀. 그림활동은 뒷전으로 밀려남.
1844년	아돌프 폴렌(Adolf Follen)을 중심으로 한 청년독일파 이주자 무리와 교제. 보수적인 루체른 주정부에 대항하는 자유청년운동의 1차 데모행렬에 동참.
1845년	율리우스 프뢰벨(Julius Fröbel)이 발간하는 '독일 문고판'을 통해 켈러의 처녀시집 『독학자의 노래』(Lieder eines Autodidakten)가 출간됨. 자유청년운동 2차 데모행렬에 동참.
1846년	마리 멜로스(Marie Melos)를 사랑함. 하이델베르크에서 『시집』(Gedichte)이 출간됨. 『초록의 하인리히』(Der grüne Heinrich) 집필에 착수.
1847년	열살 어린 루이제 리터(Luise Rieter)를 사랑함. 여름에는 취리히 주정부 수상청의 알프레드 에셔(Alfred Escher) 밑에서 실습생으로 일함.
1848년	취리히 주정부의 장학금을 받음. 대학공부를 위해 10월 하이델베르크로 떠남.
1849년	헤르만 헤트너(Hermann Hettner)와 교우. 루트비히 포이어바흐(Ludwig Feuerbach)의 강의를 들으며 그의 집안과 교제. 여름에는 요하나 카프(Johanna Kapp)와 사귀어 사랑에 빠짐.
1850년	봄에 베를린으로 이주. 극장에 자주 다니며 드라마를 구상함.
1851년	파니 레발트(Fanny Lewald)의 문학 쌀롱에 드나듦. 『젤트빌라 사람들』(Die Leute von Seldwyla) 작업에 착수. 브라운슈바이크에서 『신시집』(Neue Gedichte)이 출간됨(1854년에는 2판과 3판 등이

나옴).

1853년 『초록의 하인리히』 초판 1~3권이 브라운슈바이크의 피베크 출판
사를 통해 출판됨.

1854년 카를 아우구스트 바른하겐 폰 엔제(Karl August Varnhagen von
Ense)와 그의 질녀 루트밀라 아싱(Ludmilla Asching)을 자주 방문
함.

1855년 『초록의 하인리히』 4권이 출간됨. 베티 텐더링(Betty Tendering)을
사랑함. 5월에서 9월까지 『젤트빌라 사람들』 1부 집필. 가을에 취
리히로 귀향하여 6년 동안 직업과 수입 없이 생활함. 리하르트 바
그너(Richard Wagner), 파울 하이제(Paul Heyse), 고트프리트 젬퍼
(Gottfried Semper), 프리드리히 테오도어 피셔(Friedrich Theodor
Fischer)와 사귐. 베젠동크(Wesendonck) 집안과 교제.

1856년 『젤트빌라 사람들』 1부가 브라운슈바이크의 피베크 출판사를 통
해 출판됨.

1860년 『젤트빌라 사람들』 2부 원고 탈고.

1861년 9월 14일 취리히 주정부의 총서기로 선출됨. 주정부 수상청 관사
로 이주.

1864년 2월 5일 모친 사망.

1865년 켈러의 허가도 없이 「남용된 연애편지」(Mißbrauchten
Liebesbriefe)가 『독일 제국신문』(*Deutsche Reichszeitung*)에 실림.

1866년 루이제 샤이데거(Luise Scheidegger)와 약혼했으나 그녀가 7월
13일 자살함.

1869년 취리히 대학이 켈러의 50회 생일에 명예 철학박사 학위를 수여함.
아돌프 엑스너(Adolf Exner)와 교제 시작.

1872년 『일곱개의 전설』(*Sieben Legenden*)이 출간됨. 가을, 관직에 들어선

뒤 처음 휴가를 얻어 뮌헨에 감.

1873년 엑스너 형제자매와 오스트리아 잘츠카머구트에 있는 몬트 호수에서 휴가를 보냄.『젤트빌라 사람들』개작에 착수. 제1~3권이 크리스마스에 2판, 3판 등의 형식으로 슈투트가르트의 괴셴 출판사를 통해 출판됨.

1874년 단편「디트겐」(Dietgen)과「잃어버린 웃음」(Das verlorene Lachen)이『젤트빌라 사람들』제4권으로 출간됨.

1875년 봄부터 취리히의 뷔르클리에 거주.

1876년 7월 15일, 작가활동에 전념하기 위해 관직에서 물러남.『젤트빌라 사람들』3판이 1·2부 형태로 발표됨.

1876/77년 1860년에서 1877년에 집필된『취리히 노벨레』(Züricher Novellen)가『독일의 전망』(Deutsche Rundschau)에 게재됨.(단행본은 1877/78년에 나옴) 테오도어 슈토름(Theodor Storm)과 서신왕래.

1878년 『초록의 하인리히』개작에 착수하여 1880년에 탈고. 개정판은 1879/80년에 발표됨.

1881년 1853~57년과 1880/81년에 집필된『경구』(Sinngedicht)가『독일의 전망』에 게재됨.

1882년 첼트베크 가의 탈레크에 있는 집으로 이주.『경구』의 단행본 출판. 켈러의 고독이 점점 더해짐.

1883년 『시 전집』(Gesammelte Gedichte) 출간.

1885년 켈러의 전작품에 대한 판권이 베를린의 출판업자 빌헬름 헤르츠(Wilhelm Hertz)에게 넘어감.

1886년 1885/86년에 집필된 장편소설『마르틴 잘란더』(Martin Salander)가『독일의 전망』에 발표되고 단행본도 같은 해에 출간됨.

1888년 10월 6일 오빠의 살림을 도맡아준 레굴라 켈러 사망.

1889년　　　10권으로 된 『전집』(*Gesammelte Werke*) 발간.

1890년　　　7월 5일 취리히에서 서거.

고전의 새로운 기준, 창비세계문학

오늘날 우리는 인간의 존엄과 개성이 매몰되어가는 시대를 살고 있다. 물질만능과 승자독식을 강요하는 자본주의가 전지구적으로 확산되면서 현대사회는 더 황폐해지고 삶의 질은 크게 훼손되었다. 경제성장만이 최고의 선으로 인정되고 상업주의에 물든 문화소비가 삶을 지배할수록 문학은 점점 더 변방으로 밀려나고 있다. 삶의 본질을 성찰하는 문학의 자리가 위축되는 세계에서는 가진 자와 못 가진 자 할 것 없이 모두가 불행할 수밖에 없다.

이 시대야말로 인간답게 산다는 것의 의미가 무엇인지 근본적인 화두를 다시 던지고 사유의 모험을 떠나야 할 때다. 우리는 그 여정에 반드시 필요한 벗과 스승이 다름 아닌 세계문학의 고전이라는 점을 강조한다. 고전에는 다양한 전통과 문화를 쌓아올린 공동체의 경험이 녹아들어 있고, 세계와 존재에 대한 탁월한 개인들의 치열한 탐색이 기록되어 있으며, 새로운 세상을 꿈꾸는 아름다운 도전과 눈물이 아로새겨 있기 때문이다. 이 무궁무진한 상상력의 보고이자 살아 있는 문화유산을 되새길 때만 개인의 일상에서 참다운 인간적 가치를 실현하고 근대적 삶의 의미와 한계를 성찰하는 지혜를 얻을 수 있을 것이다.

'창비세계문학'은 이러한 문제의식에서 출발한다. 세계문학의 참의미를 되새겨 '지금 여기'의 관점으로 우리의 정전을 재구성해야 할 필요성이 그 어느 때보다 절실하다. '정전'이란 본디 고정된 목록으로 존재하는 것이 아니라 그때그때 주어진 처소에서 새롭게 재구성됨으로써 생명을 이어가는 것이다. 우리는 먼저 전세계 문학들의 다양성과 차이를 존중하면서 국가와 민족, 언어의 경계를 넘어 보편적 가치에 기여할 수 있는 가능성에 주목하고자 한다. 근대를 깊이 성찰한 서양문학뿐 아니라 아시아와 라틴아메리카, 중동과 아프리카 등 비서구권 문학의 성취를 발굴하고 재평가하는 것 역시 세계문학의 지형도를 다시 그리려는 창비의 필수적인 작업이 될 것이다.

여러 전집들이 나와 있는 세계문학 시장에서 '창비세계문학'은 세계문학 독서의 새로운 기준이 되고자 한다. 참신하고 폭넓으면서도 엄정한 기획, 원작의 의도와 문체를 살려내는 적확하고 충실한 번역, 그리고 완성도 높은 책의 품질이 그 기초이다. 독서시장을 왜곡하는 값싼 유행과 상업주의에 맞서 문학정신을 굳건히 세우며, 안팎의 조언과 비판에 귀 기울이고 독자들과 꾸준히 소통하면서 진정 이 시대가 요구하는 세계문학이 무엇인지 되묻고 갱신해 나갈 것이다.

1966년 계간 『창작과비평』을 창간한 이래 한국문학을 풍성하게 하고 민족문학과 세계문학 담론을 주도해온 창비가 오직 좋은 책으로 독자와 함께해왔듯, '창비세계문학' 역시 그러한 항심을 지켜 나갈 것이다. '창비세계문학'이 다른 시공간에서 우리와 닮은 삶을 만나게 해주고, 가보지 못한 길을 걷게 하며, 그 길 끝에서 새로운 길을 열어주기를 소망한다. 또한 무한경쟁에 내몰린 젊은이와 청소년들에게 삶의 소중함과 기쁨을 일깨워주기를 바란다. 목록을 쌓아갈수록 '창비세계문학'이 독자들의 사랑으로 무르익고 그 감동이 세대를 넘나들며 이어진다면 더없는 보람이겠다.

2012년 가을
창비세계문학 기획위원회
김현균 서은혜 석영중 이욱연 임홍배 정혜용 한기욱

창비세계문학 29

젤트빌라 사람들

초판 1쇄 발행/2014년 2월 25일

지은이/젤트빌라 사람들
옮긴이/권선형
펴낸이/강일우
책임편집/심하은
펴낸곳/(주)창비
등록/1986년 8월 5일 제85호
주소/413-120 경기도 파주시 회동길 184
전화/031-955-3333
팩시밀리/영업 031-955-3399 편집 031-955-3400
홈페이지/www.changbi.com
전자우편/lit@changbi.com

한국어판 ⓒ (주)창비 2014
ISBN 978-89-364-6429-5 03850